文化人生丛书

书生风味

王稼句 著

南京师范大学出版社

图书在版编目（CIP）数据

书生风味 / 王稼句著. — 南京：南京师范大学出版社，2013.5
（文化人生丛书）
ISBN 978-7-5651-1353-6

Ⅰ.①书… Ⅱ.①王… Ⅲ.①随笔－作品集－中国－当代 Ⅳ.①I267.1

中国版本图书馆CIP数据核字（2013）第064566号

书　　名	书生风味
作　　者	王稼句
责任编辑	王欲祥　向　磊
出版发行	南京师范大学出版社
地　　址	江苏省南京市宁海路122号（邮编：210097）
电　　话	（025）83598919（传真）　83598412（营销部） 83598297（邮购部）
网　　址	http：//www.njnup.com
电子信箱	nspzbb@163.com
照　　排	南京理工大学印刷照排中心
印　　刷	江苏省高淳印刷股份有限公司
开　　本	787毫米×960毫米　1/16
印　　张	21.25
字　　数	267千
版　　次	2013年5月第1版　2013年5月第1次印刷
印　　数	1～4 000册
书　　号	ISBN 978-7-5651-1353-6
定　　价	48.00元
出版人	彭志斌

南京师大版图书若有印装问题请与销售商调换
版权所有　侵犯必究

自序

一本书，未必一定要有序，但若然阙如，光秃秃的，有点没头没脑，似乎还是应该有的。与知堂一样，我也从来不敢请别人写序，这个道理，知堂曾经说过，"因为我知道序是怎样的不好做，而且也总不能说的对或不错，即使用尽了九牛二虎之力去写一篇小小的小序。自己写呢，第一层麻烦着自己比较不要紧，第二层则写了不好不能怪别人，什么事都可简单的了结"(《看云集自序》)。在我觉得，还有第三层，别人既给你写序，就会善意地说些好话来表扬你，也就会给你戴上莫名其妙的帽子，其实并不合适，有时甚至让你消受不起。正因为如此，自己的书，序还是自己来写的好。

序固然是难写的，从书名生发开去，不失是一种写法，故而在取书名时，就先考虑到序了。书名也就是"题"，先是"破题"，再是"承题"、"起讲"，这样写来，其实就是"八股"的套数，不是"巧功夫"，而是"笨把戏"。但对我这样的"笨伯"来说，却来得对路，省去了不少心思。

这本的书名，出自元好问《李进之迂轩二首》中的一句，"书生风味是清贫",那是对迂轩主人李进之的称赞。李进之其人,生平不详,仅知为太谷人,曾得张德辉举荐,做过真定教官;又《遗山集》有诗,记他与临漳提领王明之、鹿泉令张奉先、千户贾令春等人同游龙泉寺,可见他交往的,也不都是平头百姓。清贫之谓,也是相对而言,否则他哪来银两建造迂轩,即使是草构茅舍,也不可能咄嗟而办。

自古以来,书生未必全都清贫,但潦倒失意的书生,总与清贫不离不弃,陶渊明《咏贫士》七首,就极尽了他们的窘迫。书生一旦清贫,奋起者固然是有,但大多就有点不堪了,心里想的,嘴上说的,连行为举止,都与常人不大一样,有点迂了,有的迂腐,有的迂阔,有的迂诞,有的甚至迂狂。前人俗呼清贫书生为"醋大",醋就是酸,也就是苏州人说的酸挤挤、酸迷迷、酸溜溜,至而更出现"酸胖气"一词,给这些清贫书生一个形象的描摹。唐人苏鹗,仕途并不通达,自己也差一点坠入这落魄无聊的境地,但他却瞧不起这些穷酸"醋大",他在《苏氏演义》中说:"醋大者,或有抬肩拱臂,攒眉蹙目,以为姿态,如人食酸醋之貌,故谓之醋大。大者,广也,长也。篆文大字,象人之形。"如此刻薄的写照,已属于人身攻击了。倒是官至宗正少卿的李匡乂,专门做了考证,为"醋大"开脱,《资暇集》分析了它的由来:"代称士流为醋大,言其峭醋而冠四人之首;一说衣冠俨然,黎庶望之,有不可犯之色,犯必有验,比于醋而更验,故谓之焉;或云往有士人,贫居新郑之郊,以驴负醋,巡邑而卖,复落魄不调,邑人指其醋驮而号之,新郑多衣冠所居,因总被斯号;亦云郑有醋沟,士流多居其州沟之东,尤多甲族,以甲乙叙之,故曰醋大。"可见"醋大"确实与醋有关,那股酸味儿,时浓时淡,也是够醺人的。李匡乂继而又说:"愚以为四说皆非也,醋宜作'措',正言其能举措大事而已。"尽管说得牵强附会,清贫书生

"能举措大事",实在也是对他们的安慰和鼓励。但在日常语境里,不管是"醋大"还是"措大",总与书生的潦倒失意分不开,元杂剧《救孝子贤母不认尸》第一折中正旦就唱道:"读书的功名须奋发,得志呵做高官,不得志呵为措大。"一旦成了"措大",也就成为嘲弄的对象,即使走几步路,都会被人笑话,就像明杂剧《吕翁三化邯郸店》第二折描写卢生的那样,"七尺驱昂昂矫矫,一柄脸醋醋溜溜,慢行步摇摇晃晃,细行步唧唧啾啾"。穷酸书生的故事,真是太多了。

时至如今,穷酸书生的形象,只能从舞台和银幕上去一睹风采,但他们身上那股酸味儿,缕缕不绝地传承下来,拿现在的话来说,就是"书生气"。"书生气"并不等于"酸胖气",但究其根本,也相差无几,不过更有时代性罢了,概括地说,就是不合时宜,不识时务,不知好歹,太单纯,太幼稚,太不懂规则,更不要说是潜规则了。这自然为正途君子们不屑,甚至深恶痛疾。正途君子本来也是书生,而今做了官,经了商,腰缠万贯,器宇轩昂,过去或多或少还有的"书生气",早就洗涤得一干二净。但当他们一旦身陷囹圄,或是从那阵上败下来,或是从那圈中踢出来,凡自我检讨,都痛心疾首,其中一条是少不了的,那就是"书生气",因为"书生气"断送了自己的锦绣前程,大有不堪回首之慨。前人有诗曰:"书生终日苦求官,及做官时步步难。窗下许多怀抱事,何曾行得与人看。"要学会做官,其实也是大不容易的。

像我这样的一介草民,平日里读点闲书,写点杂格咙咚的文字,做不了什么名山事业,就是靠这种营生来养家糊口,也是颇为绌约的,这就与"清贫"很接近了。"世俗但知从仕乐,书生只合是家贫",本来天经地义,也就只好认命。再说,"十有九人堪白眼,百无一用是书生",书生的无用,确乎也是事实,况且身上又有让人讨厌的"书生气",那就很无奈了,如果像南郭先生那样,硬要挤在三百人中吹竽,露出破绽,也是迟早的事。如果不去自讨无趣,只说自己的话,只做自己的事,即使"书生气"依然,没有人来诟病,也就稍微自在一点。

二〇一二年十二月十五日

目 录

自　序/001/

牧云堂的秋声/001/

太湖翰墨/006/

竹人濮仲谦/010/

朱市妓王月生/020/

"扒灰"琐谈/028/

《苏州山水名胜历代文钞》前言/031/

《沧浪十八景金石集览》弁言/043/

吴侬软语/045/

怀袖雅物/093/

闲书十种/116/

《藏书报》十年感言/119/

倪熊的"卖痴呆"/122/

《苏州美术文化论文集》序/125/

岁暮读书回想/129/

九里天/132/

扫晴娘/141/

"大学之父"/148/

葵园先生/158/

水边的绘事微言/172/

影珠山下/181/

谈"苏作"/186/

邃谷先生/208/

最美的书/216/

论"姑苏版"/219/

后　记/331/

牧云堂的秋声

牧云应该是一种舒放而阔视的想象，高天的云，或卷或舒，或明或灭，或滔滔浩浩，让人生发流年似水的感慨；或亭亭迟迟，让人想起静好岁月里的缕缕光阴。那云就像是被放牧一般，洪适有诗咏道："饭牛戴笠牧云昏，掩得斜阳过别村。"但这也就像王绂说的，"云中所牧竟何物，以云为牧何所凭"，所谓牧云，只不过是看云的感受罢了。看云本来是平常的事，自然要以平常心待之，就相互关系来说，人既看云，云亦看人，苏轼说得好."出本无心归亦好，白云还似望云人"。认识到这一点，自然就有另一番境界了。陈如冬先生于此有感悟，就将"牧云"两字作为自己的斋名，既是一种情怀，又是一种寄托，更是一种精神的追求，就像是皎然和尚自拟的那样，"舒卷意何穷，萦流复带空。有形不累物，无迹去随风"。聚散虚空之观，闲散自如之想，也是入世的人生态度，诸葛亮不是说"非澹泊无以明志，非宁静无以致远"吗？

如冬以擅画而名闻遐迩，他以此消遣岁月，也以此藉以衣食。什么样的人画什么样的画，什么样的画也能看出什么样的人。江南自古多画人，迄至于今，真是所在芸芸，层出不穷，其中自然有分别，天赋高下，人品迥异，笔墨悬殊，遭际不同，自然有幸有不幸，怨天尤人也没有用。像如冬那样，年届不惑，就走出一条自己的路来,且出群拔萃,誉满人口,固然有他自己的天赋、人品、笔墨、遭际,更重要的还有他的思考和勤奋,那是谁也歆羡不来的。

说来惭愧,我识如冬既迟,于绘画又远在大门之外,自然难窥其堂奥广庭。第一次好好看他的画,已是四年前的秋天,那是一套题为《沧浪十八景》的册页,取材是写实和想象的结合,全套彩墨,兼工带写,气息泠然,如果不是画上有现代城市的痕迹,就仿佛并不出自今人手笔。这套册页让我喜欢,一直想将它印成笺纸,既可作为自己的赏玩,也可送人,不啻是清雅的一品。

自此以后,与如冬就时有往来,也就经常看到他的画了。他的画路很宽,最为人称道的,就是邓椿在《画继》里分类的"花竹翎毛"和"畜兽虫鱼",在我看来,又似乎后者更好更多于前者,"畜兽"也更好更多于"虫鱼"。郑绩《梦幻居画学简明》说:"兽畜,四足而毛之总称,野产者谓之兽,豢养者谓之畜。"兽畜是历史悠久的绘画题材,早在新石器时期彩陶器和商周青铜器上,就有各种各样兽畜形象。晋唐以后,名家辈出,《宣和画谱》曾作简要的归纳:"粤自晋迄于本朝,马则晋有史道硕,唐有曹霸、韩幹之流;牛则唐有戴嵩与其弟戴峄,五代有厉归真,本朝有朱义辈;犬则唐有赵博文,五代有张及之,本朝有宗室令松;羊则五代有罗塞翁;虎则唐有李渐,本朝有赵邈龊;猫则五代有李霭之,本朝有王凝、何尊师。凡畜兽自晋唐五代本朝得二十有七人,其详具诸谱,姑以尤者概举焉。而包鼎之虎,裴文睍之牛,非无时名也,气俗而野,使包鼎之视李渐,裴文睍之望戴嵩,岂不缩手于袖间耶?"自南宋而降,大家高手又不知多少,真迹流传,具在眼前,让人叹为观止。这对如冬来说,岂不是一座座高高耸立的峭壁悬崖,远远地看,固然心存畏惧,走近了才发现,那里还有曲折崎岖的小径,还有可以攀援的老藤,即使不能到达绝顶,也能望得见前人的肩项,尽管遥遥而不甚清晰,如冬已经很满意了。但能够到达这地步,自然也是不容易的。

如冬少年时就学画,日夜孳孳,含辛茹苦,因为真心欢喜,三更灯火五更鸡,也就并不觉得劳身焦思,如今只记得夜半街头昏灯下的夜宵,这是美好的回忆。他什么都试着画,又饱览前人遗墨,遍临名家诸作,更注重对绘画对象的体验、观察、分析、研究,正像李澄叟《画苑补益》所说:"夫画花竹翎毛者,正当浸润笼养飞放之徒。叫虫也,问养叫虫者;斗虫也,问养斗虫者。或棚头之人求之鸷禽,须问养鸷禽者。求之正,当各从其类,又解系自有体法,岂可一毫之差也。画牛虎犬马,一切飞走,要皆从类而得之者真矣,不然则劳而无功,远之又远矣。韩幹画马,云'厩中万马皆吾师'之说明矣。画花竹者,须访问于老圃,朝暮观之,然后见其含苞养秀、荣枯凋落之态无阙矣。画山水者,须要遍历广观,然后方知着笔去处。"如冬正是这样,为了画花树,在阳台上放满了盆栽花草;为了画虫,就常常向卖虫人请教,继而自己也养起虫来。至于动物园,更是他常去的地方,以至与那些兽畜们也熟悉起来,他也知道它们被圈养后的生活习性,与野外生存是不同的,故而电视里的"动物世界"也成了他常看的节目。松年《颐园论画》说:"画师处处皆有,须分贵贱雅俗,不读书写字之师,即是工匠。"唐岱《绘事微言》也说:"未有不学而能得其微妙者,未有不遵古法而自能超越名贤者。彼懒于读书以空疏从事者,吾知其不能画也。"如冬在他的绘画实践中,深深体会到读书的重要,他读画读帖,读画论,读诗文,至于如何融通,如何感悟,三言两语说不明白,只说小的,就是画上的题款,在今人画中就不多见。他的题款,位置得宜,造语切合,画之不足,题以发之,况且书佳而墨妙,或清整,或洒落,可谓附丽成观。偶读清人程庭鹭《箬庵画麈》,说是"今吴中画史,颇有强作解事者,一涉笔便嗫嚅不达其意,阅者复震其名而不辨,独不免有识人目笑耳"。说的仿佛就是如今的事,可惜如今更多的画人连"强作解事"也不会了。

如冬画兽畜,几乎什么都画,"十二生肖"就既有册页,又有手卷。但在这一门里我最欣赏的,还是他画的马、虎、鹿这几样。顾恺之《魏晋胜流画赞》说:"凡画,人最难,次山水,次狗马,台榭一定器耳,难成而易好,不待迁想妙得也。"所谓"迁想妙得"就是作者的思想迁入绘画对象中去,设身处地,揣所想,拟所事,然后赋以艺术造型,既表现出对象的真实形象,又传达出对象的生动神情,方能得其佳妙。古人画兽畜,都讲究精神和气韵,刘道醇《圣朝名画评》就说:"善观画马者,必求其精神筋力,精神完则意出,筋力劲则势生,必口眼鼻耳蹄腕为本。"又说:"夫气韵全而失形似,虽活而非;形似备而无气韵,虽似而死。"如冬深谙这个道理,他笔下的马、虎、鹿之类,往往在形似中得筋力,在筋力中传精神,具有盎然的生气,即石涛和尚说的"鸟兽草木之性情"。如冬甚至将它们拟人化,让观赏者能作直接的体验,并与它们进行交流,如他将画马一幅题为"竹林七贤",将画鹿一幅题为"商山四皓",虽然画的是马或鹿,体现的却是人的精神状态。

反映兽畜的精神和气韵,不仅在笔墨的表现,也在整个环境的布置和渲染。如冬在这方面思考最多,在他笔下,马、虎、鹿们都生活在一个旷野的空间里,朝暮晦明,春秋荣落,山容水色,与时移异,都与马、虎、鹿们的生活习性相切合。但秋天的景象最多,画得也最好,天色如水,山峦明净,深林红叶,蒹葭白露,在这样的时空里,来表现这样的题材,自然是十分适宜的。欧阳修《鉴画》就说:"萧条澹泊,此难画之意,画者得之,览者未必识也。故飞走、迟速、意近之物易见,而闲和、严静、趣远之心难形。""萧条澹泊"也就是秋的境界。两年前,如冬将在上海举行画展,让朋友们起个名字,我想起宋人赵师侠的词《霜天晓角》,上半阕是

"雨馀风劲，雾重千山暝。茅屋寒林相映，分明是，画图景"。于是就建议如冬用"霜天晓角"这个现成的词牌，既是"画图景"，又合乎他的画风。

霜天里报晓的号角，固然是秋声，对如冬来说，更有具体而微的真切感受。凉秋之夜，阶沿砖缝、草丛石隙里的虫儿，露下唧唧彻夜，俗耳为之一清，那是生命的声音，让他向往而迷恋。当残秋将过，他就上街买来各种虫儿，有蝈蝈、札嘴、油葫芦、梆儿头、金钟等，养在形制不同的葫芦器里，纳在怀中，放在枕畔，时时听那此起彼伏的鸣叫。或凄声酸楚，若是怀人之思；或清音悠悠，颇有自得之意；或铿锵断续，声颤而长，仿佛闲人韵事一般。那可一直持续到隆冬时节，虽说冬夜听之，却实在是秋声的继续。

如冬喜欢秋天，尤其是"秋风萧瑟天气凉，草木摇落露为霜"的晚秋。庭院凉吹，梧桐叶落，檐前铁马，砌下寒蛩，都是秋声，但牧云堂里还能听到另一种秋声，那就是欧阳修《秋声赋》说的，"初淅沥以萧飒，忽奔腾而砰湃，如波涛夜惊，风雨骤至。其触于物也，鏦鏦铮铮，金铁皆鸣。又如赴敌之兵，衔枚疾走，不闻号令，但闻人马之行声"。这种秋声只能意会，不可言传，如冬能驰骋他的想象，并将这种意境画将出来。当然这种秋声不是人人都能听到的，如那位欧公的童子，就只感到"星月皎洁，明河在天，四无人声，声在树间"，也只好"垂头而睡"了。

二〇〇九年七月二十九日

太湖翰墨

烟波浩渺的太湖，在苏州古城西南，历史上又称震泽、具区、笠泽、五湖。它广袤壮阔，一望无际，旧说有三万六千顷，周回五百里，跨江浙两省，襟带三府十州县。今全湖面积约二千四百二十八平方公里，岸线全长三百九十多公里，为中国第三大淡水湖。从地理学概念上说，太湖属于大型平原吞吐湖，上源主要是浙西天目山东苕溪水系、宜溧山区荆溪水系，下委则东出沙墩口、胥口、瓜泾口、南厍口、大浦口，分别经由望虞河、胥江、娄江等数十条河港泄入长江。因此，苏州是太湖流域的中心城市，苏州与太湖的亲密关系，苏州人依恋太湖的感情，没有哪个地方及得上的。

太湖中有七十二峰，如黛眉螺髻点缀在万顷碧波之上，王鏊《洞庭两山赋》咏道："吴粤之墟有巨浸焉，三万六千顷，浩浩荡荡，如沧溟瀣渤之茫洋。中有山焉，七十有二，妙妙忽忽，如蓬壶方丈之仿佛。日月之所升沉，鱼龙之所变化，百川攸归，三州为界，所谓吞云梦八九于胸中，曾不蒂芥者也。"七十二峰中，以洞庭西山、洞庭东山和马迹山占地最大，居人最多。刘鸿翱《太湖记》说："其谷宜稻，其畜宜牛、宜羊、宜豕、宜鸡狗，其树宜桑、宜松、宜柏、宜竹，其果实宜橘柚、宜杨梅、宜枇杷，其花宜桃、宜莲、宜桂、宜梅,蒲苇菱茭属于路,鱼鳖蜃蛤陈于市,生民日用之需,皆无取资于湖之外者,居其地,略有武陵桃源之遗。"洞庭东山由于泥淤滩涨,在十九世纪中叶与陆地连接,形成半岛。马迹山则因围湖造田,二十世纪中叶与陆地连成一片。今惟洞庭西山耸峙湖中,林峦洞壑,山巅水渚,琳宫绀宇,散落在这个世外桃源里。至一九九四年,湖上架起大桥,北起渔洋山麓,跨越长沙、叶山两个小岛,抵达洞庭西山的渡渚大庭山,交通固然便捷了,但那里的自然生态和人文环境也受到不小的影响。在太湖的苏州沿岸,山峦蜿蜒起伏,有胥山、香山、法华山、渔洋山、米堆山、弹山、蟠螭山、玄墓山、西碛山、游城山、马山等,凡岩壑壁坞,篱落丛薄,幽深窈窕,曲折层叠,无不引人入胜。山不得水,其势不奇,远水兼天的太湖,给那些山峦以亮丽的映照,它们因为有太湖而独擅胜场,一山一胜,胜胜相形,故地尽东南之美。袁宏道就说:"山色七十二,湖光三万六,层峦叠嶂,出没翠涛,弥天放白,拔地插青,此山水相得之胜也。"(《西洞庭》)

  自古以来,太湖就是人们向往的地方,游历的足迹,至唐代而多,至宋代而兴,至明清而盛,并且形成了观赏春梅、夏荷、秋桂的季节性旅游特点,这在旅游史上具有重要的意义。故而游踪所至,记之于文,咏之于诗,绘之于画,就是自然的事了。最早记述太湖的,还在先秦时代,《周易》有"泽上有雷";《周礼》有"其泽薮曰具区,其川三江,其浸五湖";《尚书》有"三江既入,震泽底定"等等,但这些记述是当时社会精神产品的总和,不能算文学。恕我孤陋寡闻,最早描绘太湖的专题文学作品,大概是三国吴人杨泉的《五湖赋》,后被《艺文类聚》、《初学记》等辑存,均为残篇,内容也不一样。至唐代,赋序记说之外,太湖成为诗人咏唱的题材,白居易、皮日休、陆龟蒙、皎然所作最多,包融、王昌龄、姚合、喻凫、赵嘏、李咸用、吴融等亦有所作。自五代至清末,那就层出不穷,汗牛充栋了。王西野先生在时,曾编《太湖诗词选》,收录六百馀首,又编《太湖旅游诗选》,收录三百七十馀首,对一般阅读来说,可算是精粹的选本,但作为研究太湖的文献,自然是不够的。据我粗略估算,有关太湖的诗词当在万首以上,真希望有人来做搜集、整理、刊印的事,因为这是一笔累叠层积的文化遗产,它们全面记录和展示了太湖山水的悠久历史和深厚文化。

前些时候,认识阙旗明先生,他雅好丹青,尤擅山水,太湖就是他情有独钟的地方,寻古访幽探胜之外,他还熟读前人咏唱太湖的诗词,并且对那些诗词不断有新的理解,自己的会悟就不知不觉融入笔墨中去,获益不在浅少。正因为如此,他对这笔文化遗产十分珍视。许多年前,他就约请各地的文人学者书写这些诗词,日积月累,蔚然可观,成为他收藏中别具特色的一类。那些作者都是一时之选,或端坐恭书,或挥洒急就,内容有全篇,有断句,形式有中堂,有条幅,有手卷,有楹联,或以法胜,或以韵胜,或以情胜,都反映出各自的性情,真有赏心悦目之观。

最近,旗明在这些书迹中遴选八十幅,编成一册,题为《历代太湖诗书法集》,也就让更多读者既能领赏各家书风,也能读得前人的咏唱,还能通过这些咏唱,对太湖山水有更深广的了解,更深情的观照。故这本书迹集的刊印,自有它的意思。可惜的是,作者中的诸如李可染、宋文治、关山月、潘主兰、赵冷月、亚明、吴祖光、周而复、瓦翁等先生已先后谢宾客,邻笛之恸,令人黯然神伤,然而正像韦应物说的,"山阳遗韵在,林端横吹惊","始遇兹管赏,已怀故园情"。这些书迹也正成了名副其实的文化遗产,记录了他们的创作,反映了他们的心绪,也可以看到他们对太湖的一片深情。

旗明对我说,他不但要将这些书迹印出来,还想在太湖山水间找个地方,摩崖于石壁之上,既可以垂之永久,也新建一处人文景观。我对他说，这些字的大小不一，风调迥异，有的适宜摩崖，有的则适宜镌刻成书条石，更清晰而有韵致。苏州西郊虽然摩崖较多，但也有不少书条石，李根源《洞庭山金石》就记下了洞庭西山法华寺里的书条石，那是明人吴惠、徐焕、陈宽、徐庸、杜琼五人的七言律诗，都是咏唱太湖的。因此不妨摩崖之外，找个地方，建一条碑廊，嵌石其间，也是所谓各得其所。旗明听了莞尔，就说，这样一来，自然山水就与传统建筑结合了，那能吸引更多的观赏者。

前人的咏唱，今人的书迹，可谓是"声名满天下，翰墨落人间"，它们固然得自太湖的滋润，然而也为太湖增添了绚烂的光泽。

二〇〇九年八月三日

竹人濮仲谦

凡日常生活所必需的器物，工匠之众，可谓芸芸遍布，但被记下的名字却寥寥可数，并且往往是戏文小说里的点缀。凡属"雅玩"一类的器物，它们的消费对象就少得多，主要是士绅阶层，其他类如穷酸措大、落难公子，以至闺阁、梨园、商肆、寺观、青楼中人，不少也是有此一好的。既是"雅玩"，自然是以玩赏为主，实用次之，有的甚至一无用处，只是聊作闲来的消遣或情感的寄托，所谓"幽居玩物，顾景自颐"而已。因为社会需求量小，这类工匠相对也少，他们的制作为少数人服务，少数人也就与他们建立紧密的联系，不但给他们赚钱，也给他们扬誉，他们有时也主动邀誉，得以获登较高的社会地位。平心而论，这些工匠往往别具天才，并非全由熟练而来，虽是小道而必有可观，拿张岱的话来说："但其良工苦心，亦技艺之能事。至其厚薄深浅，浓淡疏密，适与后世赏鉴家之心力、目力针芥相投，是岂工匠之所能办乎？"（《陶庵梦忆》卷一）如此身怀绝技，也就是所谓名工巧匠。

名工巧匠，一时有一时之代表，一地有一地之翘楚。

关于明代的情形，王世贞《觚不觚录》说："今吾吴中，陆子刚之治玉，鲍天成之治犀，朱碧山之治银，赵良璧之治锡，马勋治扇，周治治商嵌，及歙吕爱山治金，王小溪治玛瑙，蒋抱云治铜，皆比常价再倍,而其人至有与缙绅坐者。"张岱《陶庵梦忆》卷一也说:"吴中绝技,陆子冈之治玉,鲍天成之治犀,周柱之治嵌镶,赵良璧之治梳,朱碧山之治金银,马勋、荷叶李之治扇,张寄修之治琴,范昆白之治三弦子,俱可上下百年,保无敌手。"卷五又说:"嘉兴之腊竹,王二之漆竹,苏州姜华雨之莓篆竹,嘉兴洪漆之漆,张铜之铜,徽州吴明官之窑,皆以竹与漆与铜与窑名家起家,而其人且与缙绅先生列坐抗礼焉。"刘銮《五石瓠》卷五亦有归纳:"自宣德距崇祯,官私器用,妙绝等夷者:宣德窑器、铜器,成化窑器、欧罗巴画,云间陈眉公衲布,松江顾氏绣,宜兴时大彬、阴用卿沙壶,湖州陆氏笔、茅氏笔,扬州包壮行灯,京师米家灯,太仓顾梦麟菹菜,龙泉窑,浮梁昊十九磁杯,昆山陆小拙佩刀,苏州濮仲谦水磨竹器。"周晖《金陵琐事》卷三则说:"徐守素、蒋彻、李信修补古铜器如神,邹英学于蒋彻,亦次之。李昭、李赞、蒋诚制扇骨极精工。刘敬之,小木高手。"至于明末清初全国的一流工匠,王士禛《池北偶谈》卷十七说:"近日一技之长,如雕竹则濮仲谦,螺甸则姜千里,嘉兴铜炉则张鸣岐,宜兴泥壶则时大彬,浮梁流霞盏则昊十九(号壶隐道人),江宁扇则伊莘野、仰侍川,装潢书画则庄希叔,皆知名海内。"徐树丕《识小录》卷一又有补充:"近日嘉禾之黄锡洪漆、云间之王铜顾绣,皆一时之尚也。"

濮仲谦是明末清初名噪一时的刻竹名手,他不仅刻竹,也镂刻其他材料,但以刻竹为大宗。濮仲谦名澄,仲谦是他的字,一说他复姓濮阳,如施闰章《石鹿山人传》就有"虽近世濮阳仲谦号竹工绝技,不是过也"诸语,复姓取首字为姓,如欧阳改姓欧,令狐改姓令,也是很多的。他生于万历十年,籍里南京,一说他是苏州人,还有说他是当涂人,《江南通志》卷一百七十一就有"国朝濮澄,字仲谦,当涂人,有巧思,以镂刻名世"的记载。

刻竹和其他工艺一样,因趣向、追求、时尚诸多不同,各家的制作和风调也就有所不同。明代中叶以后，嘉定一带流行精雕细琢的风气，那是以朱松邻（名鹤）、朱小松（名缨）、朱三松（名稚征）祖孙为代表，在当时有很大影响，成为一时风尚。仲谦则与他们的路数不一样，善于选材，相形度势，随形赋意，所制朴雅而不失精致，大有"文章本天成，妙手偶得之"之旨。因此有人就将竹刻分为两派，金元钰《竹人录·凡例》说："雕琢有二派，一始于金陵濮仲谦，一始于吾邑朱松邻。"金西厓《刻竹小言》也说："明代中叶以前，未闻有以刻竹名者。自正德、嘉靖以还，乃有三朱及李、濮。三朱嘉定人，李、濮金陵人，所谓嘉定、金陵两派，以此分焉。"那李某，即李耀，字文甫，嘉靖间人，善雕扇骨，镌花草玲珑有致，又能刻牙章，他的风格意趣与仲谦并不相同，因为是南京人，也就被归入金陵派。

张岱与仲谦熟识，大概是在崇祯年间，《陶庵梦忆》卷一有一则《濮仲谦雕刻》，这样说："南京濮仲谦雕刻，古貌古心，粥粥若无能者，然其技艺之巧，夺天工焉。其竹器，一帚一刷，竹寸耳，勾勒数刀，价以两计。然其所以自喜者，又必用竹之盘根错节，以不事刀斧为奇，则是经其手略刮磨之，而遂得重价，真不可解也。仲谦名噪甚，得其一款，物辄腾贵。三山街润泽于仲谦之手者，数十人焉，而仲谦赤贫自如也。于友人座间见有佳竹佳犀，辄自为之，意偶不属，虽势劫之，利啖之，终不可得。"

张岱《琅嬛文集》卷一还有一篇《鸠柴奇觚记序》，也盛赞了仲谦高超的手艺："虽然，余友濮仲谦雕刻妙天下，其所制剔帚麈柄、箸瓶笔斗，非树根盘结，则竹节支离，略施斧斤，遂成奇器，所享价几与金银争重。则人固可以重觚，而觚亦可以重人矣。彼仲谦一假手势之劳，其所制器，置之商彝周鼎、宣铜汉玉间，而毫无愧色。倘不加物色，而一入樵夫之手，不过地炉中一榾柮火已耳，岂不可惜哉。"

可见仲谦的代表性制作，首先就选择奇崛猷骸的材料，就其天然的凹凸纹理略施凿磨，即已成器。王世襄先生《竹刻简史》说："其审美观念及创作方法直可上拟西汉霍去病墓石刻，时代相去缅远，器物大小悬殊，但脉理实相通。"就总体来说，仲谦治竹，富有天然的奇趣，而细部又耐人寻味。譬之绘画，正像是在粗枝大叶的荷叶上，落一只勾勒极工的蜻蜓，这种强烈的对比，却是艺术上的高度统一。

当然仲谦也制作其他物事，刘銮就记下了他的见闻，《五石瓠》卷三说："苏州濮仲谦，水磨竹器如扇骨、酒杯、笔筒、臂阁之类，妙绝一时，亦磨紫檀、乌木、象牙，然不多。"褚德彝《竹人续录》引《太平府志》也说："濮澄字仲谦，有巧思，以镂刻名世。一切犀玉、棕竹、皿器，经其手即古雅可爱，公卿慕致，一簪一盂，视为至宝。"像张岱那样的鉴赏家，毕竟是少数，对大多数"雅玩"者来说，传统是一个要紧的价值取向，也就是既要传统，又要仲谦的名声，仲谦自然也要满足他们的需求，如《五石瓠》卷三就说："或见其为柳夫人如是制弓鞋底板二双，又或见其制牛乳澦酪筒一对，风斯下矣。"刘銮认为，为柳如是制作弓鞋底板等，乃太实用了，不是"雅玩"的正道，故就说"风斯下矣"。仲谦与钱柳的关系不可考，钱谦益《有学集》卷一辑顺治二年至五年间所作，有《赠濮老仲谦》曰："沧海茫茫换劫尘，灵光无恙见遗民。少将楮叶供游戏，晚向莲花结净因。杖底青山为老友，窗前翠竹似闲身。尧年甲子欣相并，何处桃源许卜邻。"这首诗属应酬之作，亦未涉及仲谦的技艺，但诗下牧斋自注："君与余同壬午。"定仲谦生于万历十年，就是以此为依据的。

即使仲谦的一般制作，也保持着自己的独特风格，与当时流行的嘉定竹刻明显不同。宋琬就将他与朱松邻作了比较，《安雅堂未刻稿》卷三有《竹罂草堂歌》一首，题下注曰："疁城朱松邻，白门濮仲谦,皆以竹器擅名。"此歌前段咏道:"君不见练川朱生称绝能,昆刀善刻琅玕青。仙翁对弈辨毫发,美人徙倚何娉婷。石壁巉岩入烟雾,涧水松风似可听。镂玉雕犀安足夸,玻璨可碎牺樽腥。白门濮生亦其亚,大朴不斫开新硎。虬须削尽见龙蜕,轮囷蟠屈鸥夷形。匠心奇创古无有,区区荷插羞刘伶。妙制流传真者少,何侯得之为异宝。大书深刻作堂额,客至登堂多不晓。我来问名请纵观,锦笥才开称绝倒。"仲谦的制作,大都不事精雕细琢,稍稍刀凿,以见自然之趣,故有"匠心奇创古无有"之誉。金西厓《刻竹小言》说:"其制作风格,与嘉定迥不相侔,但异曲同工,实未容轩轾。金坚斋断然谓濮派浅率不耐寻味,远不如朱,实囿于地方门户之见,未足视为定论也。"

由于仲谦名声甚著,赝品也就很多,《刻竹小言》说:"大抵雕工繁琐而题材庸俗者,多为妄人伪刻,或取无款旧器,添署濮名,以冀获售,古董肆所见,多此类也。"凡署仲谦款的传世之作,但又刀法神妙,意韵生动,且与前人记述完全吻合的,至今还找不出典型的实例。这个问题颇为复杂,仲谦的制作,是否有前人记述之外的呢?且先来看看几件署仲谦款的"雅玩"。

其一,笔筒。一件故宫博物院藏竹枝笔筒,《中国美术全集·竹木牙角器》著录,器高十四点六厘米,径七点九厘米,王世襄介绍说:"笔筒刻垂竹一梢,颇有雨意。枝则由粗而细,逐节歧分,直至梢尖雀爪。叶则或向或背,或疏或密,组合分明。枝叶之间,生长连属,谨严有法,俨然李息斋双钩竹画本,生动自然,颇耐观赏。竿侧惜为妄人加'仲谦'款,字迹矜持太甚,一望可知为后刻。伪款虽玷累美器,但无伤刻工之艺术水平。"又一件南京博物院藏八仙笔筒,《中国古代文房用具》著录,器高十五点九厘米,径十七点四厘米,所刻为八仙过海,八仙以古松老根为槎,神态飘逸,虽处波涛汹涌之境,却泰然自若。上端为悬崖峭壁,峰峦叠翠，与下端的澎湃怒涛形成对比，可谓刚柔相济。款识"壬寅七月制作，昧翁词丈六十寿，濮澄"。刻法用高浮雕，层次分明，且构图丰满，刀工精细。还有一件梅花笔筒，见高宗弘历《题濮仲谦雕竹笔筒》，诗曰："疏花几朵瘦梅苍，扑鼻依稀递暗香。自是野情仿无咎，（此刻老梅一株，疏花古干，盖仿扬补之意。然画谱载补之居萧洲，有梅树大如数间屋，繁花如簇。补之日临画之，大得其趣，以进徽宗，徽宗戏曰'村梅因更作疏枝冷叶，清意逼人'云云。是补之初亦繁密，后因徽宗村野之讥，始改为疏淡也。）似犹繁态鄙元章。（王冕画梅工于繁花密蕊，非小景所宜，故雕镂者多不仿之。）完非裂现甲丁护，雕不痕留锋刃藏。名下无虚依古语，故应说项羡渔洋。"实物未见，就诗中所述，当是"数点梅花天地心"，乃极简练之笔。

其二，臂搁。《刻竹小言》著录山水臂搁一件，器高二十一厘米，宽七厘米，金西厓介绍说："濮仲谦以浅刻名，所谓以不事刀斧为奇，经其手略刮磨之，遂得重价者。此山水臂搁，布局刀法，均于简率中见朴拙之致，故自耐人寻味。近景山石坡陀，茅屋三间，此后古木枒槎，枝干可数，盖为冬景，林外一山中起，两侧二三远峰而已。山石皴法，似披麻解索一派，而极简略，用阴文刻成。惟其整体刻法，乃是极浅浮雕，而非传世所谓濮氏擅长之浅刻也。款楷书阴文'仲谦'二字，在右下角，左上程孟阳题'万个琅玕好结庐，箨龙抽尾上青虚。仙人曾授通灵剑，割取林丘入简书。崇祯十二年九月，松园老人嘉燧'。下'松园'二字长圆印，均阴刻。"

其三，扇骨。天津艺术博物馆藏浅刻扇骨两柄，一柄长三十一厘米，边宽二厘米，一边刻梅一枝，另一边刻"雪满山中高士卧，月明林下美人来。壬戌仲秋月制，仲谦"，阴文印"澄"。另一柄长三十二点三厘米，宽二厘米，一边上刻水仙花，下刻"明月阶下窗纱薄,多少清香透入来"。另一边是上刻行款书"壬戌秋八月制,仲谦",下刻兰花。仲谦的扇骨刻边也极有名,陈贞慧《秋园杂佩》就说:"若李文甫耀、濮仲谦雕边之最精者也。"明代竹刻扇骨流传至少,十分罕见,这两柄扇骨是否为仲谦所制,也不能完全肯定。

其四,松壶。北京故宫博物院藏竹雕松树形壶一件,《中国美术全集·竹木牙角器》著录,器高十二点三厘米,壶柄下方有楷书"仲谦"款。王世襄《此君经眼录》介绍说:"传世竹刻,镌有大家款识者,朱氏祖孙最多,次为濮氏仲谦,惟的真者千百不得其一。此壶有仲谦款,老干为身,蟠枝成柄,断梗作流,灵巧古朴,兼而有之,其为竹雕精品,自不待言。惟究竟是否为仲谦手制,尚在疑似之间。前代论者多推崇濮氏不事雕琢为奇,略施刀凿便得自然之趣。此壶乃经精镂细琢而成,显然不相符合。倘有佳器,款识自然,而风格意匠又与前人论说吻合者,则可视为仲谦之代表作矣。"

上述传世品,真赝自然不能明辨,假设全是赝品,作赝者也不会笨得不顾仲谦的风格,毫无依据地贸然行事,特别是八仙笔筒、山水臂搁、松树形壶诸器,与嘉定朱氏的制作比较接近,何不就伪托嘉定朱氏。这反过来说明,仲谦也是有精雕细琢一路的,当然与嘉定三朱的风格不同,这是由他的美学思想决定的。还有一个可以作为证明的,那就是濮仲谦后继者的制作。

仲谦一路的后继者很少,与他刻法最接近的是潘西凤。王世襄《竹刻简史》就说:"仲谦之后,率意操刀而自然成器者,实罕其人。百馀年后,始有扬州潘西凤,偶或近似。"西凤字桐冈,号老桐,雍正乾隆间新昌人,侨寓扬州,乃一介宿学之士,困顿于繁华之地,以鬻艺为生。他与郑燮友善,《板桥诗钞》有两首与他有关,一首《赠潘桐冈》,一首《绝句二十一首·潘西凤》,后者咏道:

"年年为恨诗书累,处处逢人劝读书。试看潘郎精刻竹,胸无万卷待何如。"题下板桥注道:"字桐冈,人呼为老桐,新昌人。精刻竹,濮阳仲谦以后一人。"董伟业《扬州竹枝词》也有一首咏道:"老桐与竹结知音,苦竹雕锼费苦心。十载竹西歌吹夜,几回烧去竹为琴。"可见他当时在扬州是以竹人而闻名。

《刻竹小言》介绍了潘西凤的制作,说他有的与仲谦刀法相似,如"臂搁一事,用畸形卷竹裁截而成,虫蚀斑痕,宛然在目,似未经人手,而别饶天然之趣。铭文款识,著字无多,隽永有味,寓意似出老庄"。他亦工浅刻,"曩见一湘妃竹扇骨,板桥就其斑纹作梅花数点,以瘦枝连缀成画。老桐用浅刻法出之,有疏影横斜之妙。又曾见菊花臂搁,浅刻亦精"。但他的精品,正是精雕细镂的制作,"老桐刻件中最见功力者,为昔在沪上所见之秋声赋笔筒,草堂三楹,坐案前就灯读书者为欧阳子,户半扃,一童子倚门而立,首微仄,侧耳而听之态,刻划入神。堂后及庭院左右皆高树,枝叶尽向一方斜去,落叶且有随风飞舞者,萧瑟之声,不觉盈溢于耳。刻法有浅有深,运用得宜,刀刀精到,绝无率略之处。虽嘉定名家最工之制,亦未必能过"。故金西厓说:"若谓是金陵派,便以为只工浅刻,固属失实,而竹人不宜局限地域,以嘉定、金陵两派强分,又于此可见矣。"

《此君经眼录》也著录了几件,一是寿星臂搁,高二十二点五厘米,宽四点四厘米,今藏香港艺术馆。王世襄介绍说:"寿星位在臂搁下半,款字行书'瘿瓢山人作'五字,下有'黄'、'慎'小方印二。上半李复堂题字:'嘉祐八年冬十一月,京师有道人游卜于市,身首相半,不为常类,饮酒无算,未尝觉醉。好事者潜图其状,达帝引见,赐酒一石,饮及七斗时,司天台奏寿星临帝座,忽失道人所在。帝嘉叹久之,命珍重是图,与民同寿。雍正彊圉协洽之秋,复堂李鱓书。'下有'宗扬'长方印。右下角有'西凤'圆印。此为三家合作,黄画李题,潘氏镌刻,时在雍正五年,公元一七二七年。"又一件梅花臂搁,"阴刻梅花两枝,得疏影横斜之致。画者未题名,只'老桐刊'三字。按当时扬州画友如金冬心(农)、汪近人(慎)、高西唐(翔)皆擅梅花,老桐倩人作画固易,而自打画稿想亦能优为之也"。还有一件紫檀笔筒,"阴刻一老人袖手而立,据诗及题识,知为老匏(朱冕)赋诗,雪堂(蔡嘉)写生,药溪(汪宏)作书,老桐(潘西凤)镌刻,时在雍正三年。维扬当年艺苑风流,可以想见"。

从金、王两位的著录来看,潘西凤既擅深刻作高浮雕或圆雕,又擅浅刻或略刀凿以成器,正与仲谦的兼容并蓄是一路的。

潘西凤外,还有一位李宝函,乾隆间嘉定人,吴骞《拜经楼诗话》卷四记道:"闺秀印白兰,号幽谷,嘉定人也,适同邑李宝函。家贫,侨居虎丘,开馆授徒,以给饘粥。""宝函仿濮仲谦作竹器,隐于市,价不二。老而无子,今与幽谷仍归故里,不复入吴。"李宝函是嘉定人,学的却是濮氏,可惜记载不多,也没有见到他的作品著录。

由此看来,什么嘉定派、金陵派,全是标新立异罢了。嘉定竹雕器本与药斑布一样,乃一方特产,王应奎《柳南续笔》卷二说:"嘉定竹器,为他处所无,他处虽有巧工,莫能尽其传也。"转行于邻近地区,郡城苏州自然更甚,顾禄《桐桥倚棹录》卷十一引顾诒禄《志》说:"从嘉定转徙于山塘,凡笔筒、棋楄、界方、墨床之属,为文房雅玩,多以铁笔雕刻书画。"嘉定竹刻的代表人物,当推朱氏祖孙,朱松邻不仅制作文房器物,尤以簪钗等服饰名重一时,王鸣盛《练川杂咏》有"玉人云鬟堆鸦处,斜插朱松邻一枝"之咏,自注:"明邑人朱松邻以竹刻笔筒、香筒、酒杯、簪钗等物,今女子首饰有名'朱松邻'者。"可见他也并非专治"雅玩"。三朱以后,从事竹刻者更众,成为嘉兴的一项手工艺产业。赵昕《竹笔尊赋序》就说："朱去今未百年,争相摹拟,资给衣馔,遂与物产并著。"嘉庆间邑人金元钰,满怀桑梓之情,归纳地方风尚,作《竹人录》,认为"粤镈燕函,迁地弗良,工是技者,舍吾邑则无能为设也",于是就创造出一个嘉定派来。如果仅此而已,也就无所谓派,他便远远地挑出了一个金陵派,人数和影响自然是悬殊的,嘉定派就可以一枝独秀了,拿王世襄的话来说:"金氏分派之说,不过是有意制造一个对立面来抬高他本乡的嘉定派而已。"(《论竹刻的分派》)就竹刻而言,大概并不存在什么风格流派,如果要说是地域的派别,金元钰却有意将苏州排除在外,嘉庆以前,苏州竹人不知多少,都视而不见,揣测他的私心,因为嘉定自南宋嘉定七年建县以来,一直都是平江府(苏州府)的属县,如果弄了一个苏州派,嘉定派也就只好并入苏州派去了。

二〇〇九年八月九日

朱市妓王月生

夏日午后，实在有点困乏的，也就借杂书聊遣瞌睡，自然有时也做不到，就迷糊一歇。这几天在看《全明词》，虽然精装，但每本只有《全宋词》的一半厚薄，还适宜躺着倚着持卷漫读，所谓漫读者，漫不经心之谓也。今天读到徐士俊的一卷，以前翻过《徐卓晤歌》，那是他与卓人月赓唱叠和的合集，由赵尊岳辑入《惜阴堂汇刻明词》，印象已经如梦影了。这次翻着翻着，突然眼前一亮，精神一振，一阕《贺新郎》，有题"赠王月生，名桂"，王月生可是晚明风尘中的红颜，认识她的名士很多，记述她事迹的也不少，却没有人提到过她的芳名是桂。且先读士俊的词，曰："舞袖翩跹绿。乍飘来、广寒宫殿，异香金粟。谁把温柔白玉斧，砍断情根还续。愿夜夜、风华生足。休羡百花堆锦绣，问何人、注定花王目。可占住，西吴福。当筵试吐行云曲。袅琼箫、一痕细发，寸肠回复。碾尽海山争美影，羞见重来杜牧。且薄醉、芙蓉脂肉。我欲掩卿妆镜面，更空床解却明珠宿。光彩映，桂枝独。"这首词是由桂立意的，桂生于月，也是名和字的相应。《全明词》注此词原刊《晤歌》（一作《寤歌》），亦不知哪里去找这一小册，幸亏有《全明词》这样的总集，也就免去翻检之劳了。

王月生是秦淮朱市妓人，朱市亦作珠市，余怀在《板桥杂记》

的序里说:"迨至三百年之久,而古迹寝湮,所存者惟南市、珠市及旧院而已。南市者卑屑妓所居,珠市间有殊色,若旧院则南曲名姬、上厅行首皆在焉。"又,卷中《丽品》"珠市名妓附见"说:"珠市在内桥旁,曲巷逶迤,屋宇湫隘,然其中时有丽人,惜限于地,不敢与旧院颉颃。"虽说朱市中人下旧院一等,但像王月生、寇湄等都是秦淮烟花的翘楚,余怀就说:"以余所见王月诸姬,并著迷香、神鸡之胜,又何羡红红、举举之名乎?"

《板桥杂记》记王月生为王月,字微波,这要作点注释。呼妓为生,由来已久,北宋时就已流行。但王月生本名月,改字月生,再易名桂,这与顾眉生、周绮生的情形仿佛。余怀介绍说:"母胞生三女,长即月,次节,次满,并有殊色。月尤慧妍,善自修饰,顾身玉立,皓齿明眸,异常妖冶,名动公卿。"其妹王节,"有姿色,先归顾不盈,后归王恒之,甘淡泊,怡然自得,虽为姬侍,有荆钗裙布风"。小妹王满,"幼小好戏弄,窈窕轻盈,作娇娃之态,保国公买置后房,与寇白门不合,复还秦淮"。

如今看到王月生的最早行迹,乃在崇祯十年。胡益民《张岱研究》引郑元勋《影园诗集》,有记是年孙临招杨文骢、方以智、其义兄弟及王月生、罗小孙二美人等在舟中开社之事。惜引诗不全,《影园诗集》仅有崇祯刻本存世,一时也无从寻觅,虽不能稽考细枝末节,但事实当无错舛。由此可知,孙临与王月生相识,不晚于崇祯十年。

鼎革之际,忠臣义士骈肩接踵,芸芸而盛,孙临虽非出萃拔类,但也算得上是一位慷慨悲歌之士。王士禛《肆雅堂诗集序》说:"先生讳临,字克咸,更字武公,少司马公季弟也。少读书任侠,与里中方密之尔止、周农父、钱饮光齐名。所为歌诗古文词,流传大江南北。崇祯末,流贼蹂楚豫,阑入蕲黄,英蓼间皆为战场,皖当其冲。先生渡江走金陵,益散家财,结纳奇材剑客。所居左图书，右弓剑，慨然有马革裹尸之志。"甲申之变后，他与陈子龙辈谋划举兵抗清，后投杨文骢幕，授监军道副使，兵败被执，宁死不屈，殉难于浦城，他与杨文骢是同一天死的，时在顺治三年七月，年仅三十六岁。孙临有诗文集《楚水吟》《我悃集》《肆雅集》《大略斋集》等，今都不存。

孙临既资质明慧，才华横溢，颇具豪迈雄壮之气，但确乎又流连声色之娱，生活放荡不羁。钱澄之与孙临同乡，都是安徽桐城人，《田间文集》卷二十一有《孙武公传》一篇，对他评价很高，称甲申国变后，"吾邑素称节义之邦，独能慷慨死不悔者，一孙武公耳"。同时也指出他的另一面："为人风流俊爽，晓声伎，吹箫度曲，间游平康里，即人人得孙郎一顾为重，克咸亦遂以是沾沾自喜。内兄方密之尝语之曰：'孙郎才致绝人，而溺志于此，终不能有为矣。'克咸闻之，夷然不屑也。"钱澄之举了一个例子："是时，吾乡人士大半避寇白下，终日燕游。武公有所昵妓，常大雪中挟之往游钟山下，与其内弟方直之戎服骤马过通都，避不及者或至颠仆。妓红袴襦，围紫貂，扶坐马上，抱琵琶以从。诸子不能骑者，强予之骑，前骑骋，后骑亦纵，骑者危慄震掉欲坠，以为笑乐。既至，就梅花前氍毹席地，下马踞坐，置酒听吴儿弦曲。数阕终，乃举觞政，妓为纠，苛罚百出，皆尽醉极欢，复驰而归。"

余怀也与孙临稔熟，《板桥杂记》说："余与桐城孙克咸最善。克咸名临，负文武才略，倚马千言立就，能开五石弓，善左右射，短小精悍，自号飞将军，欲投笔磨盾，封狼居胥，又别字武公。然好狭邪游，纵酒高歌，其天性也。"孙临在秦淮所狎之妓，主要就是王月生、葛嫩两人。

《板桥杂记》说，王月生被"桐城孙武公昵之，拥致栖霞山下雪洞中，经月不出"，这应该是崇祯十年前后的事，是否就是钱澄之说的"武公有所昵妓，大雪中挟之往游钟山下"，可以存疑，有待文献的证明。两人已定情,则是无疑。据刘銮《五石瓠》说:"月籍金陵珠市,以色动人,家善酿,曰天酒,武公之所厌饫也。"这大概是孙临爱屋及乌的缘故。崇祯十二年七夕,南京举行了一次花会,王月生被推为"状元"。《板桥杂记》说:"己卯岁牛女渡河之夕,大集诸姬于方密之侨居水阁。四方贤豪,车骑盈间巷,梨园子弟,三班骈演,阁外环列舟航如堵墙,品藻花案,设立层台,以坐状元。二十余人中,考微波第一,登台奏乐,进金屈卮。南曲诸姬皆色沮,渐逸去。天明始罢酒,次日各赋诗纪其事,余所云'月中仙子花中王,第一姮娥第一香'者是也,微波绣之于帨巾不去手。武公益眷念,欲置为侧室。"这时情况起了变化,据《五石瓠》记载,"桐城孙武公狎王月,其妇家方氏患之风"。一段好事,也就成了泡影。"会有贵阳蔡香君名如蘅,强有力,以三千金啖其父,夺以归。武公悒悒,遂娶葛嫩也"。

《板桥杂记》于葛嫩条下说,孙临"先昵珠市妓王月,月为势家夺去,抑郁不自聊,与余闲坐李十娘家。十娘盛称葛嫩才艺无双,即往访之。阑入卧室,值嫩梳头,长发委地,双腕如藕,面色微黄,眉如远山,瞳人点漆,教声请坐。克咸曰:'此温柔乡也,吾老是乡矣。'是夕定情,一月不出,后竟纳之闲房。甲申之变,移家云间,间道入闽,授监中丞杨文骢军事,兵败被执,并缚嫩。主将欲犯之,嫩大骂,嚼舌碎,含血喷其面,将手刃之。克咸见嫩抗节死,乃大笑曰:'孙三今日登仙矣。'亦被杀"。这段故实,就是后来《碧血花》、《葛嫩娘》等戏文的本事。

张岱与王月生也有一段绻缱,那是在崇祯十一年秋冬。九月间,他到南京,游名胜,广交友,也就结识了王月生,彼此交往,相处欢洽。张岱对王月生情有独钟,特地写了一篇《王月生》,后来收入《陶庵梦忆》卷八,曰:"南京朱市妓,曲中羞与为伍;王月生出朱市,曲中上下三十年,决无其比也。面色如建兰初开,楚楚文弱,纤趾一牙,如出水红菱。矜贵寡言笑,女兄弟、闲客多方狡狯嘲弄哈侮,不能勾其一粲。善楷书,画兰竹水仙,亦解吴歌,不易出口。南京勋戚大老力致之,亦不能竟一席。富商权胥得其主席半晌,先一日送书帕,非十金则五金,不敢亵订。与合卺,非下聘一二月前,则终岁不得也。好茶,善闵老子,虽大风雨、大宴会,必至老子家啜茶数壶始去。所交有当意者,亦期与老子家会。一日,老子邻居有大贾,集曲中妓十数人,群谇嘻笑,环坐纵饮。月生立露台上,倚徙栏楯,眠娗羞涩,群婢见之皆气夺,徙他室避之。月生寒淡如孤梅冷月,含冰傲霜,不喜与俗子交接;或时对面同坐起,若无睹者。有公子狎之,同寝食者半月,不得其一言。一日口嗫嚅动,闲客惊喜,走报公子曰:'月生开言矣!'哄然以为祥瑞,急走伺之,面赪,寻又止。公子力请再三,蹇涩出二字曰:'家去。'"张岱下笔,真令人意想不到,着墨不多,就将这位性情孤高的朱市名妓写得栩栩立于纸面了。

《陶庵梦忆》里还几处提到她,好像是补缀几笔,让人感到她的真实存在。卷四《牛首山打猎》记那年冬天,"同族人隆平侯与其弟勋卫、甥赵忻城,贵州杨爱生,扬州顾不盈,余友吕吉士、姚简叔,姬侍王月生、顾眉、董白、李十、杨能,取戎衣衣客,并衣姬侍。姬侍服大红锦狐嵌箭衣、昭君套,乘款段马,鞲青骹,绁韩卢,铳箭手百馀人,旗帜棍棒称是。出南门,校猎于牛首山前后,极驰骤纵送之乐"。值得注意的是,王月生虽出身朱市,却列名于顾眉生、董小宛、李十娘等曲中名妓之前,大概是当时的实情,并非张岱故意推重。又见卷五《柳敬亭说书》,说柳敬亭"一日说书一回,定价一两,十日前先送书帕下定,常不得空。南京一时有两行情人,王月生、柳麻子是也"。又说:"柳麻子貌奇丑,然其口角波俏,眼目流利,衣服恬静,直与王月生同其婉娈,故其行情正等。"那年岁暮,张岱将回绍兴,卷二《燕子矶》说:"余归浙,闵老子、王月生送至矶,饮石壁下。"那是在燕子矶的僧院里,峭壁千寻,古树参天,森森冷绿,前来送行的,只有一位茶人一位妓女,却是满含着人间的情谊。

张岱在南京时还写过有一首《曲中妓王月生》,后来收入《张子诗秕》卷三,诗曰:"金陵佳丽何时起,余见两事非常理。乃欲取之相比伦,俗人闻之笑见齿。今来茗战得异人,桃叶渡口闵老子。钻研水火七十年,嚼碎虚空辨渣滓。白瓯沸雪发兰香,色似梨花透窗纸。舌间幽沁味同谁,甘酸都尽橄榄髓。及余一晤王月生,恍见此茶能语矣。蹴三致一步咨移,狷洁幽闲意如冰。依稀箨粉解新篁,一茎秋兰初放蕊。縠雾犹嫌弱不胜,尖弓适与湘裙委。一往深情可奈何,解人不得多流视。余惟对之敬畏生,君谟嗅茶得其旨。但以佳茗比佳人,自古何人见及此。犹言书法在江声,闻者喷饭满其几。"这首诗写得真是"一往情深可奈何"的。

王月生的最终结局是悲惨的,她被蔡如蘅娶去后不久,如蘅被任命安庐兵备副使,她就跟着去上任。崇祯十五年五月,庐州城破,她被张献忠所杀,各书记载的细节略有不同。

余怀《板桥杂记》说:"崇祯十五年五月,大盗张献忠破庐州府,知府郑履祥死节,香君被擒,搜其家,得月,留营中,宠压一寨。偶以事忤献忠,断其头,蒸置于盘,以享群贼。嗟乎!等死也,月不及嫩矣,悲夫。"

余瑞紫《张献忠陷庐州记》说,崇祯十五年五月初八,蔡如蘅被获,张献忠亲自审理,"蔡头扎包头,身衣蓝绸褶绫,袜朱履,不跪,直两头走,以手摩腹,曰:'可问百姓?'八大王责曰:'我不管你,只是你做个兵备道,全不用心守城。城被我破了,你就该穿着大红朝衣,端坐堂上,怎么引个妓妾避在井中?'蔡道无言可答。其妾王月手牵蔡道衣襟不放,张叫砍了罢,数贼执蔡道于田中杀之。王月大骂张献忠，遂于沟边一枪刺死，尸立不仆，移时方倒"。同书有一段按语："蔡道名汝蘅，字香君，四川举人，善诗词，最儒雅风流。以千金赎南京旧院名妓王月为妾。官于庐，遂于衙后作花园居焉。城陷时两人同避井中，贼以绳引上，八贼见月貌美，初七日夜欲污之。王月大骂，遂被刺死。"

刘銮《五石瓠》引合肥何允麐《秋吟》第十三首注曰："城陷，蔡香君兵使被执，不屈，数日死城外；夫人堕井死；姬人王月生，平康名姬也，同被执，死。"

关于蔡如蘅，《黔诗纪略》卷二十三有小传："如蘅，字香君，号湘渚，又号玉朴，贵阳人。与兄彦迁教谕并有文名，同举天启七年乡试，人目为'大小蔡'。官至江南安庐兵备副使。崇祯十五年，流寇张献忠破庐州，不知所终。"这"不知所终"，或据刘景伯《蜀龟鉴》卷一的记载，说是"献忠袭破庐州，蔡如蘅逃。庐城高，屡攻不克，适学使以校士至，献令贼衣青衿杂诸生寓中。甲戌夜，献驰至城中，举火应之，学使与副使如蘅俱走，知府郑履祥死之"。吴伟业《绥寇纪略》卷十也说："庐道臣蔡如蘅黩货而虐，众不附，贼谍者满城中，盲弗知。学使者徐之垣以试士至，贼伪挟书囊笔，袭儒衣冠以入，漏三下，卷甲而趋之，城上举火应，之垣、如蘅及合肥令汤登贵缒城遁。"《明季北略》卷十八、《明鉴》卷八十八、《明史纪事本末》卷七十七等记蔡如衡事，均无被擒之说。

且不管蔡如蘅如何，王月生确是死了，死得如此凄楚，如此惨烈，这在秦淮河畔的香艳梦境里是万万想不到的。

据《五石瓠》记载，当孙临得悉王月生的噩耗，"有祭月文，痴矣"。孙临固然是痴情的，更有许多人为王月生的不幸遭遇而痛惜，《五石瓠》就引许石疏的一首诗，曰："惨凄瘦日鬼烦冤，阴雨啾啾代石言。鲁国有拳能透爪，湘娥捐佩不归魂。八公草木呼终仆，一代胭脂死报恩。今古是非惟野史，谁人有力正乾坤。"张献忠的四川大屠杀，死去的妇女，少说也有几百万，但被人记起的，只是寥寥数人而已。

　　再回过头来说说徐士俊。士俊生于万历三十年，原名翙，又名灏，字三有，号野君，又号紫珍道人、若耶野老，仁和人，家于郫水，筑雁楼以居。黄容《明遗民录》卷九说他"隐居不出，诗文著述，为浙中耆宿"。朝鲜人《皇明遗民传》卷六说他"为文跌宕自喜，好为乐府诗歌。人有一长可录，必奖成，以故所至逢迎恐后，争礼为上宾。读书日有程课，虽老不替，五经岁必一过。曾遇异人授以导引，年近八十，苍髯丹唇，颜面鲜泽如婴儿"。士俊卒于康熙二十年，享年八十岁。他擅长写杂剧，据说有六十多种，但保存至今的，只有《小青娘情死春波影》和《奇女子风里络冰丝》两种，我都没有读过，那是从庄一拂先生《古典戏曲存目汇考》里知道的。他的别集《雁楼集》，凡二十一卷，有康熙五年刻本，也无缘一见，不知是否有与王月生相关的篇什。李濬之《清画家诗史》甲下有他的两首《秦淮竹枝词》，正留下他访艳的履痕："桃叶堤头连水平，轻衫蔟蔟踏堤行。侬家心事流不去，呜咽秦筝指上鸣。""湖水青青浸柳花，三山门外莫愁家。而今谁更愁如我，独抱茵于数乱鸦。"由那阕《贺新郎》来看，"休羡百花堆锦绣，问何人、注定花王目"，他见到王月生，可能是在崇祯十二年七夕以后，故有"花王"诸语，那年士俊三十八岁，偶尔的邂逅，留下了这位风尘女子的一个侧影。

二〇〇九年八月十二日

"扒灰"琐谈

"扒灰"一作"爬灰",乃是隐语,南北流传,它的意思众所周知。我最早却是从"文革"期间的大喇叭里听来的,那时提倡读《红楼梦》,小说里的焦大,属于被剥削阶级的一员,一日醉了,便骂开了,"那里承望到如今生下这些畜生来,每日偷狗戏鸡,爬灰的爬灰,养小叔子的养小叔子,我什么不知道,咱们胳膊折了往袖子里藏"。两个阶级的斗争,不就从这钟鸣鼎食人家反映出来了吗?那就要去分析,去揭露。于是我就知道了它的意思,原来就是公公与儿媳通奸,而主动方则在公公,拿北京土话来说,就是"老骡子上坑"。那公公也被称为"老扒灰"或"扒灰头儿"。

它的由来,有种种说法。嘉庆时人王有光的《吴下谚联》记了两条,卷一"扒灰"条说:"翁私其媳,俗称扒灰,鲜知其义。按昔有神庙,香火特盛,锡箔镪焚炉中,灰积日多,淘出其锡,市得厚利。庙邻知之,扒取其灰,盗淘其锡以为常。扒灰,偷锡也。锡、媳同音,以为隐语。"又,卷四"爬灰"条说:"王荆公子雱,早世,其妻另筑小楼以居,荆公时往窥焉。媳错会公意,题诗于壁,有'风流不落别人家'句。公见之,以指爪爬去壁粉。外间'爬灰'之语,盖昉于此。"后者乃是演绎故事,不能算作依据。至道光时,李元复撰《常谈丛录》,他在卷八里这样解释"扒灰":"俗以淫于子妇者为扒灰，盖为污媳之隐语。膝媳音同，扒行灰上，则膝污也。"就隐语形成的角度来看，李元复的说法，似较有道理。

"扒灰"或"爬灰"一词，最早自然是在民间流行，起于何时，实也无可追寻，大概在明代通俗文学繁荣后，进入刊印文字，可以举几个例子。《金瓶梅词话》第三十三回说，韩道国老婆与小叔子通奸，给几个浮浪子弟撞破，街坊上纷纷议论起来，"那老者点了点头儿说道：'可伤，原来小叔儿要嫂子的，到官，叔嫂通奸，两个都是绞罪。'那旁边多口的，认的他有名叫做陶扒灰，一连娶三个媳妇，都吃他扒了，因此插口说道：'你老人家深通条律，相这小叔养嫂子的便是绞罪，若是公公养媳妇的却论什么罪？'那老者见不是话，低着头一声儿没言语走了"。《拍案惊奇》卷十三《赵六老舐犊丧残生，张知县诛枭成铁案》说，赵六被不孝子误杀，横尸屋里，邻里猜测原故，一人说："不是偷东西，敢是老没廉耻，要扒灰，儿子愤恨，借这个贼名杀了。"传奇里也有，在徐元《八义记》第八出《宣子劝农》里，净说："你这个老儿，我到你家叫你，你媳妇说方才扒了灰，出去了。"丑说："休得取笑，家丑不可外扬。"又，在孙柚《琴心记》第四出《设馆都亭》里，小净唱："破头巾枯桑叶补，烂须绦绵纱索做，乡下左来觔裸裸，媳妇儿极亲我，常放公公杀些火。"众问："怎么吃你杀了火？"小净答："难道公公会爬灰，煨媳妇不着的？"众说："却原来你到是一个火头。"这两本传奇都由常熟汲古阁刊刻，编入《六十种曲》。

与"扒灰"意思几乎相同的，还有一个挺古雅的词叫"聚麀"，比起"扒灰"来，那历史要悠久得多了。《礼记·曲礼上》有曰："夫唯禽兽无礼，故父子聚麀。"郑玄注："聚，犹共也。鹿牝曰麀。"因为禽兽不知父子夫妇之伦，故有父子共牝之事。但"聚麀"的意思，包括上烝父妾、下纳子妻，包括父子共私一女，包括私通兄嫂弟妇等，用来泛指两代或三代人之间的乱伦行为。而"扒灰"的意思仅指公公与儿媳的私通，故冯梦祯《快雪堂漫录》"书王文旦事"条说"俗呼聚麀为扒灰"，那是不够准确的。即就"聚麀"中的"扒灰"一项来说，历史上也很有故事可说。以先秦为例，《左传·昭公十九年》记楚平王娶太子建妻嬴氏；《史记·鲁周公世家》记鲁惠公为子娶于宋，"宋女至而好，惠公夺而自妻之"；《史记·卫康叔世家》记卫宣公为太子伋娶齐女，"宣公见所欲为太子妇者好，说而自取之"。最为人艳说的，大概就数唐玄宗与杨贵妃的事，记载很多，还是引一段正史，《新唐书·列传第一·后妃上》记道："玄宗贵妃杨氏，隋梁郡通守汪四世孙，徙籍蒲州，遂为永乐人。幼孤，养叔父家，始为寿王妃。开元二十四年，武惠妃薨，后廷无当帝意者，或言妃姿质天挺，宜充掖廷。遂召内禁中，异之，即为自出妃意者，丐籍女官，号太真，更为寿王聘韦昭训女，而太真得幸。善歌舞，邃晓音律，且智算警颖，迎意辄悟。帝大悦，遂专房宴，宫中号娘子，仪体与皇后等。天宝初，进册贵妃。"故孔平仲《珩璜新论》说："武后乃太宗才人也，而高宗立以为后，所谓陷吾君于聚麀也。杨妃先嫁寿王，而玄宗召纳禁中，为寿王别聘韦昭训女，此与新台之恶何异焉。"帝王们的"聚麀"，朝野史乘或有记载，而寻常四民的"扒灰"，就只好到小说戏文里去寻找了。

小说里也有用"聚麀"的，却并无"扒灰"的意思，指的还是乱伦。如《红楼梦》第六十四回写道："却说贾琏素日既闻尤氏姊妹之名，恨无缘得见。近因贾敬停灵在家，每日与二姐儿、三姐儿相认已熟，不禁动了垂涎之意。况知与贾珍、贾蓉等素昔有聚麀之诮，因而乘机百般撩拨，眉目传情。"可见小说既要让人去读，通俗是必要的，民间既有"扒灰"的隐语，同样的意思，一般就不会再去用那古雅的"聚麀"了。

二〇〇九年八月十六日

《苏州山水名胜历代文钞》前言

苏州城里,有繁华的商市、幽静的深巷、秀美的园亭,而古城四郊,土沃田腴,山温水软,风光绮丽,胜迹遍布。尤其是西南一隅,碧波万顷的太湖,包孕吴越而控诸山,诸山因得太湖而独擅胜场,一山一胜,胜胜相形,故地尽东南之美。山色是那样苍翠,波光是那样澄碧,确乎让人流连。如果行于山野,桴于河流,满目都是云烟,满目都是风月,似乎每一块石头,每一棵老树,都记录了历史的沧桑,都在叙述遥远的故事。

——《苏州山水·小引》

在漫长的地质历史时期,苏州一带经受了印支、燕山、喜马拉雅及新构造运动的冲击和荡涤,地壳上升,岩浆上侵,又经历了从古生代寒武纪至新生代第四纪若干亿年的地层沉积和多次海侵、海退的沧海桑田变化,最终形成了近代的地质面貌。

太湖的形成,有潟湖成因说、构造成因说,以及三江堰塞、陨石冲击等多种学说,在约距今四五千年前,太湖已基本形成如今的水域、水深、形状及其他水文环境。它浩瀚广袤,一望无际,旧说三万六千顷,周回五百里,今全湖面积约二千四百二十八平方公里,岸线全长三百九十多公里,为中国第三大淡水湖,仅次于鄱阳湖和洞庭湖。就构造上说,太湖湖盆呈浅碟状,为典型的平原吞吐湖,它的上源主要是浙西天目山东苕溪水系、宜溧山区荆溪水系,它的下委则东出沙墩口、胥口、瓜泾口、南厍口、大浦口,分别经由望虞河、胥江、娄江、太浦河等数十条河港泄入长江。由于太湖下委水系全部在苏州境内,流经地区形成湖荡星罗棋布、河道纵横交错的水系网络格局。除通江河道外,元和塘、横泾塘、盐铁塘、江南运河为境内主干河道。大小湖荡则有三百二十多个,千亩以上的有八十七个,如阳澄湖、淀山湖、澄湖、昆承湖、元荡、独墅湖等。

苏州境内有大小山体一百馀座,主要分布在古城西郊、常熟和张家港沿江一带,均属天目山馀脉,一般海拔在一百米至二百米,最高穹窿山,海拔三百四十二米;其次阳山,海拔三百三十八米。这些山体主要由泥盆系石英砂岩组成,也有以石炭系、二叠系灰岩、砂页岩及侏罗系火山岩组成。古城西郊有两片面积较大的基岩山体,正西方面一片,由天平山、天池山、灵岩山、大焦山、观音山、高景山等组成;西南方面一片,由七子山、横山、吴山岭、福寿山、上方山等组成。还有一些孤立突起于平原之上的陆屿残丘,如虎丘、何山、狮子山、黄山等。沿太湖则有穹窿山、葛舍山、潭山、安山、凤凰山、邓尉山、玄墓山、城隍山、米堆山、西碛山、清明山、渔洋山、洞庭东山等。湖中诸山以洞庭西山为最大,面积近八十平方公里,为中国内湖第一大岛,主峰缥缈峰,海拔三百零七米。此外,昆山有马鞍山,常熟有虞山,张家港则有香山。由于这些山体形成较早,久经风雨侵蚀,起伏缓和,也有二三十米高的陡崖。山上植被丰富,老树苍翠,间有潺潺清泉。

早在先秦时代,就有记述太湖流域的文字。如《尚书·禹贡》记道:"淮、海惟扬州。彭蠡既猪,阳鸟攸居。三江既入,震泽厎定。筱簜既敷,厥草惟夭,厥木惟乔,厥土惟涂泥,厥田惟下下,厥赋下上上错。厥贡惟金三品,瑶、琨、筱、簜、齿、革、羽、毛,惟木。岛夷卉服,厥篚织贝,厥包橘柚,锡贡。沿于江、淮,达于淮、泗。"《周礼·职方氏》也记道:"东南曰扬州,其山镇曰会稽,其泽薮曰具区,其川三江,其浸五湖,其利金、锡、竹、箭,其民二男五女,其畜宜鸟兽,其谷宜稻。"这些文字,大概介绍了当时这一带的山川形势、气象物产等情况。先秦时代,文学尚未独立,《尚书》《周礼》等乃是当时社会精神产品的总和,个人游历虽多,却记述无存,更谈不上纪游文学。至西汉武帝时,司马迁曾南游,他在《史记》里说:"吾适楚,观春申君故城,宫室盛矣哉。"(《春申君列传》),又"上姑苏,望五湖"(《河渠书》),这是关于苏州游踪较早的记录。

从旅游史来看,苏州最早的山水游览风景区,除姑苏台、虎丘等吴越遗迹外,以洞庭西山林屋洞名声最著,这与道教兴起是分不开的。《永乐大典》引《郡国志》记道:"洞庭山,有宫五门,东通林屋,西达峨眉,南接罗浮,北连岱岳。东有石楼,楼下有两石鼓,扣之即清越,所谓神钲也。"又记道:"林屋洞,在太湖中,有一石门,名隔凡门,至此不容人入。"随着游踪的频繁和深入,对林屋洞的记述也具体起来,《太平御览》引顾启期《娄地记》就记道:"太湖东,小山名洞庭,绝石巉岩,本惟松柏。山有三穴,东头北面一穴不容人,西头南面一穴亦然,并有清泉流出。西北一穴伛偻才得入,穴外石盘磳,形势惊人,穴里如一间堂屋,上高丈馀,恒津润四壁,石色青白,南壁开处,侧肩得入,潜行三道,北通琅琊,东通武县,西通长沙巴陵湖。吴大帝使人行三十馀里,而反云上闻有浪声。有大蝙蝠如鸟,拂杀人火。穴中高处,火照不见,穴有鹅管钟乳。水寒可得入,春夏不可入。"景观记述的具体化，乃是深入观察的结果，也是山经、水志、分野、舆地转而为纪游文学的过渡。值得一提的是三国吴人杨泉的《五湖赋》，它是较早记述太湖的专题纪游作品，辑存于《艺文类聚》《初学记》等，均为残篇，内容也不一样，既反映了由林屋洞旅游向洞庭西山的扩展，又反映了由洞庭西山旅游向太湖周边的扩展。

隋唐以前，苏州主要的山水游览风景区，有姑苏台、虎丘、洞庭西山、胥山、香山、灵岩山、虞山、马鞍山等。随着江南运河的开通，全国经济中心南移，苏州地广人庶，生产基础良好，两税制推动了经济发展，商业的活跃和交通的发达，形成"复叠江山壮，平铺井邑宽。人稠过扬府，坊闹半长安"（白居易《齐云楼晚望偶题十韵兼呈冯侍御周殷二协律》）的繁荣局面。苏州旅游业的真正兴起，应该是从唐代开始的，王昌龄的《太湖秋夕》、李白的《苏台览古》、杜甫的《壮游》、张继的《枫桥夜泊》、赵嘏的《入半塘》、许浑的《游楞伽寺》等等，就是远方旅人留下的名作。宝历初任苏州刺史的白居易，更是苏州旅游的倡导者，"每相携游咏，跻危登险，极林泉之幽邃。至于翛然顺适之际，几欲忘其形骸。或经时不归，或逾月而返"（《旧唐书·白居易传》）。他游虎丘，"一年十二度，非少亦非多"（《夜游西武丘寺八韵》）；他游太湖，"报君一事君应羡，五宿澄波皓月中"（《泛太湖书事寄微之》）。至于皮日休、陆龟蒙的太湖唱和组诗，风致幽奇，一时传播，"以皮得之亲历，故议论更透彻而描写更奇特也"（余成教《石园诗话》卷二）。苏州不但是经济大城、文化中心，更是东南重要的交通枢纽，南来北往所经由，客馆之建，自古已然。《江南通志》卷三十一记道："旧传吴国古馆凡三，昇月馆在带城桥东，乌鹊馆在乌鹊桥，江枫馆在渴乌巷。又有全吴、通波、临顿、龙门、昇羽等馆。昇月馆至宋犹存。"南宋绍兴间所建姑苏馆，"体势宏丽，为浙西客馆之最"(《吴郡志》卷七)。元大德间改姑苏驿,"南海百蛮之入贡者,南方数百郡之求仕者,与夫工艺贸易之趋北者,今日杭州明日而苏。天使之驰驿而来者,北方中原士大夫之仕于南者,东辽西域幽朔之浮淮越江者,今日苏而明杭。是故苏为孔道,陆骑水舫,供给良难"(方回《姑苏驿记》)。旅游设施的安善,推动了旅游业的日益发展。从苏州旅游史的总体来看,大致是至唐代而多,至宋代而兴,至明清而盛。就山水游览风景区而言,除部分吴越遗迹湮没外,传统风景区的游踪经久不绝,石湖、横山、尧峰、天平山、华山、支硎山、穹窿山、玄墓山、邓尉山、米堆山、西碛山、清明山、渔洋山、蟠螭山、金山、阳山、寒山、陈湖、汾湖、莺脰湖、尚湖等陆续成为新的风景区。游览内容,由山水游又兼容了古迹游、寺观游。游览方式,在明清时新增了画舫游,船菜应运而生,与这独特的游览方式互为推动。更重要的是,宋元以后,苏州形成了观赏梅花、玉兰、牡丹、荷花、桂花、枫叶的季节性旅游,这在旅游史上具有很大意义。

清人孙嘉淦《南游记》起首说:"游亦多术矣,昔禹乘四载,刊山通道以治水;孔子孟子周游列国,以行其道;太史公览四海名山大川,以奇其文。他如好大之君,东封西狩以荡心;山人羽客,穷幽极远以行怪;士人京宦之贫而无事者,投刺四方以射财,此游之大较也。"当然也有"驾言出游,以写我忧"(《诗·邶风·泉水》)的人。郁达夫在《山水及自然景物的欣赏》里说:"欣赏自然景物的本能,是大家都有的;不过有些人忙于衣食,不便沉酣于大自然的美景,有些人习以为常了,虽在欣赏,也没有欣赏的自觉,因而使一般崇拜自然美的人,得自命为雅士,以为自然景物,就只为他们少数人而存在的。更有些人,将自然范围限制得很小,以为能如此这般的欣赏,自然景物,就尽在他们的囊中了。"故一些文人学士,游踪所至,就将他们欣赏自然景物的感受记之于文,咏之于诗,绘之于图,这也是很自然的事。

以苏州为范围的纪游文学,除诗、词、曲以外,记、书、序、志、赋、铭、题跋等体俱备,丰富多彩,并且篇数巨万,堪称汗牛充栋。明人姚希孟的《读洞庭游记记》,以太湖山水游记为例说:"洞庭之有记,苏沧浪之水月寺,引其端而大盛,于本朝迪功、待诏之风流,弇州、太函之雄藻,互抒胸臆,以壮湖山,第玄澹者中枯,纷洒者旁寄。夫草木虫鱼之类,绘之则易工,赋之则未肖,所以诗文之妙过于丹青,以神而明之,有摄魂取髓之法也。若来既耳食而来,去亦指染而去,蜡屐匆匆,捉笔草草,灭裂报予,爰告成事,而骄语曰观止矣,其然?岂其然乎。余读《震泽编》、《包山集》,而知作记固难,记洞庭尤不易也。欲于按图之外,别开玄对,击节之外,自具赏音,情脉脉以酣恬,语超超而简贵,歇庵先生斯其最乎;最后见王季重作,其笔端紫烟欲挟青山而飞矣;袁中郎使君,隽人也,于簿书剧迫中窜身幽讨,甫从弋猎,随复载橐,问所获之几何,恐廉纤而难献,而胆雄笔快,直署其考曰:'与洞庭为配者,其圆峤、方壶乎?若方内居然第一矣。'真此山知己哉,真此山知己者。"其实,苏州山水的知己甚多,不仅是袁宏道等数人而已。苏州的纪游文学,特别是散体,具有几个特点,一、作者大都在文学、艺术、学术上颇有成就和影响;二、本土及邻近府县作者居多;三、不少是游记史上的名作;四、写作形式多样,有的连篇累牍,有的排日记游,或一题而记数区,或数题而记一区,这是由苏州山水游览区的分布状况决定的。

苏州山水与苏州造园活动有密切的关系。众所周知,苏州园林具有"咫尺山林"、"天然图画"的艺术特点,这与中国传统文化发展是一脉相承的。

魏晋时期,玄学兴起,它是以老庄思想为主的哲学思潮,经历了不同的发展阶段。正始年间,何晏"援老入儒",作《道德论》《无名论》,王弼又作《老子注》《周易注》等,主张"贵无","天地万物皆以无为本"(《晋书·王弼传》),提出有无、本末、体用、动静等一系列范畴,认为名教出于自然,创立了"贵无论"体系。继而阮籍、嵇康、向秀、郭象等各持学说,玄风大畅,正如《文心雕龙·论说》所说:"何晏之徒,始盛玄论,于是聃周当路,与尼父争途矣。"玄学的思潮,劲吹起隐逸之风,山水林泉成为隐逸者高蹈远举的理想寄托。但啸傲行吟山际水畔,默然幽栖深山老林,需要舍弃物质生活的优厚和舒适,需要舍弃城市生活的繁荣和华美,这就在客观上形成矛盾。隐逸者解决这一矛盾的具体方法,便是在城市或近郊模山范水,营造园林,以作山水林泉之想。于是隐逸的形式发生了变化,晋人王康琚《反招隐》诗曰:"小隐隐陵薮,大隐隐朝市。伯夷窜首阳,老聃伏柱史。昔在太平时,亦有巢居子。今虽盛明世,能无中林士。放神青云外,绝迹穷山里。鹍鸡先晨鸣,哀风迎夜起。凝霜凋朱颜,寒泉伤玉趾。周才信众人,偏智任诸己。推分得天和,矫性失至理。归来安所期,与物齐终始。"尽管"大隐隐朝市",但仍不脱老庄的范畴。与此同时,在玄学影响下,独立山水画在开掘自然美的基础上萌芽成长起来,绘画进入彻底自觉的阶段,先后出现顾恺之的《画云台山记》、宗炳的《画山水序》、王微的《叙画》等,它们奠定了中国山水画的理论基础。也与此同时,山水诗文大量涌现,它们追求自然恬淡、情景交融的境界,在文学史上具有划时代的意义。造园活动和山水画、山水诗文一起进入繁荣期,这不是偶然的,它们之间存在着必然的联系。造园是隐逸的需求,山水画是创造隐逸的环境,山水诗文也在这时进入"文学的自觉时代"(鲁迅《魏晋风度及文章与药及酒之关系》),刘勰《文心雕龙》说:"宋初文咏,体有因革,庄老告退,而山水方滋,俪采百字之偶,争价一句之奇,情必极貌以写物,辞必穷力而追新。"(《明诗》)于是

"登山则情满于山,观海则意溢于海,我才之多少,将与风云而并驱矣"(《神思》)。宋人郭熙更将它们融通起来,《林泉高致·山水训》说:"君子之所以爱夫山水者,其旨安在?丘园养素,所常处也;泉石啸傲,所常乐也;渔樵隐逸,所常适也;猿鹤飞鸣,所常观也;尘嚣缰锁,此人情所常厌也;烟霞仙圣,此人情所常愿而不得见也。直以太平盛日,君亲之心两隆,苟洁一身出处,节义斯系,岂仁人高蹈远引,为离世绝俗之行,而必与箕颖埒素、黄绮同芳哉。白驹之诗,紫芝之咏,皆不得已而长往者也。然则林泉之志,烟霞之侣,梦寐在焉。耳目断绝,今得妙手,郁然出之,不下堂筵,坐穷泉壑,猿声鸟啼,依约在耳,山光水色,滉漾夺目,斯岂不快人意,实获我心哉。此世之所以贵夫画山水之本意也。"而画山水和造园又异曲同工,他说:"山水有可行者,有可望者,有可游者,有可居者。画凡至此,皆入善品。但可行可望不如可游可居之为得,何者?观今山川,地占数百里,可游可居之处十无三四,而必取可居可游之品,君子之所以渴林泉者,正为佳处故也。"园林正是可行可望可游可居的艺术创造。

从苏州园林的发展来看,始终存在着隐逸的主题。如六朝时的顾辟疆园,李白《留别龚处士》就咏道:"柳深陶令宅,竹暗辟疆园。"宋代蒋堂的隐圃、龚宗元的中隐堂、胡质的招隐堂、张廷杰的就隐、黄由的盘隐,都以一个"隐"字直接标明园主的用意。苏舜钦取《楚辞·渔父》之意,题所居为沧浪亭。明清时期,苏州造园活动空前繁荣,隐逸依然是个主题。如王献臣筑拙政园,唐寅《西畴图为王侍御作》有"铁冠仙史隐城隅,西近平畴宅一区"之咏;姜埰居艺圃,汪琬《再题姜氏艺圃》有"隔断城西市语哗,幽栖绝似野人家"之誉。网师园的网师本是渔父之意,而耦园则是沈秉成夫妇"枕波双隐"之处。

隐逸的最高追求是返璞归真、回归自然,因此造园的最高境界也就是崇尚自然,在尊重自然的前提下,创造人与自然和谐相处的园林形态,这也是历代造园者遵循的原则。苏州园林萌芽时期的戴颙宅,就是"聚石引水,植林开涧,少时繁密,有若自然"(《吴郡图经续记》卷下)。在以后的造园活动中,也无不如此。计成在《园冶·园说》里说:"凡结林园,无分村郭。地偏为胜,开林择剪蓬蒿;景到随机,在涧共修兰芷。径缘三益,业拟千秋,围墙隐约于萝间,架屋蜿蜒于木末。山楼凭远,纵目皆然;竹坞寻幽,醉心既是。轩楹高爽,窗户虚邻,纳千顷之汪洋,收四时之烂熳。梧阴匝地,槐荫当庭,插柳沿堤,栽梅绕屋。结茅竹里,浚一派之长源;障锦山屏,列千寻之耸翠。虽由人作,宛自天开。刹宇隐环窗,仿佛片图小李;岩峦堆劈石,参差半壁大痴。萧寺可以卜邻,梵音到耳;远峰偏宜借景,秀色堪餐。紫气青霞,鹤声送来枕上;白蘋红蓼,鸥盟同结矶边。看山上个篮舆,问水拖条枥杖,斜飞堞雉,横跨长虹。不羡摩诘辋川,何数季伦金谷。一湾仅于消夏,百亩岂为藏春。养鹿堪游,种鱼可捕。凉亭浮白,冰调竹树风生;暖阁偎红,雪煮炉铛涛沸。渴吻消尽,烦顿开除。夜雨芭蕉,似杂鲛人之泣泪;晓风杨柳,若翻蛮女之纤腰。移竹当窗,分梨为院,溶溶月色,瑟瑟风声,静拢一榻琴书,动涵半轮秋水,清气觉来几席,凡尘顿远襟怀。窗牖无拘,随宜合用;栏杆信画,因境而成。制式新番,裁除旧套;大观不足,小筑允宜。"计成这样铺陈论说,无非就是将崇尚自然作为造园的第一要素,既得山水之观,花木之丽,又得四时气候之变,阴晴晨昏,风花雪月,让人在园中得以真切体验。

但园林不是自然山水的复制再现,而是自然山水的艺术化、典型化、人文化。沈复在《浮生六记·闲情记趣》里说:"若夫园亭楼阁,套室回廊,叠石成山,栽花取势,又在大中见小,小中见大,虚中有实,实中有虚,或藏或露,或浅或深,不仅在周回曲折四字,又不在地广石多,徒烦工费。或掘地堆土成山,间以石块,杂以花草,篱用梅编,墙以藤引,则无山而成山矣。"在一个有限的空间里,利用自然,再造自然,以独特的构思,沿阜垒山,因洼疏池,营造亭榭,种植花木,由此构成引人入胜的景观。这种构成,实际也就是提炼浓缩的过程,文震亨《长物志·水石》说:"石令人古,水令人远,园林水石,最不可无。要须回环峭拔,安插得宜,一峰则太华千寻,一勺则江湖万里。又须修竹老木,怪藤丑树,交覆角立。苍崖碧涧,奔泉汛流,如入深岩绝壑之中,乃为名区胜地。"李渔《闲情偶寄·山石》也说:"幽斋磊石,原非得已,不能致身岩下,与木石居,故以一卷代山,一勺代水,所谓无聊之极思也。"而这与前人画论也是一致的,宗炳《画山水序》就说:"今张绡素以远映,则昆阆之形可围于方寸之内,竖划三寸,当千仞之高,横墨数尺,体百里之迥。"经过这样的艺术创造,园林才成为"咫尺山林"。

　　苏州的山水形胜,对造园活动有很大影响。就物质层面来说,叠山往往就地取材,多采用太湖石和黄石,太湖石"性坚而润,有嵌空、穿眼、宛转、崄怪势","以高大为贵,惟宜植立轩堂前,或点乔松奇卉下,装治假山,罗列园林广榭中,颇多伟观也";黄石则出尧峰,"其质坚,不入斧凿,其文古拙"(《园冶·选石》)。太湖石更则具有苏州山水的象征意义。就技术层面来说,苏州园林不少是摹仿太湖山水,如拙政园中部池岛就是一例。从远香堂北望,池面空旷,中有数岛,一字排开,主山居中,陡峭而高,上有雪香云蔚亭,东面山势低缓,上有待霜亭,四时各得佳致,具有太湖山水间的韵味。如艺圃、退思园的水池取借太湖,水湾深藏于石间,水面矶濑隐现,往往半亩碧波,如有烟波浩渺之观。网师园的水池,则仿虎丘白莲池。有的叠山作直接模拟,以韩馨冶隐园小林屋最为典型,韩是升《小林屋记》记道:"洞故仿包山林屋,石床神钲,玉柱金庭,无不毕具。历二百年,苔藓若封,烟云自吐,碧梧银杏,紫荆翠柏。春夏之交,浓阴蔽日,时雨初霁,岩乳欲滴,有水一泓,清可鉴物,嵌空架楼,吟眺姿适,游其中者,几莫辨为匠心之运,石林万古不知暑,岂虚语哉。"再如叶燮的横山别业,二弃草堂后叠石为小天平山,自作《小天平山》诗曰:"叠石为山积尺寻,依然阴壑与阳岑。撑持一篑凌空意,磅礴如拳不转心。妄谓朝天从世谛,何须端笏比华簪。堂前半亩联丘壑,径路风云只自深。"还有光福奉慈村外的小虎丘,为明末诸生莫怡所构,叠石栽松,颇有幽致。至于借景于山水的园林,则多不胜数,如虎丘的顾氏塔影园、蒋氏塔影园、西溪别墅、凫溪渔舍,石湖的石湖别墅、石湖草堂、越溪庄、南村,尧峰的环谷、尧峰山庄、石坞山房、横山的凝翠楼、梅隐、已睡、灵岩山的遂初园、桂隐园、盘隐草堂、浣雪山房、怡园、灵岩山馆、天平山的天平山庄、潬上书屋、水木明瑟园,华山的就隐,洞庭东山的鹥舟园、真适园、从适园、集贤圃、依绿园、夏荷园、隐梅庵、棣园、憩园,洞庭西山的道隐园、西村别业、南园,光福诸山的耕渔轩、邓尉山庄、晚香林、泛香居、逸园,阳山的阳山草堂,松江的天随别业、褚家林亭、臞庵、静春别墅,阳澄湖的阳湖草堂,汾湖的水村隐居、依绿轩,马鞍山的东园、茧园、遂园、养馀园,虞山的南皋草堂、桃源小隐、藤溪山居、小辋川、拂水山庄、秀野园、半野园等等。借景既有遥借,也有近借,有的甚至就坐落山林,那是造园最理想的境地,"园地惟山林最胜,有高有凹,有曲有深,有峻而悬,有平而坦,自成天然之趣,不烦人事之工";近湖滨水之园也不在少数,"江干湖畔,深柳疏芦之际,略成小筑,足征大观也"(《园冶·相地》)。如此点缀在山水间的园林,也就不仅可行可望可游可居,而且纳山水之景于园内,那样的天然气息,在"城市山林"里是很难有的。

关于苏州山水与园林,关于苏州山水与文献,想到的大概就是这些,草草写出,聊作本书的前言。

二〇〇九年八月二十日于苏州

《沧浪十八景金石集览》弁言

众所周知，治印由工匠之制转而为文人创作，乃是印学史上的重大嬗变，关键是由印石代替了铜、铁、银、玉以及象牙、玛瑙、水晶、犀角、黄杨、竹根等印材，作为文人的掌上馀事，石印易工，缪篆笔意，展舒从心，小则运指，大则运腕，往往得心应手。虽说战国时已有石印，出土实物甚多，但均属明器，且大都粗制滥造，不能纳入治印艺术范畴。至元末，会稽王冕试以花乳石刻印，方开印学史上石印的先河。

在治印文人化的过程中，苏州人曾起了"筚路蓝缕，以启山林"的作用。如吴县人徐官，出魏校之门，以音释六书闻名，尝以钟鼎古文刻印于石，今存《古今印史》。在印学史上贡献最著、影响最大的首推长洲人文彭，其字寿承，号三桥，乃徵明长子，工诗善书，尤擅摹印，所作逼真汉人。隆庆三年任南京国子博士时，取处州灯明石为印材，因其质雅易刻，笔意得尽，故所作韵致潇洒，清气盎然，与工匠镌刻者大异。于是稍知六书之士，翕然从之，由此而风靡天下，周亮工《印人录》卷一就说："论印之一道，自国博开之，后人奉为金科玉律，云仍遍天下。"正因为文彭在印坛上的至尊地位，后世就有伪托他的《印章集说》、《印史》以及《文三桥先生印谱》等。当时另一大家何震，曾从文彭研讨六法，"主臣印无一讹笔，盖得之国博居多"。然两人风尚不同,文彭以秀雅为宗,何震以苍劲为归,由此而形成明清文人治印的两脉。自文彭以后,文人治印出现了踵美增华、规模大备的气象,苏州更是名家辈出,周亮工《印人录》就记下了顾苓、沈世和、钦兰、钱展成、徐坚、袁鲁、袁雪、沈遘、陆天御、顾元方、邱旼诸多人物。在印学研究上,苏州向有传统,著述迭出,朱墨琳琅,如朱珪《印文集考》、周应愿《印说》、袁三俊《篆刻十三略》、朱象贤《印典》、徐坚《印戋》、孙光祖《六书缘起》和《篆印发微》、马光楣《三续三十五举》等,都是印学史上的名著。

闲章也是随着文人治印而兴盛起来的,其历史可追溯至战国,但在很长时期里,它的内容都是吉语或格言,直至文彭时代,文人自篆自刻以后,闲章从内容到形式才出现重大变化,这与文人画的发展密切相关。苏州兼有金石癖的文人,都好用闲章反映自己的人生观和艺术观,如文彭的"七十二峰深处"、"琴罢倚松玩鹤",反映了寄情山水的幽雅情趣;归世昌的"负雅志于高云"、"气烦则虑乱视邕则志滞",则襟怀落落,直抒胸臆;而顾苓的"眇眇兮予怀",则书卷气隐隐飘溢而至。闲章的另一种形式是以图入印,即肖形印,亦由来已久,至两汉而多反映生活习俗和社会风情之作。及至晚近,苏州张寒月、蔡谨士等先生以园林名胜入印,且成系列,可说是"肖形印"这一传统样式的时代创新。

这本《沧浪十八景金石集览》是苏州印人闲章创作的合集,具有鲜明的时代特征,各家所作风格迥异,或疏简清放,或恬静闲雅,或高旷苍润,或洒脱超然,均由印文内容而匠心独运。此外,还以"十八景"入印,继承了肖形印的创新传统,丰富了闲章艺术的题材。故这本印谱不但是当代苏州印人的精品选萃,也是闲章艺术所含人文精神的主题展现。

二〇〇九年十月十六日

吴侬软语

人们对苏州话,往往怀有一种美好的感受,有俗话说:"宁听苏州人相骂,不听宁波人说话。"这句俗语中的"宁波人",也有被"苏北人"或"湖南人"代替,意思相同,当然不是地域偏见,而是反衬出苏州话的特点。即使是苏州人说话,也不是个个皆宜,最好是嗓音清脆、喉咙圆润的青年女子,软绵绵的,如水一般温柔,即使听不明白,也是一种享受。

徐志摩早年写过一则《吴语》,这样说:"吴侬软语,倾藉一时,盖柔转如环,令人意消也。然男子作之不方且俗,即女子其喉音粗者,则其语不纯。坊间类操吴语,其实真苏产亦少。娟姐语予,尝去苏州,有张七小姐者,此真妙绝尘寰矣,使腔宛好如玉盘珠走,而其发音尤天赋清越,迥异寻常;固毋须其软语生风,即謦欬未闻,已足令神魂飞越;且不特语妙而已也。其秋波,其皓腕,其檀口,其樱唇,并周旋流转,若合节奏,宜嗔宜喜,此之谓矣。所谓国色者,允宜擅此,俗夫但识检貌,抑未喻也。"在徐志摩看来,苏州话的美妙,实在不仅是听的感受,而是听与看的结合,这是他绮丽诗情的体验,但他说"男子作之不方且俗",却有点道理,听苏州男子说话,厌厌的,缺乏阳刚之气,似乎就没有什么好了。

苏州话的轻清柔美,久已成为一方文化的标识,顾况《南归》诗曰:"乡关殊可望,渐渐入吴音。"陶枚《季夏忆吴门景物寄内》诗曰:"愁边节物知难遣,别久吴音渐欲忘。"辛弃疾《清平乐》也咏道:"醉里吴音相媚好,白发谁家翁媪?"乾隆《吴江县志》卷三十九这样说:"吴音轻清而柔缓,故音韵之学独盛于南方,虽土音各限方隅,不若中州之正,而流利明晰,纤悉必分,舒徐宛转,则其所长,故吴音自古独重。"

由于苏州话具有柔软、娇脆的鲜明特点,晚近以来,就称苏州人说话为"吴侬软语"或"吴侬娇语"。"吴侬"是指吴人,因为吴人自称"我侬",称人则"渠侬"、"个侬"、"他侬"。历史上隶属苏州的嘉定,被称为"三侬之地",高德基《平江记事》记道:"嘉定州,去平江一百六十里,乡音与吴城尤异,其并海去处,号三侬之地,盖以乡人自称曰吾侬、我侬,称他人曰渠侬、你侬,问人曰谁侬。夜晚之间,闭门之后,有人扣门,主人问曰:'谁侬?'外面答曰:'我侬。'主人不知何人,开门视之,认其人矣,乃曰:'却是你侬。'人遂名为三侬之地。""吴侬"的说法,至少唐代就有了,刘禹锡《福先寺雪中酬别白乐天》就有"才子从今一分散,便将诗咏向吴侬"。

苏州话和其他方言一样,有一个逐渐演变的过程,因为它本是吴语的一支,并且向被视为吴语的代表,那就先从吴语说起。

一、吴语的形成和状态

古今语言都有方言的地域差异,人们也很早就认识到方言的存在,《礼记·王制》就说:"五方之民,言语不通,嗜欲不同。"王充《论衡·自纪篇》更认为"经传之文,圣贤之语,古今言殊,四方谈异也",正确地说出了经书难懂的原因,一是古今语言有历时的变化,二是又有共时的方言差异。

汉语包括七大方言，即官话、吴语、赣语、客家话、湘语、闽语、粤语。吴语大致分布于江苏长江以南的常州、无锡、苏州，包括镇江的丹阳、高淳，长江以北的南通、启东、海门、启东、靖江、如东，上海全境，浙江除淳安、建德、苍南、平阳之外的地区，以及江西的上饶，福建的浦城北部。安徽的铜陵、太平说宣州吴语，但宣州吴语受到江淮官话的严重渗透。吴语使用人数约占汉族总人口的百分之八，仅次于官话使用人数，属于汉语第二大方言。

方言是语言逐渐分化的结果，而语言分化是从移民开始的，人口迁徙在促进文化发展的同时，也使语言发生很大变化。在七大方言中，官话可以看作是古汉语数千年来在北方发展的结果，其余六大方言则是由于北方不断向南方移民逐步形成的。秦汉以前，江南土著使用古越语，与古汉语相差很远，不能对话。秦汉以后，北方汉人先后几次大规模南迁，带来不同时期不同地区的北方古汉语，分散到南方各地，逐渐形成互相歧异的六大方言，吴语在六大方言中是最早形成的。

周秦时期，今江、浙、闽、粤、桂一带为百越族所居，百越亦作百粤，乃古代南方越人的总称，因部落众多，故以百称之。王应麟《通鉴地理通释》卷五说："自交趾至会稽七八千里，百越杂处，各有种姓。"百越人即今壮侗语族居民的祖先。刘向《说苑·善说》记载了一首春秋时的《越人歌》，故事中人鄂君子皙说："吾不知越歌，子试为我楚说之。"可见越歌听不懂，得借助楚语翻译，刘向用汉字记音，并以汉文作了翻译。据考证，这首《越人歌》使用的语言与壮语关系密切，可见古越语很可能是壮侗语族的母语。古代吴越是异国而同族，诚如《吴越春秋·夫差内传》中越大夫文种说的，"吴与越同音同律，上合星宿，下共一理"，两国的语言应该是相通的。这从先秦两汉的历史地名中可以得证，如于越、于陵、于菀、句容、句馀、句注山、姑苏、姑蔑、夫椒、乌程、乌伤、馀杭、馀暨、馀姚、无锡等，它们一是冠首字类同，个别字写法虽不同，但求之古音，则相合或相近；二是都属齐头式，古越语的特征十分明显。

历史上关于泰伯奔吴的记载，暗示着北方移民的一次南徙。北方移民原有的方言是否能在当地流行，与百越族相处数百年后能否在日常说话中保持下来，都大可怀疑，因为他们连人名都古越语化了，如句践、句亶、馀善、馀祭、馀昧、夫差、夫概、无馀、无壬、无颛、无疆等，与吴越地名的语言特征相同。然而吴王、越王们所铸的礼器、兵器上都镌刻汉字，季札更谙熟中原礼乐，因此可以认为，吴越的贵族阶层学习并使用北方汉语。

一般认为，原始吴语源于古楚语。上古时期，南方汉语只有楚语，楚语正式进入吴越地区，当由楚灭越开始。《汉书·地理志下》说："本吴粤与楚接比，数相并兼，故民俗略同。"经楚人几十年的统治，形成当地发展汉语的条件，楚语在吴语尤其南部吴语的形成中应起过重要作用。今老湘语与吴语有许多共同之处，似非偶然。原始吴语的形成，以古越语为底层语言，汉语上接受了楚语的影响，故历来有吴人"音楚"之说，郭茂倩《乐府诗集》卷一谈到"郊庙歌辞"就说："梁陈尽吴楚之音，周齐杂胡戎之伎。"这一方言发展痕迹，同样也"倒流"于今江西波阳一带，《明一统志》卷五十记饶州府，就说"语有吴楚之音"。

秦汉置郡设官驻兵，中原移民主要聚居于会稽郡的吴（今苏州）、山阴（今绍兴），丹阳郡的宛陵（今宣城）、秣陵（今南京）等城市，吴语就以这些地方为中心发展起来，以致后来吴语还是以苏州为苏南吴语中心，绍兴为浙江吴语中心，宣城为皖南吴语中心。但当时越族力量还很强，部分越人进入山区成为"山越"，而浙南、福建很长时期是越人的天下，据《三国志·蜀志·许靖传》

记载,许靖致曹操书中还说自己从会稽"南至交州,经历东瓯、闽越之国,行经万里,不见汉地"。故扬雄《方言》记吴越方言词主要还是侗台语词汇。

至西晋永嘉丧乱之前,建康(今南京)一带还是纯粹的吴语区,南朝乐府中的吴声歌曲,就是用吴语传唱的歌谣,其中保存着一个典型的吴语词汇"侬"。《乐府诗集》卷四十四解释"吴声歌曲"说:"吴歌杂曲并出江南,东晋已来,稍有增广,其始皆徒歌,既而被之管弦。盖自永嘉渡江之后,下及梁、陈,咸都建业,吴声歌曲起于此也。"吴声歌曲不但在建康一带广为流传,并且久已形成,西晋初就传入北方,《世说新语·排调》记了一个故事:"晋武帝问孙皓:'闻南人好作《尔汝歌》,颇能为不?'皓正饮酒,因举觞劝帝而言曰:'昔与汝为邻,今与汝为臣。上汝一桮酒,令汝寿万春。'帝悔之。"这南人所作的《尔汝歌》,就是吴声歌曲。永嘉丧乱后,长江以北的大批移民徙入建康一带,先后设置侨郡、侨州二十餘处,移民人数约百万以上,超过了土著,并且移民中不少是大族。《颜氏家训·音辞》说:"南方水土和柔,其音清举而切谐,失在浮浅,其辞多鄙俗。北方山川深厚,其音沈浊而鈋钝,得其质直,其辞多古语。然冠冕君子,南方为优;闾里小人,北方为愈。易服而与之谈,南方士庶,数言可辨;隔垣而听其语,北方朝野,终日难分。而南染吴越,北杂夷虏,皆有深弊,不可具论。"当时中原旧族多侨居江左,故南朝士大夫所言,仍以官话为主,而庶族所言,则多为吴语,故"南方士庶,数言可辨";而北方士庶,语音无异,故就"终日难分"了。惟北人多杂少数民族语音,反不若南朝士大夫之彬雅。至于闾巷之人,则南方之鄙俗,不若官话切正。由此可见当时建康一带方言交融的现象。

北方士族对吴语有两种态度,《世说新语·轻诋》记一则故事说:"支道林入东,见王子猷兄弟还,人问:'见诸王何如?'答曰:'见一群白颈乌,但闻唤哑哑声。'"王氏兄弟是学说吴语,支遁则讥笑为鸟语,态度是迥然不同的。然而连王导也在学说吴语,可见这是当时的一种风尚,《世说新语·排调》记道:"刘真长始见王丞相,时盛暑之月,丞相以腹熨弹棋局,曰:'何乃渹?'刘既出,人问:'见王公云何?'刘曰:'未见他异,惟闻作吴语耳。'"南方士族则都学说北来雅音官话,如吴人张融就是,《何氏语林》卷十四说:"张黄门出为封溪令,广越嶂险,獠贼执张,将杀食之,张神色不动,方作洛生咏。"但其中也有不少人并不放弃自己的方言,《世说新语·轻诋》记顾恺之事:"人问顾长康:'何以不作洛生咏?'答曰:'何至作老婢声。'"刘孝标注:"洛下书生咏,音重浊,故云老婢声。"《宋书·顾琛传》记道:"先是,宋世江东贵达者,会稽孔季恭、季恭子灵符,吴兴丘渊之及琛,吴音不变。"《南齐书·王敬则传》也记道:"敬则名位虽达,不以富贵自遇,危拱彷徨,略不衿据,接士庶皆吴语,而殷勤周悉。"

　　陈寅恪《东晋南朝之吴语》综合上述文献后说:"东晋南朝官吏接士人则用北语,庶人则用吴语,是士人皆北语阶级,而庶人皆吴语阶级,得以推知,此点可与《颜氏家训·音辞篇》所言者参证,此其一也。敬则属于庶人阶级,故交接士庶概用吴语,故亦不能作诗。若张融者,虽为吴人,但属于士族阶级,故将死犹作北咏。至于王俭,则本为北人,又为士族,纵屡世侨居江左,谅亦能以吴语接待庶族,而其赋诗,不依吴音押韵,断然可知,此其二也。"又说:"琅琊王导本北人,沛国刘惔亦是北人,而又皆士族,然则导何故用吴语接之?盖东晋之初,基业未固,导欲笼络江东之人心,作吴语者,乃其开济政策之一端也。"

　　这种南北互学方言和双语并行的现象并不持久,北方移民在人口、经济、政治等方面占有优势,不但使今南京、扬州等沿江吴语官话化,并且影响周边地区,使之发展为带有一定官话味的吴语,即以太湖为中心的北部吴语,以青弋江流域为中心的西部吴语(宣州吴语),而距离南京较远因而发展较慢的南部吴语,则较多保留原始吴语的特征。

至于东晋吴语文献,除零星记载和寥寥无几的谣谚而外,几乎不存。陈寅恪《东晋南朝之吴语》说:"除民间谣谚之未经文人删改润色者以外,凡东晋南朝之士大夫以及寒人之能作韵者,依其籍贯,纵属吴人,而所作之韵语则通常不用吴音。盖东晋南朝吴人之属于士族阶级语者,其在朝廷论议社会交际之时尚且不操吴语,岂得于其摹拟古昔典雅丽则之韵语转用土音乎?至于吴之寒人既作典雅之韵语,亦必依仿胜流,同用北音,以冒充士族,则更宜力避吴音而不敢用。故今日东晋南朝士大夫以及寒人所遗传之诗文虽篇什颇众,却不能据以研究东晋南朝吴音与北音异同及韵部分合诸问题也。"

至唐代,由于社会安定,吴语相对稳定,得以巩固和分化。至北宋,吴语不但已经巩固,并形成今南北各片的基本状况。靖康之乱,宋室南渡,大量北方移民至杭州,移民数倍于土著,使杭州语言发生变化,带上了官话的特点。因北方移民基本集中在临安府城内,故时至于今,杭州"半官话"的分布,也就在杭州市区的范围。

移民活动又给吴语区带来双语现象,这是由于移民的人数较少,经济、文化上的地位相对较低,不得不学会吴语以求生存,但他们往往是大分散小聚居,有意识地保留原有的风俗传统,故在自己家庭和移民社区仍使用原有的方言。今苏州太湖之滨,有许多祖籍河南、湖北的居民,约在太平天国战争后迁入,被称为"客民"或"客边人",如吴江菀坪就是这样。

就大势而言,今吴语区的历史是由北向南逐渐发展的。春秋战国时汉人活动中心在今苏州、绍兴、诸暨一带;秦汉时期,浙北、苏南依次开发；三国两晋以后，始将开发范围推向浙南；唐以后扩展到浙西及边境地区，吴语也相应由北向南扩散。春秋时期南进的移民大约是从今宁绍、杭嘉湖平原出发的，他们越走越远，方言也就与古越语越来越歧异，以致后来浙南移民的方言与出发地的方言竟不能通话。从现代吴语考察，从北到南在地理上有一个渐变的过程，这在词汇、语法、语音上都有所反映。

移民活动是方言形成的主要因素，但还有其他的因素，如行政区划中心变易也使方言变化。行政区划中心一般是这一政区内政治、经济、文化、时尚的中心，也一般是当地最大的城市，对人的语言心理具有向心力，一旦中心城市变换，当地的权威方言也势必随之变换。如华亭县，两宋时先后属秀州、嘉兴府，元至元十四年升华亭府，明年改松江府，仍属嘉兴路，而上海县由华亭县析置，故上海话源于华亭土话，嘉靖《上海县志》就称"方言以华亭为重"，而华亭土话则与嘉兴话接近，正德《松江府志》和正德《华亭县志》在述及方言时都说："府城视上海为轻，视嘉兴为重。"至清代，松江府隶属江苏省，嘉兴话的权威才让位给苏州话，康熙《松江府志》就说："府城视上海为轻，视姑苏为重。"嘉庆《松江府志》也说："府城视上海为轻，视苏州为重。"

吴语虽然历史悠久，但在表现形态上却不算最古老，因为三千年来，它不断受到北方官话的强烈影响，比较原始的吴语反而保留在闽语里。当然在吴语中仍然保存着一些在多数现代汉语方言中已经消失的古汉语特点，其中最主要的特点就是保持了浊音和清音声母的分别，现在吴语中的浊音包括清音浊流（分布在北部吴语区）和真浊音（分布在浙南）。

二、吴语中的苏州方言

吴语区范围内，各地方言很有差别，可分为太湖、宣州、台州、婺州、处衢、瓯江六个大区；太湖大区还可分为苏嘉沪、常州、湖州、杭州、临绍、宁波六个小区。即使在苏嘉沪小区内，方言也有所差别。一般认为，苏州方言的范围包括古城区（含沧浪、平江、金阊三区）、工业园区、虎丘区、吴中区、相城区。在这个范围内，也有地理上的语言差异，苏州城里人习惯上将古城区以外的方言称为"乡下口音"，可见城里话与"乡下口音"有所不同。这种差异并不完全与离城的距离远近成正比，如相城区的湘城、北桥远在最北，与常熟、无锡交界，语音与古城区非常接近；而葑门外的语音却迥然不同，工业园区娄葑街道大荡里的土音很重，属于典型的"乡下口音"；吴中区的东山、西山口音较硬，称之为"山浪闲话"，也就没有吴侬软语的甜糯了。

叶祥苓《苏州方言词典·引论》分析了苏州古城区与其他各区的方言差别，通俗地说，可分五点，一是古城区"古"、"精"、"粗"和"知"、"庄"、"章"三组字相混，其他区特别是东西部地区能予区分；二是古城区"雷"、"来"、"蓝"三字同音，都是阳平，其他区也读阳平，但韵母不同；三是古城区"雷"、"妹"、"推"不读如"楼"、"贸"、"偷"，其他区的大部分地区读作"楼"、"贸"、"偷"，这是城乡口音区别的标志之一；四是古城区古浊音上声今读阳去，七个单字调，吴中区部分地区都是八个单字调，平上去入各分阴阳；五是古城区阴平、阴上、阴去、阴入四个阴调类，逢塞音、塞擦音声母，送气与不送气同调，吴中区大部分乡镇阴上、阴去、阴入三个阴调类中，逢塞音、塞擦音声母，送气与不送气调值不同，调形升降虽然相似，但不送气起音高，送气起音低，听起来有所区别。这一语音特征可以将苏州话分成西南、东北两大片，西南片包括斜塘、车坊、娄葑、长桥、越溪、横泾、木渎、胥口、浦庄、渡村、东山、西山、藏书、太湖、光福、东渚、镇湖、通安、望亭等二十多个乡镇、街道，东北片包括古城区与其他乡镇、街道。

另外,苏州话还有老派、新派的差别。赵元任在一九二八年出版的《现代吴语的研究》中,记录了当时苏州等地吴语的语音、词汇和语法现象,至上世纪五六十年代,苏州方言中的翘舌音已经消失,如"说"与"塞"同音。七十年代中期开始,青少年有明显的音变,如尖团音不分,"尖"、"千"、"先"读作"兼"、"牵"、"轩"等,在一定程度上改变了苏州话的面貌,但单字调和连读变调还是比较稳定,故苏州话的"腔调"基本未变。

苏州方言与昆山、吴江、常熟、无锡等周围方言都有北部吴语的共性,但苏州方言还有自己的特点,可以区别周围的其他方言。

一是苏州方言保存了中古语音系统的全浊声母,分尖团音,韵母大多由一个单元音构成,与入声相应,有一套促声韵母,声调有七个,有成批的文白异读和复杂的连读变调。即以文白异读为例,苏州方言的文读,多半是历史上随着新词语一起进入苏州话的读书音,一般接近官话;白读是苏州原有的说话音,比较接近古音。如"日历"和"日脚"、"传染"和"染缸"、"耳目"和"耳朵"、"儿童"和"儿子"、"味精"和"味道"、"事物"和"物事"、"家庭"和"人家"、"喂养"和"喂饭"、"生产"和"生熟"、"木鱼"和"带鱼"、"凤凰"和"凤仙花"、"眉目"和"眉毛"等等。文白异读往往与特定的词凝固在一起,不能随意换读。

二是苏州方言的人称代词,第一人称单数作"吾",复数作"伲"、"吾伲";第二人称单数作"倷",复数作"唔笃";第三人称单数作"俚"、"俚倷"、"唔倷",复数作"俚笃"。苏州城区第一人称说"奴",只限于老年妇女,东郊、西郊则都说"奴"。

三是苏州方言的指示词,近指作"哀"、"该",中指作"㺷",远指作"弯"、"归"。如"哀杯茶是吾葛,㺷杯茶是倷格,弯杯茶是俚葛"。"㺷"指时间时,无须与近指、远指对举,中指的作用十分显然,如"辫歇(弯歇)辰光日脚勿好过"。在不指时间时,近指"哀"和中指"辫"可以互换,如"辫个人吾勿认得"中的"辫"可以换作"哀"。另外,"哀"、"该"、"辫"、"弯"、"归"都不能单独作主语、宾语,要与后面的量词、方位词等结合才能表意,如"哀个"(这个)、"哀歇"(这时候)、"哀枪"(这阵子)、"哀搭"(这里);"哀歇啥辰光则"(现在什么时候了),"哀枪倷身体好㖞"(这阵子你身体好吗)等。

四是苏州方言有五个常用的合音词,即"勥"、"朆"、"覅"、"柠"、"尚"。"勥"字即"勿要"的合音,最早见韩邦庆《海上花列传》,此书《例言》说:"苏州土白,弹词中所载多系俗字,但通行已久,人所共知,故仍用之,盖演义小说不必沾沾于考据也。惟有有音而无字者,如说勿要二字,苏人每急呼之,并为一音,若仍作勿要二字,便不合当时神理;又无他字可以替代,故将勿要二字并写一格。阅者须知勥字本无此字,乃合二字作一音读也。""朆"字是"勿曾"的合音,意思相当于"没有"。"覅"字是"阿曾"的合音,疑问副词,用在形容词、动词之前,构成问句,如"隔夜饭覅馊脱"(昨天的剩饭馊了没有)。"柠"字是疑问词"纳亨"的合音,意思相当于"如何",在日常谈话中常用合音,强调时也可以不用合音,如"倷柠会讲苏州闲话葛"(你怎么会讲苏州话的)。"尚"字是指示代词"实梗"的合音,意思相当于"这样",在日常谈话中常用合音,强调时也可以不用合音,如"天气尚冷,勥出去白相哉"(天气这样冷,不要出去玩了);"佛实梗敬俚,贼实梗防俚"(佛那样敬他,贼那样防他)。

五是苏州方言的时态助词"勒浪"、"仔"、"过"、"歇",大致相当于北京话的"着"、"了"、"过",如"吾就要回来葛,倷等勒浪"(我就要回来的,你等着);"吃仔砒霜药老虎"(吃了砒霜药老虎);"倷早饭覅吃过歇"(你早饭吃了没有)。苏州话中的"仔"只能用在句中,不能用在句末。

六是苏州方言动词带补语、宾语时,如果补语是否定的,宾语是人称代词,则宾语可以放在动词与补语之间,如"俚气力比吾大,吾打俚勿过"(他力气比我大,我打不过他);"害倷白走一趟,真真对倷勿住"(让你白跑一趟,实在对不起你);"倷覅看俚勿起,俚现在开仔一爿店哉"(你不要看不起他,他现在开了一家铺子了);"小人实梗皮,吾吃俚勿消"(小孩这样顽皮,我吃不消他)。

关于苏州方言,古人就有专著,一本是《吴音奇字》,一本是《吴下方言考》,属于明清时期苏州方言材料的记录,在近代汉语语言史上占有重要的地位。

《吴音奇字》作者孙楼,字子虚,号百川,明常熟人,嘉靖二十五年举人,授府州府推官,改调汉中府。他致仕归里后,悉心从事古籍校雠,家有丌册斋、博雅堂,藏书逾万卷,且多秘本。《吴音奇字》是一本专记苏州方言的字书。至崇祯年间,邑人陆镒对此书作了重编增补,陆镒在《铨次补遗吴音奇字小引》中说:"惜其踳驳无伦,俾属目者易生厌倦,余固鲁呆,不无续貂之想。故复加铨次,一字者列于前,二三字者厘于后,则令人一展卷也井井,一寓目也楚楚;间有音释舛谬,并厘正之,不敢以糊涂赚后生也;更有字义为日用常行,不脱唇吻间者,虽不为奇,亦不得数数以接捷。"一九三九年,省立苏州图书馆据瞿氏铁琴铜剑楼藏清钞本排印,收入《吴中文献小丛书》。此书所收的奇字按词义分类,共天文、地理、时令、人物、身体、人事、饮食、宫室、衣服、器用、珍宝、鸟兽、花木要、通用十二门。同一门中,先刊单音词,再刊复音词。体例上仿《方言》、《尔雅》、《广韵》,先为奇字注音,注音采用直音法,不用反切,再解释词义,必要时再举证词例。书中所收的奇字,都是吴语特别是苏州方言中的常用词,但字形罕见,其中小部分见于古籍,大部分来源无考,究竟是当时流行的苏州方言俗字,还是作者根据词的音义而杜撰新字,作者没有说明。尽管如此,这本《吴音奇字》保存了不少苏州方言词汇,同时又可从奇字的注音中了解明代苏州方言的一鳞半爪,具有相当的价值,由此书而结合冯梦龙辑录的山歌和小说、沈宠绥的《度曲须知》等记录的方言现象,可知明代苏州方言已与如今非常接近。

《吴下方言考》作者胡文英,字质馀,一字绳崖,清武进人,乾隆三十年广东籍副贡,官高阳知县,博雅善书,深通经学,于《诗经》、《离骚》、《庄子》都深有研究。《吴下方言考》历近三十年而成,积十二卷,有乾隆四十八年留芝堂刻本。此书采苏州一带方言俗语,与古词语印证比较,钱人麟在序中说:"尽取古来四部之藏,证诸吴音。初读骇其奇辟,细案之而更服其谛当,觉吾吴不可无此解,古人尤乐得有是解,是书遂为天下古今所不可少之书。""以六书分音等,必注释而其义始见,必音切而其音始定,此则以人工而协天籁也。或文同而义异,或文异而义同,或义同而音同,或义异而音异,皆无足怪,惟文同义同而音异,斯则为方音为之也。今绳崖为之注释其义,音切其音,习见以为无文者有文,无义者有义,全使古来四部之藏,皆为吾吴咳唾之所及,而吾吴街谈里谚尽为风华典雅之音,是非所谓人工而协天籁者欤?"给此书很高的评价,同时也指出了不足,"惟于宋元以后之书为少所采,夫音以方异,亦随时而变",可见钱人麟对近代汉语发展的正确认识。此书按平上去入四声分韵,各为一部,其韵数之少者,即以类附于他韵之下,并且在用字上力求规范,《凡例》末一条说:"方言有一字而分数音义者,或此为转注,或彼为假借,盖古人著书随手用字,在于用意,不拘拘于字也。与其杜撰而用俗字,不若用古人成字,尚为典雅。兹随其意而释其音,庶免鼠璞之误、金银之改矣。"

另外,还有一本《官话汇解便览》,蔡奭撰,蔡观澜重订,清末霞漳颜锦华刊本,凡两卷。这是一本以浙北吴语与官话对照的比较方言小词典,供江南人学习北方口语。全书两卷,分"口头套语"、"笑谈便语"、"时事常谈"、"身体举动"、"器具服色"、"宫室物料"、"饮食调和"、"衣服制作"、"天地山水"、"士农工商"、"禽兽鱼虫"、"花草果木"、"衙门讼狱"、"营伍军务"、"时令神明"、"戏耍詈骂"、"病症医药"、"婚产丧祭"、"五谷蔬菜"、"五色滋味"、"宝贝布帛"、"刑具军器"、"舟车事件"、"姓氏数目"、"人品称呼"、"杂类增补"诸项,各以一字至四五字排列,注明发音。作者蔡奭,字伯龙,杭州人,生平事迹无考。此书今已影印收入日本学者长泽规矩也编的《明清俗语辞书集成》。由于浙北吴语与苏州方言或接近或相同,故也可用以研究苏州方言。

至二十世纪初,早期汉语拼音方案的提倡者劳乃宣,在王照官话字母的基础上,增加了宁音(南京)、吴音(苏州)两种方言拼音方案。光绪三十二年,宁音谱和吴音谱分别以《增订合声简字谱》、《重订合声简字谱》为名在江宁出版。同年,昆山人朱文熊在日本作《江苏新字母》,"上考等韵,下据反切,旁用罗马及英文拼法,以成一种新文字,将以供我国通俗文字之用。而先试之于江苏,命曰江苏新字母,而所注国字,暂以苏音为准"(《自序》)。二十年代是汉语拼音方案风起云涌之时,苏州方言受到特别关注。一九二五年,钱玄同在《国语周刊》第二十八期发表《苏州注音字母草案》,吴稚晖和陈颂平也合编了《苏州注音字母表》,后来陈颂平又编了《苏州注音字母拼音表》。一九二八年,赵元任《现代吴语的研究》由清华学校研究院出版,这是第一部用现代语言学方法研究方言的著作,全书六章,分"吴音"和"吴语"两部分。"吴音"讨论各处吴语的声母、韵母和声调的音类和音值,列举各地的语音特点,总结吴语的共同特征。"吴语"讨论词汇、语法问题。作者最早使用国际音标记录汉语方言,语音分析深入细致,并能联系古代音韵考察汉语的古今演变,使错综复杂的语言现象得到科学合理的解释。一九三一年,商务印书馆出版了陆基、方宾观合编的《苏州注音符号》。一九三五年,陆基又编成《苏州同音常用字汇》。有意思的是,后两种的注释和叙述部分,都用了适量的苏州方言。《苏州注音符号》凡"说明的地方,全用苏州土白,以便苏人使用",并附有练习,除注音符号的原文外,还有译文,有这样一段:"一格人活辣世界上,如果勿识子字,格末两眼墨测黑,赛过是格瞎子哉。过歇有子苏州注音符号,弗消一个月格工夫,就可以学得会,学会子就可以记账,就可以写信,阿要使当阿。但愿我呢格苏州人,弗识字格,才分出点工夫来,互相学习,大家会拼,大家会写,耐末彼此通信,就可以拿注音符号来写,就是弗会写字,亦弗碍格哉。"《苏州同音常用字汇》则是配合注音符号的,书前《例言》第一条就说:"本书根据前教育部国语统一筹备委员会最新制定格苏州方音注音符号表,约选同音常用格字,四千光景,依次分配。让学过苏州注音符号格人,一看就识;并且略加解释,更觉得容易明白。"这些工作当时是为了帮助识字,作听读写的结合,并为推广国语奠定基础。时至如今,这些读本不但记录了前人的探索和尝试,也成为研究苏州方言史的绝好材料。

因为苏州方言的特殊性,北方人听懂不易,学之更难,周振鹤在《苏州风俗》里就说:"学吴语之难,或谓难于行蜀路,良以语多古音之转变,且加之柔腻而成者,故其语不能以字直写出之,即能书出,强而学之,亦失其柔媚之自然。北人学斯语者,每致语不成章;而吴人之学国语而能流利者,亦鲜矣。"在晚近苏州,能将国语说得字正腔圆、抑扬流利的人,确实比较少见。

三、苏州方言的俚词俗语

苏州方言词语非常丰富,它的常用词语、熟语和谚语,叶祥苓编纂的《苏州方言词典》、闵家骥等编纂的《简明吴方言词典》、吴连生等编纂的《吴方言词典》以及《苏州市志》第五卷《方言》等,都收录了不少,《中国谚语集成·苏州卷》更将苏州谚语作了类编。值得一说的是,苏州谚语有一个重要特点,即大都具有苏州风物特色和历史传说的因素,故而对不熟悉苏州人文环境的人来说,很难明白它的意思。

以清代流行的谚语为例,如"苏空头",乃贬称苏州人爱说空话摆空架子;"冷水盘门",由于元末盘门内外杀戮惨酷,以致那里人烟稀少;"到了香花桥喊冤枉,来勿及哉",或"到仔香花桥,懊恼来不及",北寺前香花桥旧时为刑场,人犯即将受戮,也就追悔莫及;"赤脚荷花荡",六月廿四荷花生日,郡城士女群往葑门外荷花荡游赏,那天黄昏多雷雨,人们往往赤脚而归;"申大娘娘打巷门",申大娘娘是评弹《玉蜻蜓》中的人物,即申时行之母,精明干练,与别人家争夺埠头,故有此说;"蒋家里租米上腊浪","上腊浪"犹言赶上前去,苏州地主以蒋家最为苛刻顶真,佃户须在期限内早早交纳租米;"徐家弄口糟乳腐",说的是齐门下塘徐家弄口有复茂豆腐作,起于明末,善制酒糟乳腐,装磁砂罐出售,其味可口,成为家喻户晓的地方特产;"五湖四海夹条沟,虎豹狮象夹只狗,鼋鼍蛟龙夹条鳅,彭宋潘韩夹家周",这是说清初苏州有彭、宋、潘、韩四姓,都是名门大族,惟独白塔子巷周姓,虽富而不达,只得捐纳花翎顶戴,夸耀邻里,时人便讥笑作此语。

戚饭牛写过一篇《吴谚详解》,记录了民国初年苏州流行的一些俗语,其中有的至今还悠悠人口,照抄如下:

"天官赐。尝见有缩脚诗,天官赐亦然,言福字,辄以代之。"

"瓦老爷。呆子,吴人称为瓦老爷,与寿头麻子同一意义,即北京语傻子是也。"

"徐大老爷。与拆老意思同。"

"扁面孔。纸扎之舆夫,面目手足无一不扁,故曰扁面孔。坐扁面孔轿子,苏人用以骂人,人坐鬼轿,其得生乎?"

"空心汤团。简言之,爽约也。常有滑头大少至妓馆虚张场面,吃双台,翌日客齐菜备,而主人翁杳然,妓女食此空心汤团,莫不深恶而痛疾之。"

"老百脚。语曰百足虫死而不僵,其毒可想而知,今人加老字,以谥老鸨及老口妓,寓意甚确当也。"

"搭脚。主人与女仆有私,谓之搭脚,苏州此风最盛。"

"半开门。秘密卖淫之代名词。夕阳西下,倚门卖笑,以招狂蜂浪蝶,往往有人入其彀者。"

"板板六十四,碰碰脱裤子。不苟言笑,不轻举妄动,只消洋钱到手,无不可立时消魂。"

"碰和台之。专供良家子弟聚赌而以抽头为生者。"

"拆供老寿星。言事已成画饼。"

"碰头。遇亲友于途,以文字言之,即邂逅是也。"

"谈老三。谈老三不知何许人也,以其行三,因而名之,与徐大老爷、拆老皆为至友。"

"照会。为沪上时行之名词也,貌俊者谓之大英照会,亦称特别照会,其法兰西照会、普通照会要皆区别貌之丑美。"

"蹩脚。落魄也。"

"猢狲屁股。讥两颊敷脂红,如猢狲屁股。"

"大阿福。无锡有泥美人名曰大阿福,美者固美,丑者不堪矣。苏人讥胖妇涂粉抹脂者曰大阿福。"

苏州谚语都有它的故事,除上述以外,还有"真剑池,假虎丘";"玄妙观里看大水潭";"葑门老乡绅";"吃茶三万昌,拆尿牛角浜";"吃煞临顿路,着煞护龙街,晒煞十全街";"走煞护龙街,吃煞玄妙观,饿煞仓街,着煞旧学前";"先有寒山寺,后有姑苏城";"南濠采子北濠灯,城门洞里轧煞人";"九都十三图,五人之墓擘对过,黄墙头里是老家里";"西园去看娘舅";"关上二小姐";"枫桥塘上听米价";"六门三关遂打过";"横泾烧酒有花头";"善人桥,桥善人不善";"木铎巡检司,吃粮勿管事";"横泾粪桶";"懊佬黄石桥";"上方山阴债还勿清";"静静落,虎丘塔";"黄埭娘姨";"荡口大姐";"一口想吃尽胥江水";"上方山的阴债还不清";"苏州人杀半价";"长洲勿让吴县";"上塘求雨下塘落";"火烧南濠街,带脱小邾弄";"阳山高高高,勿及穿窿半脊腰";"破是破,苏州货";"狮子回头望虎丘";"六门三关五钟楼,七塔八幢八馒头";"一朝三阁老,呒不一个生母是正夫人";"商量北寺塔,兜转六城门";"白相玄妙观,钉钉石栏干";"货比铜钿硬,难逃浒墅关";"老来自有普济堂,吃着何必看来方";"乖乖乖,观音山上买木柹柴",等等。

　　歇后语的情况也是如此,不少苏州流行的歇后语,它的前文多以苏州社会生活内容作为材料,如"沐泰山葛冻瘰药——一扫光"("一扫光"为冻疮药的品牌);"枫桥打听米价——准足";"木渎鼓手——一套头";"唐伯虎叫船——叫到哪里就哪里";"香山匠人敲榔头——情得勒情(比喻情浓意合)";"香山匠人——三斧头";"陆墓火着——窑烟"(谐音谣言);"陆墓大乡绅——瓦老爷";"迷趣眼望太湖——一浪白";"吴趋坊看会——老等";"寒山寺里个钟——懊佬来";"观音山轿子——人抬人";"西新桥团子——双挡";"黄埭香瓜——瞎扦";"专诸巷配眼镜——各人眼光不同";"专诸巷配眼镜——对光",等等。这种带有苏州地方物色的歇后语,同样也存在着理解的难度,非熟悉苏州情状的人不能懂得。

特别应该一说的是,苏州农谚十分丰富,这与苏州历史上是全国重要的农业区有关,顾禄的《清嘉录》就记录了不少,如正月初一,农人清早起来就看风云,以卜一年田事,谚曰:"岁朝东北,五禾大熟。岁朝西北,大水害农功。"又曰:"岁朝乌六秃,高低田稻一齐熟。"八日黄昏又要看参星,以占岁中水旱,谚曰:"参星参在月背上,鲤鱼跳在镬榅上;参星参在月口里,种田种在石臼里。"惊蛰那天听到雷声,则主丰收,谚曰:"惊蛰闻雷米似泥。"如在惊蛰之前就听到雷声了,则主歉收,谚曰:"未蛰先蛰,人吃狗食。"二月十二花朝日,如果天气清朗,则百物成熟,谚曰:"有利无利,但看二月十二。"三月初三,农人在中午听蛙声,以卜丰稔,称为"田鸡报",谚曰:"田鸡叫拉午时前,大年在高田;田鸡叫拉午时后,低田弗要愁。"又相传那天月色清朗,则麦田丰收,谚曰:"三月沟底白,莎草变成麦。"立夏以后,往往有摇船往来乡村间采买三眠蚕的农人,故谚曰:"立夏三朝开蚕党。"小满时候,农事最忙,谚曰:"小满动三车。"三车者,丝车、油车、水车也。四月初八夜雨,主伤小麦,谚曰:"小麦不怕神共鬼,只怕七日八夜雨。"四月十六那天,晴则主水,雨则主旱,以阴天最好,谚曰:"有谷无谷,但看四月十六。"又曰:"四月十六,天上有云,地上有谷。"夏至日为交时,有所谓头时、二时、末时,称为三时,农人以每时之末忌雨,谚曰:"三时三送,低田白弄。"中时而雷鸣,称为"腰鼓报",主有大水,谚曰:"中时腰鼓没低田。"又以时中多雨及时尽而雷鸣,皆主水涝,谚曰:"时里寒,没竹竿。"又曰:"低田只怕送时雷。"四月二十为分龙日,次日下雨称为分龙雨,主风调雨顺,岁必有秋,谚曰:"二十分龙廿一雨,水车搁拉弄堂里。"又曰:"二十分龙廿一雨,石头缝里都是米。"三伏天则宜热,谚曰:"六月弗热,五谷弗结。"立秋日又闻雷声,则主稻秀不实,谚曰:"秋毂碌,收秕谷。"七月二十俗传为棉花生日,忌雨,谚曰:"雨打七月念,棉花弗上店。"八月二十四又俗传为稻生日,也忌雨,谚曰:"烧干柴,吃白米。"处暑那天则宜雨,谚曰:"处暑若还天不雨,纵然结实也难收。"白露前后有雾,则主稻穗易实,谚曰:"白露白迷迷,秋分稻秀齐。"稻秀时又忌风,谚曰:"稻秀只怕风来摆,麦秀只怕雨来霖。"稻田收割又以霜降为候,谚曰:"寒露没青稻,霜降一齐倒。"霜降那天宜有霜,主来年丰稔,谚曰:"霜降见霜,米烂陈仓。"若然无霜,则主来年荒歉,谚曰:"未霜而霜,粜米人像霸王。"也有以冬至日为候的,谚曰:"冬至无霜,碓杵无糠。"腊月雪杀蝗虫子,谚曰:"腊天一寸雪,蝗虫入地深一尺。"又曰:"一寸雪入泥一尺,一尺雪入泥一丈。"腊月里下雪三次,则宜麦,谚曰:"若要麦,见三白。"又曰:"腊雪是个被,春雪是个鬼。"

  苏州历史上流传的农谚十分丰富,那是在长期的农事活动中总结出来的,对指导农业生产有实际的意义。

  另外,苏州方言字因读音相近而有所避讳,陆容《菽园杂记》卷一就记道:"民间俗讳,各处有之,而吴中为甚。如舟行讳'住'讳'翻',以箸为'快儿',幡布为'抹布';讳离、散,以梨为'圆果'、伞为'竖笠';讳狼籍,以榔槌为'兴哥';讳恼躁,以谢灶为'谢欢喜'。此皆俚俗可笑处。今士大夫亦有犯俗称'快儿'者。"这是语言风俗现象在苏州方言里的反映。

四、苏州方言与吴歌

  苏州方言的文化延伸,构筑出一道道独特的文化景观,在歌谣、戏曲、小说以及社会风俗等方面都有深刻的反映。胡适《吴歌甲集序》在谈到吴语文学时说:"吴语文学向来很少完全独立的,昆曲中的吴语说白往往限于打诨的部分,弹词中也只有偶然插入的苏白,直到近几十年写倡妓生活的小说,也只有一部分的谈话用苏白,记叙的部分仍旧用官话。要寻完全独立的吴语文学,我们须向苏州的歌谣里寻去。"

苏州歌谣属吴歌范畴,吴歌虽广泛传播于长江三角洲的吴语区,但以苏州为正宗和本色,田汝成《西湖游览志馀》卷二十五就说:"吴歌惟苏州为佳。"吴歌起源很早,顾颉刚《吴歌小史》认为它的起始,"不会比《诗经》更迟"。陆侃如《读〈吴歌小史〉》作了补述,认为有四首"古逸",代表了公元前四世纪前的吴地诗歌,一是公元前七世纪前期的《诸减钟》,铭文三之二押韵;二是《左传》哀公十八年记吴申叔仪乞粮于公孙有山氏,有吴歌两首,"前者风格近《诗经》,后者体裁近《楚辞》";三是公元前六世纪中期的《越人歌》,乃最早的越诗,也属于吴歌;四是《周蛟篆钟》,容庚考定为"越王钟",并认为铸者者召是勾践子兴夷,郭沫若则认为者召是勾践六世孙诸咎。这四首"古逸"究竟是徒歌还是乐歌,虽难以断定,但《楚辞·招魂》有"吴歈蔡讴,奏大吕些",可见当时就有合乐的吴歌。左思《吴都赋》曾这样咏赞:"幸乎馆娃之宫,张女乐而娱群臣。罗金石与丝竹,若钧天之下陈。登东歌,操南音,胤《阳阿》,咏《踩任》,荆艳楚舞,吴愉越吟,翕习容裔,靡靡愔愔。"寥寥数语,说出了早期吴歌的特有情调。千百年来,吴歌经历了一个不断发展的过程,由三字句而四字句、五字句、七字句,它那"靡靡愔愔"的抒情方式,则更与叙述内容完美结合,委婉清丽,温柔敦厚,含蓄缠绵,隐喻曲折,如涓涓流水,柔韧而含情脉脉,正是吴侬软语在歌曲中的表现。

从文献记录来看,《汉书·艺文志》著录的《吴楚汝南歌》十五篇,《隋书·经籍志四》著录的《吴声歌辞曲》一卷,都是保存在乐府中的吴歌,只是经过文人润色,甚至改作,失去了原有的土膏露气之真。然而吴歌的表现形式受到历代诗人的青睐,颇多摹仿之作,如杜甫的一首《愁》就自注"强戏为吴体",仇兆鳌《杜诗详注》卷十八引黄氏注:"皮陆集中亦有吴体诗,乃当时俚俗为此体耳,诗流不屑效之。杜公篇什既众,时出变调,凡集中拗律,皆属此体,偶发例于此,曰戏者,明其非正律也。"这种拟作的诗歌,后人也称"吴歌格",它汲取了吴歌天真自然的养分。但舍本求末,流传于民间的吴歌却未被重视,很少有人去作本色的记录,至今所知最早一首用吴语记下的吴音山歌,乃吴越王钱镠所唱。释文莹《湘山野录》卷中记道:"开平元年,梁太祖即位,封钱武肃镠为吴越王。时有讽钱拒其命者,钱笑曰:'吾岂失为一孙仲谋耶?'拜受之,改其乡临安县为临安衣锦军。是年省茔垄,延故老,旌钺鼓吹,振耀山谷,自昔游钓之所,尽蒙以锦绣,或树石至有封官爵者,旧贸盐肩担亦裁锦韬之。一邻媪九十馀,携壶浆角黍迎于道,镠下车亟拜,媪抚其背,犹以小字呼之,曰:'钱婆留,喜汝长成。'盖初生时,光怪满室,父惧,将沉于丫豀,此媪酷留之,遂字焉。为牛酒大陈乡饮,别张蜀锦为广幄,以饮乡妇。凡男女八十已上金樽,百岁已上玉樽,时黄发饮玉者尚不减十馀人。镠起,执爵于席,自唱《还乡歌》以娱宾,曰:'三节还乡兮挂锦衣,吴越一王驷马归。临安道上列旌旗,碧天明明兮爱日辉。父老远近来相随,家山乡眷兮会时稀,斗牛光起兮天无欺。'(止。)时父老虽闻歌进酒,都不之晓,武肃觉其欢意不甚浃洽,再酌酒,高揭吴喉唱山歌以见意,词曰:'你辈见侬底欢喜,(吴人谓侬为我。)别是一般滋味子,(呼味为寐。)永在我侬心子里。'(止。)歌阕,合声赓赞,叫笑振席,欢感闾里,今山民尚有能歌者。"这首吴歌传播很广,南宋袁褧《枫窗小牍》卷上就说:"至今狂童游女,借为奔期问答之歌,呼其宴处为欢喜地。"此外,传宋人《京本通俗小说》中的《冯玉梅团圆》引了一首吴歌:"月子弯弯照几州,几家欢乐几家愁。几家夫妇同罗帐,几家飘散在他州。"并说:"此歌出自我宋建炎年间,述民间离乱之苦。"叶盛《水东日记》卷五也记录了这首吴歌,文字稍有出入,又另记一首:"南山头上鹁鸪啼,见说亲爷娶晚妻。爷娶晚妻爷心喜,前娘儿女好孤凄。"陆容《菽园杂记》卷一也记了一首:"南山脚下一缸油,姊妹两个合梳头。大个梳做盘龙髻,小个梳做扬篮头。"田汝成《西湖游览志馀》卷二十五又记下另外的几首:"送郎八月到扬州,长夜孤眠在画楼。女子拆开不成好,秋心合着却成愁。""约郎约到月上时,看看等到月蹉西。不知奴处山低月出早,还是郎处山高月出迟。""画里看人假当真,攀桃接李强为亲。郎做了三月杨花随处滚,奴空想来年桃核旧时仁。""树头挂网枉求虾,泥里无金空拨沙。刺潦树边栽枸橘,几时开得牡丹花。"这些都是明代中期以前流行的吴歌。

  大约在明代中期,民间歌曲风行。沈德符《万历野获编》卷二十五《时尚小令》说:"自宣正至成弘后,中原又行'锁南枝'、'傍妆台'、'山坡羊'之属。李崆峒先生初自庆阳徙居汴梁,闻之以为可继国风之后。何大复继至,亦酷爱之。今所传'泥捏人'及'鞋打卦'、'熬髻髻'三阕,为三牌名之冠,故不虚也。自兹以后,又有'耍孩儿'、'驻云飞'、'醉太平'诸曲,然不如三曲之盛。嘉隆间乃兴'闹五更'、'寄生草'、'罗江怨'、'哭皇天'、'干荷叶'、'粉红莲'、'桐城歌'、'银纽丝'之属。自两淮以至江南,渐与词曲相远,不过写淫媟情态,略具抑扬而已。比年以来,又有'打枣竿'、'挂枝儿'二曲,其腔调约略相似,则不问南北,不问男女,不问老幼良贱,人人习之,亦人人喜听之,以至刊布成帙,举世传诵,沁入心腑,其谱不知从何来,真可骇叹。"顾起元《客座赘语》卷九《俚曲》也说:"里弄童孺妇媪之所喜闻者,旧惟有'傍妆台'、'驻云飞'、'耍孩儿'、'皂罗袍'、'醉太平'、'西江月'诸小令,其后益以'河西六娘子'、'闹五更'、'罗江怨'、'山坡羊'。'山坡羊'有'沉水调',有'数落',已为淫靡矣。后又有'桐城歌'、'挂枝儿'、'干荷叶'、'打枣干'等，虽音节皆仿前谱，而其语益为淫靡，其音亦如之。"范濂《云间据目钞》卷二《记风俗》谈到松江的情形时说："歌谣词曲，自古有之，惟吾松近年特甚。凡朋辈谐谑，及府县士夫举措稍有乖张，即缀成歌谣之类，传播人口，而七字件尤多，至欺诳人处，必曰风云。而里中恶少燕闲，必群唱'银绞丝'、'干荷叶'、'打枣竿'，竟不知此风从何而起也。"由此可见当时的社会风气。

虽然这类民间歌曲被指为"淫靡"，"视桑间濮上之音，又不翅相去千里。诲淫导欲，亦非盛世所宜有也"（《客座赘语》卷九《俚曲》），但它的清新活泼却显示出独有的魅力，公安派的"性灵说"，就以此作为号召。万历二十四年，袁宏道在吴县任上，作《叙小修诗》，其中说："且夫天下之物，孤行则必不可无，必不可无，虽欲废焉而不能；雷同则可以不有，可以不有，则虽欲存焉而不能。故吾谓今之诗文不传矣。其万一传者，或今闾阎妇人孺子所唱'擘破玉'、'打草竿'之类，犹是无闻无识真人所作，故多真声，不效颦于汉魏，不学步于盛唐，任性而发，尚能通于人之喜怒哀乐嗜好情欲，是可喜也。"这是公安派的一篇重要论文，力斥前后七子剿袭模拟之弊，主张独抒性灵，以为凡自胸臆出者，虽疵处亦为本色独造，故推尊当时流行的民间歌曲，认为是真人真声。他的这个观点，还见与江盈科信："《毛诗》郑、卫等风，古之淫媒语也，今人所唱'银柳丝'、'挂针儿'之类，可一字相袭不？世道既变，文亦因之，今之不必摹古者也，亦势也。"又与兄宗道信："近来诗学大进，诗集大饶，诗肠大宽，诗眼大阔。世人以诗为诗，未免为诗苦，弟以'打草竿'、'劈破玉'为诗，故足乐也。"（《解脱集》卷四）

明代苏州民间歌曲风行，即所谓"唱山歌"，叶盛《水东日记》卷五说："吴人耕作或舟行之劳，多作讴歌以自遣，名唱山歌，中亦多可为警劝者。"陆容《菽园杂记》卷一说："吴中乡村唱山歌，大率多道男女情致而已。"祝允明《枝山前闻》记相城沈孝子，乞讨养母，"伺母接杯，乃起跳舞而唱山歌，作嬉笑以乐母"。可见苏州"唱山歌"情形各别，以男女私情为大宗，而得以广泛传播且遗留下来的，也以此题材为多。

　　吴歌特别是苏州城乡流行的山歌，在民间歌曲中独擅胜场，王骥德《曲律》卷一《论曲源第一》说："至北之滥流而为'粉红莲'、'银纽丝'、'打枣竿'，南之滥流而为吴之'山歌'、越之'采桑'诸小曲，不啻郑声，然各有其致。"凌濛初《谭曲杂札》说："今之时行曲，求一语如唱本'山坡羊'、'刮地风'、'打枣竿'、'吴歌'等中一妙句，所必无也。"陈弘绪《寒夜录》卷上引卓人月语曰："我明诗让唐，词让宋，曲又让元，庶几'吴歌'、'挂枝儿'、'罗江怨'、'打枣竿'、'银绞丝'之类，为我明一绝耳。"贺贻孙《诗筏》更进一步说："近日吴中'山歌'、'挂枝儿'，语近风谣，无理有情，为近日真诗一线所存。""安知歌谣中遂无佳诗乎？每欲取吴讴入情者，汇为风雅别调，想知诗者不以为河汉也。"明人传奇往往采用山歌作为插曲，畅销读物如《游览萃编》等，也间或选录山歌作为附载，可见它受到市民百姓的欢迎，在民间形成广泛的欣赏群体。晚明的山歌，杂体大增，有唱有白，有衬字，有缀语，这在《六十种曲》、《霓裳续谱》、《白雪遗音》等书中均可见得。

　　晚明时期，各种山歌辑本风靡流布，如西湖渔隐主人《欢喜冤家》第九回《乖二官骗落美人局》说："二官笑嬉嬉的拿着走进店来，放在柜上，恰是一本刘二姐偷情的《山歌》。小山说：'这《山歌》不是带巾儿人看的。'乖二道：'若论偷情，还是带巾儿人在行。'"《欢喜冤家》又名《贪欢报》，初刊于崇祯十三年，当时流行的《山歌》刊本很多，作者当然是信手拈来。但明代苏州山歌的集大成者，当推冯梦龙辑集的《山歌》。《山歌》的编辑年代不可考,据关德栋《山歌序》推断,约万历二十四年,冯梦龙开始搜集山歌。又据高洪钧《冯梦龙的俗文学著作及其编年》推断,《山歌》约成书于万历三十三年至四十二年间。可惜的是,这本《山歌》很早就失去了踪迹。因此长期以来苏州山歌的知见刊本,主要有《适情十种》(别本总题《破愁一夕话》),收浮白主人选辑六十首,以及《雅俗同观》卷六《新锓千家诗吴歌》,收醉月子选辑六十一首。《适情十种》扉页题"明冯梦龙原辑,明卞文玉重辑",可见浮白主人所选是以冯梦龙辑本为底本的。直到一九三四年,上海传经堂主人在徽州访书时才发现了明写刻本《童痴二弄·山歌》,题作"墨憨斋主人述",这正是冯梦龙所辑的原本,遂由顾颉刚校点刊行,这部沉埋约三百年的"苏州歌谣的大总集"方重现于世。

《山歌》收录的作品,绝大部分乃采自"田夫野竖矢口寄兴",冯梦龙在整理过程中,加工改订不大,不但内容力求存真,并且在表现形式上也尽量保留其原貌。这与冯梦龙的美学观有关,他在《叙山歌》中说:"今所盛行者,皆私情谱耳。虽然桑间濮上,国风刺之,尼父录焉,以是为情真而不可废也。山歌虽俚甚矣,独非郑卫之遗欤?且今虽季世,而但有假诗文,无假山歌,则以山歌不与诗文争名,故不屑假。苟其不屑假,而吾藉以存真,不亦可乎?抑今人想见上古之陈于太史者如彼,而近代之留于民间者如此,倘亦论世之林云尔。若夫借男女之真情,发名教之伪药,其功于'挂枝儿'等,故录'挂枝'词而次及山歌。"即使对山歌中的吴音,也作真实的记录,如卷一《私情四句》第一首《笑》唱道:"东南风起打斜来,好朵鲜花叶上开,后生娘子家没要嘻嘻笑,多少私情笑里来。"冯梦龙注:"凡'生'字、'声'字、'争'字,俱从俗谈叶入江阳韵。此类甚多,不能备载。吴人歌吴,譬诸打瓦抛钱,一方之戏,正不必钦降文规,须行天下也。"这种对待民间文艺的态度是严肃的,他提出的搜集、整理原则,也有功于民间文化遗产的传承。

《山歌》共十卷,前九卷用苏州一带方言记录,方言系统比较纯粹,颇能反映当时苏州的方言面貌。最后一卷《桐城时兴歌》则用蓝青官话记录,这些桐城地方曲调也曾在苏州一带流传。《山歌》保存了一部分明代苏州的方音、方言以及方言字的资料,具有很大的价值。首先,通过排比、分析各首的韵脚用字,可归纳当时苏州方言的韵类,进而构拟音值;其次,《山歌》记录的方言词有三百五十个左右,其中有一部分是现代不用的历史词汇,如第三人称单数用"渠",现代苏州用"俚",由此可以了解苏州方言词汇的演变;再次,《山歌》前九卷共收二百三十七首歌谣,包括一千以上的句子,分析这些句子可以了解当时苏州方言的语法结构。《山歌》提供如此丰富、纯粹的方言材料,这在明代以前的文献中是罕见的。另外,《山歌》又保存了许多明代市语,有的冯梦龙作了眉批,如《山人》眉批:"光斯欣,市语,犹言光棍。"如《烧香娘娘》眉批:"白银,曰放光。"更多的则未予注明,如银子称"白脸"、"冰玉",钱称"黄边"、"嘉靖"、"孔方",纸称"萧山"、"富阳"、"包扎"、"薄光",只堪一用的称"一出货",指桑骂槐称"借名凿字"等等,这些都是研究吴语的珍贵资料。《山歌》还提供了丰富的明代社会风俗史料,如卷九《杂咏长歌》的《鞋子》、《破骔帽歌》、《烧香娘娘》等篇,与范濂《云间据目钞》卷二《记风俗》里的有关条目相参证,对明代苏州一带的生活习尚可得到更真实、生动的了解。《山歌》里的部分歌谣传播久远,如《十六不谐》至清代仍流行,嘉庆十六年刊《双玉杯传弹词》还曾引用;儿歌《萤火虫》则民国年间尚在里巷间传唱。

一九一八年,北京大学部分学者发起征集歌谣,顾颉刚将吴歌作为学术研究的一项,先后刊印了《吴歌甲集》、《吴歌小史》

等,吴歌的现代研究由此而开始。《吴歌甲集》的编集,受到同仁的推崇,他们在序中都表达了对这项工作的赞赏,胡適说:"《甲集》分为二卷,第一卷里全是儿歌,是最纯粹的吴语文学,我们读这一卷的时候,口口声声都仿佛看见苏州小孩的伶俐、活泼、柔软、俏皮的神气。这是'地道'的方言文学。""第二卷为成人唱的歌,其中颇有粗通文事的人编制的长歌,已不纯粹是苏白的民歌了。其中虽然也有几首绝好的民歌,——如《快鞋》、《摘菜心》、《麻骨门闩》,——然而大部分的长歌都显出弹词唱本的恶影响:浮泛的滥调与烂熟的套语侵入到民歌之中,便减少了民歌的朴素的风味了。"沈兼士说:"现在颉刚搜集的吴歌,虽不能说是尽是有精彩的技巧和思想,但那种旖旎温柔情文兼至的风调,总不能不推它为南方歌谣中的巨擘。这一点就足以值得研究文学和国语人的注意。"俞平伯说:"吴声是何等的柔曼,而歌词又何等的温厚,我们若是搭足绅士的架子忽略它们,直是空入宝山,万分可惜。"刘复则认为"民歌俗曲中把语言、风土、艺术三件事全都包括了。自从六朝以至于今日,大约是吴越的文明该做中国全部文明的领袖罢。吴越区域之中,又大约是苏州一处该做得领袖罢。如果我这话说得不大错,那么苏州在中国文明史上所处的地位也就可想而知了。不料中国人无人不爱玩苏州,而求其所以爱玩苏州梦寐难忘者,无非是寒山寺的钟声,虎丘山的香冢,其下焉者,则玄妙观前吃板茶,金阊门里骑驴子,把天上无双人间不二的吴侬《白苎》之歌一扔扔到了青旸港里。这不但是苏州人要气昏,便是我们附庸于苏州的人也要愤愤不平"。

《吴歌甲集》自一九二六年问世后,继者接踵,王翼之搜集苏州歌谣百馀首,辑成《吴歌乙集》,一九二八年由中山大学语言历史研究所出版。一九三一年,吴君纲辑成《吴歌丙集》,刊载于《礼俗》当年第八、九期。此外,一九二八年,李白英辑成《江苏情歌集》。一九三三年，林宗礼、钱佐元辑成《江苏歌谣集》，凡三千余首，其中吴歌约一千首。上世纪九十年代，王煦华为保存整理民国期间的吴歌，将顾颉刚搜集但《吴歌甲集》未收的歌谣编成《吴歌丁集》，将刘复辑《江阴船歌》等辑成《吴歌戊集》，将《江苏歌谣集》中的吴歌辑成《吴歌己集》。甲乙丙丁戊己六集与《吴歌小史》合为一册，一九九九年由江苏古籍出版社印行。

除对吴歌作搜集、整理外，苏州山歌的演唱活动也引起学者关注，顾颉刚在《苏州史志笔记》里就记了几条，说"月子弯弯照九州"一首，"今吴中操舟者多歌之。当更阑夜静，风细月明时，倚篷注听，殊使人意思凄感"。又一条说："陈万里告我，渠幼年住苏州乌鹊桥，每于夏日晚上，听夹河男女两队唱'对山歌'，自抒己意，出口成章。按此与广西歌墟无异，男女对唱，无论为择偶或文娱均极自然，而苏州亦有此风，则我所未知。"从中也可看到近代苏州山歌与民间风俗活动的关系。

迟至民国年间，苏州城乡及常熟等地仍有"唱春"风俗。这大凡在正月里，唱春者头戴红结瓜皮帽，身穿布长袍，左手执小铜锣，右手以木片敲击，在大街小巷沿户卖唱，所到之处，视店铺或门第大小，以吉祥语编唱歌词，也有唱十二月花名的。所唱都以方言出之，语调轻松，委宛可听，听者乐于布施。这也可视为苏州山歌的别裁。

值得一说的是长篇叙事山歌，同治七年丁日昌查禁"小本淫词唱片"，就有《薛六郎偷阿姨山歌》、《赵圣关山歌》、《沈七哥山歌》、《杨邱大山歌》等，它们带有明显的唱本化或小调组合化痕迹。后期的如《五姑娘》等，已与狭义的清初唱本有所区别，运用了诗的手法。上世纪八十年代，有人对《五姑娘》、《赵圣关》等作了采集和整理，但在如何保留其原本面貌的问题上，显然是做得不够的。

五、苏州方言与戏曲

方言和戏曲声腔流派有密切关系。我国地方戏曲可分昆腔、高腔、梆子、皮簧四大类,此外还有一些民间歌舞和小调,其中任何一种声腔从起源地流传到另一地,往往结合新地的方言和音乐成分而发生衍变,造成一种声腔的新派别。昆腔在其他地方的流传中,则比较保守,王骥德《曲律》卷二《论腔调第十》说:"昆山之派,以太仓魏良辅为祖。今自苏州而太仓、松江,以及浙之杭、嘉、湖,声各小变,腔调略同,惟字泥土音,开闭不辨,反讥越人呼字明确者为浙气,大为词隐所疵。""然其腔调,故是南曲正声。数十年来,又有弋阳、义乌、青阳、徽州、乐平诸腔之出,今则石台、太平梨园几遍天下,苏州不能与角什之二三。"

昆腔是建立在吴语基础上的。吴语的音乐性物化为声母、韵母以及声调的极其丰富,与北方方言不同。吴语保留着全浊声母和尖音,保留着许多单元音,尤其在声调方面,不仅保留着全套入声字,而且平上去入各分阴阳,原则上具有八个调类。吴语的语音特点决定了南曲缠绵婉转的整体艺术风貌。而吴语区几乎是百里不同音,小方言种类之繁多,又导致南戏声腔杂沓纷纭,乃至地方小戏种遍地开花。

吴语区的传统中心在苏州,因而南戏声腔最终向苏州归并,可以说是历史的必然。正如王骥德《曲律》卷二《论腔调第十》所说:"在南曲,则但当以吴音为正。"李渔《闲情偶寄》卷六《声容部·习技第四》解释说:"吴音便于学歌者,止以阴阳平仄不甚谬耳。""乡音一转即合昆调者,惟姑苏一郡。一郡之中,又止取长、吴二邑,馀皆稍逊,以其与他郡接壤,即带他郡之音故也。"因而"选女乐者,必自吴门是已"。然而对方言的使用,却是要谨慎的,《闲情偶寄》卷四《词曲部·宾白第四》就说:"凡作传奇,不宜频用方言,令人不解。近日填词家见花面登场,悉作姑苏口吻,遂以此为成律,每作净、旦之白,即用方言。不知此等声音,止能通于吴越,过此以往,则听者茫然。传奇,天下之书,岂仅为吴越而设?至于他处方言,虽云入曲者少,亦视填词者所生之地。如汤若士生于江右,即当规避江右之方言;粲花主人吴石渠生于阳羡,即当规避阳羡之方言。盖生此一方,未免为一方所囿,有明是方言,而我不知其为方言,及入他境,对人言之而人不解,始知其为方言者。"

魏良辅改革昆腔,正由于他在音韵学方面深有造诣,沈宠绥《度曲须知·曲运隆衰》说他"生而审音,愤南曲之讹陋也,尽洗乖声,别开堂奥,调用水磨,拍捱冷板,声则平上去入之婉协,字则头腹尾音之毕匀,功深镕琢,气无烟火,启口轻圆,收音纯细"。所谓"乖声",就是指违背音律的唱腔,略同于如今说的"倒字",如把上声字唱成去声,或将平声字唱成上声,被视为曲唱的大忌。这也是当时南戏各大声腔所面临的共同问题。魏良辅就从此处入手对昆腔进行改革,余怀《寄畅园闻歌记》说:"良辅初习北音,绌于王友山,退而镂心南曲,足迹不下楼十年。当是时,南曲平直无意致,良辅转喉押调,度为新声,疾徐高下,清浊之数,一依本宫,取字齿唇间,跌换巧掇,恒以深邈助其凄泪。吴中老曲师如袁髯、尤驼者,皆瞠乎自以为不及也。"由于魏良辅的成功实验,使昆腔脱离里巷歌谣、村坊小曲的初级阶段,逐渐走向雅化。

昆腔曲唱艺术按照唱词的四声阴阳配制谐调唱腔的格律称为腔格,而制定腔格的主要语言依据是苏州话。数百年间,作为吴语区的标准语言,除受共同语影响,部分地区(主要是古城区)阳上类字调趋同于阳去类外,苏州话语音的声调类型和调值一直保持基本稳定而未有明显变化。

关于昆唱的四声腔格，沈宠绥在《度曲须知·四声批窍》中论析最详，他还将魏良辅以来的昆唱经验归纳成十六字的《四声宜忌总诀》，曰："阴去忌冒，阳平忌拿，上宜顿挫，入宜顿字。"这就是所谓"声则平上去入之婉协"，是就声腔与字调的关系而言的。至于语言的另外两个要素，声母和韵母，在昆唱艺术中也很重要，也就是沈宠绥所说的"字则头腹尾音之毕匀"。

戏曲史上的一些问题，不靠文献的记载，有时并不能解决，但如果从方言入手，倒是迎刃而解。如成化本《白兔记》在前场对白中有一段文字，交代它的编者，说这本传奇"亏了永嘉书会才人在此灯窗下，磨得墨浓，斩（蘸）得笔饱，编此一本上等孝义故事"。仅从这段文字来看，作者是永嘉人，似乎毫无疑义，但如果分析剧本的语言，发现作者不可能是浙南永嘉人，而应该是苏南苏州一带艺人，根据有二，一是剧本中的方言词汇几乎全是北部吴语，与浙南的温州方言迥异；二是通过比较别字和正字的音韵，可以看出作者的语音系统是属于北部吴语的。

评话由唐宋说话、讲史而来，至清乾隆以后，渐以流行地方的不同而运用不同的方言，苏州评话即以苏州方言说讲。弹词也称南词，由陶真或词话发展而来，一般认为形成于明代中期，也有人认为在元末已经出现，臧懋循《弹词小序》就说："若有弹词，多瞽者以小鼓拍板说唱于九衢三市，亦有妇女以被弦索，盖变之最下者也。近得无名氏《仙游》、《梦游》二录，皆取唐人传奇为之敷演，深不甚文，谐不成俚，能使呆儿少女无不入于耳而洞于心，自是元人伎俩，或云杨廉夫避乱吴中时为之。"无论如何，至明代后期，弹词已在吴语区广泛流传。在苏州评话和弹词的发展史上，使用苏州方言有一个渐变的过程，早先是以中州韵为主，以后苏州话逐渐增多，至完全以苏州话说唱。如乾隆年间的弹词刻本《雷峰古本编白蛇传》、《新刻时调真本唱口九丝绦全传》、《新编重辑曲调三笑姻缘》等,在弹词的叙述和生旦说唱时多用中州韵,只是丑角的说唱用苏州话,明显受昆曲的影响;以后也开始用苏州话表叙,并且苏州话的成分占得越来越多。评话、弹词在刊本上的方言反映,与实际说唱有一定距离,在实际说唱中,苏州话的成分应该更多一些。

六、苏州方言与吴语文学

胡適《吴歌甲集序》在谈到吴语文学时说:"介于京语文学与粤语文学之间的,有吴语的文学,论地域则苏、松、常、太、杭、嘉、湖都可算是吴语区域。论历史则已有了三百年之久。三百年来凡学昆曲的无不受吴音的训练;近百年中上海成为全国商业的中心,吴语也因此而占特殊的重要地位。加之江南女儿的秀美久已征服了全国的少年心;向日所谓南蛮鴃舌之音久已成了吴中女儿最系人心的软语了。故除了京语文学之外,吴语文学要算最有势力又最有希望的方言文学了。"

吴语文学虽然在晚清进入全盛时期,但追溯历史,小说语言中的吴语因素,由来已久。《水浒》就有不少吴语成分,如在语音上,以"村"代"蠢",以"隐"代"影",反映了吴语平舌音和翘舌音不分、前鼻音和后鼻音韵尾不分的特征;在词汇上,使用不少吴语词汇,如"面汤"、"肩胛"、"下饭"等;在语法上,也有"怎生斗得他过"、"打那虔婆不过"这样的句式。《水浒》故事最早出现在宋室南渡后,说书人在江南演说,使用一些吴语是十分正常的。《金瓶梅》也有吴语的痕迹,如脸用"面",双手举物用"掇",还有"物事"、"作气"、"门面"、"站牢"、"后门头"、"转角头"、"栗暴"等词汇,多见于吴语,而不见于今山东方言;还有一些反复问句的句式与吴语相同,这类句子集中在第五十三回至五十七回,如"哥,你会医嗓子,可会医肚子","可曾吃些粥汤","里面可曾收拾","你们的散花钱可该送与我老人家么",其中的"可",应与吴语中的"阿"对当。故沈德符认为这几回书为吴人补撰,《万历野获编》卷二十五说:"原本实少五十三回至五十七回,遍觅不得,有陋儒补以入刻,无论肤浅鄙俚,时作吴语,即前后血脉亦绝不贯串,一见知其赝作矣。"如果从全书的方言系统来考察,沈德符的判断是正确的。

明末清初属近代吴语的早期,小说传奇中时有一些方言片断,包括词语和语法,它们的代表作,小说有冯梦龙编的"三言"、凌濛初编的"二拍"、陆人龙编的《型世言》等,传奇有冯梦龙编的《墨憨斋定本传奇》、梁辰鱼的《浣纱记》、李玉的《清忠谱》等,主要是苏南浙北的吴语。总体来说,这一时期文献中的方言比较零碎,数量相对也少,但也出现成段的方言。如艾衲居士《豆棚闲话》第十则中就有几个例子:"只见那五十三格大石礓磉上,跑起三两个来,道:'可是那位官儿要寻吵白赏朋友么?我去!我去!'和尚道:'弗要乱窜。一伙做淘走去,凭渠拣罢哉。'""我哩个生意,弗论高低,侪好同坐。得志时,就要充个豪杰;弗得时,囫囵是个臭局。神明是弗计较个。""伍子胥弗敢劳动,倒换子郑元和与我哩亲切点罢。请问那亨打扮?"其中"吵"、"白赏"、"弗"、"做淘"、"哉"、"我哩"、"侪"、"那亨"等方言词,至今还在使用。另外,明古吴金木散人的小说集《鼓掌绝尘》第三十七回,明无名氏传奇《钵中莲》等,也有成段的方言。

清中期属近代吴语的中期,这一时期,传奇开始衰微,弹词则逐步兴盛起来。考察吴语文学,可以钱德苍编的《缀白裘》、沈起凤的传奇四种(《报恩缘》、《才人福》、《文星榜》、《伏虎韬》)和大量弹词脚本为依据,它们各有特色,使用吴语有地区差别,方言词的书写也有所不同。更重要的是,方言语料总量大增,《缀白裘》和沈氏传奇四种,成段成篇使用方言。总的来说,这一时期的语言,更接近现代吴语,《山歌》里的一些语言现象消失了,出现了新的词语和语法。

这一期间,有两部小说值得注意,一是《蜃楼志全传》,一是《何典》。

《蜃楼志全传》初刊于嘉庆九年,首页题"庾岭劳人说"、"禺山老人编",末卷署"虞山卫峻天刻"。书前有罗浮居士序,有"劳人生长粤东,熟悉琐事"诸语。书叙苏万魁、苏笑官父子遭遇,记粤东之社会人情,多官场洋商交结勾引、乘机肥私之事,属于近代谴责小说的滥觞。小说虽然以粤东为背景,但却颇多吴语词汇,还唱吴歌。另外,书中正面人物李匠山是苏州人,此书又是常熟人所刻,因此"庾岭劳人"或许就是苏州人。戴不凡《小说见闻录》就说:"我很怀疑李匠山是籍贯吴中的一位不得志于功名的教书先生——《蜃楼志》作者的化身。他之所以命名'庾岭劳人',那大约是他往返大庾岭频作南北之游的缘故吧。"如果作者是苏州人,则书中较多吴语词汇,并在李匠山说话里特别地表现出来,也是很自然的事。

《何典》初刊于光绪四年,原署"缠夹二先生评"、"过路人编定"。至光绪二十年晋记书庄石印本,改题《十一才子书鬼话连篇录》,始署"上海张南庄先生编"、"茂苑陈得仁小舫评"。海上餐霞客在跋中介绍了张南庄其人:"先生为姑丈春蕃贰尹之尊人,外兄小蕃学博之祖。当乾、嘉时,邑中有十布衣,皆高才不遇者,而先生为之冠。先生书法欧阳,诗宗范、陆,尤劬书,岁入千金,尽以购善本,藏书甲于时。著作等身,而身后不名一钱,无力付手民。忆余龆龄时,犹见先生编年诗稿,蝇头细书,共十馀册。而咸丰初红巾据邑城,尽付一炬,独是书幸存。"《何典》是一部风格别致的章回体小说,通篇故事都安排在鬼蜮世界里,作者嬉笑怒骂,愤世嫉俗地揭示了当时社会的世态人情。鲁迅在《何典题记》里给予极好的评价:"作者便在死的鬼画符和鬼打墙中,展示了活的人间相,或者也可以说是将活的人间相,都看作了死的鬼画符和鬼打墙。便是信口开河的地方,也常能令人仿佛有会于心,禁不住不很为难的苦笑。"全书基本用北部吴语写成,也夹杂官话,苏州方言中的成语、俗谚、歇后语、惯用语联缀成篇,并大量利用谐音和转义,随手拈掇,笔墨恣肆,巧妙诙谐,穷形尽相,常令读者会心而笑。一九二六年,刘复请林守庄为《何典》重印本另写一序,专谈方言问题,林守庄在序中说:"方言的转辗流传大都是靠口耳的,所以极容易转变,这种转变的例真是举不胜举,张南庄时代的'肉面对肉面'现在会变成'亲人对肉面';'飞奔狼烟'现在已失传,只存类似的'飞奔虎跳';而上海的'二婶婶'已晋级,江阴的却老不长进。方言里最重要的一部分是只有声音写不出字体的,即使写出也全无意义的,在《何典》上有'薏'、'投'、'戴'、'账'、'壳账'、'推扳'(按推扳应作'差'解。沪语中有'瞎子吃面,推扳一线'句;说这人本事不差,可说做这人本事不推扳。)……等字。这类字若是自作聪明的生客,费了九牛二虎之力来做训诂、考证的功夫,其结果是要劳而无功的。所以当世尽有段玉裁、王念孙其人,若是他们要驾言出游,却没有得到土著的向导,那末他们难免迷失道路,或是白走了一遭,徒劳跋涉。"时距《何典》写作不过一百多年,吴语正悄然发生着变化,这本小说正是乾隆、嘉庆年间吴语状况的记录。

清末民初属近代吴语的晚期,文学上以吴语小说(又称"苏白小说")为代表。这一时期,吴语小说如雨后春笋,它们的题材,大凡是鲁迅所说的"狭邪小说",叙述多用官话,对白则多用吴语,特别是妓女说话都是苏白,这也反映了当时倡门风气,妓女都自称苏州人以高身价。周振鹤《苏州风俗》说:"凡妓女必称姑苏产,盖温柔而妩媚,易得看花者之青眼。实则操神女生涯者,都江淮产,俏学吴语,婢学夫人,不无牵强,然塞北诸儿,视之已魄授魂与,颠倒失措矣。"朱文炳《海上竹枝词》更咏道:"枇杷门榜尽姑苏,信步平康也自娱。但怕一声水老鼠,顿教鞋袜遍沾濡。""各处方言本自由,为何强学假苏州。做官也要娴官语,做妓焉能勿学不?""苏州女子美风骚,举止清扬意气高。惯喜笑人鸭尿臭,怒来大骂杀千刀。"这种记述,虽属调侃却并不夸张。正由于如此,当狭邪小说风行之际,出现这样一种写法,让读者感到小说环境的真实,并有新鲜的阅读趣味。另外,清末上海文坛,苏州人占了半壁江山,邻近地区的文人也多操吴语,吴语成为社会交际的时髦语言,故将吴语引入小说以及其他文体,不但作者得心应手,而且也是一种阅读时尚。吴语小说以上海为主要市场,以江浙人为主要读者对象,代表作有《海上花列传》、《九尾龟》、《九尾狐》、《海天鸿雪记》等。

《海上花列传》六十四回,作者署花亦怜侬,即松江人韩邦庆。此书自光绪十八年起在《海上奇书》连载,后又以《青玉宝鉴》、《海上青楼奇缘》、《海上花》等书名刊行。鲁迅《中国小说史略》第二十六篇《清之狭邪小说》说:"光绪末至宣统初,上海此类小说之出尤多,往往数回辄中止,殆得赂矣;而无所营求,仅欲摘发伎家罪恶之书亦兴起,惟大都巧为罗织,故作已甚之辞,冀震耸世间耳目,终未有如《海上花列传》之平淡而近自然者。"这部小说刻画人情世态细腻传神,生动地呈现了清末上海的社会生活场景,诚如蒋瑞藻《小说考证》卷八引《谭瀛室笔记》说:"故虽小说家言,而有伏笔,有反笔,有侧笔,语语含蓄,却又语语尖刻,非细心人不能得此中三昧也。"另一方面,它又是叙述用官话、对白用苏白的第一部小说。作者运用吴语得心应手,许多对话,无论酒筵的哄饮,清夜的絮语,市井的扰攘,友朋的笑谑,以至交际酬酢,相讥相詈,都能声貌并现,读来如见其人,如闻其声。然而吴语的局限又在于不能普及,孙家振《退醒庐笔记》下卷记初读原稿时与作者的对话:"余则谓此书通体皆操吴语,恐阅者不甚了了,且吴语中有音无字之字甚多,下笔时殊费研考,不如改易通俗白话为佳。乃韩言曹雪芹撰《石头记》皆操京语,我书安见不可以操吴语,并指稿中有音无字之朆覅诸字,谓虽出自臆造,然当日仓颉造字,度亦以意为之,文人游戏三昧,更何妨自我作古,得以生面别开。余知其不可谏,斯勿复语。"后来的情形果然如此,逮其出版,"而吴语悉仍其旧,致客省人几难卒读,遂令绝好笔墨竟不获风行于时"。《小说考证》卷八引《谭瀛室笔记》也说:"专写妓院情形之书,以《海上花》为第一发见。书中均用吴音,如朆覅之类,皆有音无字,故以拼音之法成之,在六书为会意而兼谐声。惟吴中人读之,颇合情景,他省人则不尽解也。"尽管如此,胡适仍认为它是"吴语文学的第一部杰作",并自有它的意义。胡适在《海上花序》中说:"但是《海上花》的作者的最大贡献还是他的采用苏州土话。我们在今日看惯了《九尾龟》一类的书,也许不觉得这一类吴语小说是可惊怪的了。但我们要知道,在三十多年前用吴语作小说还是破天荒的事。《海上花》是苏州土话的文学的第一部杰作。苏白的文学起于明代,但无论为传奇中的说白,无论为弹词中的唱与白,都只居于附属的地位,不成为独立的方言文学。苏州土白的文学的正式成立,要从《海上花》算起。""国语的文学从方言的文学里出来,仍须要向方言的文学里去寻他的新材料、新血液、新生命。这是从'国语文学'的方面设想。若从文学的广义着想,我们更不能不倚靠方言了。""方言的文学所以可贵,正因为方言最能表现人的神理。通俗的白话固然远胜于古文,但终不如方言的能表现说话的人的神情口气。古文里的人物是死人;通俗官话里的人物是做作不自然的活人;方言土话里的人物是自然流露的活人。"胡适还特地举了一个例子:"双玉近前,与淑人并坐床沿。双玉略略欠身,两手都搭着淑人左右肩膀,教淑人把右手勾着双玉头颈,把左手按着双玉心窝,脸对脸问道:'倪七月里来里一笠园,也像故歇实概样式一淘坐来浪说个闲话,耐阿记得?……'"如果将双玉的话改成官话:"我们七月里在一笠园,也像现在这样子坐在一块说的话,你记得吗?"胡适感叹"意思虽然一毫不错,神气却减少多多了"。"《海上花》的长处在于语言的传神,描写的细致,同每一故事的自然地发展;读时耐人仔细玩味,读过之后令人感觉深刻的印象与悠然不尽的馀韵"。胡适认为,"然而用苏白却不是《海上花》不风行的惟一原因。《海上花》是一部文学作品,富有文学的风格与文学的艺术,不是一般读者所能赏识的"。"当日的不能畅销,是一切开山的作品应有的牺牲;少数人的欣赏赞叹,是一部第一流的文学作品应得的胜利。但《海上花》的胜利不单是作者私人的胜利,乃是吴语文学的运动的胜利。"张爱玲也认为此书的局限"不能全怪吴语对白",她用国语翻译了全书,自称"有些地方失去语气的神韵",面对苏州方言的特殊,确实会难免捉襟见肘的。

《九尾龟》一百九十二回,作者署漱六山房,即常州人张春帆。此书自光绪三十二年由点石斋陆续刊印。胡适在《海上花序》中说:"《海上繁华梦》与《九尾龟》所以能风行一时,正因为他们都只刚刚够得上'嫖界指南'的资格,而都没有文学的价值,都没有深沉的见解与深刻的描写。"自《海上花列传》问世后,涌现大量吴语小说,意味着吴语小说进入成熟时期,《九尾龟》是其中一部有代表性的作品。它的人物语言与《海上花列传》略有不同,严格按人物身份予以区分,妓女说苏白,嫖客说官话,妓女一旦从良,也就不再说苏白。这样的人物对话已不仅渲染气氛或刻画人物,更多地带有象征意味。小说人物说什么"话",已变成一种身份地位和文化修养的外在标志。因此,作者对吴语小说的理解和吴语的使用,已深入到文化层面。

《九尾狐》六十二回,作者署评花馆主,即江阴香,生平不详,书前有灵岩山樵序。此书自光绪三十四年至宣统二年由社会小说社刊印,全书未完。其第一回起首写道:"龟有九尾,狐亦有九尾。九尾龟有书,九尾狐不可无书。他为一个富贵达官写照,因其帷薄不修,闹出许多笑话,故与他题个雅号,叫做'九尾龟'。我为一个淫贱娼妓现形,别有许多魔力,故与他取个美名,叫做'九尾狐'。"它的谴责对象主要是娼妓,由此暴露出社会丑恶的另一面。语言上与《九尾龟》一样,基本上用流畅的官话叙述,人物对话视语境不同而夹杂运用吴语和其他方言,从而使小说有一种绘声绘色、惟妙惟肖的艺术效果,比起《海上花列传》等吴语小说,阅读障碍也较小。

《海天鸿雪记》二十回,署"二春居士编"、"南亭亭长评"。二春居士,浙中人,寓居上海;南亭亭长即李伯元。此书光绪二十五年起由游戏报馆分期刊印;至光绪三十年,由世界繁华报馆出版单行本,有茂苑惜秋生序。书前有释文,分释书中奇字和俗语,奇字包括"耐"、"俚"、"搭"、"哚"、"吭"、"齣"、"勿"、"那哼"等三十一个,俗语包括"吃镶边"、"鸭尿臭"、"像煞有介事"、"吃排头"、"拆烂屙"、"挖空"等六十个。《海上花列传》、《九尾龟》等都以官话为主,间用吴语,《海天鸿雪记》则以吴语为主,官话副之,乃是吴语小说的一个典型作品。书中所记,仍不外妓女与嫖客间的故事,但均属日常生活,并没有像其他书中写的"嫖界黑幕"。此书的苏白表现,可例举第九回老二要寿生请客一节:"寿生脸上一红,遂问老二道:'耐寻我啥事体?'老二道:'啊呀,耐啥忘记哉?耐说今朝搭倷吃酒呀!'寿生道:'我今朝吭不功夫。'老二道:'耐夷要滑头哉!夜里向有啥个事体?'寿生道:'故歇朋友也哤不,那哼吃酒?'老二道:'朋友末好去请个啘。倪今朝一台酒也哤不,阿要坍台?'进卿道:'唔笃今朝阿是烧路头?'老二道:'宣卷呀!俚末总算老客人哉!随常日脚,从蒯叫唔做花头个,今朝日脚浪尴尬仔,阿要搭倪绷绷场面来介。'老二正在指手划脚,不提防余双人挈着钩伯从背后掩来,逼紧仔喉咙喊道:'做花头末做末哉啘!'老二没有留心,吓了一跳,别转来将双人肩上狠狠的打了一下,说道:'耐个断命人,啥落实梗捎嘎!恨得来!'寿生道:'耐撤别人个烂屙,别人自然也撤耐个烂屙哉啘。'当下大家一笑。"阿英于此十分赞赏,他在《晚清小说史》第十三章《晚清小说之末流》中说:"方言的应用,更足以增加人物的生动性,而性格,由于语言的关系,也更突出。几个人的性格,虽仅用了二百七十四言,已具着极清晰的印象。这是用方言的力量。"

"五四"以后,国语运动兴起,一些作家在用国语创作的同时,夹用一些比较通行或富有表现力的俚言俗语,比如朱瘦菊的《歇浦潮》、张恨水的《啼笑姻缘》、秦瘦鸥的《秋海棠》等,都夹用了不少吴语词汇。如"瘪三"、"尴尬"、"蹩脚"等吴语词汇,已被国语吸收而广泛使用。

作为通俗文艺读物的方言写作,经久不息。用苏州方言写作,则可以倪海曙为代表,他在上世纪四十年代曾用苏州方言写了不少作品,诗歌有《新山歌》、《哭民主战士》、《太太走出厨房》、《寓言诗》,小说有《黄包车》,特别是《苏州话诗经》,用苏州方言翻译《国风》六十首,别开生面,如译《郑风·出其东门二章》,改题《走出苏州阊门》,诗曰:"走出苏州阊门,阿姐多得像云;格些阿姐当中,哤不我格爱人;青布旗袍一件,弗搨胭脂花粉;自有千种好看,一看我就开心。""走出苏州金门,阿姐多得像花;格些阿姐当中,哤不我格爱人;粉红旗袍一件,配上绝细腰身;自有万种妩媚,最最爱格大令。"作者在《后记》里说了提倡方言文学的两点理由,一是"方言文学是一种可以直接给人'听'的文艺,不但使人听得懂,而且使人听得亲切、有味,虽然它有地域的限制,但是一种能给当地多数人'听'的文艺,比之一种只给全国少数人'看'的文艺,力量实在是强多了";二是"中国目前所用的文学语言——白话文,是一种极无血色的普通话,它还只是中国新的共通语言的雏形。这种语言在新文艺上的发展,过去一直是无条件的夹用文言字眼和机械的搬用欧洲语法来丰富词汇和增强表现力的;但对于活语言的源泉——人民的方言,却忽略了。因此它弄得非常不自然,成为一种只有智识分子才能赏识的怪腔,所谓'新文艺腔'。这种发展显然是不正常的"。正由于这个缘故,倪海曙以苏州方言作了方言文学新路的探索。

七、苏州方言活动的历史记忆

基督教在苏州的活动,几经起落,约在同治年间又开始风生水起,传教者有长老会的史密德、马维廉,内地会的戴德生等,惨淡经营,遂获成效,入教者越来越多。光绪六年,在苏州的美国监理会传教士潘慎文、费启鸿等用苏州方言译成《新约全书》在上海出版。但这并不是最早的苏州方言译本《圣经》,据顾长声《〈圣经〉中译本版本简介》等介绍,苏州方言译本《圣经》,不像其他方言译本那样有中外文对照,而只有中文,如光绪五年出版的《福音书》和《使徒行传》,十八年出版的《新约全书》,三十四年出版的《旧约全书》等。据说,苏州方言译本《圣经》的版本有七种之多。另外,还有用苏州方言解释《圣经》的读物,如光绪二十五年出版的《圣经史记》,一九一六年出版的《圣日功课》等。

一九一九年,基督教新教的主要宗派卫斯理宗,正值海外传教一百周年,以进一步扩大传教作为庆祝的内容,准备派遣大批传教士来华,他们主要被分派到华东的江苏、浙江、上海一带。为了让新来传教士更好地在吴语区从事传教、医疗和教育工作,计划对他们进行吴语培训。经蓝华德建议,苏州东吴大学被授权筹办"作为东吴大学一部分的吴语学校",也就是东吴大学的吴语科。东吴大学副校长文乃史任吴语科校长,聘请东吴大学校监李伯莲为主管教师。又承女布道会的支持,借用苏州妇孺医院旧址作为校舍。吴语科学制定为两年,一九二〇年一月开学。首届学生二十人,第二届学生四十人,至一九二二年,学生约五十人。他们中既有监理会的,也有长老会、浸礼会、圣公会、伦敦会等其他教派的,部分学生一年后即离校去工作,以后再回来学第二年的课程。校长文乃史攻读语音学,在国际音标基础上创制了一套吴语音节表,使用这套音节表就可以对吴语中七百多个音节进行准确拼读。据一九二二年的《东吴季刊》记载,吴语科在教学上,"以日常习用之语句,编为吴语课本,复以成语、单句参杂其间,按时授课";"惟以素无系统之方言,与夫变化无穷之语法,芟繁就简,使之易于了解,且便应用"。校监李伯莲则经常领学生参观苏州街巷社区,让学生了解、熟悉苏州的社会风俗和语言习惯。大部分学生学习一年后就能掌握基本的吴语,部分学生还到大学和中学兼课,以提高自己的吴语听讲能力。吴语科的开办,不仅培训了大量的来华传教士,使他们能够迅速适应吴语地区的语言环境,加强了对中国社会的了解,同时也对吴语的语音系统研究作出了贡献。

晚清的吴语小报也有几种,有的全文吴语,有的部分专栏是吴语。

《世界繁华报》,主办人李伯元,光绪二十七年五月创刊,三十三年九月终刊。它完全是一份消闲性小报,有"讽林"、"艺方志"、"野史"、"官箴"、"北里志"、"鼓吹录"、"谭丛"、"梨园志"、

"俳优传"、"食谱"、"射虎录"等栏目,对当时官场的暴露和讽刺尖刻辛辣。李伯元的《官场现形记》、《庚子国变弹词》、吴趼人的《糊涂世界》都是在这份报纸上连载的。其中"北里志"专栏,每刊新闻两则,往往用一回目,行文全用吴语,如"林黛玉前日往杭州,洪蕊初专员回上海"、"李翠兰被骂,林凤珠教歌"之类。

《及时行乐报》,光绪二十七年十一月创刊,主办人及终刊时间不详,馆址设上海三马路昼锦里口。据其广告,则是"取杜牧看花之遗意,写及时行乐之闲情",有"本馆论说"、"采风问俗"、"笑林杂录"、"花丛汇纪"、"梨园谭艺"等栏目,其中"花丛汇纪"全用吴语写作。

《方言报》,光绪二十八年三月创刊,主办人及终刊时间不详,馆址设上海四马路泥城浜盛观里。有"弁言"、"朝报"、"舆论"、"市声"、"巷议"、"瀛谈"、"情话"、"游说"等栏目,它针对上海五方杂处的状况,将各地方言分配于不同栏目,如"朝报"用京话,"舆论"用官话,"市声"用宁波话,"巷议"用广东话,"情话"用苏白。

《苏州白话报》有两种,一在苏州,一在上海。苏州的《苏州白话报》,光绪二十七年十月创刊,主办人包天笑,他在《钏影楼回忆录》中说:"这个《苏州白话报》,并不是苏州的土话,只是一种普通话而已。"可见并非是吴语报。上海的《苏州白话报》则是纯吴语小报,光绪二十八年七月创刊,主办人及终刊时间不详,馆址设上海望平街文翰斋。有"紧要新闻"、"本馆论说"、"京外新闻"、"苏州新闻"、"上海新闻"、"小说"等,连载小说有无名氏的《后海上花列传》,摹仿《海上花列传》而作,其中有这样一段:"猛见一个官人走过来,身上却挂着一串多宝串,随即莺喉弄晓,燕舌嘻春,对着一个大小姐说道:'倪来得忒早哉!'大小姐答道:'也模样浪哉。'一头说,一面走到外面去兜圈子了。停了一回,鬓雾氤氲,鬟云缭绕,于于而至,珊珊齐来,一会儿把安垲第都塞满了。有几个轻狂子弟,儇薄少年,嘻嘻哈哈,来来往往,正在看得出神的时候,觉得肩上有人拍了一下,一看是他至友齐九烟,便道:'耐搭俉人来格?'九烟说:'一千子两人。'正在那里问答,坐轿子的美少年,却也进来了,弱骨翛翛,清眸炯炯……"另外,此报以吴语记述重大新闻,在当时吴语读者中有一定影响。

清末民初,叶楚伧曾做过吴谚、吴歌的收集和记录,他有一篇《侬歌侬解录自序》,刊于《民权素》第十三集,其中写道:"人生不幸,读书数十年,一片天籁,这'诗云'、'子曰'侵蚀殆尽,于是触目者虽同,施于声音遂异。一部《诗韵集成》,一部《佩文韵府》,翻来颠去,杂然成文,纵为'黄河远上'之画壁,'落霞秋水'之擅场,持向瓜棚豆架、村歌相答间,与一片天籁比,彼十七八香口慧舌之村女,与夫熟习野史之积世老妪闻之,有不作学究先生批三等秀才落第卷语,曰'不知所云'耶?因是而吾知天地之广,丝肉之外之有大妙文也。小子吴人,居又村角,舍南舍北,农家十七八;夏秋佳夜,微风始来,流萤渐集,四野田歌,曼婉以至。赏心乐事,实笑唐元宗入月窃紫云迥之尚非俊事焉。爰辑所闻,解以吾意,尝曰:'天地间如此妙文,值得湮没?携斯一编上天府,或者有葆羽鼓吹以迎者乎?'"这本《侬歌侬解录》未见印本传世,也许并未成书。

苏州年画销售,向采用叫卖形式,俗称"唱年画",不同题材,有不同唱法,有的如唱春调,有的如苏州景,有的如叹五更,都是卖年画人自己编排出来的,可以视作山歌的另类。由于这种货声,向不为人注意,很少记录下来,只有在编演曲艺时糅合进去一点。如乾隆弹词《仙庄会》里就有几段,因为"唱年画"的是苏州人,唱词也是苏白:

"打开画箱,献过两张。水墨丹青老渔翁,老渔翁朵哈哈笑,赤脚蓬头戴箬帽,手里拿之大白条,鳞眼勿动还会跳,笔法玲珑手段高,苏杭城里算头挑,扬州城里算好老。只卖八个钱,两张只卖十六钱。献过里朵两张,还有里朵两张。《西游记》里个前后本,王差班里个大戏文,大净矮登登,小旦必必文,行头簇簇新,脚色无批评。杨戬三只眼,称为二郎神,托塔李天王,带领众天兵,哪吒手里执火枪,脚踏之个风火轮,大闹天宫孙行者,太上老君炼丹炉,炼得那大猢狲、小猢狲逃的逃来奔的奔。唐僧西天去取经,一撞撞见之个老鼠精。献过里朵两张,还有里朵两张。松江来朵大种鸡,一只九斤五,一只黑十二,勿吃糠来勿吃粞,勿吃谷来勿吃米,猫儿一见空欢喜,王鼠狼也拖勿起,毛羽斩斩齐,头儿也傲带起,脚儿立来假山里,到了半夜里,呱呱之介为之啼,秤秤九斤半,斩斩四大盘,七八个朋友吃勿完。只卖得八个钱,两张只卖十六钱。献过里朵两张,还有里朵两张。金银龙凤四大美人,一张金姑娘搭银姑娘,一张龙姑娘搭凤姑娘,金银龙凤四姑娘,四位姐姐一样长,周身衣服俏打扮,有话里朵好商量,头发乌云罩,眉毛弯弯交,面孔水粉桃,眼睛带点骚,鼻子像琼瑶,小嘴像樱桃,十指尖尖杨柳腰,手里抱个小宝宝,勿哭勿济嘈,是介出托托托来里笑。讨价银子值一千,羊肉只卖狗肉钱,烧酒只卖白水钱,只卖一百钱,打对折五十钱,揽腰一甩念五钱,除掉零头念个钱,抽底拔数十八钱,收摊生意卖本钱,只卖十六钱。挖居起,房门浪当对联,大厨浪弃旧换新鲜,贴贴十来年,颜色勿为嫌,越看越新鲜,譬如吃碗浇头面。"

上世纪六十年代初,桃花坞木刻年画社凌虚采访卖画老人钱杏生后,写了一篇《唱年画》,并附录了他卖画的唱词十八题,全用苏州方言,举两首为例,一首叫卖"姜太公",唱道:"百无禁忌家家要,头上戴起将军帽,身上穿仔八卦袍。弹眼落睛福气好,登勒当中咪咪笑。手持黄旗飘勒飘,蚊子苍蝇全勿到,邪气晦气勿敢到。种起田来三担白米稳牢牢,撑起船来顺风飘,做起生意赚元宝,养起蚕来三担茧子稳牢牢。"另一首叫卖"金鸡报晓",唱道:"大公鸡,半夜三更喔喔啼,勿吃稀来勿吃米,养末养勒花园里,蛇虫百脚吃勿及。黄鼠狼想吃鸡,唾吐水,溚溚渧,登勒旁边拆臭屁。九斤黄,黑十二,偷鸡贼想偷鸡,拨勒乡下人打得臭要死,偷鸡勿着蚀把米。"

有的苏州年画上,还印上与画面内容有关的俚词俗语,大都是用苏州方言,如晚清时刷印的一幅《荡湖船》,乃据同名苏滩改编而来。说富家公子李某,因吃喝赌嫖而将家产挥霍殆尽,穷极潦倒,只得去投靠表姐夫。他来到渡口唤船摆渡,见船娘貌美,十分艳羡,恰有两个骗子上来行骗,一个借给他望远镜,一个到船上让他张望,他却借着望远镜看船娘,看得出神了,骗子就趁机偷去他的钱物。画上附印一篇唱词,延伸了故事情节,叙述他如何好色败事:

"清朝世界戏子多,常熟城里出仔格李君甫,爷娘传不我家当蛮蛮大,三爿典当七爿铺,拨勒我吃着嫖赌弄得一塌糊涂。想若我哩表姐夫,身浪着套短衫裤,走进典当铺,叫声朝奉估介估,铜钿当仔三百多。随手来拿航船坐,但听一阵狂风到姑苏。打听我哩表姐夫,有个说勒马医科,有个说勒桃花坞,格日仔山塘来走过,看见一爿要货铺,里向坐起我哩表姐夫,手里勒觍搓啥泥涂涂。我说表姐夫,阿有啥生意荐荐我。我哩姐夫说,自家呒啥做,勒哩做做格夜夜壶皮老虎。我说阿有铜钿借点我,拿出一千通兑老提大,随手就拿生意做。买仔五颜六色零头布,打好一个小包裹,大街小巷勿敢走,私街小弄喊买布。看见一位娘娘立门户,喊我卖布客人里向坐,我说娘娘要买啥格布?娘娘说,我哩阿大做身短衫裤,阿要几化布?我说唔觍宝宝几化长、几化大?娘娘道,杂能长,杂能大。我说布约勿销多,一丈三尺有得做。娘娘搭我咬耳朵,阿肯赊不我?我说道,对我脚馒头浪坐,装筒烟我呼,对我眉眼做,勿要说格点零头布,就是被头褥子布、脚带布、撩撬布,一塌刮子在是我。刚刚有趣有事务,格忙头里来仔俚丑城隍老,后头还有炕三姑,手里拿仔两面三,要杀脱我个头骷颅。我跌塌势冲出门户,忘记仔格小包裹,不觉来到下牵埠,叫航船只得转回府。"

年画上的方言现象,向不被人注意,实在也是方言研究依据的一项重要文献。

在下生在苏州,长在苏州,吴侬软语,那是最熟悉不过的,久而久之,对它的兴趣越来越浓。舍间也有几本相关读物,类如《现代吴语的研究》、《苏州方言志》、《吴县方言志》、《苏州方言语音研究》等,作为苏州方言学的专业著作,不可谓不准确,不可谓不深入,只是我更想知道一点方言学以外的事,于是就从杂书里寻找材料,如此数年,有了这篇文章。虽然东拼西凑,草草写成,大概也很有不通之处,特别是我不熟悉国际音标,更不懂五度制声调符号,当然也不想用音标、符号来帮助叙述,并且更想让不懂音标、符号的人,知道一点苏州方言的故实。关于这个话题,可说的很多,我只是摭谈几端,并无统系,聊作饭后茶馀的闲话而已。

二○○九年十一月三日

怀袖雅物

折叠扇简称折扇,它以竹木或象牙等为骨,韧纸或绫绢为面,可收拢折叠,因其形制,又被称为蝙蝠扇、撒扇、聚骨扇、聚头扇等。

早先有人认为,折扇最早出现于南齐,即《南齐书·刘祥传》所记"司徒褚渊入朝,以腰扇鄣日"的"腰扇",《南史》、《建康实录》、《通志》等都有此事的记载,文字大同小异,但对"腰扇"都没有形制上的说明。至胡三省注《资治通鉴》,认为"腰扇"就是折扇。《资治通鉴》卷一百三十五记南齐建元二年,"十二月戊戌,以司空褚渊为司徒,渊入朝,以腰扇障日"。胡三省注道:"腰扇,佩之于腰,今谓之折叠扇。"自此而降,"腰扇"就被认为是折扇,它的出现年代也推至公元五世纪。其实,胡三省是望文生义,"腰扇"并不是折扇,而是卤簿的一种。方以智《通雅》卷三十四说:"百官皆有卤簿,在京亦有之。王导辞鼓盖,王俭鸣笳列驺。南朝御史中丞、建康令皆有卤簿。《王僧孺传》:'遇中丞卤簿,又避中丞赤棒。'褚渊入朝,腰扇障日,有士笑之。颜籀《正俗匡谬》有拥扇,正今行路所拥者。《南史》:'诸王郸扇,不得雉尾。'《尤射》曰:'报以承泽二。'又曰:'赍以追扪。'缪袭注曰:'皆宝扇名。'今京官不敢张盖用职事。惟现任者四品以上开甘蔗棍,五品以上前导安笼,或交床持障日扇而已,即古所谓腰扇、拥扇也。四品以上,扇始帖片金;五品京堂入朝,掌扇帖金;词林开坊五品,则大小扇皆金,红安笼;五品以下别衙门,则持手扇障日。"可见"腰扇"与拥扇一样,同属于障扇,大小不同而已。另外,一千五百年多来,未见有南朝甚至隋唐五代的折扇实物出土,也没有其他图像、文字等文献佐证。但折扇折叠开合的技术原理,应该取于伞,扇骨、扇面正与伞橑、伞檐的结构关系相同。伞的发明,历史颇为悠久,陕西临潼秦皇陵出土一号铜马车,湖北江陵凤凰山西汉一六七号墓出土木轺车,都有早期伞制的典型。

迟至北宋年间,折扇作为时髦的舶来品,开始在上层社会流传,它主要来源于日本和高丽。据《宋史·日本国传》记载,端拱元年,日本使者嘉因来朝,礼单上就有"金银莳绘扇筥一合,纳桧扇二十枚、蝙蝠扇二枚"。蝙蝠扇即折扇。郭若虚《图画见闻志》卷六记高丽国,"熙宁甲寅岁遣使金良鉴入贡","丙辰冬复遣使崔思训入贡","彼使人每至中国,或用折叠扇为私觌物"。据张世南《游宦纪闻》卷六记载,宣和六年九月,高丽国遣使李资德等来朝谢恩进奉,"私觌之物"有"松扇三盒"、"折叠扇二只"。同年,徐兢随使高丽,归后撰《宣和奉使高丽图经》,卷二十九"供张"记了三种折扇,一是画折扇,"画折扇金银涂饰,复绘其国山林、人马、女子之形,丽人不能之,云是日本所作,观其所馈衣物,信然";二是杉扇,"杉扇不甚工,惟以日本白杉木劈削如纸,贯以彩组,相比如羽,亦可招风";三是白折扇,"白折扇编竹为骨,而裁藤纸鞔之,间用银铜钉饰,以竹数多者为贵,供给趋事之人,藏于怀袖之间,其用甚便"。其中,画折扇为日本所制,扇面彩画即日本大和绘,杉扇以日本白杉木所制为佳,惟白折扇或为高丽所制。

关于日本、高丽的折扇,宋人记载很多,郭若虚《图画见闻志》卷六记"高丽画"时说:"其扇用鸦青纸为之,上画本国豪贵,杂以妇人鞍马,或临水为金砂滩,暨莲荷、花木、水禽之类,点缀精巧,又以银泥为云气月色之状,极可爱。谓之倭扇,本出于倭国也。近岁尤秘惜,典客者盖稀得之。"邓椿《画继》卷十也说:"高丽松扇,如节板状,其土人云非松也,乃水柳木之皮,故柔腻可爱,其纹酷似松柏,故谓之松扇。东坡谓高丽白松理直而疏,析以为扇,如蜀中织棕榈心,盖水柳也。又有用纸而以琴光竹为柄,如市井中所制折叠扇者,但精致非中国可及。展之广尺三四,合之止两指许,所画多作士女乘车跨马、踏青拾翠之状,又以金银屑饰地面,及作云汉、星月、人物,粗有形似,以其来远,磨擦故也。其所染青绿奇甚,与中国不同,专以空青、海绿为之。近年所作,尤为精巧。"又说:"倭扇,以松板两指许砌叠,亦如折叠扇者,其柄以铜靥钱环子,黄丝绦,甚精妙。板上笔画山川人物、松竹花草,亦可喜。"

当时从日本、高丽传入的折扇为十分稀罕,索价昂贵,一般也置办不起。江少虞在《事实类苑》卷六十里记了一件事:"熙宁末,余游相国寺,见卖日本国扇者,琴漆柄,以鸦青纸厚如饼,襵为旋风扇,淡粉画平远山水,薄傅以五彩,近岸为寒芦衰蓼,鸥鹭伫立,景物如八九月间,舣小舟渔人,披蓑钓其上,天末隐隐有微云飞鸟之状,意思深远,笔势精妙,中国之善画者或不能也。索价绝高,余时苦贫,无以置之,每以为恨。其后再访都市,不复有矣。"元丰六年,高丽国王薨,钱勰充吊慰国信使,凡"燕饮逾制与夫馈饷非例者,皆却而不受","送馆寓金银器皿四千余两,公辞之"(《宋故追复龙图阁直学士赠少师钱公墓志铭》),惟独带回不少高丽扇,以分送友好。孔武仲有《钱穆仲有高丽松扇,馆中多得者,以诗求之》、《内阁钱公宠惠高丽扇,以梅州大纸报之,仍赋诗》两首,前诗在"我虽相见无所得,坐忆松鹤生微凉"句下注道:

"往年在庐山,见僧房有高丽松扇,敛之不盈寸,舒之则雪山松鹤,意趣甚远。"张耒也从钱勰处得来一柄,《谢钱穆父惠高丽扇》诗曰:"三韩使者文章公,东裔守臣亲扫宫。清严不受橐中献,万里归来两松扇。六月长安汗如洗,岂意落我怀袖里。中州剪就霜雪纨,千年淳风古箕子。"黄庭坚则有《戏和文潜谢穆父松扇》,诗曰:"猩毛束笔鱼网纸,松柹织扇清相似。动摇怀袖风雨来,想见僧前落松子。张侯哦诗松韵寒,六月火云蒸肉山。持赠闺人聊一笑,不须射雉彀黄闲。"另外,黄庭坚还有《谢郑闳中惠高丽画扇二首》,"海外人烟来眼界,全胜博物注鱼虫","苹汀游女能骑马,传道蛾眉画不如"诸咏,可见他对这柄高丽扇的珍惜。元祐元年,苏辙也获赠一柄日本扇,同样兴奋不已,《杨主簿日本扇》诗曰:"扇从日本来,风非日本风。风非扇中出,问风本何从。风亦不自知,当复问太空。空若是风穴,既自与物同。同物岂空性,是物非风宗。但执日本扇,风来自无穷。"这首诗对日本扇的形制、绘画未作赞美,只是表达了它远涉重洋而来的珍稀。

  北宋时,折扇的珍稀,还可从话本中得到佐证。《赵旭遇仁宗传》(即《赵伯昇茶肆遇仁宗》)说仁宗微服出宫,上樊楼饮酒,"仁宗手执一把月样白梨玉柄扇,倚着阑干看街,将扇柄敲槛,不觉失手,坠扇楼下。急下去寻时,无有"。后来到茶肆,赵旭将那扇子还给仁宗,"赵旭于袖中捞摸,苗太监道:'秀才袖中有何物?'赵旭不答,即时袖中取出,乃是月样柄白梨扇子,双手捧与苗太监。苗太监问道:"此扇从何而得?"赵旭答道:"学生从樊楼下走过,不知楼上何人坠下此扇,偶然插于学生破蓝衫上。"此虽是小说家言,但从描写来看,这把"月样白梨玉柄扇"当为折扇无疑,可见折扇在当时供宫廷御用,并非为民间所常见,话本中将它作为身份的标识。

  宋人仿制日本、高丽折扇已在南渡以后。《画继》成书于乾道三年，距靖康之变四十年，就提及"又有用纸而以琴光竹为柄，如市井中所制折叠扇者"。再过四十年，赵彦卫在《云麓漫钞》卷四中说："今人用折叠扇，以蒸竹为骨，夹以绫罗，贵家或以象牙为骨，饰以金银，盖出于高丽。《鸡林志》云：'高丽叠纸为扇，铜兽餍环，加以银饰，亦有画人物者，中国转加华侈云。'"可见南宋时，仿制折扇在技术上、装饰上都有很大进步，已呈青出于蓝之势。临安的扇庄就有专营折扇的，吴自牧《梦粱录》卷十三记小市里就有"周家折揲扇铺、陈家画团扇铺"，可见折扇和团扇在制作和销售上已有所分别。

今存南宋折扇的图像记录，仅见两件。一件是常州博物馆藏朱漆戗金花卉莲瓣式奁，一九七八年江苏武进南宋墓出土，盖面戗画"一仆两主"仕女图，主人衣着华丽，长裙曳地，一持团扇，一摇折扇，并肩款款走来，旁立侍女则手持玉壶春花瓶。另一件是北京故宫博物院藏《蕉阴击球图》，签署"苏汉臣"，大概并不可靠，图上高桌后一女子正支颐观球，桌上放着一柄尚未完全收拢的折扇，扇头上还系着长长的红流苏。由此可知，南宋时民间大户人家已使用折扇，并作为一种时尚。

从这两件图像来看，折扇作为时尚器物，最适宜女子，特别是它的小巧玲珑、精致华丽，成为女子时尚生活的重要装饰。流风所及，时人吟咏也就将女子与折扇联系了起来，可举两个例子，朱翌《生查子·折叠扇》词曰："宫纱蜂趁梅，宝扇鸾开翅。数折聚清风，一捻生秋意。摇摇云母轻，袅袅琼枝细。莫解玉连环，怕作飞花坠。"李龏《折叠扇》诗曰："尺素裁成半叶荷，竹批六夹影相罗。玉人笑把遮羞面，还向绦边见笑涡。"

在北方，折扇也受到社会上层人士的喜爱，如金章宗完颜璟就有《蝶恋花·聚骨扇》一阕，词曰："几股湘江龙骨瘦，巧样翻腾，叠作湘波皱。金缕小钿花草斗，翠条更结同心扣。金殿珠帘闲永昼，一握清风，暂喜怀中透。忽听传宣须急奏，轻轻褪入香罗袖。"入元以后，风气依然，但各地的情形不一，或有少见多怪者，《格致镜源》卷五十八引《张东海集》就说："尝见王秋涧记，元初东南夷使者持聚头扇，当时讥笑之。我朝永乐初始有，特仆隶下人所持，以便事人耳。"

在明永乐前，折扇虽已有仿制，但像其他舶来品一样，还是以日本扇、高丽扇作号召，民间普及程度不高，几乎局限于上层社会。沈德符《万历野获编》卷二十六说："今聚骨扇，一名折叠扇，一名聚头扇，京师人谓之撒扇，闻自永乐间外国入贡始有之。今日本国所用乌木柄泥金面者颇精丽，亦本朝始通中华，此其贡物中之一也。然东坡又云，高丽白松扇，展之广尺馀，合之止两指许。即今朝鲜所贡不及日本远甚，且价较倭扇亦十之一。盖自宋已入中国，然宋人画仕女止有团扇，而无折扇。团扇制极雅，宜闺阁用之。予少时见金陵曲中诸妓每出，尚以二团扇令侍儿拥于前，今不复有矣。宫中所用，又有以纸绢叠成折扇，张之如满月，下有短柄，居扇之半，有机敛之，用牡笋管定，阔仅寸许，长尺馀，宫娃及内臣以囊盛而佩之，意东坡所见者此耳。"沈德符引苏轼语，原文久佚，或从邓椿《画继》中转录而来。他提到的"以纸绢叠成折扇"者，当是折扇的另一种样式，据日本所藏早期折扇，它的形制与通常的折扇完全相同，自然也不是当年"东坡所见者"。

自永乐朝起，折扇开始普及，一说得力于成祖朱棣的推广。陆容《菽园杂记》卷五说："折叠扇一名撒扇，盖收则折叠，用则撒开。或写作箑者，非是，箑即团扇也。团扇可以遮面，故又谓之便面，观前人题咏及图画中可见已。闻撒扇自宋时已有之，或云始永乐中，因朝鲜国进松扇，上喜其卷舒之便，命工如式为之。南方女人皆用团扇，惟妓女用撒扇，近年良家女妇亦有用撒扇者,此亦可见风俗日趋于薄也。"刘廷玑《在园杂志》卷四也说:"其扇本名折叠,亦谓之撒扇,取收则折叠、展则撒舒之义。明永乐中,朝鲜国入贡,成祖喜其卷舒之便,命工如式为之。自内传出,遂遍天下。其始不过竹骨茧纸薄面而已,迨后定制每年多造重金者进御。一面命待诏书写端楷,一面命画苑绘画工致,预于五月一日进呈,以备午日颁赐嫔妃宫女。其钉铰眼钱,皆用精金,每扇价值五金。"成祖的好尚,开了风气,于是由宫廷而民间,折扇遂渐成为寻常百姓的日常生活用品。

至明代中期,苏州成为折扇的重要产地之一。谢肇淛《五杂组》卷十二说:"上自宫禁,下至士庶,惟吴、蜀二种扇最盛行。蜀扇每岁进御,馈遗不下百馀万,上及中宫所用,每柄率直黄金一两,下者数铢而已。吴中泥金最宜书画,不胫而走四方,差与蜀箑埒矣。大内岁时每发千馀,令中书官书诗以赐宫人者,皆吴扇也。"又说:"蜀扇譬之内酒,非富人箧中则妇人手中耳。吴扇初以重金妆饰其面为贵,近乃并其骨,制之极精。有柳玉台者,白竹为骨,厚薄轻重称量,无毫发差爽,光滑可鉴,每柄值白金半两,斯亦淫巧无用者矣。"苏州之所以成为折扇的主要产地,并以精丽雅洁独步天下,有其社会、经济、文化诸多因素。

洪武初,朱元璋为建立政治经济新秩序,采用各种手段,杀戮、籍没、徙移江南豪族地主,调整阶级关系和生产关系,建立超越宋元的官田制度,且在江南征收全国最重的赋税。丘浚在《治国平天下之要》中说:"东南财赋之渊薮也,自唐宋以来,国计咸仰于是。其在今日,尤为切要重地。韩愈谓赋出天下,而江南居十九。以今观之,浙东西又居江南十九,而苏、松、常、嘉、湖五郡又居两浙十九也。"据顾炎武《日知录》卷十统计,"苏州之田约居天下八十八分之一弱,而赋约居天下十分之一弱也"。另外又有沉重的漕运负担,陆容《菽园杂记》卷五说:"洪武间运粮不远,故耗轻易举,永乐中建都北平,漕运转输,始倍其耗,由是民不堪命,逋负死亡者多矣。"在这样重赋重徭的迫压下,苏州出现民不聊生、户口逃亡、农田抛荒、赋税逋积的局面。这种状况一直延续到宣德、正统年间,苏州知府况钟在江南巡抚周忱支持下,推行了一系列改革措施,如"减浮粮"、"定济农仓"、"立义役仓"、"创平米法",招抚流民,兴修水利,恢复发展生产,整顿里甲组织等,极度衰敝的社会经济开始复苏。历经正统、景泰、天顺、成化四朝,苏州经济开始进入良性循环。随着城市商品经济的发展,民间手工业在自给自足的自然结构中逐渐分离出来,形成独立的商品生产行业,商品流通和交换的范围也不断扩大,苏州遂成为全国的经济中心。相城人王锜以自己的亲身经历,记下了这一由衰而盛的变化,《寓圃杂记》卷五说:"吴中素号繁华,自张氏之据,天兵所临,虽不被屠戮,人民迁徙实三都、戍远方者相继,至营籍亦隶教坊。邑里潇然,生计鲜薄,过者增感。正统、天顺间,余尝入城,咸谓稍稍复旧,然犹未盛也。迨成化间,余恒三四年一入,则见其迥若异境,以至于今,愈益繁盛,闾檐辐辏,万瓦甃鳞,城隅濠股,亭馆布列,略无隙地。舆马从盖,壶觞罍盒,交驰于通衢。水巷中,光彩耀目,游山之舫,载妓之舟,鱼贯于绿波朱阁之间,丝竹讴舞与市声相杂。"面对这样的变化,官商士民无不欢欣鼓舞,社会思潮也开始渐渐转向,如康熙《吴江县志》卷十三便说:"明初芟夷豪门,诛戮狂士,于是俗以富为不祥,以贵为不幸。""迨百年后人始尚文乐仕,而俭素之习因而渐移。"

消费生活的发展,客观上突破了传统礼制对衣食住行的森严规范,价值观念嬗递,特别是工艺思想发生深刻变化。王锜《寓圃杂记》卷五说:"凡上供锦绮、文具、花果、珍羞奇异之物,岁有所增。若刻丝累漆之属,自浙宋以来,其艺久废,今皆精妙,人性益巧而物产益多。"黄省曾《吴风录》也说:"自吴民刘永晖氏精造文具,自此吴人争奇斗巧以治文具。"王锜说的"人性益巧",黄省曾说的"争奇斗巧",使得工艺技术精益求精,至被张岱称为"吴中绝技"。《陶庵梦忆》卷一说:"吴中绝技,陆子冈之治玉,鲍天成之治犀,周柱之治嵌镶,赵良璧之治梳,朱碧山之治金银,马勋、荷叶李之治扇,张寄修之治琴,范昆白之治三弦,俱可上下百年,保无敌手。但其良工苦心,亦技艺之能事。至其厚薄深浅,浓淡疏密,适与后世赏鉴家之心力、目力针芥相投,是岂工匠之所能办乎?盖技也而进乎道矣。"

明代苏州,文化繁荣,人物鼎盛,呈现一道丰富多彩的文化景观,在中国文化史上是罕见的,工艺史上自然也不例外。张岱所举,仅是名工巧匠的部分代表。值得一说的是,明代苏州文化人对工艺思想的推进、工艺技术的提升、民间工匠与士大夫的交流,起着十分重要的作用,特别是形成以精雅为主要特点的苏式工艺风格,在美学上作了全面观照。

在这样的文化背景下,苏州折扇首先是选择材料,其次是精工细作,再次是附丽书画,也就成为内容和形式完美结合的"怀袖雅物"。沈德符《万历野获编》卷二十六说:"今吴中折扇,凡紫檀、象牙、乌木者,俱目为俗制,惟以棕竹、毛竹为之者,称怀袖雅物。其面重金亦不足贵,惟骨为时所尚。往时名手有马勋、马福、刘永晖之属,其值数铢。近年则有沈少楼、柳玉台,价遂至一金,而蒋苏台同时,尤称绝技,一柄至直三四金,冶儿争购,如大骨董,然亦扇妖也。"文震亨《长物志》卷七说:"姑苏最重书画扇,其骨以白竹、棕竹、乌木、紫白檀、湘妃、眉绿等为之,间有用牙及玳瑁者,有圆头、直根、绦环、结子、板板花诸式,素白金面,购求名笔图写,佳者价绝高。其匠作则有李昭、李赞、马勋、蒋三、柳玉台、沈少楼诸人,皆高手也。纸敝墨渝,不堪怀袖,别装卷册以供玩,相沿既久,习以成风,至称为姑苏人事。"

明代苏州折扇的繁盛,离不开制扇高手的云集,他们各擅其长,以一技著名。乾隆《吴县志》卷二十三介绍说:"扇骨,圆头者马勋、蒋三,直根者柳玉台,雕边者王梅溪,皆名手也。"卷七十九又说:"马勋、李昭、柳玉台、蒋苏台、沈少楼,皆扇工之最驰名者,马圆头,李尖头,柳方头,蒋、沈则方圆并精,各擅其巧。"明代制扇名家甚多,有的仅留姓氏,有的稍存记载,今再摘出数条,补叙其中几位的事迹。

李昭,人称荷叶李,江宁人,流寓苏州,成化、弘治间在世,以精制竹骨名重一时,擅制尖根,骨较少而平滑坚厚,挥之如意。张大复《梅花草堂笔谈》卷十三说:"扇推李昭、马勋、刘玉台,我皆识之,信名下无虚士。"又卷十四说:"李昭者,为数骨,坚厚无洼窿,挥之纯然,见外舅顾孚承家,有陈白阳手笔兰花水仙,对人欲笑。"王士禛《香祖笔记》卷八也说:"成弘间,留都扇骨以李昭制者为最,见顾东江(清)集。往徐健庵司寇为宫坊时,赠予金陵仰氏扇,予谢以诗,有'旧京扇贵李昭骨'之句。翼日相遇朝班,问李昭出处,予但据东江集答之。后阅《金陵琐事》,乃详李昭、李赞、蒋诚三人制扇骨最精,徐守素、蒋彻、李信修补古铜器如神,恨昔者不能举此应之。"汪砢玉《珊瑚网》卷四十六则进而有"李昭惯作瓜子十三骨"之记。

马勋,苏州人,成化、弘治间在世,擅制竹骨。张大复《梅花草堂笔谈》卷十四说:"马勋者,见仇十洲为周氏写《六观堂图》,如丝如发,宫室竹树器皿畜牧毕具,堂外广庭不盈咫,庭中母鸡哺数子,嘴距宛然,不碍庭广,其致圆根疏骨,阖辟信手。"其以所制单根圆头称一时名手,陈贞慧《秋园杂佩》说:"宣弘间,扇名于时者,尖根为李昭,马勋为单根圆头。"汪砢玉《珊瑚网》卷四十六也说:"马勋善圆头,棕竹尤精。"

刘永晖,一作永辉,苏州人,正德间在世,所制阔板竹骨,浑坚精致,负有盛名。李日华《味水轩日记》卷二记了一件事:万历三十八年六月,"九日,过真如牧隐房,看盛德潜疾。德潜惫矣,检点平日书画杂迹,除易薪米、酬交游外,尚有零细种种,对之曰:'我去后,不知竟落谁手。'又曰:'公异日《书画想象录》刻出,幸附贱姓名,无忘也。'因以正德中吴人刘永晖所制阔板竹骨扇一柄贻余,曰:'扇工虽琐细,然求如此浑坚精致者,其法绝矣。'扇有陈眉公书一绝云:'万壑松涛碧影流,石床冰簟冷如秋。卷帘飞瀑悬千丈,恰对吾家竹里楼。'诗意既清迈,书法亦苏、黄、米相杂"。汪砢玉《珊瑚网》卷四十六则记道:"先子爱荆公,自少喜购图书古物,每长日永夜玩不休,尤嗜名手制篦,如吴中刘永辉,用刀削骨而不打磨。"

曹大本,苏州人,正德、嘉靖间在世。张大复《梅花草堂笔谈》卷十四说:"有曹大本者,取材甚长,要于整净,见王秦孺家,有其家理之先生书画,颇自矜秘。今观女家所藏,即大本亦未一二也。周东村笔既疏宕,文待诏书特弘放可喜,旧扇中三绝也。"

蒋诚,号苏台,行三,人称蒋三,苏州人,嘉靖间在世。汪砢玉《珊瑚网》卷四十六说:"蒋苏台兼善直根,其巧在销。"

刘玉台,人称玉台柳,《长物志》、《万历野获编》、《珊瑚网》等均误作柳玉台,苏州人,万历间在世。张大复《梅花草堂笔谈》卷十四记道:"刘玉台者,旧藏颇多,曾识其人于徐庆生汪园中,喜讴善酒,好纵情,手削如风,聚竹秤之,轻重正等,不差秒忽。刘语我:'吾妙在用胶,得我法,用之则开,舍之则藏,不劳腕力,如蜀府扇也。顾我法莫能传吾子矣。'其言如此,不能知其所以然。"陈贞慧《秋园杂佩》说:"后又有蒋三苏台、荷叶李、玉台柳、邵明,若李文甫耀、濮仲谦雕边之最精者也。"汪砢玉《珊瑚网》卷四十六也说:"柳玉台技兼蒋、李。"因其擅制方形扇头,民间有"柳方头"之称。

沈少楼，苏州人，万历间在世。制竹骨高手，每柄市价一金。汪砢玉《珊瑚网》卷四十六说："沈少楼善仿马勋。"

杭元孝，苏州人，万历间在世。乾隆《吴县志》卷七十九说："杭元孝，万历中善制扇，仿高丽式，精整绝伦。生平所制有限，海内鉴赏家宝藏之，虽悬重价不可得。后莫得其传。"

濮仲谦，名澄，字仲谦，以字行，江宁人，一说苏州人，或流寓苏州，万历十一年生，卒年不详，清顺治间尚在世。刻竹有巧思，善选材，相形度势，随形赋意，所制朴雅而不失精致。刘銮《五石瓠》说："苏州濮仲谦，水磨竹器如扇骨、酒杯、笔筒、臂搁之类，妙绝一时，亦磨紫檀、乌木、象牙，然不多。或见其为柳夫人如是制弓鞋底板二双，又或见其制牛乳潼酪筒一对，末矣。"

马小官，苏州人，万历间在世。王士性《广志绎》卷二说："至于寸竹片石摩弄成物，动辄千文百缗，如陆于匡之玉，马小官之扇，赵良璧之锻，得者竞赛，咸不论钱，几成物妖，亦为俗蠹。"

方氏，名字不详，苏州人，正德、嘉靖间在世。善裱扇面，陈贞慧《秋园杂佩》说："又方家制方，相传云文衡山非方扇不书。"

胡得芝，苏州人，万历时在世，善裱扇面。乾隆《吴县志》卷七十九记道："裱扇面则有胡得芝，所用楮褶，自得心手相应之妙。"袁宏道《时尚》称"近日小技著名者尤多，然皆吴人"，其中"扇面称何得之"。"何得之"当是"胡得芝"之误。

苏州折扇制作，与永乐间开始的规模化生产几乎同步，明代前期就在城北陆墓形成了扇骨集散地，正德《姑苏志》卷十四记道："扇骨出陆墓。"这一扇骨市场，不仅对苏州的折扇生产起了重要作用，并且也影响到邻近郡县。

折扇作为书画艺术的新载体，受到苏州书画家的青睐，这与苏州的书画传统和文人趣味有关。书画折扇的商品化，有一个被市场认可，逐渐扩大的过程，早期书画家更多是将它作为酬赠答谢的小品。如文徵明致继之小简有曰："荣行无以将敬，小扇拙作，聊见鄙情。"致王曰都小简有曰："要扇十柄，该银一两二钱，适区区无银在手，一时不曾办得，续后并二画寄来也。今寄张昆仑扇一柄，亦是草草展限耳，别当作一画奉寄，决不食言。"致陆师道小简有曰："昨扇因忙中写误，不可用，今别买一扇具上，请重书原倡以寄。"至而请人代置扇骨、扇面，致朱朗小简有曰："扇骨八把，每把装面银三分，共该二钱四分，又空面十个，烦装骨，该银四分，共奉银三钱，烦就与干当干当。"文徵明而外，沈周、唐寅、祝允明、王宠、王穉登、王世贞等名家所作扇面，至今传世仍多。

再从出土文物考察，明代苏州的折扇使用已相当普遍，其中书画扇占有大部，有的还作为生前钟爱之物随葬墓中。一九六六年，在市郊虎丘公社新庄大队的王锡爵墓出土折扇三柄，一柄男用十六方九寸圆头水磨竹骨纸面书画折扇（扇面已毁），两柄女用二十二方寸圆头雨金乌漆竹骨洒金扇，扇面黑底洒金加贴金，大小菱形图案，保存完好。一九七三年，在吴县洞庭公社红光三大队许志问墓出土折扇三柄，一是乌木骨十二股泥金面，文徵明书画两面；二是竹骨十二股泥金面，申时行书一面；三是随葬明器。文徵明扇，扇骨高三十一厘米，扇面高二十点三厘米，宽五十五厘米，一面画雨景山水，近处的水坡烟树，用墨笔混点结合晕染，树丛中用淡墨勾出小屋两三间，远处则有山峰起伏于云雨之中，无款，右下角钤白文"文徵明印"和朱文"徵仲父"印各一方；另面为文徵明行书《夏日睡起》七律一首，下有"徵明"两字款及印两方，印与画面所钤相同。申时行扇，扇骨高二十八厘米，扇面高十五点二厘米，宽四十三点五厘米，一面行书《兴福寺》《石公山》五律两首，落款"时行"，钤白文"瑶泉"方印。上述文物乃明代苏州折扇的实例，印证了苏州折扇的精湛工艺，反映了书画折扇之受人喜爱,以至于到了生死相依的程度。

入清以后,苏州更形繁华。康熙六十年,孙嘉淦来游苏州,他在《南游记》中说:"姑苏控三江跨五湖而通海,阊门内外,居货山积,行人水流,列肆招牌,灿若云锦,语其繁华,都门不逮。然俗浮靡,人夸诈,百工士庶,殚智竭力以为奇技淫巧,所谓作无益以害有益者欤。"所谓"奇技淫巧",说的就是包括工艺品在内的各种手工制作。一个以苏州的观念、意蕴、工艺、标准的物化概念,至此已全面成熟,以作为雅俗、高下、文野分别的一个新尺度,引领全国时尚潮流。苏州折扇作为"怀袖雅物",自然为天下珍重。清初,苏州精制的水磨竹骨折扇仍进贡朝廷,康熙四十六年,苏州织造李煦就有《进扇子湖笔小菜并报苏州少雨折》。这一风气,也在小说中反映出来,以《红楼梦》为例,第二十七回"滴翠亭宝钗戏彩蝶",第三十一回"撕扇子作千金一笑",都是关于折扇的大回目;第四十八回说石呆子藏二十把旧扇子,"全是湘妃、棕竹、麋鹿、玉竹的,皆是古人写画真迹",反映出风靡当时的苏州时尚;第六十七回说薛蟠自苏州归来,带了不少东西,绸缎绫锦、笔墨纸砚、花粉胭脂、虎丘耍货之外,还有扇子、扇坠,这些都是当时苏州最有代表性的"土宜"。乾隆二十四年,徐扬作《盛世滋生图》,卷中画有两家扇庄,一家在木渎中市,悬有"苏杭杂货"、"各色雅扇"招牌两方,柜上就挂有折扇;一家在山塘桥堍,檐外悬有"手巾扇子"招牌一方。这是当时苏州折扇市场的真实写照,一方面它仍是"怀袖雅扇",另一方面它深入民间,引车卖浆之流也用它来招风纳凉。

清代是折扇发展的鼎盛时期,材质多样,制作各别,呈现丰富多彩的面貌。刘廷玑《在园杂志》卷四说,折扇自永乐以后,"至本朝三百馀年,日盛一日。其扇骨有用象牙者、玳瑁者、檀香者、沉香者、棕竹者、各种木者、罗甸者、雕漆者、漆上洒金退光洋漆者,有镂空边骨内藏极小牙牌三十二者,有镂空通身填以异香者。扇头钉铰眼钱,有镶嵌象牙、金银、玳瑁、玛瑙、蜜蜡、各种异香者,且有空圆钉铰,内藏极小骰子者,刻各种花样,备极奇巧,甚有仿拟燕尾,更有藏钉铰于内而外无痕迹者。其便面有白纸三矾者,有五色缤纷者,有糊香涂面者,有搥金者、洒金者,命名不一。其骨多而轻细者,名曰春扇、秋扇;以香涂面者,曰香扇;可藏于靴中以事行旅者,曰靴扇;更有以各色漏地纱为面,可以隔扇窥人者,曰瞧郎扇;且有左右可开,制为三面,暗藏其中画横陈像者,曰三面扇。"上述各式折扇,都可以在苏州找到它的踪迹。

值得一说的是,由于折扇的时尚流行,被戏曲、曲艺表演作为常用的道具。苏州是昆曲的发祥地,生、旦、净、丑都用折扇,但由于人物身份、地位、性格等不同,它的用法也就各有差异,前人有戏谑道:"文生平胸搧,武生平头搧,花脸搧下巴,小丑搧耳朵。""旦角扇子不离鬓,小生不离大衣襟,老生垂手搧胯骨,花脸张臂与肩平。文生写字爱搧袖,教书之人搧板凳,苦力之人喜搧裆,盲目之人搧眼睛。""文胸武肚轿裤裆,瞎目媒肩奶肚旁,道领青袖役半搧,书臂农背秃光郎。"说书艺人也将折扇作为道具,既如实使用,又虚拟使用,收拢时作为朴刀、长枪、棍棒,展开时作为托盘、木枷等。这是折扇对表演艺术的贡献。

另外,当折扇展开时,扇面形成特殊的平面图形,即所谓扇形。自折扇普及后,扇形广泛应用于日常生活,不但作为器物造型,也作为传统建筑中空窗、花墙、枋檐、瓦当、砖雕、铺地的典式,甚至还有扇形建筑,如苏州拙政园的与谁同坐轩、狮子林的扇亭等。同时,扇形又传向海外,欧式建筑中也出现"扇形气窗"、"扇形门饰"、"扇形窗饰"等造型。这是折扇对美化生活的贡献。

清代苏州折扇业,既有扇庄,又有作坊。扇庄有的是前店后坊,制作兼经营;有的仅收购作坊制作的扇骨、扇面,装配后销售。乾隆时阊门内西街的毛恒凤扇庄,道光时的丁方九扇庄、益美斋扇庄,光绪时阊门上塘的古训堂扇庄,都负有盛名。同治初,扇骨作坊有十馀家,从业者百馀人,苏州折扇业为保护行业利益而成立公所,设址于桃花坞韩衙庄。光绪年间,作坊又增十数家,从业者又多一百馀人。有清三百年,扇骨竹刻也代有名家,如康熙时的吴历,乾隆、嘉庆时的杨溎、盛吟崖、盛德基、释达受、马根仙,道光时的陈凝福、石麒、翁大年、毛怀、刘德三、陈慕卿、王素川、谭松坡,咸丰至宣统时的王云、章桂三、蒯增、张揖如、钱逢源、周之礼、沈筱庄等,他们不但在技艺上各擅所长,制作精益求精,而且在折扇形制上有所创新,如扇头样式,明代一般认为有十三种,至清末常见的就有三十多种。

民国初年,苏州折扇业持续发展,作坊集中地由韩衙庄扩展到阊门内西街。公所改组,一分为三,扇骨公所在韩衙庄,扇面公所在后新街,雕边公所在隆兴桥隆兴寺内。各公所又分大行、小行,作坊入大行,个体制作者入小行。当时著名扇庄有张多记、陆春和、杨政记、祝金记、吴仁记、李瑞记、宗正记、唐恒和、王荣记等,都集中于西街一带。据一九三六年统计,苏州有扇骨作坊六十户三百馀人,扇面作坊十六户一百零四人,漆骨作坊七户十四人,雕边有十多人;扇面产量,市货一百二十万张,行货二百万张;扇骨产量,市货六万六千把,行货三十三万把;漆骨产量二十六万把。苏州折扇业的盛况,至一九三七年因抗战爆发而衰落,胜利后,略有恢复,但营业清淡,已非往昔可比。民国年间,制扇骨艺人有张多宝、杨永生、梅宝生、许阿金、冯子霸、金纪明、薛炳泉等,其中以杨永生名声最著,所制扇骨选料讲究,样式繁多。制漆骨艺人有沈福寿、唐檀玉、张阿炳、王阿泉等,其中沈福寿擅长八宝漆、玛瑙漆、月华漆、波罗漆、金星漆、隐漆等工艺，制作最佳。刻扇骨名家有徐沅、钱廉士、谭维德、黄两泉、黄山泉、汪寿平、吴仓、顾廷玢、林兆禄、孙小匏、庞仲经、凌翔云、石达生、支慈庵、梁肖友、杨春来、盛丙云、杨子英、徐孝穆、周玉菁等。制扇面艺人则以贾仁生为代表，不仅技艺精湛，还能揭裱扇面，整旧如新。

折扇主要由扇骨、扇面两部分组成。以下介绍它们的物质形态，即材质和造型。

扇骨的材质极为丰富，以竹、木最为常见。苏州折扇以竹为雅尚，所制水磨竹扇骨，清新秀美，本于天然，虽是普通至极的材料，柔韧度和坚硬度却独胜一筹，形状历久不变，且价值低廉，易于镌刻，便于庋藏。如果从象征意义上来说，竹的精神境界最高，含有的文化内涵最丰富，最能体现风雅的情趣。永乐以后，苏州工匠对扇骨材质就作如此选择，乃是淡冶和艳丽的选择，素雅和华侈的选择，当然也是艺术的选择。

扇骨的造型，即指它的形制和装饰。扇骨的形制，有长、短、多、寡、宽、窄以及式样的不同，由此决定折扇的形制，故折扇的形制都用扇骨来表示。大边是指两侧较厚的扇骨，也称大骨、老板，有阔板、窄板、直肩、如意、倒如意种种讲究。明清时流行镂空透雕大边，花纹图案有"古老泉"、"禹门洞"等。扇骨长度以九寸五分为最常见，称为"九五"，短则有六七寸，长则有一尺二三寸。扇骨数量最少九档，称为"九单"，多则有三十档以上。扇骨柄部，称为扇头，样式多达百馀种，常见有明式的古方头、排茄头、花鼓圆头、玉兰方头等，清式的大圆头、大瓶式头、葫芦头、琵琶圆头等。扇骨的装饰，主要是对大边进行技术加工，有刻边、嵌贴、漆面诸法。刻边通常由书画家和刻工合作，刻工根据书画内容，采用不同的雕刻技艺，或透雕，或浅雕，或阴刻，或阳文留青。嵌贴是在大边上填嵌或平贴其他装饰材料，以丰富扇骨的画面。漆面则对大边采用髹饰工艺，施漆，打磨，再作雕刻。经过装饰的扇骨，特别是刻边，附加了文化内涵，提升了艺术价值，如是名家所作，物以人重，成为珍品。白文贵《蕉窗话扇》分析了清代后期扇骨的两大派别，他说："制做扇骨，以苏杭二郡为最精巧，正如市招所揭'苏杭雅扇'。然苏不仅限于苏州一地，凡金陵、扬州等处所制，皆为苏制。嘉兴、吴兴等处所制，皆为杭制。大抵苏制篦边厚而庄重，杭制篦边薄而轻巧，燕瘦环肥，各臻其妙，正不容轩轾。"

扇面又称扇叶、便面、篦头等，与折扇同步发展。早在明代中期，苏州就重视扇面制作，乾隆《吴县志》卷二十三说："扇面，有金者，有洒金者，名雨雪金，又有熏金，杭金为最下。白纸扇转有贵于金者。"并出现裱扇面的一时名家，如方氏、胡得芝等。

扇面的材质，除女用绢扇外，都用纸料，以细腻牢韧、不易折裂者为佳。一般采用细洁的宣纸为面，软熟的皮纸为衬，细薄的竹料连史纸为芯。纸料扇面分素面、色面、金面三种，制作技术在明代已全面成熟。素面通常为本色，也有仿旧、镜面、发笺等特殊样式。色面是运用染纸工艺而成，常见是黑色和瓷青色，偶也有红色和赭黄色。金面分泥金、冷金、洒金三种。泥金和洒金的饰料都用真金箔，铺满金色，洒金仿佛是洒上去的，星星点点，而冷金的饰料则用汽金箔。三种金面各有不同规格，业内以不同术语予以区别。扇面有两面泥金的，有一面泥金一面洒金的，也有一面泥金或洒金一面素面的。还有格景扇面，如将扇面一分为二，一半洒金，一半素面，称"二格景"；如一分为三，两边素面，中间泥金或洒金，或者两边泥金或洒金，中间素面，称为"三格景"。以此类推，有"四格景"、"六格景"、"八格景"等。此外，还有在洒金扇面上留一圆形的，称为"开光"；留一方形的，称为

"开窗",都属于专门加工的品种。

另外,扇坠是折扇的装饰品,系于扇柄之下,材质多样,文震亨《长物志》卷七说:"扇坠宜用伽楠、沉香为之,或汉玉小玦及琥珀眼掠皆可,香串、缅茄之属,断不可用。"扇袋、扇盒则是折扇的附庸,顾震涛《吴门表隐附集》记"业有招牌著名者"有"三珠堂扇袋",可见也是独立的行业。

苏州折扇的物质形态,反映了明清以来苏州的工艺思想,将雅致、精细、美观作为最主要的追求目标,选择材料,创新形制,使折扇的文化内涵不断丰富深邃,使其不负"怀袖雅物"的佳名。

南宋时就有在折扇上绘画,这种附丽装饰手段,也是继承日本、高丽扇的规制,周密《癸辛杂识续集》卷下记道:"其聚扇,用倭纸为之,以雕木为骨,作金银花草为饰,或作不肖之画于其上。"然而宋人所作,无论题材、笔墨,还是审美观念,均与日本、高丽有别。赵伯驹是迄今所知最早在折扇上作画的,张雨《题赵千里聚扇上写山》诗曰:"翠水丹山气磅礴,几叠香痕经手握。何年破镜飞上天,吴淞水剪并刀薄。江南宝绘多遗馀,王孙不归恨蘼芜。蘼芜消歇秋风起,班姬为我歌乌乌。"郑元祐、倪瓒、陈方等均有次韵之作。马远、马麟、杨妹子也在折扇作画,詹景风《詹东图玄览编》卷三记道:"马远竹鹤、马麟桂花二册,本是一折叠扇两面,与金折叠扇式无异,折痕尚在,皆素绢为之,麟一面稍破损。"陆深《春风堂随笔》也记道:"予收得杨妹子所写绢扇面,折痕尚存。"可见在南宋时,扇面已作为绘画的载体之一。

南宋人书画的折扇,或由日本、高丽舶载而来,或出于本土扇肆,一直持续到明初,如洪希文《书倭人折叠扇》诗曰:"异域憎怜或不通,云胡寒暑此心同。卷舒默寓行藏意,绘画深知采色工。范笔何妨书大暑,规尘莫遣污清风。"不管如何,宋金元时期,在折扇上书画,宫廷里已不鲜见,有两诗为证,赵秉文《题近侍局使聚扇》曰："早朝携入紫微宫，日用都归掌握中。运动枢机真有道，卷藏怀袖不言功。宸庭永日更番暇，水殿微凉侍宴终。愿以微躯奉清燕，仁声宣布舜弦风。"又许有壬《宫中鱼水聚扇图》曰："舒卷清江怀袖间，蠹残犹作画图看。秋风弃掷深宫里，曾恨君恩比目难。"

至永乐朝，折扇开始普及，逐渐从皇室宫廷、侯门大户走向民间，折扇书画同样如此。在传世折扇中，以宣德二年宣宗朱瞻基绘"柳阴赏花"和"松下读书"的年代为最早，形制亦为最巨，纵近六十厘米，横逾一百五十厘米。宣宗有《咏撒扇》诗曰："湘浦烟霞交翠，剡溪花雨生香。扫却人间炎暑，招回天上清凉。"据《翰林记》卷十六记载，至成化四年，"凡遇端午，辄赐牙骨聚扇，上有御制《清暑歌》、《解愠歌》及诸家绘画，金织扇袋"诸物。也就在成化年间，书画折扇在民间蔚然成风，李日华《紫桃轩杂缀》卷四说，折扇自"我明永乐间稍效为之"，"至于挥洒名人翰墨，则始于成化间。近有作伪者，乃取国初名公手迹入扇，可哂也"。高士奇《天禄识馀》卷上也说，折扇"今则流行寝广，团扇废矣，至于挥洒翰墨，始于成化间"。

成化是苏州经济、文化快速发展的时期，从绘画史来看，"元四家"将文人画推向一个新高潮，也开启了明代南宗风气。在"吴门四家"之前，苏州擅画的文人学士有杨基、张羽、徐贲、宋克、姚广孝、谢缙、杜琼、沈贞、沈恒、刘珏等。"吴门四家"中，沈周早年就得法于其父沈恒、伯父沈贞，于诸家无不熳烂，中年以黄公望为宗，晚年醉心吴镇，酣肆融洽，擅名天下。画史有"吴派"或"吴门画派"之说，沈周并非开创者，但在这一文化流派的传承过程中，他处于继往开来的重要地位。唐寅异于沈周一脉，更接近院体，他从师周臣，周臣将北风南移，故他不但承其精髓，且于宋元大家靡不研解，成就远出乃师之上，行笔秀润，缜密而有韵致。后之学者有萧琛、朱伦、钱贡等。文徵明师承沈周，兼有李唐、赵孟頫及"元四家"之体。后裔文彭、文嘉、文台、文伯仁、文肇祉、文震孟、文震亨、文从简、文俶等，及门陈淳、彭年、朱朗、陆师道、钱穀、周天球、陆治、居节、王穉登等，皆从其学。至吴伟业《画中九友歌》所咏董其昌、王时敏、王鉴、李流芳、杨文骢、张学曾、程嘉燧、卞文瑜、邵弥，也都是文徵明之流风馀绪。仇英也师周臣，然与唐寅不同，特工临摹，粉图黄纸，落笔乱真，至于描绘人物，铺陈得法，情景如生，精丽艳逸，无惭古人，董其昌称其为"赵伯驹后身，即文、沈亦未尽其法"（《珊瑚网》卷四十一引）。从其流者有程环、仇完、周行山、朱玉、尤求、段衔及女儿杜陵内史仇珠等。因此，所谓"吴派"或"吴门画派"，既不是绘画风格上的相近，也不是绘画思想上的共同追求，而是属于地域性的文化流派。成化至嘉靖年间，乃是"吴派"绘画的全盛时期，在全国有很大影响，造成一时气候，同时也留下大量的书画作品，其中就有很多折扇书画，且不乏精品。

清人顾沅藏明代苏州画家扇面二百二十件，分装十册，题名《吴中画派册》，石韫玉为之题词，其中这样说："画家自六朝以至唐宋，大率北人居多，至元时四大家开山水一派，其人皆生于吴会，振起南宗，沿及有明，以至于今，而吴中画派之盛，遂甲于天下。此湘洲表章吴中画派之所由来也。古人用团扇，间亦以书画渲染之，明永乐中高丽聚头扇始入中国，今湘洲所集皆聚头扇之面，故断自明人，而元以前无闻焉，非阙也，前此所未有也。"

清宫旧藏元明两代书画折扇两箧三百柄，即所谓"烟云宝笈"者也，以明代苏州人所作占绝大部分，吴景洲在《烟云宝笈成扇目录识言》中说："故宫养心殿藏元明成扇三百柄，发箧启视，震眩心目。原附编目两函，颜曰'烟云宝笈'。据清张若霭原跋，则清代乾隆八年五月，驻跸圆明园，若霭承旨之作。箧凡十八屉,屉各十六至十七柄不等。柄自有槽,槽各有目,瓷青笺泥金书,与'烟云宝笈'所录目次品名、纸色字体,无不相同,知为同时制也。夫折叠聚头,始自南宋,而箑面书画,盛于有明,故明以前之画箑,罕有闻见。此乃有盛子昭、王若水二家之作,则叶郎园《消夏百一诗序》谓沈、文以前无闻焉者,其说破矣。即以明代而论,原目所列边、范以后,唐、仇以前诸家,其书画亦何莫非外间所罕见。文人之画如张梦晋,尺幅寸缣尚一见为难,遑论画扇,而此乃得其三。馀若沈、唐、文、仇、周、吕、陆、董诸家,则所蓄尤富,蔚然大观,得未曾有。"白文贵《蕉窗话扇》说:"即以'烟云宝笈'藏扇而言,上自元之盛子昭,下至清初孙岳颁,上下亘三百馀年,凡书画名家,无不琳琅满目,古色浥人。内如唐六如画扇,竟多至四十馀柄,他如文衡山、仇十洲、董香光,亦略称是。至有清一代之成扇,似较'宝笈'尤多,如四王、吴、恽及供奉馆臣神妙之品,美不胜收。"另外,《石渠宝笈》卷四、卷十二、卷二十二分别著录明人画扇,共有扇片册页七本,其中绝大部分为"吴派"作者所作。因此可以说,苏州是折扇书画的发祥地。

折扇的独特形式,决定它与立轴、横披、册页乃至团扇的构图不同,虽在咫尺之间,却有艺术创造的广阔天地,这是南宋以后绘画载体的新发展。它的布局、色彩、线条、形象各部分的和谐统一,成就了独具一格的书画艺术。

早在晚明,苏州书画折扇就很有名声,走俏市场。据《拍案惊奇》卷一《转运汉遇巧洞庭红,波期胡指破鼍龙壳》叙述,成化时,苏州阊门外居民文若虚,坐吃山空,"看见别人经商图利的,时常获利几倍,便也思量做些生意,却又百做百不着。一日,见人说北京扇子好卖,他便合了一个伙计,置办扇子起来。上等金面精巧的,先将礼物求了名人诗画,免不得是沈石田、文衡山、祝枝山,揭了几笔,便直上两数银子。中等的,自有一样乔人,一只手学写了这几家字画,也就哄得人过,将假当真的买了,他自家也兀自做得来的。下等的,无金无字画,将就卖几十钱,也有对合利钱,是看得见的。拣个日子,装了箱儿,到了北京。岂知北京那年,自交夏来,日日淋雨不晴,并无一毫暑气,发市甚迟。交秋早凉,虽不见及时,幸喜天色却晴,有妆晃子弟,要买把苏做的扇子,袖中笼着摇摆。来买时,开箱一看,只叫得苦。元来北京历渗却在七八月,更加日前雨湿之气,斗着扇上胶墨之性,弄做了个合而言之,揭不开了。用力揭开,东粘一层,西缺一片,但是有字有画值价钱者,一毫无用。止剩下等没字白扇,是不坏的,能值几何,将就卖了做盘费回家,本钱一空"。从这个故事,不但可知当时"苏做"扇子分档、负贩和流行的大概情形,且也可知"妆晃子弟"追求时尚的社会风气。

折扇自北宋传入后,经历代能工巧匠不断改良创新,包括材质的选择,刻边、嵌填、髹饰等技艺的运用,扇面书画的结合,附庸装饰品的增加,使它日臻完美精巧,这一日本、高丽的舶来之物,逐渐成为具有中国精神和中国风格的工艺美术品。苏州作为折扇的主要产地,以"怀袖雅物"为追求,在历史渊源、工艺思想、品种类别、制作技术、生产规模,乃至人物渊薮、社会风尚诸多方面,都有巨大的贡献和深刻的记忆,铺就了折扇发展的辉煌历程。

二〇〇九年十二月十五日改定

闲书十种

腊鼓催年,又将岁末了。我以读书消遣时日,一年来过眼的书也总有不少,三坟五典,高文大册,可以不说,只说说读过的闲书。所谓闲书,即是消闲的书,旧时说的就是野史、笔记、小说、戏曲之类,我则将字画、信札、竹枝词乃至格言、家训、禅家小品都当作闲书来读。王建《江楼对雨寄杜书记》诗云:"竹烟花雨细相和,看着闲书睡更多。"李建勋《春雨》诗云:"惟称乖慵多睡者,掩门中酒览闲书。"读闲书确实是混瞌睡的,每天午后躺在沙发上,随手拿起一本来,读着读着,就有点迷迷糊糊,究竟读进去多少,实在也说不清楚,特别是凌晨下楼,沐浴上床,再倚在枕上拿起一本,那就翻不了几页,瞌睡虫就嗡嗡而来,一梦黑甜乡里矣。

读闲书并不讲求新旧,如苏东坡、张宗子、焦里堂以及知堂老人的书,我年内就不止一次读过,但想说的,还是今年新印的,正像上菜馆,传统名菜固然不可不点,最好还有几只新菜。吃饭如此,看书也是如此,当然也不必弄什么排行榜。

七十年代,我由小学入中学,再考入大学,算是初涉社会。北岛、李陀编《七十年代》(三联书店版)提供了许多人的回忆,为之深深感动。我们其实并没有忘记昨天,虽然是那样遥远了,回头来看七十年代,对历史作重新估量,自然有重要意义。我读大学是中文专业,文学史自然是必修,扬之水的《先秦诗文史》(中华书局版)别开生面,她认为"在'文学'尚未独立的时代,先秦诗文可以说是彼一时代精神产品的总和,其间却并没有文史哲的判然分别"。仅此数语,已深得吾心。况且她的文字精湛,考论详实,又好用出土文物来作佐证,文史兼具,足以传世。薛冰的《风从民间来》(山东画报出版社版)是我看到最好的一本民歌学术随笔。今人对历代民歌的了解,完全依据前人采集和整理的文本,"鲜花"也就成了"干花",作者于此思考深入,采撷广泛,文字也时有奇胜之笔。锺叔河的文章向为我所喜欢,一本三百七十页《笼中鸟集》(青岛出版社版),我读得最快,在虹桥候机时读起,飞抵深圳即已读了。这本属于"遇事抒情"、"借题发挥"一类,尤其是每篇末了的几句,读来令人莞尔。谢其章偏嗜民国书刊,曾有《搜书记》诸作,读这本《蠹鱼篇》(台北秀成资讯科技公司版),感觉他的文章越写越好,既含怀旧之情,亦有惜物之意,更提供了不少文献故实。"你一定要看董桥",乃是陈子善的呼吁,我不算"董迷",但也读过几本,《青玉案》(牛津大学出版社版)还是他一贯的精致和细腻,虽说是"雕文刻镂"功夫,然而能如此写的还有多人在?描述或研究苏州文化的书,自然读得多些,郑丽虹的《苏艺春秋》(山东美术出版社版)谈苏州传统工艺美术,且以"苏式"观照明清时尚,论述较为全面,可见作者的思考。近年来,坊间很有一些前人墨迹汇集,许宏泉的《管领风骚三百年》(黄山书社版),今年印出三集,无论编辑、诠释,还是图版的遴选和布排,那是最好的,陈子善称其"烟云满纸,展示前贤良知卓见;生动考述,彰显作者的人文关怀",并非捧场的话。止庵的《茶店说书》(中华书局版),依然是知堂的文风,论人谈事说想法,皆由书而来,写得也更炉火纯青。这是止庵的第十一本随笔,其实他的前十本也应该一一读来的。陆灏的《看图识字》(上海书店出版社版)印得精美,文字也是难得的清雅和蕴藉,在当今"海派"里,那是最合我心意的文章。虽然我向不少人推荐这本书,但书店大概还没有到货。

今年读过的闲书,当然远不止以上十种,但约稿只限十种,也就只能歇搁。作为私人阅读史的小小年历,我也并没有好好作过比较和评估,况且不少还是混瞌睡的,已经记不清楚,又懒得重新翻检,也就只好随想随写,列个书目罢了。

二〇〇九年十二月二十日

《藏书报》十年感言

我赋闲在家,看报也就是聊以消遣的一项内容,日报数份以外,周报也有数份,一份份翻过来,有的只看一下标题,有的甚至标题也略过,比如理财、汽车、娱乐、健康等等版面,就随手翻了过去,从头到尾看一遍的报纸真没有几份,《藏书报》就是这几份中的一份。当剪开信封,将报纸抽出铺平,就一版版看将过来,凡感兴趣的自然认真一点,兴趣一般的,一目十行,了解个大概,不大关心的倒是后面几版的书目,今称为"信息专版"和"报上书店",因为我既不藏书,也很少买旧书,不想去多费什么心思,但其中反映了旧书市场的行情,什么叫"捡漏儿",什么叫"旧黑心",看看这些,自然也明白了一些。

《藏书报》乃由《旧书信息报》脱胎而来,本来它是为旧书买卖人提供的交易平台,什么书,什么版本,是全是残,几成新,定价几何,购买办法等等,在主要依靠纸质媒介的年代,应该是起过作用的。随着网络的发展和普及,这种媒介形式,无论信息的容量和时间,还是交易的方式,都明显落后了。因此,十年来它不断改版,越来越注重藏书的内质,从普及意义上引导读书、藏书,将视野扩展到更广阔的读书群体。从今年的情形来说,除反映近期拍卖、出版、展览、会议等有关信息外,更有"版本赏珍"、

"淘书天地"、"藏家万象"、"报刊集萃"等专版。读书随笔这一样式，也占居越来越多的篇幅，如去年某期就辟出"书边闲话"、"书里书外"等四个版面，作者都是一时好手，如止庵、谢其章、陆昕、薛冰、龚明德、阿滢诸君，今年则归之于"悦读随笔"、"新书品读"两个专版，将读书随笔的园地经营得一片烂熳。由此可见，藏书固然是件好事，读书其实更为重要，由读而藏，正是一条途径，怕的是只藏不读，至于藏而待沽，自然是对书籍流通的贡献，但与藏书无关了。

《藏书报》的作者，也都是一时之选。就小的说，"旧书鬼"陈克希在上海图书公司收购部数十年，既经验丰富，又熟悉行情，前些年在报上辟了一个小专栏，回答各地持书人提出的问题，密切了报纸与读者的联系。就不小的来说，韦力是海内屈指可数的古籍收藏家和鉴定家，由他来介绍全国重要古籍拍卖活动的情况，那是最恰当不过了。另外，朱金顺谈新文学书刊，董国和谈四九年后的期刊，段华谈解放区的文学刊本，李传新谈四九年后的文学刊本，冯传友谈书话集，都是在收藏基础上的研究和描述。从《藏书报》走过的十年来看，已逐渐形成可观的作者阵容，并且还不断有作者加入进来，如苏州的祝兆平，喜好藏书，被评列为江苏十大藏书家，也擅写随笔，近年很有几篇文章在《藏书报》上披载，因为彼此熟悉，也就感到格外高兴。

我虽然也给《藏书报》写过文章，但多乎哉不多也，寥寥数篇而已，然而正像在歌厅，上台唱唱，卡拉OK，自然很好，待在一边，听听别人的唱，其实也不错，有时感到人家唱得不够好，有点按捺不住，也想上去唱一曲，但又不自信，未必一定比人家唱得好，算了吧，很快就斗志懈弛，拿鄱乡的话来说，一丈水退了八尺。今逢《藏书报》十周年，雪霞君来电约稿，只好勉强上台唱几句，果然有点荒腔走板，但心意是真诚的。我想说，《藏书报》既以读书、藏书为主题,这是人类文明的高尚活动,那么它的生命也将是绵延久长的。

二〇一〇年四月二十四日

倪熊的『卖痴呆』

去年初冬,倪熊来电话,说自己印了本书,放在某君处,去拿就是。过了几天,就去取了来,于是这本《狐朋狗友的那些陈芝麻烂谷子事》让我消磨了好几个黄昏。他写的人,有的很熟悉,有的半生不熟,有的并不认识,不管如何,总是与他一路上的"狐朋狗友"。他写的事,虽然琐碎,却都是生活的实录,读来有意思,就像是一边品咂着小酒,一边听他说故事,自己的,别人的,偶然也有感慨,自然还有议论,一切都是亲切的存在。哀乐中年,自然不再青春蓬勃了,过着平平淡淡、实实在在的日子,虽然酸甜苦辣,百味俱全,但既然形诸文字,也就成了回忆,回忆总是美好的。这本书印得也朴实无华,有点红妆素裹的意思,更没有去买什么书号,不像许许多多的垃圾书,总要想方设法加弄一个"出版"的符号。我揣摸倪熊的想法,这样的书,就近的说,只是送送朋友,让大家欢喜一场,并且留个念想;就远的说,自己也在人生道上留下一行足迹,让儿孙们知道他和这班"狐朋狗友"曾经这样有滋有味地活过,尽管儿孙们可能并不理解或羡慕。既然如此,自然不必去花这笔冤枉钱,这个态度我是特别赞赏的。

今年夏天,倪熊又来电话,说是新的一本《狐朋狗友的那些有涯人生无聊之事》也编好了,照例想请几位写点什么放在书前,我也是其中之一。那时我正在做其他的事,虽然答应了,却一点心思也没有,也就一再拖宕,七月过了,八月又过了,九月也转眼过去了,真耽搁得有点久了。好在倪熊宽容,他说,没有心思写,就等到有心思的时候再写。但再这样拖宕下去,就尴尬了,人家给你情面,你却交不出货,人家总不能将情面收了去。因此也就不管有没有心思,即使荒腔走板,也要随便说点什么。

倪熊和他"狐朋狗友"里的不少人,真是懂文章,也会写文章,他们的才情、学问、见识,未必在所谓作家之下。就本质意义上来说,凡好的文学写作者都是作家,有人却看偏重名分,非要参加个什么协会才算。但在我看来,协会里的作家,倒大部分不能算,连"滥竽充数"这个成语也用不上,因为给齐宣王吹竽的三百人中,南郭先生至少占了二百,自然也就吹不成腔调了。像倪熊们则游离在这个圈子之外,在自觉意识上就认为不在其内,或还有点耻与南郭先生为伍的情操。这就来得自由而舒展了,想写就写,思想没有束缚,内容不必主流,下笔放纵,淋漓尽致;想歇就歇,没有哪个在催促你;赚钱写,有买烟酒的碎银子也好;不赚钱也写,因为那是自己宣泄的快乐。总而言之,这样的写,既不为名,也不为利,图的就是"开心一歇歇",像倪熊更在"开心一歇歇"之外,再破费一点,集印成册,让更多的人来分享他的开心。

这种写作观念,其实反映了苏州人的痴呆。苏州人骨子里的确实有点痴呆,不切实务,不求实效,如点炷香,插瓶花,听阕琴,买个小古董,挂幅山水画,甚至不厌其烦地作出种种讲究,这固然不是升官发财的途径,与 GDP 也没有什么关系,只是个人精神生活的享受,难怪古人就说苏州人痴呆。倪熊将写作作为自己生活的一部分,那是内心的喜欢和向往,同样是属于精神层面,总归是属于痴呆的。

关于苏州人痴呆的说法，由来已久，已很难追根溯源了。大概还是因为苏州人的生活习性和文化心态，与其他地方特别是与中原有很大差异，方以智《通雅》说，"痴呆"即"蚩呆"，乃晋时语，那就得追溯到东晋南渡时候了，这似乎是不错的。苏州人的痴呆，起先被人嘲笑，以后也就自嘲了。张仲文《白獭髓》说，相传范成大刚做官时，同僚听说他是吴郡人，都称他呆子，他听了就作诗一首："我是苏州监本呆，与爷上寿献棺材。宗室元来是皇族，雨下水从屋上来。"另外，沈周有一首《赠史痴翁》，有云："吴人多痴呆，翁岂吴人传。翁云我吴产，此病知莫痊。"唐寅也有一首《题丹阳景图》，有云："儒生作计太痴呆，业在毛锥与砚台。问字昔人皆载酒，写诗亦望买鱼来。"这几个例子，正可说明苏州人对痴呆的态度。苏州人不但自嘲痴呆，还有"卖痴呆"的风俗，那是在除夕的晚上，吃过年夜饭，孩子们成群结队在街坊里游玩，就唱起一首儿歌来："卖痴呆，千贯卖汝痴，万贯卖汝呆，见卖尽多送，要赊随我来。"在这旧岁将去、新年将来之时，将自家的痴呆卖给别人，如果有人答应一声，交易就算成功了。这种对痴呆的态度，真是通达而幽默，也只有痴呆人才做得出来。

　　且来看倪熊的话题，什么种花养鸟、捉蚱蜢、逮蝈蝈，什么香馆、菜馆、咖啡馆，什么爬山游水、看碟听歌，什么年轻小伙、半老徐娘，什么长久的厮守、偶尔的邂逅，什么古玩的江湖、世态的炎凉，真是零零碎碎，并且无所忌讳，随便调侃说笑，旁若无人，其实是他一个人在自说自话。因此，倪熊为"开心一歇歇"而写，固然是痴呆；他的这种写作状态，也是痴呆的。

　　同时，倪熊也在"卖痴呆"，凡这本书的读者，也一定有点痴呆了，那不就是倪熊卖给他们的？

二〇一〇年十月六日

《苏州美术文化论文集》序

生活在苏州，不管是本土人还是异乡客，时间久了就会有感情，就会对苏州的物事发生兴趣，包括它的前世今生，包括它的物质存在和意识形态，包括它的人文环境和日常生活。作为艺术史的专门学者，他们的这种兴趣，自然来得更浓郁而持久。众所周知，苏州在艺术史上有着悠久的传统、深广的渊薮和绚烂的景观，这样一种亲近，就使得学术研究和个人喜好结合了，科学讲求实验，艺术讲求体验，也就会生发出许多话题。再说，无论天南地北，本土文化研究向来就是"箭垛"，苏州的情形则格外突出。因此，当我读到这本文集的书稿时，第一印象就是各家所作都与苏州有关，触点广泛而不离宗本，可以说有一个相对明确的主题。

在艺术史的评说、综述、考论上，苏州代不乏人，且成就卓然可观。最早可追溯到春秋后期，《左传》记录季札在鲁国观乐时发表的意见，乃是我国古代艺术史上第一篇比较完整的论文。顾恺之的《论画》《魏晋胜流画赞》《画云台山记》，乃是我国最早的专业绘画评论。至唐代，顾况的《画评》、李绅的《苏州画龙记》、朱景玄的《唐朝名画录》、陆龟蒙的《怪松图赞并序》诸作，反映了苏州人对绘画艺术的热忱，进一步丰富了画论的形式。由此而降，苏州关于艺术史各个门类的著作，颇有层累叠缠之观，更有诗词曲赋、记叙论赞，乃至小说戏文、笔记杂著等各种体裁，如沈复《浮生六记》就有关于造园、插花、陈设等方面的精彩论述。至于本土艺术史的专著，也是层出不穷。文震亨《长物志》、计成《园冶》是生活艺术的名著，它的论述背景就是苏州。昆曲、评弹、刺绣、古琴、印章、泥人、骨董等等，或为苏州所独有，或以苏州为大宗，研究、描述、归纳也最多。绘画方面的专著，如王穉登《吴郡丹青志》、郏抡逵《虞山画志》、鱼翼《海虞画苑略》乃至徐沁《吴门画史》等，记录了历代苏州画人的生平和风调。近三十年来，关于吴门画派的论著，据不完全统计，就有数十种之多。这样的盛况，在全国也是不多见的，并且研究阵容不断壮大，研究视野不断扩展，研究方法也与时俱进，很有一点继往开来的势态。

  本书就是苏州艺术史研究的一项成绩，其中不乏有意思的话题。如关于历史上的"南漂"现象，即各地画人（其实也包括其他知识分子）纷纷游学、流寓以苏州为中心的江南地区，"南漂"以明清两代为最盛，那是与苏州当时在全国的经济文化地位分不开的，作者特别介绍分析了由于这种聚集形成的交流和汇融，流派的分歧和整合，绘画整体水平的提高等。如明代商品经济对苏州书画的影响，也是一个好题目，这是经济与艺术的关系问题，作为明代的时尚之都，苏州引领着全国的潮流，追求高质量的生活，书画就有它陈设、礼馈、收藏的价值，艺术市场也就得以形成。但由于经济史料的缺失，书画的市场价格少有文献记载，如果能从当时的小说戏文或民间文书里去寻找，编制一份当时几个阶段几个层面的书画价格，就是学术史的很大收获。从《清嘉录》记载的风俗活动来考察清代苏州手工艺，自然让人满怀兴致，作者从这本岁时风土记里，分析出节令活动中出现的种种手工艺品,阐述了风俗活动与手工艺品生产的关系。《清嘉录》固然保留了许多手工艺品的资料,同一作者的《桐桥倚棹录》里也有不少。如果将这个题目稍作扩展,再用其他诗文来印证,也就更深入了。我在褚人穫《坚瓠乙集》里就看到几十首关于苏州玩具的诗,另外竹枝词里也有很多,这是研究苏州手工艺品的又一类文献依据。解读苏州传统生活器具,那是从设计学入眼的,既是日常生活的必需,就有简约、方便、耐用诸多要求,所举小儿立桶、小儿坐便器、竹袍、斗笠、蓑衣等,均具有民间朴素的设计思想,也是旧时日常生活遗留下来的珍贵实物。如果将苏州传统生活器具作比较全面的观照,分类梳理,左图右史,那就是旧时日常生活具体化的再现,功莫大焉。关于桃花坞年画,有过不少专论和以图版为主的读物,然而对它的关注,大都还停留在描述阶段,自然必不可少,但对它作纵向和横向的研究,已是迫不及待了。从题材而论,它几乎囊括年画所有内容,远非潍县、武强、朱仙镇、绵竹等处可比,由此可见消费群体审美趣味的不同和市场的迥异来。早期"姑苏版",则是版画史上的奇葩,至今所论,仍不脱七十多年前黑田源次的窠臼,这自然不能让人满意。过去对桃花坞年画的介绍,大都着眼于晚清和民国,对四九年以后的情况介绍不多,虽然它的消费市场已不复存在,但对它的制作、流变、政治因素的参与等等,还是很有必要知道的。月份牌是取代年画的生力军之一,它的时尚意识、绘写技艺、印制质量、传播手段等在当时具有先进性,对它的研究有很大意义,苏州人对月份牌的贡献,就在于随着印刷技术的进步,以周慕桥等人为代表的苏州画家,从桃花坞时代进入点石斋时代,再进入月份牌时代,可谓有筚路蓝缕之功。本书中还有不少有立意、有思考的文章,如世界格局中苏州美术的位置,具有苏州元素的当代艺术,颜文樑对苏州美术的贡献,吴门画派的再认识,传统文人画的滥觞,园林的生态分析等等,因为既限于学识,又限于篇幅,就恕不一一道来。

　　人在苏州,认识苏州,研究苏州,那是得天独厚。苏州文化具有它的整体性,要作深入探讨,就需要从整体构架上来考察,瞎子摸象,目无全牛,固然不可取,但大而括之,也就无可深入。苏州文化又有它深厚的文献基础,这是作深入探讨的丰富矿藏,采掘多多益善,但对它利用更为重要,这就需要选择和甄别,不能让文献迷失了自己的学术途径。另外,由于过去的学科建设大都草草而成,南郭先生不知多少,故大可不必迷信所谓专家和权威,既不盲从,也就不受束缚,大胆设想,小心求证,以形成自己的观点和想法,这对重构学术史有很大意义。以上几点,我乃取法乎上,虽然学力薄弱,但心向往之,愿与作者诸君共勉。

　　当本书出版之际,主编人让我写几句话放在书前,也就不揣浅陋,随便谈点门外汉的想法。对一些话题,我有同样的兴趣,愿与本书的各位作者继续探讨,也就可以得到切磋之益了。

二〇一〇年十一月六日

岁暮读书回想

又是岁暮了,点检一年来的读书,还是旧书读得多,新书读得少,大约是九一之比。尽管新书铺天盖地,真想读的不多,有的并无兴趣,有的甚至很厌恶,在漂漂亮亮的衣衫包裹下,不少是庸俗无聊的玩艺儿。当然这是个人的感受和体会,与别人不搭界,自然也不影响这样的书去获什么奖。但好书也是有的,今年过眼百馀种,照约稿的意思,摭谈十种,也可知道我的读书路子并不宽,兴致所在也就那么一点点。

我对名物考证有兴趣,扬之水《奢华之色》(中华书局版)乃"宋元明金银器研究"的第一卷"宋元金银首饰",作者先是作类型和样式的分析,再作纹样设计和制作工艺的介绍,全面梳理了这一时期的金银首饰。本书对实物作精详考察,注重细节,推源溯流,解析造型和纹样的各种元素。作者的文字工致委婉,叙述疏密停匀,且写出宋元闺阁春风秋雨的意境,由她引领着,可进入那个时代的日常生活。据说,它的第二卷"明代金银首饰"、第三卷"宋元明金银器皿"也即将印出。北岛的文章,自读过《午夜之门》、《蓝房子》、《青灯》后,今年又得读《城门开》(三联书店版),这是由十八篇叙事片段组成的散文集,以个性的感受,生动的细节,形象的描述,追忆了他童年、少年、青年时代的北京,有声,有影,有味儿,那是充满温情的回忆。作者的感情沉郁，文字精确，故有感人至深的力量。重读经典已成为时髦，"学术明星"粉墨登场，却很少有学术。李零是我喜欢的学者，有"我们的经典"一套四本，分谈《论语》《老子》《周易》《孙子》，谈《孙子》一本名曰《惟一的规则》（三联书店版）。他研究《孙子》的成果，已有《〈孙子〉十三编综合研究》《兵以诈立——我读〈孙子〉》，我与他同调，认为讲《孙子》是不必讲孙武的。本书重点是讲义理、讲思想，讲义理就是对全书结构、行文重作梳理，分析篇与篇、章与章、句与句的关系，注重内证；讲思想即是将兵法作为行动哲学、斗争哲学来讲，有不少新的观点和想法。作者叙述如演讲，条分缕析，步步为营，引人入胜。今年恰逢来新夏先生米寿，印出一本《来新夏谈书》（南开大学出版社版），分藏书、读书两卷，虽是闲文，但也可窥见他的学术构架，史学、方志学、图书文献学交叉缠络，"植根于博，专务乎精"，形成治学的新视角和新方法。吴藕汀是位杂家，自谓一生用十八个字可以概括，即读史、填词、看戏、学画、玩印、吃酒、打牌、养猫、猜谜。其实，他的文章也写得简淡有味，《十年鸿迹》（中华书局版）就别出心裁，由友朋来信生发开来，忆事怀人，谈艺论道，不但可读，且反映了他"思想自由、人格独立"的一生，至为难得。这套"吴藕汀作品集"另已出版《药窗杂谈》《戏文内外》《鸳湖烟雨》，还将有续出。短文难写，锺叔河偏要"学其短"，累年所得五百三十篇，汇集而成《念楼学短》（湖南美术出版社版）五册，略予分类。每篇选抄古人短文，然后先是"念楼读"，即对古人短文的读法，再是"念楼曰"，就借题发挥了，自然也都是短的。如果有人将它看作古文选本或"古文今译"，那就傻冒了。如今收藏热得鼎沸，早先并不希罕的断纸零缣，也异常珍贵起来，薛冰的《片纸闲墨》（百花文艺出版社版）就是一本谈旧笺的随笔集。旧笺存量大，保留着丰富的时代社会信息，同时又是雕版艺术的重要载体，故对它的关注，就开辟了传统文化研究文献的新途径。作者就自己的收藏娓娓而谈,其中不少是有关苏州内容的,自然让我倍感兴趣了。说起笺纸,还有一部梁颖编的《尺素风雅——明清彩笺图录》(山东美术出版社版),厚厚两册,乃上海图书馆的藏品,前编为花笺,后编为画笺,各通书札均完整录入,按书札作者生年先后排列,并著录可考的笺纸作画者、笺铺名号以及饾版拱花等特殊工艺,故就有版画、书迹、史料三方面的价值。关于张择端《清明上河图》,近年印出的专书不止一种,陈诏《解读〈清明上河图〉》(上海古籍出版社版)属于较好的普及读物。作者既介绍画者张择端和历史上的汴京,又介绍画卷流传和版本真伪,重点则介绍画面上的人物、服饰、店肆、摊贩、桥梁、船只、车辆、寺院、宅第等等,凡七十馀题。叙述轻松,引文恰到好处,并随画卷的展开而循序渐进,插图上又以色块标明正在解读的部分。这种解读法,内行不觉浅,外行不觉深,自然有它的读者。过去的衣食住行,向为我所最关心,袁仄、胡月的《百年衣裳》(三联书店版)就是一本二十世纪中国服装的流变史,作者从社会、政治、文化角度予以钩沉,在生活史的广阔空间里纵横开阖,凭借报章、小说、俚语等文献以及照片、月份牌、老插图等图像,评述兴衰,探究源流,介绍了这百年来服装的变化蔓衍,让人欣喜,也让人叹息。

以上十种,只是随手拈来,并没有一个标尺来测量它们的长短高低。前人说"老人读书,只存影子",我虽还不到这个年岁,但读书终然也只有一个影子罢了,影子与实际似是而非,它们的长短高低也是不可靠的。

二〇一〇年十二月二十五日

九里天

苏州有"连冬起九"之说,就是指自冬至日起,经过九九八十一天而寒冬终于过去,又到东风拂面、春色满园的时候了,正如赵翼《消寒》诗所谓"转眼消寒过九九,春光又到艳阳时"。这八十一天,苏州人称为"九里天"。

旧时富贵人家,"九里天"的日子,并不难熬,不但不难熬,还能享受天寒地冻带来的温馨和悠闲,乡村贫家,城市平民,却只好依靠衣食接济,塞肩堵户,茅檐曝日,聊以卒岁。顾禄《清嘉录》卷十一说:"时则朔风布寒,晚景萧疏,名胜旗亭,青望都收。居人有宴会,则皆入戏馆,为待客之便。裁云镂月人家,莫不暖阁新装,绣帷低拂,浅斟低唱,团坐围炉。貂裘之客,不惜倾囊买笑。至若花飞六出,则塑雪佛、雪狮,堆雪山,蓄雪水,间有放舟胜地观看雪景。家宴又各烹羊炮雉,递为消寒之会。喜舍之人,以钱米周济里闾之困苦无告者;或集赀为棉衣会,俗称'施棉袄';或倩工购干稻秧,织为半臂式,俗名'秧荐马夹',裸裎贫丐赖以御寒。届岁除而止,总目之为做好事。"

因为穷人最怕"九里天",希望它早早过去,就编了九九歌,唱着冬至后逐渐寒冷再逐渐回暖的过程。

至今记录最早的九九歌,乃周遵道的《豹隐纪谈》,记道:"石湖居士戏用乡语,云土俗以二至后九日为寒燠之候,故谚有'夏至未来莫道热,冬至未来莫道寒'之语。又夏至后一说云:'一九至二九,扇子不离手。三九二十七,吃茶如蜜汁。四九三十六,争向路头宿。五九四十五,树头秋叶舞。六九五十四,乘凉不入寺。七九六十三,夜眠寻被单。八九七十二,被单添夹被。九九八十一,家家打炭墼。'冬至后云:'一九二九,相唤不出手。三九二十七,篱头吹觱篥。四九三十六,夜眠如路宿。五九四十五,太阳开门户。六九五十四,贫儿争意气。七九六十三,布衲两尴尬。八九七十二,猫儿寻阴地。九九八十一,犁耙一齐出。'范公吴人,不免用乡语。"据此口吻,这当是范成大记录下来的,他不但记了冬至后九九歌,还记了夏至后九九歌,因为夏至后虽然天气炎热,但不像"九里天"那样难挨,那首九九歌也就不大流行了。

自《豹隐纪谈》后,陆泳《吴下田家志》、田汝成《西湖游览志馀》、徐光启《农政全书》、厉鹗《宋诗纪事》等都引了这首冬至后九九歌,仅有个别文字的不同。

入清以后,九九歌仍很流行,有两首来得比较特别,顾禄《清嘉录》引一首曰:"一九二九,相唤弗出手。三九廿七,篱头吹觱栗。四九三十六,夜眠如露宿。五九四十五,穷汉街头舞,不要舞,不要舞,还有春寒四十五。六九五十四,苍蝇垛屋栿。七九六十三,布衲两肩摊。八九七十二,猫狗躺湴地。九九八十一,穷汉受罪毕。刚要伸脚眠,蚊虫獦蚤出。"又范寅《越谚》也引一首,并作了注释,曰:"头九二九,相唤弗出手。(越人呼揖人为相唤,勿出手者,冷也。)三九二十七,笆头吹觱栗。四九三十六,夜眠如露宿。五九四十五,床头把唔唔。(婴儿夜屎,母必出帐把其双股,口曰唔唔,此时严寒,床头把之。)六九五十四,笆头出嫩刺。(天气回春,草木萌芽。)七九六十三,破絮担头摊。(饧箫吹暖,破絮换糖。)八九七十二,黄狗向阴地。九九八十一,犁耙一齐出。十九足,虾蟆闹唊唊。"

知堂特别欣赏《清嘉录》引的那首,他在《冬至九九歌》里说:"苏州的这九九歌比别处都好,因为它最能代表穷汉的意思来。别本却说'九九八十一,犁耙一齐出',只表出农家的事情,这里却说'穷汉受罪毕,刚要伸脚眠,蚊虫獦蚤出'。与上文的'不要舞,还有春寒四十五相同',表示出穷人的困难。这里虽然显然经过文人的加工,但表同情于穷汉,可见原来的平民的色彩,也仍然保留着很多了。"

"九里天"给人寒冷的记忆,反映在农谚上,就有"头九暖,九九寒";"雨雪连绵四九天";"冬前不结冰,冬后冻杀人";"冬至前后,泻水不走";"一日赤膊,三日龌龊";"春打六九头"等。风俗杂诗里也时常提及,如蔡云《吴歈百绝》就咏道:"连冬起九验天寒,只怕寒消九九难。第一莫贪头九暖,连绵雨雪到冬残。""听雨怕夹雨中雪,看雪难熬雪后晴。夜来冰瓮一声裂,明日河胶舟断行。""霜宿何曾熟夜眠,太阳照户一欣然。若教穷汉街头舞,尚有春寒卅五天。"因为"九里天"的寒冷,确实让人难受,也就扳着指头,数着日子,九九八十一天,究竟还剩下多少天,落实在具体的生活细节上,那就是九九消寒图。

九九消寒图,不知其起始,清宫旧藏宋人《九阳消寒图》,高宗有《题宋人九阳消寒图》,诗曰:"展轴先闻芸气香,是谁绘事出寻常。容斋五笔九作久,宋代此图羊寓阳。一始数完八十一,长征寒尽晓春长。羲经明训居观象,惟是体干励自强。"高宗很喜欢这幅图,让董邦达又画了一幅,《石渠宝笈》卷二十七有著录,称是"画九阳节候风景",并录高宗款识:"秘府旧传《消寒图》,按九阳之次各系一诗,不知谁氏所作。今仿其意,命绘为图,因各题断句一首,亦钦若授时之意也。"从高宗那首题诗来看,它与后来的九九消寒图有近似的主题,形式则不一样,还是作为欣赏的对象,而欣赏者并不能参与这"一始数完八十一"的。

至元末,杨允孚作《滦京杂咏》,其中一首咏道:"试数窗间九九图,馀寒消尽暖回初。梅花点遍无馀白,看到今朝是杏株。"自注:"冬至后,贴梅花一枝于窗间,佳人晓妆时,以胭脂日图一圈,八十一圈既足,变作杏花,即暖回矣。"这贴在窗间的梅花,用胭脂来点染还是勾勒,诗和注说得并不明白,但经过九九八十一天,梅花就变成了杏花,很奇妙,很有趣,也很有意境。这是至今最早记录的九九消寒图,以后出现的梅花消寒图,都不脱这样的臼窠。

这种具有参与性的九九消寒图,很受欢迎,由于受众面广,需求量大,宫廷、王府、坊肆都刻版印刷。今存最早一幅是拓片,作中堂形式,题"九九消寒之图",中画一胆瓶,置花几之上,瓶中插素梅一枝,有花瓣八十一片,四周分划十格,分画一九至九九不同的节候景象和人们活动,每图题诗一首,图下有跋,署"大明弘治纪元岁戊申秋七月上浣之吉,秦藩宗室青阳子跋"。拓片上的诗和跋,字迹漫漶,不能尽识。全祖望《鲒埼亭集》卷三十八有一篇《明宗室青阳子消寒九九图跋》,对这幅消寒图作了著录:"明之宗子,以风雅著者极多,秦藩则《宾竹小鸣集》最著,简王诚泳所作也。同时有青阳子者,亦秦府宗支,计其时当与简王不相远。有石本消寒九九图,每图各系以一诗,而归于安静以养微阳之意。顾但署曰青阳子而不列名,竹垞葺明诗,亦未见此图也。"由这幅消寒图来看,开张硕大,构图规整,绘画内容切合主题,并且附加题诗,丰富了内涵,也更其耐读,当然它的消费对象,当以士人为主了,作为消寒的一桩雅事。

取诗配图形式,几乎成为消寒图的一个主流,钱谦益《病榻消寒杂咏四十六首序》就说:"昇平之日,长安冬至后,内家戚里,竟传九九消寒图,取以铭诗,志梦华之感焉。"万历间太监刘若愚《酌中志》卷二十说,每到十一月,"司马监刷印九九消寒诗图,每九诗四句,自'一九初寒才是冬'起,至'日月星辰不住忙'止,皆瞽词俚语之类,非词臣应制所作,又非御制,不知如何相传,年久遵而不敢改,可疑亦可叹也。近年多易以新式诗句之图二三种,传尚未广"。刘若愚说图上的题诗,类乎"瞽词俚语",其实并不真正来自民间,而是文人根据民间俗唱改编,部分保留了民间的腔调和趣味,传入宫廷,"年久遵而不敢改",这是因为它的样式已成为模本和标准,似乎惟有如此,才是九九消寒图,故而当文人藻饰成为典雅的"新式诗句之图"后,反倒难以推广了。

至明末,九九消寒图相当流行,刘侗、于奕正《帝京景物略》卷二就介绍了最有代表性的两种。一种是"日冬至,画素梅一枝,为瓣八十有一,日染一瓣,瓣尽而九九出,则春深矣,曰九九消寒图"。这种梅花消寒图,最为雅致,特别受到士人的喜爱,凡吟咏"九里天",往往就将它作为一个题目,如查嗣瑮《燕京杂咏》曰:"学画消寒九九图,红窗费尽好工夫。朝朝和墨番番数,算到花朝得了无。"如孙雄《燕京岁时杂咏》曰:"素梅一瓣染成硃,画出消寒九九图。过客光阴如箭激,挽戈回日费工夫。"再如李簠《北平竹枝词》曰:"六管灰飞思不禁,蓟门久客各沾襟。八十一瓣梅初画,染尽梅花春又深。"自注:"俗以冬至日画梅八十一瓣,日染一瓣,瓣尽则九尽矣。"那梅花消寒图的两侧,往往还印着一副对句:"试看图中梅黑黑,自然窗外草青青。"《帝京景物略》介绍的另一种是"有直作圈九丛,丛九圈者,刻而市之,附以九九之歌,述其寒燠之候"。这种"直作圈九丛,丛九圈"的消寒图,乃一组几何图形,整齐排列,规矩绳墨,既不美观,更谈不上风雅,但有实际的用处,那就是用来逐日记录天气情况。让廉《京都风俗志》说:"冬至日,俗谓之属九,或画纸为八十一圈,每日分阴晴,涂一圈记阴晴多寡,谓之九九消寒图,以占来年丰歉。"那圈点涂抹是按天气情况定下规矩的,富察敦崇《燕京岁时记》说:"消寒图乃九格八十一圈,自冬至起,日涂一圈,上阴下晴,左风右雨,雪当中。"有人还编了一个歌诀:"冬至一阳生,滴水冻成冰。上黑是天阴,下黑是天晴。心黑天寒冷,心白暖气升。满黑纷纷雪,左雾右刮风。"还有用颜色来涂抹的,那就比较讲究,完颜佐贤《康熙遗俗轶事饰物考》记有一种,它是"晴涂红色,阴蓝色,雨涂绿色,风涂黄色,雪可以空白不涂,或填铅粉。九九完成,已是冬去春来,每格笔画颜色不同,五颜六色,美不胜收"。这种形式的消寒图,也就成了"九里天"的气象档案。

  晚清时,供圈点涂抹的消寒图样式很多,有消寒益气歌、鱼形消寒图、泉纹消寒图、葫芦消寒图、孩儿消寒图等等。且以泉纹消寒图为例,右上有诗一首,曰:"天时人事日相催,冬至阳生春又回。刺绣五纹添弱线,吹葭六管动灰飞。岸容待腊将舒柳,山意冲寒欲放梅。云物不殊乡国异,教儿且覆掌中杯。"右下纵横排列九九八十一枚制钱,均作单线,形成一个个"孔方兄"。中央绘老虎拉碾图,印有"老虎拉碾子,不听那一套"诸字,左侧则印着如何在制钱里涂抹的说明:"上黑是天阴,下黑是天晴,中黑天严冷,中白暖气生,满黑纷纷雪,右雾左生风。"

  还有一种文字消寒图,乃乾隆朝出现的新形式,最早也最流行的就用一句"亭前垂柳珍重待春风",凡九字,每字九笔,均作双钩,装潢后挂在墙上,冬至起每天填一笔,填毕正好九九八十一天。夏仁虎《清宫词》有咏道:"亭前垂柳待春风,珍重亲涂一画红。九九图成春已至,宸居真可亮天工。"自注:"高宗于每岁冬至日飞白书'亭前垂柳珍重待春风'九字,字九画,日以硃涂一画,图完而九九尽。"吴振棫《养吉斋丛录》卷十四也记道:"道光初年,御制九九消寒图,用'亭前垂柳珍重待春风'九字,字皆九笔也,懋勤殿双钩成幅,题曰'管城春满'。内直翰林诸臣按日填廓,细注阴晴风雪,皆以空白成字,工致绝伦。每岁相沿,遂成故事。"这种文字消寒图,也在民间广泛流传。除"亭前垂柳珍重待春风"外,还有"雁南飞柳芽茂便是春"、"雁南飞哉柳芽待春风"、"亭前屋后看劲柏峰骨"、"春前庭柏风送香盈室"等。更有写成春联的,如"柔柳轻盈香茗贺春临,幽柏玲珑浓荫送秋残","春泉垂春柳春染春美,秋院挂秋柿秋送秋香","故城秋荒凭栏树枯荣,庭院春幽挟草巷重茵",描成双钩后,每天在上下联上各填一笔,全联填完,"九里天"就过去了。应该说明的是,这种消寒图上的文字,并不讲求规范,多一笔少一笔,都可在金石文中找到依据,有的为了凑成九笔,甚至还使用俗字。

由于消寒图十分普及,特别在北方,不少人家都张贴着,就像春牛图、迎喜图那样,虽然时限仅冬至后的九九八十一天,但它的参与性却是春牛图们所缺乏的,故又成为一种普及教育的载体。据王丙库《清代九九消寒图述略》介绍,道光时潍县王之瀚就作绝句九首,分写在九九八十一格的"八卦爻象图"上,诗曰:"一九冬至一阳生,万物自始渐勾萌。莫道隆冬无好景,山川草木玉妆成。""二九七日是小寒,田间休息掩柴关。室家共享婴宁福,预计来年春不闲。""三九严寒水结冰,罢钓归来蓑笠翁。虽无鲤鱼换新酒,且喜床头樽不空。""四九雪铺满地平,朔风冽冽起新晴。朱绂公子休嫌冷,中有樵夫赤足行。""五九元旦一岁周,茗香醪酒答神庥。太平天子朝元日,万国衣冠拜冕旒。""六九上元佳景多,满城灯火映星河。寻常巷陌皆车马,到处笙歌表太和。""七九至数六十三,堤边杨柳若含烟。红梅几点传春讯,不待东风二月天。""八九风和日迟迟,名花先发向阳枝。即今河畔冰开日,又是渔翁垂钓时。""九九鸟啼上苑东,青春草色含烟蒙。老农教子耕宜早,二月中天起卧龙。"不仅介绍了"九里天"

的气候特点,还叙述了民间风俗和农事活动。又,中国第一历史档案馆藏宫中杂档中,有一幅消寒诗图,也有诗九首,曰:"头九初寒才是冬,三皇治世万物生。尧汤舜禹传桀事,武王伐纣列国分。""二九朔风冷难当,临潼斗宝各逞强。王翦一怒平六国,一统江山秦始皇。""三九纷纷降雪霜,斩蛇起义汉刘邦。霸王力举千斤鼎,弃职归山张子房。""四九滴水冻成冰,青梅煮酒论英雄。孙权独占江南地,鼎足三分属晋公。""五九迎春地气通,红拂私奔出深宫。英雄奇遇张忠俭,李渊出现太原城。""六九春分天渐长,咬金聚会在瓦岗。茂公又把江山定,秦琼敬德保唐王。""七九南来雁北飞,探母回令是延辉。贪夜母子得相会,相会不该转回归。""八九河开绿水流,洪武永乐南北游。伯温辞朝归山去,崇祯无福天下丢。""九九八十一日完,闯王造反到顺天。三桂令兵下南去,我国大清坐金銮。"则是民间草根历史的简要叙述。

单士元在《小朝廷时代的溥仪》中,也介绍了溥仪填画的"亭前垂柳珍重待春风"九九消寒图,悬挂于养心殿燕喜堂,字旁还各有题诗,不知谁人所作,也可能是溥仪,单士元语焉不详。诗有两组。一组题在"寒梅吐玉"上,曰:"头九初寒才是冬,武昌起义黎颂卿。提倡革命张镇武,炮打龟山萨镇冰。""二九朔风冷清清,孙文独立在南京。张勋带兵抄革命,铁良一去影无踪。""三九大寒天气凉,朝廷急坏摄政王。洵涛保举袁世凯,因病请假世中堂。""四九天寒冷凄凄,北方代表梁绍怡。电告南省全独立,因此改换五色旗。""五九迎春过新年,袁大总统掌兵权。电告各省休争战,南北共和乐安然。""六九天长要打春,遍地都是三镇军。正月十二遭兵变,大炮攻打齐化门。""七九河开地气通,连烧带抢是大兵。总统当日传命令,拿住土匪不放松。""八九雁来到惊蛰,同谋幸福算白说。生命财产难保守,五族平等假共和。"

"九九八十一日完,二次革命闹的欢。黄兴运动北伐队,上海各处设机关。"另一组题在"管城春满"上,曰:"冬至头九天气寒,项城有意坐金銮。中华帝国号洪宪,施行专制改江山。""二九朔风冷凄凄,杨度进奉衮龙衣。谋杀总统沈金鉴,假造民意梁士诒。""三九天寒冷似冰,筹备大典帝制兴。滇黔桂粤皆反对,阴谋炸死郑汝诚。""四九霜雪飞满天,误国害民朱启钤。拆毁民房修马路,万古千秋骂汉奸。""五九天寒冷难当,黄陂不受武义王。溥伦赏食双王俸,拐款独立龙济光。""六九迎春地气通,南海改建新华宫。商业承办提灯会,帝国万岁信口称。""七九河开河不开,各省反对不来财。中交两行停兑现,民国灾祸一齐来。""八九雁来到惊蛰,登极坐殿算白说。"(原文如此。)"九九未登身先丧,遗下臭名骂董卓。消寒已尽九九完,黎大总统掌兵权。"这两组诗,说的都是辛亥后北洋政府时代的事,很是贴近当时形势。单士元说:"九九消寒图不仅能记九九时令,细注阴晴风雨,而且还让后人从文中所述,了解当时宫中帝王的心态。"

九九消寒图,暌违久矣,拈出这个题目来,则是从前人的日常生活入话,它虽属一种时令游戏,却反映出人与自然的密切关系,蕴含着对风雪寒天的畏惧,对春暖花开的向往,与冬至后九九歌的意思完全相同,只是进入另一个文化层面,有一个一天天渐进的过程,也就将自己的希望寄托在那一天天的点染和笔画里了。

二〇一一年一月二十八日

扫晴娘

扫晴娘虽然是巫术的一种，却寄托着对久雨天晴的希望，连绵不断的雨终于停了，乌云渐渐散去，久违的阳光从云端里洒落下来，这是让人欣喜的。

扫晴娘又称扫晴妇，河南、山西、陕西、甘肃一带则称为扫天婆、扫天媳妇、扫天娘娘。这一巫术究竟起自何朝何代，已不能知道，但至少金末元初就有比较落实的记载。李俊民《庄靖集》卷一有《扫晴妇》一首，小序说："世俗为扫晴妇者，盖假燮理之手，导阴阳之和，使民间免于溢之患也，感其事而赋之。"诗曰："卷袖搴裳手持帚，挂向阴空便摇手。前推后却不辞劳，欲动不动谁掣肘。偶人相对木与土，神女但夸朝复暮。龙公不作本分事，中间多少闲云雨。见说周人忧旱母，宁知东海无冤妇。殷懃更倩封家姨，一时断送龙回首。"按李俊民的说法，扫晴娘不但能祈晴，也能祈雨，但它的主要巫术作用，还是祈晴。王恽《秋涧集》卷二十也有一首《扫晴妇》，小序说："今年夏六月初方雨，凡六日不止，前去秋节止廿三日，亟晴，秋种生发能有几日。又谚云：'秋后一十八日，百粒不结。'已种者为雨拍，艰于出垄；方种者，场土粘湿，不易穮作。儿子辈戏作扫晴妇，悬之前檐，明日开霁，因作是诗，以见其意云。"诗曰："淡妆乌鬟绿衣衫，一线高悬舞画檐。笑着苕枝挥素手,尽驱云影入苍岩。扫晴既出儿曹戏,指日何殊艾子谈。百谷近秋苗未茁,羲和先敛珑头粘。"

祈晴或祈雨的巫术形式很多,扫晴娘最是简易可行。具体的做法,一种只是用纸剪一个手拿苕帚妇人,将它悬挂或粘贴于檐下或墙上;还有一种是扎一女子偶人,也得拿着苕帚,将它挂檐间或树上。不管哪一种,如果祈得天晴或下雨,都得将它烧了。这看来荒诞不经,却实在是人类征服自然或克服生活难题的虚幻手段,以寄托企盼,满足愿望。

以扫晴娘祈晴的风俗,南北皆有。关于北京的情形,刘侗、于奕正《帝京景物略》卷二说:"雨久,以白纸作妇人首,剪红绿纸衣之,以苕帚苗缚小帚令携之,竿悬檐际,曰扫晴娘。"富察敦崇《燕京岁时记》也说:"六月乃大雨时行之际,凡遇连阴不止者,则闺中儿女剪纸为人,悬于门左,谓之扫晴娘。"苏州也是如此,赵翼《陔馀丛考》卷三十三说:"吴俗,久雨后,闺阁中有剪纸为女形,手持一帚,悬檐下以祈晴,谓之扫晴娘。"胡朴安《中华全国风俗志》下编卷三《吴县之扫晴娘》说:"吴县如遇久雨,则用纸剪为女子之状,名为扫晴娘。手执帚,纸人须颠倒,足朝天,头朝地,其意盖为足朝天可扫去雨滴也,用线穿之,挂于廊下或檐下,俟天已晴,然后将扫晴娘焚去。"这都是剪纸扫晴娘,北方有的地方则用偶人,如河南周口一带就是,民国《淮阳乡村风土记》说:"此法颇为简单,即先用秫秆制作女人形一,同时假造扫帚一把插其手中,另一线绳将此人形系于院中树上,于日之晨午晚三时刻向之唱歌:'扫晴娘,扫晴天,绿衫红衫任你穿。'倘就此不日天晴,则即以红绿纸为裁一衣形,以火焚之。我处因俗名此人为扫晴娘云。"广东人祀扫晴娘,还要焚香礼拜,番禺人黄天锦《羊城竹枝词》咏道:"桃红李白好春光,可奈淋漓风雨狂。闲热女儿香一炷,深深齐拜扫晴娘。"

凄风连时,苦雨成霖,古人颇为之不堪,发之吟咏,也就会将扫晴娘作为祈晴的典故。如程敏政《苦雨漫兴》曰:"青裙白面扫晴妇,冯仗精灵格上穹。黑云西行雨脚退,针线女儿争奏功。"陈章《苦雨》曰:"水田高下没青秧,一月无多见太阳。儿女不知调燮事,绿窗苦怨扫晴娘。"王彦泓《又杂题上元竹枝词》曰:"风雨元宵意倍伤,绣窗低拜扫晴娘。若教扫得天边雨,为扫离人泪两行。"赵翼有《咏物四首》,与莲蓬人、鲞鱼鹤、不倒翁并咏的就是扫晴娘,诗曰:"帘外阴霖腻满空,美人拥箒有神功。捷驱巫女三更雨,巧借封姨一阵风。香卷胭脂花落后,魂归环珮月明中。莫疑冤妇能招旱,得号干娘胜得雄。"意犹未尽,续作《咏物四题又五律四首》,咏扫晴娘曰:"佳人执箕帚,胜挽鲁阳戈。岂比曝巫女,真成干妳婆。扫宁先洒水,步亦戒凌波。何用紫姑卜,明朝霁景多。"樊增祥称"积雨闷甚,忆《瓯北集》有此题,戏作四首",作《赋得扫晴娘》,又续作《前题叠前韵》四首、《前题再叠韵》四首,均见《樊山续集》卷二十四,试举两首,诗曰:"尽日垂檐雨弄丝,裁红剪绿出儿嬉。舜三妃泪犹沾竹,黄四娘心合是葵。多露可怜穿屋女,凌风莫作坠楼姬。儿家本分惟箕帚,未要巫云绕梦思。""暮暮朝朝十二云,披云手段信无伦。谁家楼上盈盈女,百尺竿头袅袅身。见睨那逢青女面,占年还胜紫姑神。香山老去朦胧眼,错认潇潇曲里人。"

有时为了担心下雨,竟也让扫晴娘来分忧,如张云锦《当湖百咏》一首曰:"东湖湖畔好风光,相约寻春步野塘。惟恐来朝天欲雨,画檐高挂扫晴娘。"自注:"东湖十景,一曰'鹉湖春色'。春游喜晴,多雨则人家制扫晴娘以禳之。"

词曲里也有扫晴娘,厉鹗《醉太平·春雨》曰:"湿东风燕剪,洒芳树秋千。扫晴娘拜惜花天,对珠帘暮卷。濛濛遮住宜春院,丝丝吹上伤春面。潇潇唱出送春筵,好春光去远。"俞樾也有一阕《浣溪沙》，小序说："苦雨不止，闺人剪纸作妇人持帚向天，名曰扫晴娘，偶为赋之。"词曰："吴带曹衣自转旋，墙边屋角斗婵娟。彩绳浑似舞秋千。甘作吴宫箕帚妾，羞为巫峡雨云仙。扫开宿雾见青天。"《雍熙乐府》卷二十有曲牌《扫晴娘》者，凡四首，曰："扫晴娘，高盘云髻斗红妆，手持竹帚三千丈。舞袖翩扬，扫阴云见太阳。曙色光，晴霞晃。彩鸾回驭到仙乡，相酬进玉觞。""扫晴娘，轻移莲步下回廊，飞空直到青霄上。扫净晨光，将浓云湿雾扬。山色苍，清波漾。归来金鼎爇名香，相酬奠酒浆。""扫晴娘，臂悬灰土绛纱囊，化成万斛空中飏。堰住银潢，看晴天日月光。日月光，罗星象。归来相劝酒肴香，人间喜气扬。""扫晴娘，一身可喜好衣裳，便将云雾相除荡。尽力掀扬，扫晴空万里长。打麦扬，农夫望，归来相谢救民荒，佳名百世芳。"

扫晴娘的风俗，在江南一直延续到民国年间，汪曾祺先生在《我的家》里说："想到正堂屋，总会想到下雨，有时候连下几天，真是烦人。雨老不停，我的一个堂姐就会剪一个纸人贴在墙上，这纸人一手拿着簸箕，一手拿笤帚，风一吹，就摇动起来，叫'扫晴娘'。也真奇怪，扫晴娘扫了一天，第二天多少会放晴。"

虽然扫晴娘在江南早已消失了踪影，但民俗学者经田野调查后发现，北方有的地方，这一风俗至今仍在流行，靳之林在《抓髻娃娃》中说："洪水涝灾、淫雨连绵时节，剪个手拿笤帚的纸人用红线系上挂在院子里，或系在木棍、高粱杆上，插在墙上或院子里(有的也贴在窑洞里)，叫'扫天婆'、'扫天媳妇'、'扫天娘娘'。它们有的梳髻，叉开双腿，双手举帚；有的梳髻戴胜，叉开双腿，双手举帚，左右饰云；有的双手持帚，足下腾云；有的双手举帚，左右双鸡；有的一手持帚，一手持锣；有的是一手举帚，一手举掸，腾空而起，扫掉乌云。河南灵宝剪'扫天媳妇'，'上扫天,下扫地',挂在院里时,口中念叨着'扫天媳妇你是神,你上东门扫块云'。陕西兴平剪一个大头娃娃簸簸箕的剪纸,挂在树上,口中念叨着'大头娃娃簸簸箕,你把黑云簸过去'。陕西铜川李惠云(七十一岁)剪的一种'扫天媳妇',是一手持帚一手持灰包包的骑马婆姨,她说:'骑天马上天扫天,灰包包里装的是灶灰,洒在天上。'这位拿灰包包的'扫天媳妇',实际上就是古史传说中的女娲。《淮南子·览冥训》说,黄帝治天下,女娲'积灰以止淫水'。"

扫晴娘除它本身的风俗意义外,有两个副产品,一是闺阁的剪纸,一是儿童的歌谣。

自古以来,剪纸就具有神奇的力量,《北齐书·郎基传》记郎基"削木为箭,剪纸为羽";《江西通志》卷十一记乐平天仙观,"俗传宋相马廷鸾有剪纸枷禁蛙事";《说郛》卷五十一记咸通中进士张辞"剪纸蛱蝶三二十枚,以气吹之,成列而飞"。类似故事很多,都是借用巫术来实现不可能的愿望。前人将剪纸与招魂联系得最多,如杜甫《彭衙行》有"暖汤濯我足,剪纸招我魂",黄滔《哭御史王公》有"残潮落月天涯夜,剪纸谁招万里魂",萨都剌《拟李陵送苏武》有"汉家恩爱君须厚,剪纸招魂望塞边",郭钰《旅馆怀旧》有"天涯剪纸赋招魂,寂寞空斋昼掩门"。其实所谓招魂,乃是高度概括化的人神沟通,剪纸而成的各种形象,各具法术,与神祃的性质相似,成为人和神的中介。扫晴娘都由妇女来剪,这是母系氏族社会母权意识的遗留,说明她们不但是剪纸这一民间艺术的传承者,更是民间巫术活动的传承者。《抓髻娃娃》收集到的扫晴娘剪纸,出于河南灵宝、山西离石、甘肃环县、庆阳、陕西延长、安塞、兴平、千阳等地。人物造型夸张,或梳髻,或梳辫,或插花,或着肚兜,或穿花袄,或只手持帚,或双手提帚,也有拿着铜锣的。在工艺上,都为单色剪纸,作剪影式阴刻,注重外形轮廓的神似,较少面部和衣纹的刻画,其中也对折剪成的对称均衡图形,作风粗犷浑朴,富有浓郁的北方乡土气息。

扫晴娘的儿童歌谣,除上文引《淮阳乡村风土记》中的一首外,还有豫北扫晴娘的祈晴歌:"扫晴娘,扫晴娘,三天扫晴啦,给你穿花衣裳,三天扫不晴,扎你的光脊梁。"中原有的地方,扫晴娘歌既祈晴又祈雨,祈晴唱:"扫天娘啊真不瓤,手拿扫帚扫得忙,黑云疙瘩都扫净,雨过天晴出太阳!"祈雨则唱:"扫天娘啊扫得欢,扫了一遍又一遍,扫去日头换黑云,顷刻大雨灌庄田!"北方又称扫晴娘为大头和尚,也是既祈晴又祈雨,仅换了几个字,祈晴唱:"大头和尚,贴你南墙上,三天还下雨,给你娶个扫晴娘。"祈雨就唱:"大头和尚,贴你南墙上,三天不下雨,给你娶个骚情娘。"有的歌谣则经过文人加工,丢失了这一风俗的因子,而其痕迹宛在,如明人吕坤《演小儿女》有这样一首:"苔帚秧,苔帚秧,干直枝繁万丈长,上边扫尽满天云,下边扫尽世间尘。"另外,王君纲辑《吴歌丙集》有一首唱道:"天老爷,拜拜侬,勠落雨,明朝替侬敲木鱼。"也是由扫晴娘演变而来,可见在苏州,扫晴娘较早就被更有权威的"天老爷"取代了。

至于扫晴娘的来历,可以追溯到远古时代的黄帝女魃,那是传说中的旱神。《诗·大雅·云汉》有曰:"旱魃为虐,如惔如焚。"毛传:"魃,旱神也。"《山海经·大荒北经》说:"有系昆之山者,有共工之台,射者不敢北向。有人衣青衣,名曰黄帝女魃。蚩尤作兵伐黄帝,黄帝乃令应龙攻之冀州之野,应龙畜水,蚩尤请风伯雨师,纵大风雨。黄帝乃下天女曰魃,雨止。遂杀蚩尤。魃不得复上,所居不雨。叔均言之帝,后置之赤水之北。叔均乃为田祖。魃时亡之,所欲逐之者,令曰:'神北行。'先除水道,决通沟渎。"

马昌仪《古本山海经图说》对这段记载有比较通俗的解说："黄帝女魃又作女妭、旱魃，是黄帝之女。传说女魃住在系昆山的共工之台上。秃头无发，常穿青色的衣裳。（郝注：《玉篇》引《文字指归》曰：'女妭，秃无发，所居之处，天不雨也。'）在蚩尤作兵伐黄帝的战争中，黄帝命应龙蓄水，蚩尤请来风伯雨师，刮起了暴风雨。于是，黄帝搬出他的女儿女魃，止住了暴雨，蚩尤大败，被黄帝所杀。女魃尽管在作战中立了功，但由于她所在的地方，滴雨不至，灾祸连年，民众痛恨，故主持耕种的田祖之神叔均（五谷之神后稷之孙）向黄帝反映了这一情况，黄帝便下令把她安置在赤水之北，不得乱动。但女魃是个不安分的旱魃，常四处逃逸，她所到之处，百姓只好举行逐旱魃的活动。在逐魃之前，先疏浚水道，决通沟渠，然后向她祝祷说：'神啊，回到赤水以北你的老家去吧！'据说逐魃以后便会喜得甘霖。郭璞注：'言逐之必得雨，故见先除水道，今之逐魃是也。'这种逐魃求雨之俗以及逐魃所用咒语一直沿续至今。"

古人早就有逐魃之俗，《太平御览》卷八百八十三引《神异经》说："南方有人，长二三尺，裸形，而目在顶上，走行如风，名曰魃。所见之国大旱，赤地千里。一名旱母，一名狢，遇者得之，投溷中乃死，旱灾销也。"可见这女魃乃旱虐的罪魁祸首。

由此看来，以女魃来止雨，以晴制雨，以旱敌潦，那是最恰当不过的。《古本山海经图说》用了一幅汪绂《山海经存》上的女魃插图，画为一天女牵一秃顶之矮人，颇为滑稽，很难将这矮人与扫晴娘联系起来。

二〇一一年三月二十日

「大学之父」

京师大学堂是近代大学的滥觞,然而应有分别,光绪二十四年创办时,孙家鼐任管学大臣,余诚格任总办,虽说是戊戌新政的产物,但规模未具,殊为局踳,仍不脱旧式书院的格局,不久就因庚子事变而辍停。到了光绪二十八年,由张百熙出任管学大臣,裁定章程,恢复、整治京师大学堂,中国才出现了真正意义上的近代高等学府。为了分清这两个阶段的不同性质,前人有戊戌京师大学堂和壬寅京师大学堂两个概念,戊戌的一届并无毕业生,而壬寅的都截然表明出身,不与戊戌的混为一谈。一九四九年前北京大学的校庆纪念日,定在公历十二月十七日,也就是壬寅那届开学的第一天。张慧剑在《辰子说林》里说,京师大学堂由张百熙接管后,才进入"全盛时代","总其事者,实为百熙,当时多呼百熙为'大学之父'也"。虽然"大学之父"这个提法,明显带有风气初开、好用洋词时代的痕迹,然而对张百熙历史贡献作最精炼和高度的归纳,也就这四个字。

道光二十七年,张百熙生于长沙县沙坪乡,取字埜秋,一作冶秋,号潜斋。父启鹏,字蔗泉,道光十五年举人,大挑,以教职用。尝客湖广总督裕泰幕府,辅佐平定新宁李沅发之乱。咸丰元年叙永明训导,先后主安陆、洣江、澧阳、石鼓诸书院,"论学一要诸实践而期适于用"(《湖广通志》卷一百七十五),著有《心言约编》等。百熙出身在这样的人家,真可谓"耳濡目染,不学以能",目光和见识自然也不一般了。百熙有兄祖同,同治元年举人,分省补用知府。少年时期,兄弟俩一灯读书,切磋学业,共筑理想,百熙后来在《哭仲兄》里回忆:"吾家世诗书,清白贫亦好。与君少年时,文字共搜讨。澹然轻富贵,亮节持永保。"青年时期,百熙就读长沙城南书院,时书院正由郭嵩焘掌教,大力推崇王夫之和魏源,倡导经世致用的学风,这与他早年接受的家庭教育也是一脉相承的。

同治十三年,张百熙举甲戌科二甲六名进士,改庶吉士,散馆授编修。光绪五年充山东乡试副考官,七年提督山东学政、四川乡试正考官。光绪十七年被任命南书房行走,随侍皇上,参与机要。二十二年升任国子监祭酒。二十三年任江西乡试正考官、广东学政,旋即升内阁学士兼礼部侍郎。二十七年被任命管学大臣,实际主持京师大学堂事务。二十九年署礼部尚书,明年担任甲辰科也即最后一科会试副考官,越年改户部尚书兼管顺天府尹事务,三十二年调补邮传部尚书。其一生宦迹大略如此。

作为一个正途出身的官员,张百熙可谓一帆风顺,出仕不到三十年,就屡擢至从一品大员,其间得过各种荣誉,如赏穿黄马褂,紫禁城骑马,年六十岁时,慈禧赐"匡时耆德"匾额,光绪帝赐"平均锡福"匾额,应该说是皇恩浩荡。他忠诚于朝廷,朝廷就是社稷,就是国家,他希望通过一系列改革来延续清室的生命,君主立宪是他的政治理想,可以说,他是具有朴素民主主义思想的维新派代表人物。

光绪二十年,朝鲜发生东学党之乱,清军应邀援朝,日军由仁川登陆,分据汉城等要地,李鸿章面对占有优势的日军,既不抵抗,也不增援,进退维谷,束手无策,落入日本预设的战争陷阱之中。当时张百熙以备员在中枢,屡陈兵事,先后上疏十馀条,当清军遭到日军重创,百熙再上奏:"北洋大臣李鸿章壹意以战事为非,并不督饬诸军实力进剿,致使倭人逐日布置,逐段增兵,而我后路绝无准备,军械不足,粮饷不继,即勇敢善战如左宝贵、聂士成等亦顿兵韩境,进退失据。近闻海军兵轮俱为敌人击败,我军退保安州之后,如再有挫衄,则东三省岌岌可危。应请饬得力重兵严阵以守,且必将领得人,而后兵可得力。"继而又疏劾军机大臣礼亲王世铎,说他"数年以来,纳贿招权,无所顾忌,亦无所补救。倭人肇衅之初,了无措置,及我皇上命伸天讨,礼亲王等又一切诿之北洋大臣,若无与己事,贻误兵机,大取挫衄"(《清史列传》)。虽说回天无力,但说明张百熙对时局有清醒的认识,并且不畏权势,敢于进言,乃出于爱国的一片热忱。

那年十月十日,恰逢慈禧太后六十寿辰,早先就准备庆辰典礼,在众大臣力谏下,停办颐和园受贺事宜,但仍在西直门内外大事整修装饰,时称"点景"。于是张百熙再次上奏:"推诸臣之心,不过谓敌人扰及边陲,輦毂近地目前无事耳。岂知犬羊之族,诡计百出,外省及天津等处,挐获薙发改装、身藏军火之奸细亦已不少,况景物繁盛之会,中外四大洲、二十三省士民夹道纵观,所有点景设坛,大率席棚木架,地段较广,防范难周,脱有不虞,变生呼吸,一夫窃发,奸宄乘之,仓猝之际,何堪设想?皇太后圣明在上,必将以红旗报捷为乐,不以点缀景物为娱,即我皇上尊亲圣孝,亦必以宗社安全为大。请饬点景诸臣懔遵懿旨停办,以成皇太后仁明之盛媺,俾息谣传而靖地方。"这篇奏疏,看似为慈禧的安全着想,但岂不是张百熙的一番苦心,国难当头,此举不但劳民伤财,并且影响全国军民同仇敌忾的形势,影响前方将士浴血杀敌的斗志,故疏入称旨。慈禧寿辰那天,正是大连失守之日,总算没有普天同庆,只是在皇极阁行礼贺嘏,光绪帝及近臣陪她听了三天戏,当然诸事也就延搁不办了。

另有一事,就是因举荐康有为而获咎。当时张百熙力主革新,重视改革,百日维新前,他在广东学政任上,就多次写信给其兄祖同,劝祖同在长沙弃旧图新,赞助变法。他与康有为并不相识,康有为在自撰年谱《我史》光绪二十四年下记道:"时广东学政内阁学士张百熙奏荐我经济特科,又奏保使才,不识其人亦不知其事也。"因为张百熙感到康有为是难得的人才,其政治主张,也合乎他的想法,而国家正在用人之际,举荐也就理所当然。戊戌政变失败后,百熙因此事被处以革职留任,他曾作深刻反省,在给瞿鸿禨的信后附诗一首,信上说:"题东坡居士居儋录三首之一,录奉教削,小注皆事实,借以明使才之误。"诗曰:"要使天骄识凤麟,读公诗句气无伦。岂期变法纷朝政,差免书名到党人。修怨古闻章相国,推恩今见宋宣仁。过书举烛明何在,削牍真惭旧侍臣。""推恩"句下有长注,记下了自己与康案的关系:"百熙以主事康有为讲求时务,所识博通之士多称道其才者,因以其名咨送特科。当声明'蠲除忌讳,酌中采取'等语,既念与主事素不相识,其心术纯正与否不可知。复据实陈明,并将该员业蒙钦派差使,可否免其考试,请旨办理。又片陈,中国自强,在政不在教。在讲求政事之实际,不在比附教派之主名。请明降谕旨,严禁用孔子纪元及七日休沐等名目,以维持名教而免为从西之导等语。均仰邀留览。及康难作,而被罪者众,百熙独叨特恩镌职留任,以视东坡之遭遇宣仁,有过之无不及也。"(《一士谭荟》)他固然不明了"康圣人"的究竟,但他又确乎爱惜人才,心情是矛盾的。当时他又作《画马》一首,有"驽骀减尽天闲色,神物何时一降真"之句,有人说他,由于爱士性成,往往不能自已。黄绍箕有诗,称其"浩浩横流忧国梦,堂堂白日爱才心",真足以赅其平生。

由于张百熙爱惜人才，也更注重培养人才，他最突出的贡献，也就是在近代教育的改革和建设上。

庚子乱事初定，两宫下诏求言，张百熙首陈五条大计，即增改官制、整理财政、变通科举、广建学堂、创立报馆。其中两条就直接与教育有关。光绪二十七年九月，张百熙又上书，"请旨将国子监定名大学，简放管学大臣，由政务处王大臣会同管学大臣，并集京外通人，酌采中西有用之学，妥定划一章程，俾生徒得以时肄业。又请改总理衙门附设之同文馆隶于大学，派员酌办提调事宜"（《清史列传》）。是年十二月，张百熙以吏部尚书充任管学大臣。《清史稿》说："两宫西幸，百熙诣行在，以人望被斯任，于是海内欣然望兴学矣。"

光绪二十八年正月，张百熙有《奏办京师大学堂疏》，开始就说："今值朝廷锐意变法，百度更新，大学堂理应法制详尽，规模宏远，不特为学术人心极大关系，亦即为五洲万国所共观瞻。天下于是审治乱、验兴衰、辨强弱，人才之出出于此，文明之系系于此。是今日再议举办大学堂，非徒整顿所能见功，实赖开拓以为要务，断非因仍旧制、敷衍外观所能收效者也。"他在奏疏中具体提出五条，一"办法宜预定也"，二"讲舍宜添置也"，三"译局宜附设也"，四"书籍仪器宜广购也"，五"经费宜宽筹也"。"以预定办法一条为总立大纲，以购买书籍、仪器、附设译局为讲求实用，以增建学舍一科为渐拓规模，而尤以宽筹经费一条为诸事根源"。根据第一条，京师大学堂先开办两科，预备科和速成科，预备科为入大学正科前的准备学业，速成科分仕学、师范两馆。仕学馆造就已入仕的官员，以备新政之需；师范馆则培养中学堂教习。经过招考，第一届共录取两馆学生一百八十二名，于十一月十八日（公历十二月十七日）正式开学。

光绪二十八年七月，张百熙拟定的《京师大学堂章程》、《京师大学堂考选入学章程》、《高等学堂章程》、《中学堂章程》、《小学堂章程》、《蒙学堂章程》进呈清廷,清廷合订为《钦定学堂章程》,"颁行各省,令各督抚实力奉行"。这是中国历史上第一个政府颁布的学制文件,史称"壬寅学制",它标志着中国推行近代教育制度的开始。由于章程本身不够完备,除《京师大学堂章程》外,其他都未能付诸实施。光绪二十九年,另行颁布由张百熙、荣庆、张之洞三人共同制订的《奏定学堂章程》,根据当时的实际国情,对《钦定学堂章程》作了修改,更重要的是增加了师范学堂、实业学堂、洋学馆、进士馆等内容。这个学制文件,史称"癸卯学制"。它标志着中国近代教育制度的正式确立,在教育史上具有重要意义。

  大学堂首重师资,张百熙为此广揽人才,有不少故事,以聘请桐城派古文家吴汝纶出任总教习一事传播最广。壬寅第一届学生邹树文在回忆里说:"创办壬寅京师大学堂的管学大臣张百熙先生,确尽了礼贤下士的责任。我听说,张先生聘请吴挚甫汝纶先生任大学堂总教习,吴先生最初不肯担任,张先生屡次敦聘,最后竟至于长跪不起,方始得了吴先生的首肯。"(《北京大学最早期的回忆》)吴汝纶应聘后,即赴日本考察,回来就病逝了。张百熙又聘请阳湖派古文家张鹤龄任总教习,又先后网罗了一批知名学者。同是壬寅第一届学生的俞同奎说:"那时候的学生对于科学,自不敢说有精深研究。不过国学有桐城派大师吴挚甫先生主持,讲学之风,盛极一时。吴先生不久病故,由其弟子张鹤龄先生代替。其他杨仁山、屠敬山、王舟瑶诸先生,都是当时颇颇有名的人物。职员中如于式枚,如蒋惺甫,如李家驹,如王仪通,如袁励准,亦都是积学之士。编译局人材更多,严几道、林琴南、罗惔东、魏聪叔都是近人所知道的名士,统在网罗之列。"(《四十六年前我考进母校的经验》)作为管学大臣,张百熙在网罗人才上也确实不容易，邹树文说："长沙张文达公即管学大臣张百熙（冶秋）先生处于西太后时代，欲谋急进的办学，固不容易，而况先生所网罗的知名而不得志之士甚多，例如参庆王贪污的蒋式惺，亦是我们学堂高级职员之一。张管学大臣为这些用人方面，亦颇遭时忌，所以冶秋先生不能行其志而时遭掣肘了。我们现在人知道景仰蔡孑民先生，而忘记了张冶秋先生任管学大臣时代创办的艰苦，实在比蔡先生的处境难得许多呢。"事实也正是如此。

光绪二十九年四月，日俄战争前夕，京师大学堂学生"鸣钟上堂"，举行集会，声讨沙俄侵略，要求清廷"力拒俄约，保全大局，展布新政，以图自强"，掀起了爱国学生运动。据当事人王道元回忆："经同学们一致同意，就预备仿行古来太学生伏阙上书的故事，而这个消息，已被内廷那拉太后知道了，传语张百熙管学大臣。据说，太后赫然大怒，斥责说你们的学生要造反，不加管束是不行的，要他负起这个责任。犹忆当时管学大臣亲临大学，并没有召集全体学生公开训话，仅各班长到监督室汇集，讲话大意是，诸君发于爱国热忱，形诸呼吁，对外交有所献替，本不为过，但不要因一朝之愤，使这个缔造艰难的大学根本动摇，切不要发表宣言为是。同学们对他老先生素来崇敬，经这次剀切说明利害，闻之无不感泣，使这一运动无形消散。"（《早期的北京师范大学》）。先是集会后，学生们起草了《京师大学堂师范仕学两馆学生上书管学大臣请代奏拒俄书》，张百熙看了以后，充分肯定学生上书是爱国行为，并且对学生的爱国精神表示赞扬，他在给学生的批复中说："该生等忠愤迫切，自与虚骄嚣张、妄思干预者有别。至于指陈利害，洞若观火，具征觊国之识，迥非无病之呻。本大臣视诸生如子弟，方爱惜之不暇，何忍阻遏生气，责为罪言。"还说："嗣后诸生研究国闻，确有见地，可随时著为论说,呈候本大臣批答,籍可考见学识,示以准绳,不必聚论纷纭,授人指摘。"不久,张百熙就奏派学生赴东西洋各国留学,以备将来学成归国,充任大学教习,于速成科中选余榮昌等三十一人赴日本,俞同奎等十六人赴西欧各国,在当时也起了保护爱国学生的作用。

大学堂的学生,出身不同,来路各异,但都是关心国家和民族命运的热血青年,大学堂里就形成了一种特殊的风气。俞同奎回忆说:"当年我们的政治常识,都是偷偷摸摸,由片纸只字禁书中得来,自然不甚充足。但是对于朝政得失,外交是非,和社会上一班风俗习惯的好坏,都喜欢研究讨论。有几位特别能演说的同学,尤喜作讲演式谈话。每天功课完毕,南北楼常开辩论会,热闹非常。高谈阔论,博引旁征,有时候甚至于争辩到面红耳赤,大有诸葛亮在隆中,抵掌谈天下事的风度。果然,蛟龙终非池中物,后来所谓交通系、研究系、安福系,以及云南起义、广东护宪,都有我们同学参加,且都是重要角色。极右倾和极左倾人物,无所不有。至于在司法界、教育界、财政界以及某界某界有所建树者,亦有多人。这班人是非功罪,可以不谈,不过他们各有主义,各有政见,不是庸庸碌碌的一辈人,却也值得称道。"设非张百熙,大学堂兼容并包的风气,如何能形成并流传下来。大学堂学生的独立思考,自由精神,以及强烈的社会责任感和政治参与意识,逐渐形成传统,在以后的诸如五四、抗日救亡等运动中得以充分体现。

大学固然非大楼之谓,但基础设施建设也必不可少。京师大学堂起初设址马神庙,原有斋舍一百四十馀间,添建一百二十馀间,张百熙又购西城瓦窰地方土地一千三百馀亩,拟建校舍,落成后,除预备科、速成科外,凡新奉谕旨送大学堂肄业的进士,以及前附设于医学馆各处学生约一千馀人,均可迁入。同时,又购北河沿房舍一处，作译学馆校舍。张百熙对大学堂的规划有宏伟设想，张慧剑《辰子说林》说："百熙气度闳廓，似可有为，而朝中守旧党如荣禄、刚毅、鹿传霖等故扼之，百熙在丰台购地千亩将设七科大学，以是不能实现。"

张百熙在未办大学堂前，忧心忡忡，因为明知颇多窒碍，担心将来有过无功，有一则故事，说他召集办事诸员说："这学堂要是办得好，就衮衮诸公，这学堂要是办得不好，就诸公滚滚。"（《南亭笔记》卷十）大学堂办起来了，并且成绩卓然，张百熙却滚蛋了。他被分权、被排挤，乃至被迫离职的过程，《清史稿》有一段介绍，说是"百熙所倚以办学者，门人沈兆祉亦受谗构。大学既负时谤，言官奏称本朝定制，部员大率满、汉相维，请更设满大臣主教事，乃增命荣庆为管学大臣，旋别设学务处，以张亨嘉为大学总监督，百熙权益分。始议分建七科大学，又选派诸生游学东西洋，荣庆意不谓可，而百熙持之坚，亲至站送诸生登车。各省之派官费生自此始。值张之洞入觐，命改定学章，及还镇，复命家骧为管学大臣。凡三管学，百熙位第三矣。百熙拟建分科大学，以绌于赀而止，惟创医学及译学馆、实业馆，遽谢学务"。虽然如此，张百熙对近代教育特别是京师大学堂的筚路蓝缕之功不可磨灭，他创办了中国第一所具有诸多现代因素的高等学府，无愧为"大学之父"。京师大学堂于一九一二年更名北京大学，后来的北京师范大学和北京医科大学，也由大学堂的师范、医学两大学科脱胎而来。

光绪三十三年二月，张百熙在北京逝世，享年六十岁。上谕有曰："兹闻溘逝，悼惜殊深，着赏给陀罗经被，派贝勒载洵带领侍卫十名，即时前往奠祭。加恩追赠太子少保衔，赏银二千两治丧，由广储司发给，照尚书例赐恤。"（《清史列传》）寻赐祭葬，谥文达。光绪三十四年，张百熙灵柩回籍，落葬长沙县大鱼塘洞口

(今属春华镇),至今尚在,春秋佳日,仍有人去凭吊。至于故里沙坪(今属捞刀河镇),那里有他的旧居,当地人称为"宰相屋里",上世纪五十年代第宅尚存规模,后来改为粮仓,则已面目全非了。

张百熙去世后,门生故旧为纪念他,拟集资在京师大学堂铸塑铜像,但直到辛亥春夏时尤未成事,于是便购城南盆儿胡同隙地一区,略筑园亭,设为祠堂,因百熙有斋馆岳云楼,故题名为岳云别业。每年百熙忌日,在那里举行公祭,十馀年如一日。岳云别业旧筑至今尚存,在今北京联合大学应用技术学院内。

张百熙不善辞令,李伯元《南亭笔记》卷十说:"张非不能言者,特慢条斯理耳。尝在大学堂登坛演说,词旨激昂,闻者咸为鼓舞。操长沙语,亦复可听。张性缓,而又拙于言语,南皮在京之日,时过张谈,南皮口若悬河,滔滔不绝,张唯唯而已,故一时有'快嘴张'、'哑巴张'之谣。然其心地朴诚,一无诈伪,非时流所能及也。"他与张之洞相比,本来性格、才情就很不相同,百熙属于资识内慧一类,能出锦心,未必能扬于绣口。他工于词翰,为文发敛抑扬,疾徐纵横,诗亦从容夷雅,沈曾植称是"赋景抒情,瑰丽而情远"(《退思轩诗集序》),然其抒写者,"款款忠情,真有浣花'每饭不忘君国'之意"(《晚晴簃诗汇》卷一百六十六)。今岳麓书社刊行"湖湘文库",有《张百熙集》一册,收《奏议》四卷、《退思轩诗集》六卷又《补遗》一卷,承杨云辉先生赐示,得以一读,于其人其事,自然知道得又多了一点。

二〇一一年六月二十八日

葵园先生

读过《孽海花》的都知道,书中人物,几乎无不影射,且描摹最生动的,则是那个时代风云际会的胜流。在第五回里,说钱唐卿(汪鸣銮)、金雯青(洪钧)、曹公坊(曾之撰)、过肇廷(顾肇熙)在景和堂里闲话,议论起到底谁是当世第一流人物,公坊说:"那也不能一概论的,以兄弟的愚见,分门别类比较起来,挥翰临池,自然让龚和甫(翁同龢)独步;吉金乐石,到底算潘八瀛(潘祖荫)名家;赋诗填词,文章尔雅,会稽李治民纯客(李慈铭)是一时之杰;博闻强记,不名一家,只有北地庄寿香芝栋(张之洞)为北方之英。"肇廷说:"丰润庄仑樵祐培(张佩纶),闽县陈森葆琛(陈宝琛)何如呢?"唐卿道:"词锋可畏,是后起的文雄。再有瑞安黄叔兰礼方(黄体芳),长沙王忆荄仙屺(王先谦),也都是方闻君子。"公坊说:"旗人里头,总要推祝宝廷名溥(宝廷)的是标标的了。"唐卿说:"那是,还有一个成伯怡(盛昱)呢。"雯青则说:"讲西北地理的顺德黎石农(李文田),也是个风雅总持。"

王先谦确是博洽多闻的所谓"方闻君子",但在《孽海花》里他与诸人相提并论,却并不单纯因为他的学术影响,更重要的,他是当时"清流党"的一员。

"清流党"乃指光绪朝一批稍具操守的士大夫,他们经常聚集在北京松筠庵，纠弹时政，标榜风节，上疏言事，弹劾大臣，指斥宦官，对外反对列强蚕食，对内主张整饬纪纲，具有革新庶政的政治意义。中法战争前后，清流党繁衍为前后两辈，前者奉军机大臣李鸿藻为魁首，后者以户部尚书翁同龢为支柱。光绪帝亲政后，他们以拥帝相标榜，称为帝党，以别于当权的后党。恽毓鼎《光绪皇帝外传》介绍了清流党在当时的声势："光绪初年，承穆庙中兴之后，西北以次戡定，海宇无事，想望太平，两宫励精图治，弥重视言路。会俄人渝盟，盈廷论和战，惠陵大礼议起，一时棱棱具风骨者，咸有以自见。吴县潘祖荫、宗室宝廷、南皮张之洞、丰润张佩纶、瑞安黄体芳、闽县陈宝琛、吴桥刘恩溥、镇平邓承修尤激昂喜言事，号曰清流。而高阳李文正公当国，实为之魁，疏入多报可，弹击不避权贵，白简朝入，鏖带夕褫，举朝为之震竦。松筠庵谏草堂，明杨椒山先生故宅也，言官欲有所论列，辄集于此，赤棒盈门，见者惊相传，次日必有文字。南皮畏见客，惟同志四五得入门。丰润喜着竹布衫，士大夫争效之。侍郎长叙、布政使葆亭，以国忌日嫁娶，镇平素服往贺，座客疑且诧，俄而弹章上，两亲家罢官矣。尚书贺寿慈演皇杠过琉璃厂宝名堂茗话，诸公合数人之力倾之，至摭拾暧昧为罪案，率罢去。二张蒙眷注特厚，南皮以阁学抚晋，丰润以庶子摄都堂，知癸未科贡举，骎骎大用矣。"《孽海花》就是一部"清流传"，以清流党人的活动为主要情节，第五回描写当时的情形就说："京里叫做'清流党'的'六君子'，朝一个封奏，晚一个密折，闹得鸡犬不宁，烟云缭绕，总算得言路大开，直臣遍地，好一派圣明景象。"关于"清流六君子"有不同说法，一说就是张之洞、张佩纶、宝廷、黄体芳、王先谦、刘思溥六人。

王先谦既属清流党，自然热衷上疏言政，吴庆坻《王葵园先生墓志铭》说："光绪初，诏求直言，廷臣争务白，喜抨击，或涉朋比,先生忧之。上言路宜防流弊疏,同列纠劾斥为莠言。圣明鉴其无他,寝弗问。先生益感奋,论已革滇抚徐之铭情罪重大,请严旨查办。论招商局关系重要,请饬整顿。伊犁之约,疏凡四上,一曰俄人叵测,条举筹备四事;一曰宽减崇厚罪名,宜俟条约更定;一曰东三省宜简重臣督防;一曰会议防俄未尽事宜。凡所规画,多切中利害,在国学日,请准举人职官入监肄业,请颁列圣御制诗文集、列圣圣训、钦定方略,俾士得服习国故,蕲致用。而请罢三海工、请严戒太监李莲英两疏尤切实,风采倾天下。"早在光绪初,王先谦的上疏言政,就受到朝野关注,如王闿运《湘绮楼日记》记光绪六年正月事就说:"京师传诵王先谦'邪说'一疏,极为丁公道地,欲以此邪说救前邪说也。前有联云:'体宝鋆心,杜宝廷口,出宝铭气,可惜一宝押错;继寿昌志,述寿慈事,救寿恩命,居然三寿作朋。'"

疏劾李莲英,乃光绪十四年王先谦在江苏学政任上,疏曰:"臣维宦寺之患,自古为昭,本朝法制森严,从无太监搅权害政之事。皇太后帘听以来,办理一禀前谟,毫不宽假,此天下臣民所共知共见者。为太监者,宜如何小心谨慎,痛戒非为。乃有总管太监李莲英,秉性奸回,肆意忌惮,其平日秽声劣迹,臣不敢形诸奏牍。惟思太监等给使宫禁,得以日近天颜,或因奔走微长,偶邀宸顾,度亦事理所有。何独该太监夸张恩遇,大肆招摇,致太监皮硝小李之名,倾动中外,惊骇物听,此即其不安本分之明证。《易》曰'履霜坚冰',渐也。皇太后、皇上于制治保邦之道,靡不勤求夙夜,遇事防维。今宵小横行,已有端兆,若不严加惩办,无以振纲纪而肃群情。"(《葵园自订年谱》引)结果疏上不报,开缺回家。

王先谦疏劾李莲英,当时确是一件大事,《翁同龢日记》记道:"闻有王先谦折劾中官李□□,留中未发。"李慈铭《越缦堂日记》也记道:"得益吾祭酒江阴书,并劾太监李莲英奏稿,其言甚激切,为之忧念。"但当时就有人认为这篇疏折空空洞洞,王先谦是别有用心的。文廷式《知过轩随录》就说:"王先谦以劾李莲英去,其折则淡淡二百字耳,盖欲俟明白回奏时,列款继上也。及折入,则留中不发,闻归政之意,盖决于此,未知实否。或云王先谦得李太监之益,未知果信然否,亦足见人贵立身于早也。"更有一说,见《清稗类钞·谏诤类》,曰:"王益吾祭酒先谦之督学江苏也,名与黄漱兰侍郎齐,外间传其实贿李莲英而得此差。既瓜代,虑名为李污,乃疏劾之,并谓李非真阉,词颇秽亵。孝钦后览奏,震怒,解李衣而众示之。遂以是罢归,然王之直声动天下矣。既出京,李尝语人曰:'吾阅人多,从未见如王之狡者,昏暮而乞吾怜,明白而攻吾短,彼谓可以掩其过,吾谓适以彰其丑耳。南人多诈,王其表表者乎!'知之者则曰:'李既衔王,故以是损其誉也。'"

历史疑雾重重,有时也不能问其究竟。不管如何,王先谦以疏劾李莲英而得直声之名,在当时被公认是清流的中坚。他的政治态度也是鲜明的,虽一度也有开明进取之心,对某些新生事物,往往先赞成,再怀疑,然后抵制,这与他的基本立场是一致的,他有自己的应世态度和处事原则。就大势而言,他反对变法维新,反对君主立宪,更反对民主共和,甘心做胜国的遗老。

王先谦祖籍上元(今南京),正德间始祖王沾官岳州府通判,徙长沙为县人。先谦字益吾,生于道光二十二年。四岁入家塾启蒙,十八岁补禀膳生。二十岁父卒,先后三次佐幕于军营。同治三年乡试中式,明年成进士,选翰林院庶吉士,散馆授编修,累迁翰林院侍讲。光绪六年任国子监祭酒,复在国史馆、实录馆兼职,充云南、江西、浙江乡试正副考官。十一年督江苏学政,十五年因病开缺回籍。先谦回长沙后，主讲思贤讲舍，十七年任城南书院山长，二十年转岳麓书院山长，直至二十九年岳麓书院改湖南高等学堂止，前后十年之久。辛亥革命后，他改名遯，避居平江，凡三年，仍还长沙，至民国六年逝世，享年七十六岁。先谦有《葵园自订年谱》，直编至病逝那年，详叙生平，且系年附录甚多，为年谱中别开生面之作。全谱三册，第三册记宣统、民国间行事，但仍署光绪三十四年刊，于理未通，来新夏先生《近三百年人物年谱知见录》说："意谱主以遗老自命，故作此态。"他性情的固执，由此也可见一斑。

光绪十四年岁末，王先谦回长沙，年仅四十七岁，卜筑城东北隅古荷花池，那里白水陂塘，清风林木，乃是远离市廛的幽静之处。他将新居题名葵园，《题葵园》诗曰："小筑园林已忝叨，馀生未肯外甄陶。姿如柳弱秋先觉，心似葵倾日愈高。岂有羽毛夸皎洁，不堪鬓发更刁骚。天涯望阙无穷感，梦逐湘江北去舠。"可见葵园的寓意，也还是"葵花朵朵向太阳"，处江湖之远，则思其君，念念不忘朝廷，这是当时士大夫的普遍心态。故其自号葵园，人亦以葵园先生称之。至于葵园的构筑，早就湮没在历史的风尘里，恕我见识未广，不能追述其水石楼阁之胜。读《湘绮楼日记》，好几年正月里，主人都在园中招班演戏，宾客杂沓，可知葵园规模不小。另外，葵园又是长沙胜流的雅集之地，王先谦有《九日集葵园，次尧圃韵》、《新正宴客，同人叠庵男韵见赠，再次韵》、《邀聂缉椝仲芳中丞及止庵、尧衢、敬舆小集，次去岁止庵来诗韵》诸作记之。苏舆是先谦门人，他在《虚受斋诗存序》里说："舆尝就学于先生，所居葵园，盛夏凉夕，风来袭人，荷香入怀，神智旷明。先生煮茗论文，间疏示古今诗人恉趣为乐，于少陵、东坡诸作尤能暗诵无遗，即先生所得可知矣。"此时此景，自然也是令人向往的。

王先谦的人生路,屐痕处处,深浅不一,就其文化贡献来说,乃在喜好撰述,以此取得很大影响,这也是他之所以能领袖湘绅的主要原因。他殁后,姜济寰有挽联曰:"著述综甲乙丙丁四部,而蔚为巨观,邑乘未修,长沙文献留遗憾;学行比船山湘绮二王,而名争千古,楚书增色,薄海师儒集大成。"又,罗焌有挽联曰:"周末诸子,荀卿最为老师,若论胜国耆宿,惟有先生推祭酒;长沙二王,葵园克全晚年,窃本念庵遗意,止称后学拜明阳。"从这两副挽联,可知他在当时的文化影响。

王先谦的撰述,主要是在汉学上,以注疏为文章,以考据为实学,代表作有《汉书补注》、《后汉书集解》、《新旧唐书合注》、《十朝东华录》、《日本源流考》、《五洲地理志略》、《尚书孔传参正》、《续皇清经解》、《诗三家义集疏》、《释名疏证补》、《荀子集解》、《庄子集解》、《管子集解》、《魏书校勘记》、《盐铁论校本》、《合校水经注》等,凡有五十馀种,三千二百馀卷,堪称繁富。

对王先谦撰述的学术价值,历来评价不一。李肖聘《湘学略·葵园学略》对他推重之至,称他是"长沙阁学,季清巨儒,著书满家,门庭广大",并说:"予尝论其尊崇经学似仪征阮相国,厘正文章拟桐城姚郎中,校注群史若嘉定钱宫詹,考证诸子如高邮王观察,而考其平生著书,尤有功于楚学。""湖湘开辟,玄黄判剖,堂堂文宗,肇此祭酒。玉池此赞,言大非夸,猗若我公,撰述成家。上笺群经,下证国史,旁论文章,用逮诸子。四十馀年,楚学生光,长沙大师,并称二王。"简直就将先谦他推到了近代楚学的巅峰。

但同样是这位李肖聘,在《星庐笔记》里却说:"常论先生著述,不外续、纂、选、辑四者,如《十一朝东华录》为续蒋良父书,南菁书院《经解》为续阮元学海堂书,《续古文辞类纂》则承姚氏而作也。如《骈文类纂》、《十家四六文钞》、《湘中六家词》皆选也。

各书集解皆集也,章太炎谓其本无心得,而通知法式,斯言得之。惟先生性好著书,如《五洲通鉴》、《外国地志》及《日本源流考》诸书,足未履外国之土,目不识蟹行之字,乃亦假乎众人,杂采他书,以成诸书而尸其名。其疏三良诗,至云远西书记,言非洲亦有以人殉葬之法,而不能实指其书名,邻于不知而作,斯则未可为训也。"

说得比较客观的,还是支伟成的《清代朴学大师列传》,作者将王先谦排列"提倡朴学诸显达列传"的最后一位,说他"踵阮文达后,辑刊《续皇清经解》,凡一百十种,一千四百三十卷,所收虽不如文达之精萃,而有清一代汉学家经师经说每以传,所遗者或寡矣。又仿姚姬传编《续古文辞类纂》二十八卷,亦严谨有义法。王湘绮尝谓曰:'《经解》纵未能抗行芸台,《类纂》差可以比肩惜抱。'闻之辄大乐"。又说:"治经循乾嘉旧规,趋重考证,而小学弗深,且释名物不克贯通三代礼制,以视文达终有上下床之别。惟《尚书孔传参正》,辨析详确,较他书为醇。复用考据以校雠诸史地志,成《汉书补注》一百卷、《水经注合笺》四十卷,亦多荟集群言,自为发明者少。独《荀子集解》二十卷,用高邮王氏《读书杂志》例,取诸家校本,参稽考订,补正杨注凡数百事,可谓兰陵功臣。"

此外,王先谦的诗文别集,有《虚受堂文集》、《虚受堂诗存》等。刘声木《桐城文学渊源考》卷十一称他"私淑桐城文学","一以姚鼐宗旨为归,其为文考核详密,源流毕赅,遣字积语,校量铢黍,粹然出于醇雅"。其诗则雅致深思,苏舆《虚受堂诗存序》说:"吾师清挚古学,著述闳深。自其少作诗,沧凉沈郁,中年宦游以来,乃更神明变化。奄有众美,而于身世之感,君国之大,学问之所系,伦纪之所关,指事切情,展卷如亲。"叶德辉《虚受堂诗存后序》也说:"先生诗,削肤存腴,刻核新深,得杜之神,运苏之气,含陆之味,置之国朝集中,挺然拔秀,未有与之相似者也。"这虽是亲近人的溢美之言,但确也自有家数。

王先谦的学术成就,究竟如何,自有学者去研究归纳,笔者才疏学浅,不能窥其门径。值得一说的是,钱基博先生著有《近百年湖南学风》,正文未提及王先谦,在卷末《馀论》里说:"昔王益吾先生以博学通人督江苏学政,提倡古学,整饬士习,有贤声。余生也晚,未及望门墙,而吾诸舅诸父以及中外群从,多隶学籍为门生者,流风馀韵,令我低徊。然文章方、姚,经学惠、戴,头没头出于当日风气,不过导扬皖吴之学,而非湘之所以为学也。余私家著书,不同官书,别识心裁。太史公书自有孤怀,而不欲以苟徇声气。王闿运之人之学,老辈颇多绳弹,然有其独到以成湘学。益吾先生,博涉多通,不啻过之,而无独到。"又说:"王闿运文章不为桐城,今文经亦非当行,然能开风气以自名家。益吾先生,文章桐城,训诂休宁,无不内行入格,然不能名家。而在吾苏,则贤学政也。"这不但从学术源流上来考察,并且直言先谦之学,附庸前人,鲜有发明,故未能成家,不失为确评。

关于王先谦的学术贡献,众说纷纭,但说他是"贤学政",至今未见不同意见。

江苏学署设在江阴县城内,督江宁、苏州等八府三州。王先谦上任是在光绪十一年八月,十一月就在当地的南菁书院开设书局,汇纂《皇清经解续编》,这是继阮元编纂刊刻《皇清经解》六十年后进行的续刊。翌年,先谦奏告:"前大学士臣阮元总督两广,采辑诸家言刊为《皇清经解》一书,深有裨于学者。迄今又数十年,海内经生纂述相仍,流风未沫。兵燹之后,遗文秘帙,所在散见。及今网罗衰集,刊布流传,彰国家文治之隆,慰薄海士林之望,亦学臣职也。臣昔于阮元所刊《经解》外,搜采说经之书,为数颇多。抵任后，以苏省尤人文荟萃之区，檄学官于儒门旧族留心搜访，时有采获，共得书近二百种都一千数百卷。类皆发明经义，为学者亟应研究之书。稔知宁、苏两书局近来经费不甚充裕，未能刊此巨帙，因就近于江阴南菁书院设局汇刊，曾函知督抚巨在案。臣已捐银一千两，鸠工缮写。"这部大书历时三年，于光绪十四年六月告成，凡收书二百零九部，共一千四百三十卷。问世以后，风行全国，几乎年年重印，持续约半个世纪，至中日战争爆发，板片毁于战火。

他在学政任上，还刻了《南菁书院丛书》八集，共一百四十四卷，收有清一代考订之作，其中两集为南菁书院学生所撰，王先谦在序中说："四、五集，则院中高材生所撰述，多士观览兴起，尚益覃精术业，偕登于作者之林，是予所深望也。"另外，他选岁、科两试佳文，刻了《清嘉集》；复选嘉庆以来时文，刻了《江左制义辑存》。谢国桢先生《近代书院学校制度变迁考》这样评介王先谦时代的南菁书院："提倡古学，以启为学之法；刊刻经解，纂辑丛书，以示读书之门径，传古人之著述，励士子之传习。"

这位"贤学政"还做了一件事，就是重修寄园。寄园在学署之西，前明时为江西布政司右参政邑人季科清机园，越数十年，季氏家族衰败，就割园入署，乡人仍称季园。嘉庆间学政陈希曾，因季科有《寄寄堂稿》，就谐音改名寄园。咸丰之难，署园并毁，乱定建署，而园未复。于是王先谦到任后就进行修葺，他在《重修寄园记》里说："先谦既到官，暇日周览其地，则垣墉隤夷，芜秽盈溢，一池之外，悉无存者，愀然伤之。感祁公之言，亟谋修复。经始光绪乙酉之冬，落成于丙戌季春。为庐曰永慕，以奉先谦父母遗像；堂曰虚受堂，为朝夕读书游憩之所。存雪、列岫诸亭，并仍其旧。增置廊榭，以延揽景光。缀以梅坞竹径，间以菊圃菜畦。奇石列秀，嘉树环植，菡萏盈陂，与水相鲜。而园之胜亦略矣。"时园中题为十景，先谦有《寄园杂咏十首》，分咏墨华榭、虚受堂、永慕庐、存雪亭、雪浪湖、香雪亭、斠古阁、苍筤径、列岫亭、湘菜畦。墨华榭为先谦所构，他将散落的碑石，嵌置壁间，有诗《重葺署西寄园，发土得数十石，前贤所为诗记在焉，第其时代列诸壁间，次明学使骆骎曾沉瀣存雪亭韵》，他还请孙毓文题了"虚受斋"额，请潘祖荫题了"古雪浪湖"额。光绪十四年，他在园中辟菊圃一区，筑馆其旁，取韩琦"春早凡花百种荣，秋芳能得几多名"句，题名秋芳馆，是年花时，"霜信潜将冷艳催，芙蓉黄菊一时开"（《秋芳馆寿菊生，次韵四首》），真是秋色满园。但花时未尽，先谦就离任而去，以后再也没有旧地重游。

今学署尚存部分遗构，处于林立高楼之间，类乎街心花园，壁间嵌王先谦诗碑一方，另在遗址上放了一组"灯下阅卷"的青铜雕塑，也是王先谦的造像。由此看来，江阴人并没有遗忘这位"贤学政"。

王先谦归里后，以清流之名望，以祭酒和学政之地位，以门生故旧之众多，以编纂著述之丰富，无疑就成为湖南绅界群伦的领袖。当时正是新旧消长之际，以王先谦为代表的传统势力，就被新派称之为"劣绅"，说他们"久住省垣，广通声气，凡同事者，无不仰其鼻息，供其指使，一有拂意，则必设法排去之而后快"（熊希龄《上陈右铭中丞》），可见得他们的声威气势。李伯元《南亭笔记》卷十五也说："湘绅中以王益吾祭酒、叶德辉吏部为最顽固，然王督学江苏时，有以西学发为文词者辄前列之，及归湘中，与人合资营火柴业，大折阅，尽丧其资，遂仇视新学。叶雄于资而无势，因极意结纳于王，王以有势而无资也，亦折节交之，故二人交甚笃，凡有所为，王出其力，叶出其财，由是湘人并畏其人。"《南亭笔记》大都是道听途说而来，不可当真，但"湘人并畏其人"，却也差当其实。

实际上,王先谦是旧派中的先进,与叶德辉等人不可相提并论。他具有变法图强思想,曾说:"非常之变,盖非常礼所能制驭。虽古圣处今日,其法不能不变也。"(《工商论》)故当光绪二十一年陈宝箴任湖南巡抚,大力推行新政时,王先谦积极响应,他提倡学习西方,创办近代工商业,改革科举制度,支持时务学堂、南学会的开设和《湘报》的刊行。他是时务学堂的九位绅董之一,南学会第一次开讲,他也往听讲,他说:"学堂、学会,先谦皆曾到场,以学堂系奉旨建立,学会则中丞殷殷注意,随同前往,然皆仅到一次。因先谦事忙,并非避忌而不往也。"(《复吴生学兢》)。他对《湘报》也高度赞扬,说是"省城学会,聚讲多贤。《湘报》刊行,见闻广远。开拓民智,用意甚善。此外道合志同,各立学会,互相切劘,亦不失敬业乐群之义"(《复毕永年》)。

但随着维新运动的深入,梁启超、谭嗣同、唐才常、樊锥、皮锡瑞等资产阶级维新派,以时务学堂、南学会、湘报馆为阵地,大力宣扬孔子改制、民生平权学说,王先谦的态度起了变化,因为这动摇了他根本的政治立场,与他那形成已久且具有完整体系的伦理价值观格格不入。他就致书陈宝箴,要求停办《湘报》,称其"文不成体","纷论满纸,尘起污人","观听淆乱,于立教劝学之道,未免相妨"(《致陈右铭中丞》)。他开始以翼教卫道自任,湖南新旧两党自此开始泾渭分明,势同水火。至光绪二十四年秋,新旧之争愈趋激烈,王先谦等又上《湘绅公呈》,要求整顿时务学堂,屏退主张异学之人。遭到拒绝后,他又与一批士绅拟定《湘省学约》,提出"正心术"、"符名实"、"尊圣教"、"辟异端"、"务实学"、"辨文体"、"端士习"七项规条,以约束士人言行。当戊戌政变失败后,他对康、梁极尽诋毁,说:"夫康党立心背畔,议改制度,以炫乱天下耳目。其欲变衣冠,更宪法,断不可行者也。"(《科举论下》)又说:"康、梁谬托西教,以行其邪说,真中国之巨

蠹,不意光天化日之中,有此鬼蜮。"(《复吴生学鋐》)

当时有人依王先谦的前后不同表现,认为他是后悔当初,先谦有一段辩白,他说:"故从前学堂之事,外人以为先谦主持,群相指摘,先谦实无所闻知。及见有悖谬实迹,同人督先谦首列具呈,先谦亦毫无推却。前后心迹,可以考见。来谕云:'蔡与恂先生批陈亭子课卷,云先谦已有悔心。'此言可怪,蔡先生今年上学一见,后未接谈,先谦之悔否,蔡先生何以得知?若谓吾两人交深,以此语代为掩饰,是誉我实以毁我也。先谦依然先后一人,并无两样面孔、两样心肠,果有何事应改应悔乎?"(《复吴生学鋐》)在他看来,本于捍卫封建皇统、政统和道统的原则不变,虽然前后表现迥异,其实是一致的。

自戊戌维新至清末新政时期,王先谦作为湘绅领袖,也做了不少实事。在经济上,他主张"官率商办"、"官督绅办",与龙湛霖发起创设湖南炼矿总公司,参与粤汉铁路废约自办运动和保路运动,对发展湖南实业起过一定作用。在教育上,他改革书院课程,"不用时文,课经史兼算学"。光绪二十七年拟定《工艺学堂章程》十二条,对湖南近代职业技术教育事业的兴起产生相当影响。他又关注小学教育,创办贫民小学,捐赀在长沙兴建简易小学堂十八所。在慈善事业上,以宣统元年为例,"捐银五百两入泽善堂,集款施贫民棺木。三百两入求仁堂,集款瘗埋修造铁路所发古冢枯骨。鄂省水灾,饥民来湘,络绎不绝。余友平江苏海渊泉、桃源李光忠瑞霖,设求仁堂医药局拯之。岁暮麋集河干者,五千数百人。余与同人复谋鸠资,遣送归里。办理核实,渊泉之力为多。灾民无不感颂,亦快事也"(《葵园自订年谱》)。

至于向来诟病王先谦的几件事,如唐才常自立军起事,黄兴华兴会起事,他都有告密之举,但至今仍属悬案,不能落实,有待有探秘兴趣的学者去追究。宣统二年,长沙爆发饥民抢米风潮,它的起因,一般说法是,由于王先谦、叶德辉等囤积居奇,梗议义粜,遂激起民变,此后又是以王先谦为首,联名公电湖广总督瑞澂,要求撤换巡抚岑春蓂。结果瑞澂将此事归罪于王先谦等,上《特参籍绅挟私酿乱请分别惩儆折》,说当时"官绅会议平粜,初欲由官筹款,交绅经办,后知公款实在窘迫,始议劝募绅捐,先办义粜。闻该绅王先谦首先梗议,事遂迁延。"又说他"公电请易抚臣,亦系该绅领衔,殊属不识大体。闻该绅在籍,平日包揽词讼,好利忘义,声名狼藉,道路皆知"。朝廷下旨,王先谦降五级调用。其实,这也是一桩冤案,王先谦并不知公电"请易抚臣"之事,乃是遭人算计和利用了。但他当时成为大小政治势力的"箭垛",也并不奇怪。他曾上专折为自己辩护,门生故旧也为之愤愤不平。但事已至此,接着就辛亥革命,鼎新革故了。因此,王先谦对朝廷大失所望,《葵园自订年谱》第三册刊印年份也就只署光绪,不署宣统。

王先谦如何遭人算计和利用,两年后他给缪荃孙的信里提到几句:"回念庚戌谪官,以常相见之黄堇腴一忌生心,窃名而可以首列,在家而不来告知,遄问其何以电督,曰为大局起见。遄曰,奸民焚署,巡抚本站不住,君以我首列,惟送我而已,安所谓大局乎?黄惟俯首无词而已,至今思之,犹有馀恨。然罢归之后,不问前程,被人暗算,只如蚊虻之过。"(《艺风堂友朋书札》)其中曲折,大概还不如此简单,相信经过一番爬梳之后,可以从这个历史细节,了解清末湖南政局的复杂紊乱,展现那波澜起伏的壮观场景。王先谦等旧派湘绅是这次官绅分裂的牺牲品,而以谭延闿为代表的另一派湘绅登上了历史舞台,由他们来迎接中华民国的新时代。

辛亥革命至今一百年,对于悠悠历史长河来说,还是距离太短,对人也罢,对事也罢,远一点可以看得更清楚,于葵园先生王先谦来说,自然也不例外。

二〇一一年七月十七日

水边的绘事微言

水边的感觉，大概很少有像苏州人那样稔熟和亲近。水的亮丽，水的明澈，水的映照，水的风情万种，让苏州的空气里都充满了柔情和温美。水制约了苏州的空间，也松弛了苏州人的时间，在这样的时空关系里，一个地方的性格就形成了。

水构成了苏州的景，那是千变万化的，因地而异，因时而变，因四季而不同，因心情而迥殊。或"片帆迢递入吴烟，竹溆芦洲断复连"，或"两行碧柳笼官渡，一簇红楼压女墙"，或"千家渔火秋风市，一叶归舟暮雨湾"，一一如画，各有情迹。至于"人家尽枕河"，"楼台俯舟楫"，则是城乡市井常见的景象。如果从建筑史角度来考察，即使是枕河人家，建筑和水的结构关系，也有面水而筑、临水而筑、跨水而筑等不同组合。

面水而筑的民居，前门临街，街外是河，河岸上垂柳一行，石栏半截，深宅大院往往在此。庭院深深，连续数进，至宅后，居然也是一河横流，原来大宅是夹在两河之间，有道是"门前石街人履步，屋后河中舟楫行"，正是这样前街后河的格局。宅前宅后几乎都有通向河道的驳岸踏步石级，既供停靠舟楫，也是浣濯汲水之处。张恨水在《湖山怀旧录》里风趣地说："胥江由水门入城，支渠绕街市，河流汩汩，沿人家绕户而过。晨曦初上，居民启户而出,上流人家虽倾倒污秽,下流人家自淘米洗菜,妇孺隔河笑语,恬不为怪。外地人谓苏州人物俊秀,其因在此,谑也。"这是苏州人的日常生活场景,生动而富有情味。

　　临水而筑的民居,大都在平行的街和河之间,隙地无多,故紧贴河道,叠石为基,甚至将石基挑出,半悬于水,沿河高高低低互相毗邻,恰好对岸也是如此,便构成幽幽水巷。梅娘在《人家尽枕河》里说:"破晓,被欸乃的桨声唤醒,推窗远眺,河面水气氤氲,淡紫的朝雾,薄纱似的垂挂在尖俏的檐角下边。刚刚欢跳而来的一缕朝晖,金匹链似的由此岸到彼岸,熠闪在幢幢房屋之间。河水映着朝霞,反映淡紫、青碧、橘黄等多种色彩。这斑斓的色块被划过来的船只撞碎,便一鳞一鳞地闪开,消逝在石砌的岸壁之上。岸壁便是家屋的墙,几乎一律是用一种淡黄夹杂着赭石云纹的石块筑成,石块湿漉漉的,一些隐秘的小凹凹里,还滋生着绿绿的苔藓。从水面上望过去,苏南特有的尖俏的屋檐的倒影,像嬉戏着的水牛的弯角一般,有时勾连,有时重合,有时荡开。一幢幢的家屋,真正的是以河为枕。我不由得惊叹起古诗人用语的贴切和'枕'字所传达的意境之美。河宽不过一线,却具有相当的深度,满载着青菜、竹箧等杂物的木船划过时,船身涨满了河身,几乎要把篙撑到人家的墙上去才行。"这种感受,乃非亲临其境不可得。

　　至于跨水而筑的民居,宅中恰好有一道河流经过,只好在河上架起桥来,将两边的建筑连接起来。因为要避雨遮阳,往往将桥建成廊桥,有的黛瓦红栏,有的装起窗棂,镶嵌着一方玻璃,于是外界的河成了家中的潺湲,自家的桥却也成为路人眼中的风景。

　　苏州的这一城市景观,很早就形成了,唐人除杜荀鹤那首《送人游吴》为人熟知外,释皎然《奉酬李员外嘉祐苏台屏居春首有怀》有"移家水巷贪依静,种柳风窗欲占春",李绅《过吴门二十四韵》也有"竹扉梅圃静,水巷橘园幽"。至明成化间,王锜在《寓圃杂记》里说:"水巷中,光彩耀目,游山之舫,载妓之舟,鱼贯于绿波朱阁之间,丝竹讴舞与市声相杂。"不但城里如此,郊外市镇也有这样的景致,吴宽《过木渎》诗曰:"客路偏逢雨,人家尽枕河。桥横光福岭,水接洞庭波。"又《为盛舜臣题山水长卷》诗曰:"城西荡双桨,遥背伍胥门。人家枕河住,渐喜历乡村。"到了晚明,苏州人口骤增,河道被民居侵占,变得越来越狭窄。张国维《苏州府城内水道图说》就说:"城内河流,三横四直之外,如经如纬者尚以百计,皆自西趋东,自南趋北,历唐宋元不湮。入我明,屡经疏浚。嘉靖以前,仕宦烜赫,居民丰裕,盖吴壤以水据胜,水行则气运亨利,更随巷陌舟楫通驶,凡载运薪粟,无担负之烦,殷殷富庶有以哉。隆万后,水政废弛,两崖植木甃石,渐多侵占,及投砾秽积,河形大非其故。"虽然景象非复旧观,但水巷更显得悠远而幽窈了。

　　自古以来,记咏苏州水城、水巷、水镇、水乡的佳作,数不胜数,一篇篇水意弥漫,千百年来萦绕和滋润着读者的心,至今读来,并不感到时代遥远而隔膜生疏,因为依然还是亲切的存在。在绘画上,历代画家同样表现出对这个题材的浓郁兴趣,"元四家"、"明四家"、"清六家"、"吴派"、"浙派"、"海派"诸多画家,都与苏州有密切的关系,他们也有很多苏州题材的作品,但大都只是聊取意思而已,如沈周画结草庵,文徵明画横塘、行春桥,钱榖画虎丘,王翚画艺圃、沧浪亭,已经属于写实的了。至于绘写城市面貌、街坊景象的,则寥寥无几,恕我孤陋寡闻,只看到三个卷子,谢时臣的《金阊佳丽图》,传为仇英的《清明上河图》(画的虽不是苏州,却是有苏州的影子),徐扬的《盛世滋生图》。叶恭绰《明谢时臣金阊佳丽卷跋》说:"古人写实之作,如《上林》、《羽猎》、《晋阳》、《渭桥》、《兰亭》、《莲社》之类，不但考见一时风物，且建筑之位置，习俗之变迁，多资推证。"事实正是如此，这三个卷子，于苏州的城市布局、阛阓情状、市井百态、人物服饰、礼仪风俗等，一一作了展示，同一个地方，谢时臣、徐扬却画得颇有不同，其中差别，也就成为研究苏州城市史的重要依据。但由于展示场景宏大，数十里风光浓缩在区区数尺之间，就像是用望远镜瞭望一样，虽得写实之真，而往往不能具体而微，况且视线不能拐弯，鳞次栉比的屋宇之间，朱梁画栋的楼阁背后，杨柳石桥掩映下的河滩驳岸，自然也就不能知道。我闲来翻读前人画册，有时就想，以往绘画对苏州城市的表现，乃重在描摹它的繁华、绮丽、富庶，即使像张宏的《闾关舟阻图》、袁尚统的《晓关舟挤图》，虽然具体了，也无非反映当时苏州梯航毕至的城市地位。这并不是由画家审美情趣或表现技术所制约的，乃是风气使然。古人在表现人和水以及和建筑的关系上，往往是"樵子负薪于危峰，渔父横舟乎野渡。临津流以策蹇，憩古道而停车。宿客朝餐旅店，行人暮入关城。幅巾杖策于河梁，被褐拥鞍于栈道。贾客江头夜泊，诗人湖畔春行。楼头柳飏，陌上花飞。散骑秋原，荷钼芝岭。高士幽居，必爱林峦之隐秀；农夫草舍，常依陇亩以栖迟。摊书水槛，须知五月江寒；垂钓砂矶，想见一川风静"（笪重光《画筌》）。因此，城市里的水和建筑，除园墅、寺观、古迹外，古人是很少关心的。

对这个题材的审视和拓展，应该是晚近几十年的事，总当在注重写生以后，由写生而进入创作，这个题材才逐渐被人关注起来。苏州人生于斯长于斯，对水巷晚照、河埠晨曦、街市雪后、石桥月色诸多景象，那是最熟悉不过了，但正应了一句老话，熟视无睹，那实在是生活中的常情，当美贴近在周围的时候，往往是浑然无觉。写生的实践，就让平淡无奇的景象变得亲近起来，而社会的迅速发展,又让人担心,这样的景象似乎会很快消失。在这样的主观关照下,眼前这一切,就越来越入画,越来越富有诗意,进而也就成为得天独厚的眷顾了。因此这个题材,苏州画家画得最多,并且中西画种皆备,几乎成为地方性绘画的一大内容。从客观上说,这些绘画对保护苏州水城的独特风景,起了很大作用。在许多画种里,水印版画以其特殊的艺术效果,将这个题材表现得更加淋漓尽致,真可说是开拓了一方天地。

凡用水性颜料拓印的版画,即称水印版画,这是中国木刻的传统形式,唐中期印制的《陀罗尼经咒》就是今存最早的实物。至明天启年间,吴发祥、胡正言采用饾板、拱花技术,印制《萝轩变古笺谱》、《十竹斋书画谱》等,开创了彩色套印的新时代。清康熙、乾隆间的苏州年画"姑苏版",将世俗题材作了创造性展示,光影明暗、远近透视技法的应用,已具备现代水印版画的诸多因素,但它并没有直接影响版画艺术的进程,甚至很快地结束了自身的存在。及至上世纪三十年代,鲁迅倡导新兴木刻运动,一时风起云涌,但绝大多数创作的都是油印版画,偶有水印,尝试寻找传统和西方结合的途径,李桦的一组《春郊小景》,就代表了这一时期现代水印版画的成绩。在以后的几十年里,水印版画得到很快发展,黄永玉、古元、李平凡、吴凡、张新予等版画家都留下脍炙人口的作品。但就总体来说,应时之作、奉命之作居多,反映普世美学价值的作品,就像石缝里的小草,艰难而又倔强地生长着,虽然星星点点,却是那个特殊年代的希望和慰藉。当进入八十年代,水印版画出现前所未有的繁荣,无论题材、体裁、形式,还是语言、风格,不拘一格,各有追求,异彩纷呈。在创作繁荣的同时,全国不少地方都出现了版画群体,而苏州以"姑苏之秋"版画展的形式,汇聚海内外的版画精英,进行展览和交流,而苏州版画家更藉以体现群体的力量,他们以水印版画为创作形式,以苏州为主要题材,以清新、明媚、细润的艺术手法,以自己的独特体验和版画语言,展现了苏州水的温柔意境和苏州人的诗意栖居。在我看来,在苏州现代美术史上,"姑苏之秋"是影响最广泛、成绩最显著、交流最普及、意义最深远的美术现象。

"姑苏之秋"至今仍在持续地进行着,但作为一个版画群体,却逐渐在分化,这是一个颇为复杂的文化现象,有社会的因素,有版画的局限,也有个人兴趣的转移,但仍有一大批版画家孳孳汲汲,锲而不舍,似乎是一往情深,就白头偕老,他们将自己的生命寄托在这尺幅之间。在我的熟人中,沈民义先生就是一位。

民义先生,一九四一年生人,今年恰好七十周岁,"人生七十古来稀",这句老话如今不时兴了,他还像年轻人那样生龙活虎,一辆电动车,在大街小巷里穿梭往来。他是自学成才的,对绘画一见钟情,于是就倾心投入,各个画种他都尝试过,还能写一手好字,想当年,在马路边的围墙上用排笔写标语,一米见方的新魏体,惹得行人驻足,汽车熄火,里三层外三层围着看呢。正是天赋神授,谁也欣羡不来。三十多年前,他就进入艺术专业创作机构,且也有过馆长、院长、主席、顾问诸多头衔。就凭自己的好身手,他如今画彩墨、画水墨、写字,过得有滋有味,而创作水印版画,则寄托他向往的诗情画意,或许有遐想,或许有回忆,或许什么都不是,只是一丝幽幽的情愫。

八十年代初,苏州版画界踵事增华,气象日新,民义先生就在这时全面进入这个领域,竟大有后来居上之势。自一九八三年起,他的作品连续入选第八、九、十、十一、十二、十三届全国版画展。自一九八四年起,他的作品连续入选第六、七、八届全国美展。一九九九年,他获得"鲁迅版画奖",这是中国政府设立的版画最高奖项,授予二十世纪七八十年代的杰出新兴版画家。

民义先生在版画题材的选择上,保持一以贯之的态度,那就是他最熟悉、最情深的苏州,特别苏州城乡以水构成的种种景象。一九九二年,《沈民义版画集》出版,北京版画家马克在序里说了这样的话:"读沈民义的风景版画,往往会诱人进入一片静美的世界,静得能让人心神得到安抚,静得能使人思绪得到某种寄托,并获得优美静谧的艺术享受。出现在沈民义版画中的,大都是江南水乡的风情,无论是湖畔小舟、石桥老屋、黑瓦白墙,或是故乡的云,临河的窗,南归的燕,也无论是太湖的夜幕、水上的月色和河埠的灯光等等,这些景物都源于现实生活,同时也是来自画家的心灵,这些景物都很平凡,但平中有奇,在平凡的形象中蕴含着画家的探索和执着的追求。"又说:"他正是以这种物我一体的心态去进行创作,力求把大自然的美与自己心灵的美融为一体。他的许多成功之作,画面明快,格调清新,色彩和谐,刀法流畅,水印技法富有韵律的变化,纯然,简朴,往往自成境趣。"这是实话实说,并没有什么溢美。如果要再说几句,那就是他立足版画语言本身进行创作探索,以这种具有"水性文化"属性的版画形式,来表现水的流动和静止,表现水的欢快和忧愁,表现水和建筑的关系,表现水和人的关系。他的画面构思,大都深思熟虑,为表现主题,他选择节气物候,选择细节,选择最适宜的色彩和光影。他追求一种有意蕴有情味的境界,引导读者进入其中,并使之产生一瞬间的心灵响应。在艺术上,他精确把握物象的造型、体积、质感,同时又能保留水墨和色彩的温润鲜华。如果没有对水印版画文化品格的深刻认识,没有对印刷本体语言的深切感悟,那是很难做到的。

水是民义先生真情实感的寄托,说来也有缘分。他早年在黄埭中学读书,黄埭是个水乡古镇,东接蠡口,北滨漕河,若港若塘,大小不一,流派纵横,古镇就沿水而建,故人称埭川。后来他长年居住葑门外红板桥畔,开门就见水巷,走过红板桥,就是热闹的横街。日常生活成为他最真切的体验,那里的流水、河埠、石桥、街面、屋脊、窗棂、花树,每个瞬间都有微妙的变化,给他的印象是挥之不去的。横街朝东不远就是黄天荡、金鸡湖,二十年前那里还是一望无际的水乡泽国,正像清人袁学澜说的那样:"水村多平桥野汊,复港重湖,人家聚落半在茭区芦荡间,烟波无际,弥望青苍,其清旷之致,可得而言。当湛露晨流,轻烟抹渚,林光乍晓,居人开竹扉,放栏鸭。青山当户,流水到门。下溇通潮之宙,飞飞者白鹭;柳丝荇叶之乡,袅袅者红莲。时有小艇,来卖鱼虾,尘帆绝踪,市声不至。崇轩灌木,交荫一绿,初日苍苍,掩映林影。"(《江乡清夏记》)在这水云乡里,民义先生无数次得到灵感,他将春夏秋冬的不同景致,一一撷取,然后经过艺术的再创造,成为一幅幅富有情韵意味的水印版画。我最喜欢他的冬景和秋色,如《冬至》、《腊月》、《雪霁东郊》、《梧黄江南》、《雪月》、《吴门秋色》、《吴港之冬》、《小院秋色》、《新秋》等等,让我仿佛身临其境,会想起古人的吟咏,会想起某部电影里的镜头,会想起自己经历过的那个冬夜或秋雨潇潇的黄昏,有时真分不清是在画中,还是在梦中,抑或是在现实的境地里。

　　这本《水边的绘事微言》选辑民义先生水印版画一百幅,那是三十年积累的精品,蔚然可观。至于书名,亦有一解,水边的"绘事",意思明了,画的都是水边的景致;水边的"微言",则是读画的感想,或者说是索解。说来惭愧,民义先生约我合作这本书,总也有三四年了,他说,三十年的交往总要留下点什么,他的版画,我的文字,这是一个很好的主意。然而我一直被杂事纠缠着,一年又一年,拖宕得真是太久了,出于无奈,只得邀请赵丽娜女士来写这一百篇"微言"。丽娜擅长散文,文字清新流丽,婀娜多姿,时有奇胜之笔,为我所喜欢。我的建议,丽娜慨然应允,民义先生亦深表赞同,于是这本书就成了三人合作。

我要向民义先生鞠躬谢罪,恕我不能践诺,同时也感谢丽娜的救场补台,费了她不少心思和时间。

如今编印画册,大都只是画面而已,民义先生这一本却是图文合一,虽有新意,而取法于古。宋人郑樵说:"古之学者为学有要,置图于左,置书于右,索象于图,索理于书,故人亦易为学,学亦易为功。"又说:"见书不见图,闻其声不见其形;见图不见书,见其人不闻其语。图至约也,书至博也,即图而求易,即书而求难。"(《通志·图谱略》)虽然这是就读经而言,用图像来诠解经文,但这一图文结合的形式,自简牍发端,铺就了中国的版画插图史。反之,读画也需要文字的媒介,可以让读者进入画面,领悟画意,并且展开联想,引发感情,与画家作心灵的交流。读画的文字,由于作者的美学观念、平生经历、表达方式等各不相同,读画就会读出各自的不同来,然而这种感受和体会的差异,正可知道作品所蕴含的艺术魅力。这本书当然也不例外,民义先生的画,也各有各的读法,想来读者诸君会读出自己的意境和趣味,自然不必与丽娜女士一致的。

二〇一一年七月二十八日

影珠山下

暮春三月在长沙，承主人安排，去了一趟福临镇。那天，风和日丽，车子从京珠高速公路下来，就在丘陵间的绿阴中穿行，一路上见到最多的就是茶园，早茶时节已经过了，很少见到农人在忙碌，时或有竹林丛翠，时或有老树婆娑，时或有池塘碧波清澈，映照着蓝天白云。车中的随意流目，让我觉得，那里的景色与鄙乡太湖洞庭两山十分相似，陶周望所谓"平衍空旷，带以丛薄，林幽果香，石细泉响，径路萦绕"，正是切合的描写。

到了镇上，便与当地父老攀谈，虽然主客都是所谓南方"蛮子"，但让我这"吴侬"来听当地土话，还是有点隔膜，好在谈话轻松，既可比划，又可复述，旁人再作补充，意思都能明白的。正像歌里唱的，谁不说俺家乡好，他们说起自己的家乡，处处充满了感情，岁时风情，物产土宜，人物故事，山水景观，一样样细细道来，那是很有一点自豪的。他们告诉我，燕王靖难之役后，建文帝朱允炆就曾隐居在那里，既学佛，又修道；还有一位李凤姐，与宋代某年轻皇帝有一段缠绵，却以悲剧告终，那当然不是《梅龙镇》里的李凤姐故事了。一个地方附丽了动人的传说，才会鲜活起来，如果杭州西湖没有苏小小、白娘子，苏州虎丘没有真娘、清远道士，哪能成为天下的名胜。我问起福临这个地名的来历，他们说，本来那里盛产茯苓,就称为茯苓,后来才改福临的。回来后,我查看《湖南通志》里的《长沙县图》,才知道,这个地方名为福林铺。当抗战进入最艰难时期,福林铺是出了大名的,三次湘北会战,中日两军激烈争夺于此,中外电讯纷纷报道,福林铺成为海内外关注的焦点,更是国人激愤所系,那是难以忘怀的。早先名为茯苓的说法,也不是没有可能,但茯苓虽说是滋补妙品,但在历史语言环境里,却并不吉祥,《普天同愤录》说,"道君晚年得茯苓千枚于宫树下,皆成人形",当北狩后,"妇女千人赐禁近,犹肉袒,仿佛赐苓群贵情景",那自然是让人不堪的。至于改称福临,应该是晚近的事,也就不必去避清世祖的讳了。我不由想到一幅桃花坞年画,钟馗舞着长剑,一只蝙蝠翩翩而至,有福来临,总是让人高兴的。大家说说笑笑,不知不觉半天就过去了。

中午时分,当地主人邀请在一个农家吃饭,屋子在一个山坡上,屋前很是开阔,视野远及数十里外,山峦起伏,一带翠绿。宴席也很丰盛,菜蔬采自田圃,鱼虾捕自鱼塘,腊肉割自悬于灶间的猪腿,真是大得土膏露气之味,又开了几瓶好酒,诸人围了一桌,便边说话边品酌。

福临人正在做一件事,那就是依托影珠山,建设一个森林公园,占地一千多公顷,乃是一个生态文化旅游去处。

影珠山在长沙县、湘阴县(今属汨罗市)交界处,方圆七十馀里,有大小峰峦七十馀座,主峰高五百多米,乃长沙县的最高峰,当地有民谣说:"飘峰山,影珠山,离天三尺三,人过要低头,马过要卸鞍。"《大清一统志》记道:"影珠山在长沙县东北七十五里,山巅有井,其影如珠,故名。亦名易公山,为元易公得道处。"这易公是何许人呢,《湖南通志》记了一段故事:"易公居湘潭影珠山下,日执畚修路,至今岩上镌'至正壬戌易公修路'八字。及老,织屦易食,馀则惠人。每负秆于坐旁焚之,且织且焚,昼夜不辍,一日秆烟不散,结为白云,遂乘之去。今名其地为草鞋湾,立石屋祀之。"原注:"至正无壬戌,当是壬午或是至治壬戌,必有一误。"这本来就是神仙故事,不必当真的,但易公织屦修路的精神,则是值得钦佩的。在长沙话里,"影珠"与"隐居"谐音,故影珠山又被称为隐居山。

隐居山的名气,超过影珠山,缘的是平江不肖生写了一部《江湖奇侠传》,这部小说以平江、浏阳交界地居民争夺赵家坪之归属为经,以昆仑、崆峒两派剑侠分头助拳为纬,引出紧张热闹生动有趣的故事情节。第一回起首就提到了隐居山:"从长沙小吴门出城,向东走去,一过了苦竹坳,便远远的望见一座高山,直耸云表。山巅上一棵白果树,十二个人牵手包围,还差二尺来宽不能相接,粗枝密叶,树下可摆二十桌酒席,席上的人,不至有一个被太阳晒。因为这树的位置,在山巅最高处,所以在五六十里以外的人,都能看见它和伞扒一般,遮蔽了那山顶。那山横跨长沙、湘阴两县,长只六十余里,高倒有三十余里。从湘阴那方面上山,虽远几里路,然山势稍缓,走的不大吃力;从长沙这方面上去,就是岩峻削,不是精力极壮的人,决没有能上去的。长沙、湘阴两县的人,都呼那山为隐居山。故老相传说,那山在清初,很有几个明朝遗老隐居在里面,遂称为隐居山。"

平江不肖生即向恺然,湖南平江人,这部《江湖奇侠传》一九二三年初在《红杂志》连载,后来由世界书局出版单行本,风靡一时,由此确立了作者民国武侠小说开山祖的地位。一九四一年,徐文滢在《民国以来的章回小说》里说:"最著名的《江湖奇侠传》(即《火烧红莲寺》)几乎是妇孺皆知的,这广大的势力和影响可以叫努力了二十余年的新文艺气沮。《江湖奇侠传》中除了飞剑道术外,据说大部分故事有着它们的来源,如清人笔记及民间的传说(杨继新及桂武二故事均采自沈起凤《谐铎》),其间浏阳平江的械斗，以及张汶祥刺马，向乐山报仇等故事，至今还有七八十岁以上的老人们津津乐道。作者写这类故事有他特殊的才能，确能使故事增多不少深入民间的力量。影响所及，曾有不少人相信峨嵋山真有神仙，不少年青学徒小孩离家出走，找寻金罗汉和笑道人去了。"这部小说的畅销，让世界书局大大赚了一笔。

　　但《江湖奇侠传》故事的深入人心，则是因为明星影片公司由小说改编的电影《火烧红莲寺》，由郑正秋编剧，张石川导演，郑小秋、胡蝶等主演，一九二八年上映第一集，由于十分卖座，票房收入飙升，故至一九三一年，共出品了十八集，乃是二十年代最长的连续电影。一九三三年，茅盾在《封建的小市民文艺》里特别提到影片上映时的轰动："《火烧红莲寺》对于小市民层的魔力之大，只要你一到那开映这影片的影戏院内就可以看到。叫好，拍掌，在那些影戏院里是不禁的，从头上尾，你是在狂热的包围中，而每逢影片中剑侠放飞剑互相斗争的时候，看客们的狂呼就同作战一般，他们对红姑的飞降而喝采，并不是因为那红姑是女明星胡蝶所扮演，而是因为那红姑是一个女剑侠，是《火烧红莲寺》的中心人物；他们对于影片的批评，从来不会是某某影星扮演某某角色的表情那样好那样坏，他们是批评昆仑派如何、崆峒派如何的！在他们，影戏不复是'戏'，而是真实！如果说国产影片而对于广大的群众感情起作用的，那就得首推《火烧红莲寺》了。"由读小说而再看电影，反过来看了电影再读小说的，真不知有多少人，隐居山这个地方，就被人深深记住了。值得一说的是，在电影史上，《火烧红莲寺》掀起了武侠神怪片的风潮，一九二八年至一九三一年，上海约五十家电影公司拍摄了近四百部片子，武侠神怪片就占了一半还多。

　　主人本来想陪我上一趟影珠山，但我已醉眼蒙眬，步履蹒跚了，只能在山下遥望而已。不过我存着这样的想法，过些时候，我再来长沙,再来影珠山,就在森林公园里住上几天,那里远离喧嚣,安谧静美,所谓"鸡犬烟霞地,人家橘柚天"也。我相信,那定然又是一次回归自然的胜游。

二〇一一年八月二十一日

谈"苏作"

苏州向以物产丰饶、经济繁盛、人文荟萃著称于世,就历史的大势而言,苏州百姓普遍能得以温饱度日,不仅能满足生存的第一需要,并且不断追求生活质量,进入生活的文化层面。

至明代中叶,苏州经过自洪武至天顺约一百五十年的沉寂后,开始出现农村丰稔、城市繁荣的局面。成化时人莫旦在《苏州赋》里说:"若夫水村山郭,沃壤平原,洲渚相间,阡陌相连,柴门流水,茅店青帘,樵歌牧唱,农舍钓船,云帆浪楫,蟹簖鱼筌,鸟飞屏外,人行画边,渔郎声峭,莲女貌妍,所谓水云之乡、稼渔之区者与。至于治雄三寝,城连万雉,列巷通衢,华区锦肆,坊市棋列,桥梁栉比,梵宫莲宇,高门甲第,货财所居,珍异所聚,歌台舞榭,春船夜市,远土巨商,他方流妓,千金一笑,万钱一箸,所谓海内繁华、江南佳丽者与。"

这是由于经济上的宏观调整,自然经济模式发生转变,具有相当基础的手工业迅速发展起来,与农业一起构成苏州国民经济的两大支柱。手工业生产和消费的发展,使苏州的城市化进程加快,城市空间由城内向城外扩大,并且形成新的城市格局。曹自守《吴县城图说》说:"苏城衡五里,纵七里,周环则四十有五里。卧龙街东,隶长洲,而西则吴境,公署宦室,以逮商贾,多聚于西,故地东旷西狭,俗亦西文于东也。""盖吴民不置田亩,而居货招商,阛阓之间,望如绣锦,丰筵华服,竞侈相高,而角利锱铢,不偿所费。"顾炎武《肇域志·江南八·苏州府》也说:"一城中与长洲东西分治,西较东为喧闹,居民大半工技。金阊一带,比户贸易,负郭牙侩辏集。胥、盘之内,密迩府县治,多衙役厮养,而诗书之族,聚庐错处,近阊尤多。"城西阊门、胥门内外成为富丽繁华之区,唐寅《阊门即事》咏道:"世间乐土是吴中,中有阊门又擅雄。翠袖三千楼上下,黄金百万水西东。五更市买何曾绝,四远方言总不同。若使画师描作画,画师应道画难工。"万历初休宁人叶权在《贤博编》中列举"今天下大马头"十处,苏州枫桥、南濠便占了两处,"最为商货辏集之所,其牙行经纪主人,率赚客钱,架高拥美,乘肥衣轻,挥金如粪土,以炫耀人目"。王心一《重修吴县志序》也说:"尝出阊市,见错锈云连,肩摩毂击,枫江之舳舻衔尾,南濠之货物如山,则谓此亦江南一都会矣,而其间风俗之淳漓、人民之消长,不能问也。"

明代苏州手工业以**丝织**为主,嘉靖《吴邑志》卷十四说:"绫锦纻丝,纱罗绸绢,皆出郡城机房,产兼两邑而东城为盛,比屋皆工织作,转贸四方,吴之大资也。"丝织而外,其他手工业也在成化前后复苏,继而乘时进趋。王锜《寓圃杂记》卷五说:"凡上供锦绮、文具、花果、珍羞奇异之物,岁有所增,若刻丝累漆之属,自浙宋以来,其艺久废,今皆精妙,人性益巧而物产益多。"及至嘉靖、万历年间,如金银器、铜器、玉雕、木雕、刻版、漆器、灯彩、装裱、刺绣、缂丝、织锦、制笺、制扇、乐器、玩具等行业,全面蓬勃发展,不但由此形成了以手工业者为主体的新市民阶层,手工业品制作也更加技艺精湛,风尚高雅,成为全国的楷模,风靡云蒸,号召一时。王士性《广志绎》卷二就说:"姑苏人聪慧好古,亦善仿古法为之,书画之临摹,鼎彝之冶淬,能令真赝不辨。又善操海内上下进退之权,苏人以为雅者,则四方随而雅之,俗者,则随而俗之,其赏识品第本精,故物莫能违。又如斋头清玩、几案、床榻,近皆以紫檀、花梨为尚,尚古朴不尚雕镂,亦皆商、周、秦、汉之式,海内僻远皆效尤之,此亦嘉、隆、万三朝为盛。至于寸竹片石摩弄成物,动辄千文百缗,如陆子冈之玉,马小官之扇,赵良璧之锻,得者竞赛,咸不论钱,几成物妖,亦为俗蠹。"入清以后,这一情势依然炽盛。康熙六十年,孙嘉淦在《南游记》里说,苏州地方"俗浮靡,人夸诈,百工士庶,殚智竭力以为奇技淫巧,所谓作无益以害有益者与"。他说的"奇技淫巧",孔颖达疏《书》就这样解释:"奇技谓奇异技能,淫巧谓过度工巧。二者大同,但技据人身,巧指器物为异耳。"而苏州人的聪明才智,在这方面有独特的优长。雍正二年,江苏布政使鄂尔泰上奏折,称苏州"风俗奢靡,人情浮薄",拟严加整治,世宗胤禛在批复中说:"苏常等处还是礼义柔弱之风,虽习尚奢靡,不过好为嬉戏耳,况人性多巧,颇娴技艺,善于谋食,较之好勇斗狠之风,相去远矣。若尽令读书,势必不能;若概令归农,此辈懦怯之人,何能力田服劳。将来不过弃乡弃土,远往他省,仍务其旧业耳,非长策也。"(《世宗宪皇帝硃批谕旨》卷一百二十五)一方土地养一方人,也自有其道理。

这样一种手工业生产的规模和格局,离不开苏州的社会情状,乾隆《吴县志》卷二十四说:"国家太平日久,休养生息之众,人民户口百倍于前,地无不耕之土,水无不网之波,山无不采之木石,而终不足以供人之用,奔走四方,驱驰万里,为商为贾,又百工技艺,吴人为众,而常若不足。吴地向无人烟之处,今则宅舍弥望,盖人满之患,至斯极矣;向者一钱之物,今或数十钱而未得,而钱亦日贵。经营货殖者,术无不至,而利日以微。古之为游民者,舍业而嬉,故可驱而返之四民之内,今之为游民者,无业可入,则恐流而入于匪类之中。幸有豪奢之家驱使之,役用之,挥金钱以为宴乐游冶之费,而百工技能,皆可效其用,以取其财,即游民亦得沾其馀润,以丐其生。此虽非根本之图,亦一补救之术也。"可见这是以广泛的社会消费为基础,以盛行的社会奢侈风气为引导的。

正因为如此,一个以苏州的观念、风尚、意蕴、工艺、标准的物化概念,明末清初开始在全国流行,称之为"苏作"、"苏工"、"苏式"、"苏样"、"苏派"等,它们引领时尚潮流,作为雅俗、高下、精弱、文野分别的一个新尺度。

且看明清竹枝词,就可知苏州时尚如何风靡全国,为各地所慕企和追求。在北京,杜浚《竹枝词》曰:"轻姿道不及苏州,试看纤纤袜一钩。但胜吴姬双赤脚,不妨凑别羡人头。"杨瑛昶《都门竹枝词》曰:"羊角新葱拌蜇皮,生开变蛋有松枝。锦华苏式新开馆,野味输他铁雀儿。"得硕亭《草珠一串》曰:"苏松小馆亦式夸,南式馄饨香片茶。可笑当垆皆少妇,馆名何事叫妈妈。"在天津,梅宝璐《竹枝词》曰:"妆束花销重两餐,南头北脚效时观。家家遍学苏州背,不避旁人后面看。"在南京,周在浚《秦淮竹枝词》曰:"北人才得解征鞍,也学吴侬事事酸。金碗银盘都不用,素磁月下试龙团。"陆寿光《秦淮竹枝词》曰:"澹匀脂粉斗风流,称体轻衫换越绸。艳说新兴时样髻,晚妆还要学苏州。""何处名流到此游,语言约略似扬州。只缘佳丽吴中盛,偏向人前说虎丘。"在扬州,董伟业《扬州竹枝词》曰:"问他家本是苏州,开过茶坊又酒楼。手种奇花供客赏,三春一直到三秋。""太仓弦子擅东吴,醒木黄杨制作殊。顾汉章书听不厌,玉蜻蜓记说尼姑。"林苏门《续扬州竹枝词》曰:"老昆小旦尽东吴,一色浓妆艳紫朱。张二官偕陈大保,思春狐狸叫姑姑。""苏班名戏聚维扬,副净当场在莽仓。王炳文真无敌手,单刀送子走刘唐。"在嘉兴,马寿毂《鸳湖竹枝词》曰:"女郎十五学梳头,长髻新兴掩镜羞。古板阿婆如动问,低低答应是苏州。"在福州,许所望《福州竹枝词》曰:"金貂素足本风流,家住南台十锦楼。却笑城中诸女伴,弓鞋月影画苏州。"自注:"福州城外皆素足女,城内缠足学苏妆。"在广州,潘兆铿《珠江竹枝词》曰:"歌妓盈盈半女郎,怪他装束类吴娘。琼花馆口船无数,一路风飘水粉香。"黄洪《羊城竹枝词》曰:"水绕重城俨画图,风流应不让姑苏。何人更作红云宴,留得红心一颗珠。"在武汉,叶调元《汉口竹枝词》曰:"蜀锦吴绫买上头,阔花边样爱苏州。寻常一倾细衫子,只见花边不见绸。"在成都,定晋岩樵叟《再续成都竹枝》曰:"不乘小轿爱街行,苏样梳装花翠明。一任旁观闲指点,金莲瘦小不胜情。""学道街前书肆多,全无苏版费搜罗。儿童买得四书读,小注删除字又讹。""苏州馆卖好馄饨,各样点心供晚飧。烧鸭烧鸡烧鸽子,兴龙庵左如云屯。"在重庆,甘丙昌《渝州竹枝词》曰:"鬓影衣香影画图,闺妆花样觐杭苏。江心远望龟亭子,也学彭郎嫁小姑。"

苏州时尚的流行,不但在当时的一线府城,下县小邑也有这样的风气。如在浙江桐乡,张宏范《幽湖竹枝词》曰:"近来风气学苏州,热闹真如大马头。南北两京十三省,满装行李置花绸。"在福建上杭,黎士宏《闽酒曲》曰:"新泉短水柏香浮,十斛黎香载扁舟。独教吴儿专价值,编蒲泥印冒苏州。"自注:"上杭酒之佳者曰短水,犹缩水也。载货郡中,冒名三白,然香气甘冽,竟能乱真矣。"在湖北长阳,彭淑《长阳竹枝词》曰:"装船生板下铁行,新从汉口讨姨娘。苏州勒子扬州袖,只有他家时世妆。"在山东潍县,郑燮《潍县竹枝词》曰:"三更灯火不曾收,玉脍金齑满市楼。云外清歌花外笛,潍州原是小苏州。""翠袖湘裙小婢扶,时兴打扮学姑苏。村中妇女来相耀,乱戴银冠钉假珠。"在山东济宁,王谢家《济宁竹枝词》曰:"江南江北运粮舟,镇日船娘倚舵楼。要与吴娃斗标格,香云梳作背苏州。"即使在西北也不例外,王煦

《兰州竹枝词》有《赛苏》一首曰:"严家山号小苏州,山上花魁李玉楼。却喜使君新姓色,应来此土领风流。"自注:"泾州为入甘首站,州中严家山号'小苏州',名妓都在山上,客游到此,往往不辞折履。时满洲色公布星额为州牧。"至于号称"小苏州"的地方,不止泾州严家山一处,如上海这个后来的"十里洋场",明代就被称为"小苏州",陆楫《蒹葭堂杂著摘钞》说:"吾邑僻处海滨,四方之舟车不一经其地,谚号为小苏州,游贾之仰给于邑中者,无虑数十万人,特以俗尚甚奢,其民颇易为生尔。"可见称为"小苏州",正是经济繁荣、生活华奢、风气奢靡之谓。

明末清初开始流行的苏州时尚概念,追溯起来,由来已久,只是起初尚未成熟,概念和范畴都并不确定,无可加以提炼和概括。

早在春秋后期,吴人制作就以精美、实用而名闻遐迩,每以"吴"字冠之。以冶铸言之,因为吴人善冶,吴地的冶铸称为吴冶,《淮南子·修务训》曰:"夫宋画吴冶,刻刑镂法,乱修曲出。"高诱注:"宋人之画,吴人之冶。"干将铸的剑称吴干,《战国策·赵策三》曰:"吴干之剑,肉试则断牛马,金试则截盘匜。"《吕氏春秋·疑似》曰:"相剑者之所患,患剑之似吴干者。"高诱注:"吴干,吴之干将者也。"吴地铸的剑称吴剑,李峤《奉和杜员外扈从校阅》曰:"燕弧带晓月,吴剑动秋霜。"吴地铸的戈称吴戈,《楚辞·九歌·国殇》曰:"操吴戈兮被犀甲,车错毂兮短兵接。"吴地铸的刀称吴刀,《吕氏春秋·行论》曰:"舜于是殛之于羽山,副之以吴刀。"李白《白纻辞》也有"吴刀剪彩缝舞衣,明妆丽服夺春辉"之咏。吴地铸的带钩称吴钩,左思《吴都赋》曰:"军容蓄用,器械兼储;吴钩越棘,纯钩湛卢。"冶铸以外,吴地产的铠甲称吴甲,赵秉文《庐州城下》诗曰:"利镞穿吴甲,长戈断楚缨。"吴地产的盾称吴魁,《释名·释兵》曰:"大而平者曰吴魁,本出于吴,为魁帅所持也。"又因吴地丝织业发达，故吴地的良蚕称为吴蚕，李白《寄东鲁二稚子》曰："吴地桑叶绿，吴蚕已三眠。"吴地产的薄纱或薄绢称吴绡，陆龟蒙《圣姑庙》曰："蜀彩驳霞碎，吴绡盘雾匀。"吴地产的丝绵称吴绵，白居易《新制布裘》曰："桂布白似雪，吴绵软于云。"又《醉后狂言酬赠萧、殷二协律》曰："吴绵细软桂布密，柔如狐腋白似云。"吴地产的织锦称吴锦，刘勰《文心雕龙·情采》曰："吴锦好渝，舜英徒艳。"吴地产的绫罗称吴罗，张时彻《采葛篇》曰："吴罗五文采，蜀锦双鸳鸯。"吴地产的琴弦称吴丝，李贺《李凭箜篌引》曰："吴丝蜀桐张高秋，空山凝云颓不流。"王琦注："丝之精好者，出自吴地，故曰吴丝。"吴人又讲究饮食，精美的肴馔称吴庖，赵翼《杨桐山招饮肴馔极精赋赠》曰："笑比江陵张太师，今日吴庖才一饱。"又称吴羹，《楚辞·招魂》曰："和酸若苦，陈吴羹些。"王逸注："言吴人工作羹，和调甘酸，味若苦而复甘也。"陆龟蒙《五歌·食鱼》亦曰："且作吴羹助早餐，饱卧晴檐曝寒背。"吴地出的榆酱称吴酸，陆游《送子虡吴门之行》曰："樽酒汝宁嫌鲁薄，釜羹翁自絮吴酸。"吴地产的酒名吴醥，吴均《酬别江主簿屯骑》曰："赵瑟凤凰柱，吴醥金罍樽。"

　　从冶铸、丝织、乐器、饮食几方面来看，就是既有悠久传统，又不断创新，在当时也是引领全国的时尚物质文明。

　　而吴人好古之风，赏物之雅，也由来已久。晋人陆云贻兄陆机书一通，有曰："一日案行，并视曹公器物、床荐席具、寒夏被七枚，介帻如吴帻，平天冠、远游冠具在。严器方七八寸，高四寸馀，中无鬲，如吴小人严具状，刷腻处尚可识，梳枇、剔齿、纤綖皆在。拭目黄絮二在，有垢黑，目泪所沾污。手衣、卧笼、挽蒲、棋局、书箱亦在，奏案大小五枚。书车又作欹枕，以卧视书。扇如吴扇、要扇亦在。书箱五枚，想兄识彦高书箱，甚似之。笔亦如吴笔，砚亦尔。书刀五枚，琉璃笔一枚，所希闻，景初三年七月七日刘婕好折之,见此期复使人怅然有感处。"(《与兄平原书》)由此可以见得吴人的好尚,而对吴帻、吴扇、吴笔等本地产品,更表现出格外的关注。

唐宋以后,苏州手工业品,除传统物产依然保留外,又新增许多,其中彩笺、灯彩、泥孩儿号称天下第一。

彩笺被称为吴笺、苏笺。范成大《吴郡志》卷二十九说:"彩笺,吴中所造,名闻四方。以诸色粉和胶刷纸,隐以罗纹,然后砑花。"当时吴笺名品有春膏、水玉两种,诗人颇多吟咏,张镃《寄春膏笺与何同叔监簿因成古体》有"苏州粉笺美如花,萍文霜粒古所夸",许棐《宗之惠梅窠水玉笺》有"百幅吴冰千蕊雪,对吟终日不成诗"。南宋太平老人《袖中锦》定"吴纸"为天下第一。迟在南宋,苏州制笺技术传入蜀中,蜀中仿制,称为"假苏笺",费著《笺纸谱》记道:"仿姑苏作杂色粉纸曰假苏笺,皆印金银花于上。"有的并不是苏州所产,时人拈之入诗,也称吴笺,作为上好笺纸的代称,如谢逸《醉中排闷》有"剩觅吴笺呼阿买,醉中准拟写新诗";周南《读唐诗》有"一般生态几人描,砑尽吴笺秃尽毫";陆游《无题》有"箧有吴笺三万个,拟将细字写春愁",不胜枚举。吴笺在很大程度上扩大了苏州的文化影响。

灯彩是与岁时风俗有关的工艺品,范成大《腊月村田乐府十首序》说:"风俗尤竞上元,一月前已买灯,谓之灯市,价贵者,数人聚博,胜则得之,喧盛不减灯市。"《吴郡志》卷二也说:"上元彩灯巧丽,他郡莫及,有万眼罗及琉璃球者,尤妙天下。"苏州制灯称苏灯,时以万眼罗、琉璃球为代表,精工异常,为世所珍。周密《武林旧事》卷二说:"灯品至多,苏、福为冠,新安晚出,精妙绝伦。"又说:"每以苏灯为最,圈片大者,径三四尺,皆五色琉璃所成,山水人物,花竹翎毛,种种奇妙,俨然着色便面也。"元明时,苏灯品类愈多,制作愈精。杨仪《垄起杂事》记道:"元夕张灯,城中灯球巧丽,他处莫及,有玉栅灯、琉璃灯、万眼罗、百花栏、流星红、万点金。街衢杂踏,人物喧哗。士诚登观风楼,开宴赏灯,令从者赋诗,号望太平。"正德《姑苏志》卷十四记苏灯说:"他如荷花、栀子、葡萄、鹿犬、走马之状,及掷空有小球灯,滚地有大球灯,又有鱼鱿铁丝,及麦秆为之者。一种名栅子灯,在鱼行桥,盛氏造,今不传,即云南所谓缲丝灯也。"苏灯不但是工艺品中的佳制,也反映了苏州社会风气的华靡奢侈。

泥孩儿是与祈子俗信有关的工艺品,七夕"乞巧"的摩睺罗,就在风俗活动中起很重要的作用。周密《武林旧事》卷三说:"七夕节物,多尚果实、茜鸡及泥孩儿号摩睺罗,有极精巧,饰以金珠者,其直不赀。"金盈之《醉翁谈录》卷四也说:"京师是日多博泥孩儿,端正细腻,京语谓之摩睺罗,小大甚不一,价亦不廉。或加饰以男女衣服,有及于华侈者,南人目为巧儿。"北宋时,苏州摩睺罗就享有盛名,不但造型生动,衣服装饰更是精致讲究,因此远销京师,甚至入贡内廷。祝穆《方舆胜览》卷二"平江府"条下有"七夕摩睺罗",称"土人工于泥塑,所造摩睺罗尤为精巧";陈元靓《岁时广记》卷二十六谈到摩睺罗时说:"惟苏州极巧,为天下第一。"南宋时苏州木渎袁遇昌,善塑泥孩儿,"以像塑婴孩儿名播四方,每用泥抟填一对,高六寸者,价值三四十缗,非预为钱以定,则经年不可得。盖其齿唇毛发与衣襦襞褶,势如活动,至于脑髓,按之胁胁。遇昌死,此艺遂绝"(《木渎小志》卷四),真是出神入化的妙品。

明代中叶以后,苏州手工业在传统基础上有更大发展,在阊门内外,逐渐形成工艺品的专业产销市场,城外主要集中在山塘街、南濠街,城内则以今西中市、东中市为轴心,南北巷陌,分布几遍,匠作麇集,工巧百出。纳兰常安《受宜室宦游随笔》卷十八就介绍了专诸巷的情形:"苏州专诸巷,琢玉雕金,镂木刻竹,与夫髹漆、装潢、像生、针绣,咸类聚而列肆焉。其曰鬼工者,以显微镜烛之,方施刀错;其曰水盘者,以砂水涤滤,泯其痕纹。凡金银琉璃绮铭绣之属,无不极其精巧,概之曰苏作。广东匠役亦以巧驰名,是以有'广东匠,苏州样'之谚。"

当时社会民间工巧成风,惟以苏州为尚,张瀚《松窗梦语》卷四说:"自金陵而下控故吴之墟,东引松、常,中为姑苏,其民利鱼稻之饶,极人工之巧,服饰器具,足以炫人心目,而志于富侈者争趋效之。"故凡苏州制作,"概之曰苏作"。如刺绣,正德《姑苏志》卷十四称绣作"精细雅洁,称苏州绣"。如冶铸,张士昌《宣炉歌》有"近来苏铸巧益精"之咏,孙承泽《砚山堂杂记》卷四也说:"苏铸,蔡家;南铸,甘家。甘不如蔡,惟鱼耳一种,可方学道。"如家具,高濂《遵生八笺·起居安乐笺下》说:"靠几,以水磨为之,高六寸,长二尺,阔一尺,有多置之榻上,侧坐靠肘,或置熏炉、香合、书卷,最便三物。吴中之式雅甚,又且适中。"如织锦,陈继儒《妮古录》卷一说:"吴中宣德间,尝织《画锦堂记》如画轴,或织词曲联为帷障。又布紫白落花流水,充装潢卷册之用。"如缂丝,沈初《西清笔记》卷二说:"宋刻丝画,有绝佳者,全不失笔意。余尝得萱花一轴以进,花光石色,黯而愈鲜,位置之雅,定出名手。后见有明季人画而刻丝者,其原画亦在,取以相较,树石层次,笔意相同,而傅色鲜妍,刻丝反胜。近来吴中工匠亦有能者。"如茶注,谢肇淛《五杂组》卷十二说:"岭南锡至佳,而制多不典。吴中造者,紫檀为柄,圆玉为纽,置几案间,足称大雅。"如折扇,沈德符《万历野获编》卷二十六说:"今吴中折扇,凡紫檀、象牙、乌木者,俱目为俗制,惟以棕竹、毛竹为之者,称怀袖雅物。"如琢玉,宋应星《天工开物》卷下说:"良玉虽集京师中,工巧则推苏郡。"如装潢,胡应麟《少室山房笔丛正集》卷四说:"凡装有绫者、有锦者、有绢者、有护以函者、有标以号者,吴装最善,他处无及焉。"

钱泳《履园丛话》卷十二也说："装潢以本朝为第一，各省之中以苏工为第一。"以上只是举例而已，万历间袁宏道在《时尚》里说："近日小技著名者尤多，然皆吴人。瓦瓶如龚春、时大彬，价至二三千钱；龚春尤称难得，黄质而腻，光华若玉。铜炉称胡四，苏、松人有效铸者，皆不能及。扇面称何得之。锡器称赵良璧，一瓶可值千钱，敲之作金石声，一时好事家争购之，如恐不及。其事皆始于吴中，獯子转相售受，以欺富人公子，动得重赏，浸淫至士大夫间，遂以成风。然其器实精良，他工不及，其得名不虚也。"如碑搨，乾隆《吴县志》卷二十三说："陕西人卖碑者甚多，而搨碑之妙，终不如吴人也。"有的产品一直延续到晚近，如清代苏州出品的插屏钟，称为苏钟，曹禺在《北京人》第一幕里还写道："屋内悄无一人，只听见靠右墙长条案上一座古老的苏钟迟缓地迈着'滴滴答答'的步子。"

"苏作"等作为一个时尚概念，它的存在和流行，与以往有着不同的时代背景。那就是商品经济的繁盛，消费生活的发展，客观上突破了传统礼制对于衣食住行的森严规范，价值观念和人生理想发生异化，挣脱了传统伦理宗法的桎梏。更重要的是，社会经济发展，社会风尚和社会观念的变迁，有力地推动了哲学意识对社会与人展开新的思考，一种自我意识或主体意识，开始涌动于传统意识形态的隙缝之间，于是人的价值、人的欲望得到从未有过的重视。在王守仁创立心学的同时，祝允明、唐寅、桑悦、徐威、张灵等就张扬个性，或"狂简"，或"放荡不羁"，他们追求独立人格的言行，正反映了人的主体意识的觉醒已初显端倪。这表明一股反叛传统文化模式、冲撞僵化文化结构的早期启蒙思潮正在涌动，它在明代中期文化的各个领域中有面貌各异的反映，这是中国早期的文化启蒙运动。然而庞大的封建官僚集团，以高度的涵融力将政治权力与意识形态统一起来，形成超稳定的社会结构，它具有强大的自我调节机制，任何可能危害它的新思想和新事物都被无情吞噬；再说，人的主体意识虽然觉醒，但人文主义者本身具有时代性的缺陷。因此他们内心充满了矛盾，这种矛盾不是新和旧的矛盾，而是理想和现实的矛盾，结果只好仍然去走传统文化的故道，同时，他们并不放弃对世俗物质生活的享受，而对这种物质生活的要求，又有了新的标尺。

早在明宣德年间，极度衰敝的苏州社会经济稍有恢复，奢侈之风就开始吹拂起来。宣德五年，知府况钟就颁布《戒奢侈榜示》，遍告市民："城市者，乡民之望；节俭者，裕财之原。苏郡素称富丽之地，然税粮浩大，采办殷繁，又复田地低洼，水则淹没，旱年立致枯槁，比户流亡，招难尽复。乃访得城市富民奢侈太甚，缙绅大族亦复有然。锦绣铺张，梨园燕饮，率以为常，而丧嫁二事，尤为浮荡之大者。不惟有逾品制，实乃暴殄天物，召灾致咎，未有不由乎此也。圣人云：'与其奢者，宁俭。'谨身节用，富而好礼，独不念乎？当职忝司民牧，正俗为先。榜示之后，各崇俭朴，留有馀之财，以防不足，而在缙绅乡宦，尤宜以身作则，助官化民，共臻醇古，永革敝俗。"宣德七年，又颁布《绅士约束子弟示》，这样说："尝谓父兄之教不先，子弟之率不谨。故教训子弟，最为先务，而在绅士之家尤为要紧。该地习于奢侈，城市尤甚。有等子弟专习为奇巧工作，已足以妨农业，害女功。更有等浮荡子弟，全然不务生理，或则穷日极夜开场赌博；或则戏房妓室，鲜衣怒马，淫酗撒赖；或则擎鹰斗雀，引类呼群，勾惹恶少，恣行为非；或则恃能识字，交结蠹胥，代人做状，扛帮词讼。种种不法，身犯国宪，当职体察得皆是俊秀子弟，强半出绅士之家，先年有失教训，不农不士，不工不商，一向纵容，漫无稽察，以致败检。如此岂不有玷家门？绅士之家不能齐，何以治国？合行榜示，仰坊厢各老人挨户告谕，各加检束子弟。如犯，并将失教之父兄惩治。"

苏州城市的奢侈社会风气,乃商品经济发展的必然结果,社会财富积累越丰厚,这种社会风气就越炽盛,并不以人的意志为转移。

且以服饰来说,当时有"苏样"之说,它的极致就是标新立异。屠隆《沈嘉则先生传》记沈明臣,"晚好衣绯衣,与二三曹偶踞坐长林之下,或白日行游市中,市中哗谓绯衣公,且至观者如堵,先生自若也"。沈德符《万历野获编》卷二十三记张献翼,"至衣冠亦改易,身披采绘荷菊之衣,首戴绯巾,每出则儿童聚观以为乐"。又记刘凤,"衣大红深衣,遍绣群鹤及獬豸,服之以谒守土者"。李乐《见闻杂记》续卷十说:"二十年来,东南郡邑,凡生员读书人家有力者,尽为妇人红紫之服,外披内衣,姑不论也。"李乐便改诗一首曰:"昨日到城郭,归来泪满襟。遍身女衣者,尽是读书人。"这样的奇装异服,时人就称为"服妖"。当时由苏州士大夫率先提倡,虽然经过社会化后,衣饰的奇异程度减弱,但仍然保留着时尚的新潮。《古今小说》卷一《蒋兴哥重会珍珠衫》写道:"那典铺正在蒋家对门,因此经过。你道怎生打扮?头上带一顶苏样的百柱骔帽,身上穿一件鱼肚白的湖纱道袍,又恰好与蒋兴哥平昔穿着相像。""苏样"不但在苏州流行,还影响南北的时装风气,甚至宫中也被感染了。史玄《旧京遗事》说:"小儿悉绾发如姑姑帽,嬉戏如吴儿,近服妖矣。然帝京妇人往悉高髻居顶,自一二年中,鸣蝉坠马,雅以南装自好。宫中尖鞋平底,行无履声,虽圣母亦概有吴风,以袁娘娘之骑马善射,皇上罢看之后,袅袅行步惟工矣。"公鼐《都城元宵曲》也咏道:"白袷裁衫玉满头,短檐髻鬓学苏州。侬家新样江南曲,纵是愁人不解愁。"可见"苏样"服饰在晚明的时髦。这一时装潮流一直延续到清初,褚人穫《坚瓠补集》卷六"吴下歌谣"条说:"吾苏风俗浇薄,迩来服饰滥觞已极,翰山日记有吴下歌谣,因录于左:'苏州三件好新闻,男儿着条红围领,女儿倒要包网巾,贫儿打扮富贵形。一双三镶袜,两只高低鞋,到要准两雪花银。爹娘在家冻与饿,见之岂不寒心。谁个出来移风易俗,唤醒迷津。庶几可以辟邪归正,反朴还醇。'"《清稗类钞·服饰类》说:"顺、康时,妇女妆饰以苏州为最时,犹欧洲各国之巴黎也。朱竹垞尝于席上为词,赠妓张伴月,有句云:'吴歌白纻,吴衫白纻,只爱吴中梳裹。'"由此而下,直到道光以后,丁柔克《柳弧》卷三说:"当年衣服皆饰窄边,富贵者则镶花边,今则窄边花边皆不行,惟镶宽边,至宽有三寸馀者,谓之'苏滚',富贵家妇女皆好之。宽边之中又加以各处云头,甚至挖垫。现在苏州妇女富贵者,多有反穿皮袿者,皮之外依然镶边。变本加厉,一至于此。"又记当时各地女子的发型,谈到苏州时说:"近日苏州妇人有'牡丹头'、'钵盂髻',后梳长髻,名'背苏州'。有《背苏州》一词最妙,诗曰:'吴鬟且莫唱,越髻且莫讴。四座静勿哗,我歌背苏州。苏州肌理嫩如水,苏州颜色烘如蕾。相君之背亦风流,时样妆梳斗娇美。灵蛇新式到杭州,日日凝妆上翠楼。明月圆时休正面,懒云堆处莫回头。妆台软掠轻梳罢,留与南朝周昉画。山眉水眼且休论,雾鬓风鬟已无价。吁嗟乎!粉颈香肩骨肉匀,摹来背面果然真。只愁一顾倾城处,仍是西湖画里人。'"这种发型,从背面望去最妙,故名"背苏州",引领一时风气,"江南皆梳'背苏州'头","两湖以帛为长圈,套于发上,盖欲学苏州而不得法者"。

服饰的"苏样",不但是生活时尚,也是生活方式,工艺器物的"苏样",也是如此。张瀚《松窗梦语》卷四说:"至于民间风俗,大都江南侈于江北,而江南之侈尤莫过于三吴。自昔吴俗习奢华、乐奇异,人情皆观赴焉。吴制服而华,以为非是弗文也;吴制器而美,以为非是弗珍也。四方重吴服,而吴益工于服;四方贵吴器,而吴益工于器。是吴俗之侈者愈侈,而四方之观赴于吴者,又安能挽而之俭也?盖人情自俭而趋于奢也易,自奢而返之俭也难。今以浮靡之后,而欲回朴茂之初,胡可得也?矧工于器者,终日雕镂,器不盈握,而岁月积劳,取利倍蓰。工于织者,终岁纂组,帀不盈寸,而锱铢之缣,胜于寻丈。是盈握之器,足以当终岁之耕;累寸之华,足以当终岁之织也。兹欲使其去厚而就薄,岂不难哉。"时尚既成为一种趋势,自然是很难改变的。

"苏作"等概念的出现,也说明工艺思想在发生深刻变化。黄省曾《吴风录》说:"自吴民刘永晖氏精造文具,自此吴人争奇斗巧以治文具。"张岱称明代苏州工艺的鼎盛为"吴中绝技",《陶庵梦忆》卷一说:"吴中绝技,陆子冈之治玉,鲍天成之治犀,周柱之治嵌镶,赵良璧之治梳,朱碧山之治金银,马勋、荷叶李之治扇,张寄修之治琴,范昆白之治三弦,俱可上下百年,保无敌手。其良工苦心,亦技艺之能事。至其厚薄深浅,浓淡疏密,适与后世赏鉴家之心力、目力针芥相投,是岂工匠之所能办乎?盖技也而进乎道矣。"明代苏州又是人物鼎盛之时,陆师道《袁永之文集序》说:"吴自季札、言游而降,代多文士。其在前古,南镠东箭,地不绝产,家不乏珍,宗工钜人,盖更仆不能悉数也。至于我明受命,郡重扶冯,王化所先,英奇瑰杰之才,应运而出,尤特盛于天下。洪武初,高、杨四隽领袖艺苑;永宣间,王、陈诸公矩矱词林;至于英孝之际,徐武功、吴文定、王文恪三公者出,任当钧冶,主握文柄,天下操觚之士向风景服。靡然而从之,时则有若李太仆贞伯、沈处士启南、祝通判希哲、杨仪部君谦、都少卿元敬、文待诏徵仲、唐解元伯虎、徐博士昌国、蔡孔目九逵,先后继起,声景比附,名实彰流,金玉相宜,黼黻并丽。吴下文献,于斯为盛,彬彬乎不可尚已。正德、嘉靖以来,诸公稍稍凋谢,而后来之秀,则有黄贡士勉之、王太学履吉、陆给事浚明、皇甫金事子安,皆刻意述作,力追先哲。"诸多才华横溢、成就卓绝的人物聚集苏州,不但腹心相照,声气相求,而且各擅所长,风采迥异,呈现一道丰富多彩的文化景观,在中国文化史上是罕见的。工艺史上自然也不例外,张岱所举,仅是名工巧匠的部分代表。值得一说的是,明代苏州文化人对工艺思想的推进、工艺技术的提升、民间工匠与士大夫的交流,起着十分重要的作用,特别是形成以精雅为主要特点的"苏作"工艺风格,在美学上作了全面观照。

明清时期,苏州引领全国时尚,"苏作"等概念就是一个标识。这一时尚在苏州萌发形成,继而天下风成化习,与苏州在当时的城市地位分不开的。

时尚是以高质量的物质和精神生活为条件的。苏州社会向以奢侈著称,陆楫《蒹葭堂杂著摘钞》就分析了奢侈风气与经济发展的关系:"予每博观天下之势,大抵其地奢则其民必易为生,其地俭则其民必不易为生者也。何者,势使然也。今天下之财赋在吴越,吴俗之奢,莫盛于苏杭之民,有不耕寸土而口食膏粱,不操一杼而身衣文绣者,不知其几何也,盖俗奢而逐末者众也。只以苏杭之湖山言之,其居人按时出游,游必画舫、肩舆、珍羞、良酝、歌舞而行,可谓奢矣,而不知舆夫舟子、歌童舞妓仰湖山而待爨者,不知其几。故曰彼有所损,则此有所益。若使倾财而委之沟壑,则奢可禁,不知所谓奢者,不过富商大贾、豪家巨族自侈其宫室车马、饮食衣服之奉而已,彼以粱肉奢,则耕者庖者分其利;彼以纨绮奢,则鬻者织者分其利。正《孟子》所谓通功易市,羡补不足者也。"顾公燮《消夏闲记摘钞》卷上也说:"治国之道,第一要务在安顿穷人。昔陈文恭公(宏谋)抚吴,禁妇女入寺烧香,三春游屐寥寥,舆夫、舟子、肩挑之辈,无以谋生,物议哗然,由是弛禁。胡公(文伯)为苏藩,禁闭戏馆,怨声载路。金阊商贾云集,宴会无时,戏馆数十处,每日演剧,养活小民不下数万人,原非犯法事,如苏子瞻治杭,以工代赈。今则以风俗之所甚便,而阻之不得行,其害有不可言者。由此推此,苏郡五方杂处,如寺院、戏馆、游船、赌博、青楼、蟋蟀、鹌鹑等局,皆穷人大养济院,一旦令其改业,则必至失业,且流为游棍、为乞丐、为盗贼,害无底止矣。"一方面是奢侈需求,另一方面是就业需求,两相结合,以维持苏州的社会稳定和经济繁荣。苏州奢侈之风,体现在包括衣饰、饮食、陈设、游赏、观览、百工制作乃至言行举止诸多方面,影响波及各地,作为最新时代风尚,而被好事者便纷纷仿效。苏州人有意识倡导和引领这种风尚,也就需要标新立异,在工艺品制作上追求和创造新样奇致,形成自己的特点和风格。

  时尚是以便捷的交通为传播和接受途径的。苏州独特的地理形胜,构成四通八达的水上交通网络。苏州工艺品就凭藉这样的交通优势,由郡城而深入周边乡村,直接或辗转贩运至江苏各府县,以及全国各地,甚至传入东南亚、日本等国家和地区。就苏州的内河交通来说,春秋时就有便捷的航道。隋唐以后,苏州可以通过江河湖海到达全国各地。长江流经北隅,奔流入海,溯江而上,可达安徽、江西、湖南、湖北、四川;太湖近在西郊,不但可至无锡、宜兴、常州,而且可至浙江湖州等地;吴淞江则逶迤而东,直达上海;京杭运河自西北而来,绕城半边,南下杭州,上溯则经山东、河北、天津,直抵北京,且又贯通钱塘江、长江、淮河、黄河、海河五大水系。苏州的海外交通,主要是与日本列岛和朝鲜半岛的国际航道。相传史前时期,已有吴人向日本移民,稻作和丝织技术也因此传入日本。但苏州与日本海上直达航线的开辟,当在日本大量派出遣唐使的时代,一般认为,唐长安二年,粟田真人第七次遣唐使开始,日本人终于找到一条自值嘉岛直接横渡中国海到长江口的新航线。据日本学者木宫泰彦在《日中文化交流史》中的统计,圣武朝、孝谦朝的两次遣唐使回国启程地点在苏州，光仁朝的第一舶和第二舶启程地点在常熟。天宝十二年，鉴真第六次东渡，也是从苏州黄泗浦启程的。据日本僧人圆仁《入唐求法巡礼行记》记载，会昌六年已有专门开行苏州至新罗、苏州至日本的航线。元初开放海禁，海外交通发展迅速，至元十四年，海舟巨舰取道吴淞江、青龙江，直抵平江城东，停泊于葑门外。自元初起，太仓刘家港成为长江三角洲最大海港，称为"六国码头"。吴伟业《开浚刘家河记》记道："维时蹉舫番舶，樯帆辐辏，奇珍玮宝，络绎候馆，鲛人海贾之利，几被天下。"明初开国，设市舶司于太仓黄渡，乃全国惟一通商口岸，虽两年后罢而分置宁波、泉州、广州，但也可见其重要的地理位置。至于海上的国内航线，分南北两条，南下航线是沿东海至福建、台湾、广东、广西、海南岛等地；北上航线是沿东海、黄海至山东半岛及辽东半岛等地。至明清时期，苏州的交通地位显得更为突出，天启六年坊刻新安程春宇编《士商览要》，列举全国水陆交通线路一百条，其中七条以苏州为起点或中转站。乾隆二十七年的《陕西会馆碑记》说："苏州为东南一大都会，商贾辐辏，百货骈闐。上自帝京，远连交广，以及海外诸洋，梯航毕至。"又光绪十五年的《武安会馆记》也说："苏州东南一大都会也，南达浙闽，北接齐豫，渡江而西，走皖鄂，逾彭蠡，引楚蜀岭南。"苏州作为东南重要交通枢纽，工艺品不但能远销各地，题材广泛，体裁多样，具有较强的适应性，并且接受来自海内外的工艺精华，取长补短，使"苏作"工艺精益求精。

时尚是以市民文化、市民构成为生存基础的。明代中叶以后，手工业工人成为新的市民阶层，代表着当时的先进生产力，他们与小商品生产者、小铺户商人、小商贩等组合成城市经济活动的主体，又有数量众多的士人、僧道、妓女、游民等，为"苏作"工艺品提供了欣赏和消费的广泛群体。万历年间，苏州有织工、染匠各数千人，应天巡抚曹时聘在奏折中说，苏州"浮食奇民，朝不谋夕，得业则生，失业则死。臣所睹见，染坊罢而染工散者数千人，机房罢而织工散者又数千人，此皆自食其力之良民也"（《明神宗实录》卷三百六十一）。与此同时，棉纺织、纸张加工、刺绣、缂丝、整染、灯彩、金银器、竹木牙雕、家具等行业也繁荣发达，生产规模日益扩大，生产过程中的分工也日渐细密。入清以后，丝织业更为繁荣，康熙五十九年《长洲吴县踹匠条约碑》记"苏城内外踹匠，不下万馀"。至雍正八年，苏州有踹匠一万九百多人，染匠之数与踹匠大致相等。另外，明清时期，苏州工商业移民众多。弘治间吴宽《赠征仕郎户科给事中杨公墓表》说，南濠一带，"四方商人，辐辏其地，而蜀舻越舳，昼夜上下于门"。嘉靖间郑若曾《苏松浮赋议》也说："其开张字号行铺者，率皆四方旅寓之人，而非有田者也；其华冠鲜服，画船箫鼓，遨游于山水间者，类皆商贾之徒、胥吏之属及浮浪子弟、倡优仆隶，而非有田者也。"康熙二十八年，圣祖玄烨南巡，《谕扈从部院诸臣》说："朕闻东南巨商大贾号称辐辏，今朕行历吴越州郡，察其市肆贸迁，多系晋省之人，而土著者盖寡。良由晋风多俭，积累易饶，而南人习俗奢靡，家无储蓄，日所经营，仅供朝夕。"雍正元年，苏州织造胡凤翚奏折说："奏查苏州系五方杂处之地，阊门南濠一带，客商辐辏，大半福建人民，几及万有馀人，其间游手好闲之徒，未能安分，最易作奸。又有染坊踹布工匠，俱系江宁、太平、宁国人民，在苏俱无家室，总计约有二万馀人。"（《世宗宪皇帝硃批谕旨》卷二百）乾隆五十八年《元长吴三县详定纸匠章程碑》记道："议苏城内外工匠，共有八百馀人，悉系江宁、镇江等处人氏。"故乾隆《吴县志》卷八说："吴为东南一大都会，当四达之冲，闽商洋贾、燕齐楚秦晋百货所聚，则杂处阛阓者，半行旅也。"工商业移民，对"苏作"工艺品的传播，起了重要作用。

时尚也是以名工巧匠为品牌效应的。历史上，干将铸剑，颜方叔制笺，袁遇昌抟泥孩儿等，都名垂青史。明清时期，人物更多，王士禛《池北偶谈》卷十七说："近日一技之长，如雕竹则濮仲谦，螺甸则姜千里，嘉兴铜炉则张鸣岐，宜兴泥壶则时大彬，浮梁流霞盏则昊十九（号壶隐道人），江宁扇则伊莘野、仰侍川，装潢书画则庄希叔，皆知名海内。如陶南村所记朱碧山制银器之类，所谓虽小道，必有可观者欤。"又，阮葵生《茶馀客话》卷十记当时"一艺成名"者，有"陆子刚治玉，鲍天成治犀，朱碧山治银，濮谦治竹，又嘉兴王二漆竹，苏州姜华雨莓箖竹，赵良璧、黄元占、归懋德治锡，荷叶李、马勋治扇，周桂治镶嵌，吕爱山治金，王小溪治玛瑙，蒋抱云、王吉治铜，雷文、张越治琴，范昌白治三弦子，杨茂、张成治漆器，江千里治嵌漆，胡四治铜炉，谈氏笺，顾氏绣，张氏炉，洪氏漆，生春阳烛，又文衡山非方扇不书。及近时吴兴薛晋侯铜镜，歙曹素功制墨，吴穆大展刻字，顾青娘、王幼君治砚，张玉贤火笔竹器，皆名闻朝野，信今传后无疑也"。以上所举，几乎都是三吴人氏。有的行业，以家族传承，如虎丘捏相乃项氏世业，汪士镛《赠塑真项天成》有曰："项子风流儒雅客，江东妙手更无伦。虎头阿堵光如电，添毫道子开生面。抟粉范泥夺化工，写真不用鹅溪绢。四大皆空本无我，捐除万累从今果。"真堪称绝技。项天成之后有项春江，项春江之后有项琴舫，一脉相传。有的行业分工更细，以折扇为例，扇头、扇骨、扇面就各有名工，沈德符《万历野获编》卷二十六说："其面重金亦不足贵，惟骨为时所尚。往时名手，有马勋、马福、刘永晖之属，其值数铢。近年则有沈少楼、柳玉台，价遂至一金，而蒋苏台同时，尤称绝技，一柄至直三四金，冶儿争购，如大骨董，然亦扇妖也。"文震亨《长物志》卷七说："姑苏最重书画扇，其骨以白竹、棕竹、乌木、紫白檀、湘妃、眉绿等为之，间有用牙及玳瑁者，有员头、直根、绦环、结子板、板花诸式,素白金面,购求名笔图写,佳者价绝高。其匠作,则有李昭、李赞、马勋、蒋三、柳玉台、沈少楼诸人,皆高手也。"乾隆《吴县志》卷二十三记扇骨:"圆头者,马勋、蒋三;直根者,柳玉台;雕边者,王梅溪,皆名手也。"濮仲谦也擅长雕边,陈贞慧《秋园杂佩》说:"若李文甫耀、濮仲谦雕边之最精者也。"裱扇面则有方氏、胡得芝等,都是明代中叶的翘楚。凡"苏作"名家,工价昂贵,传世之作,更是悬重价而不可得。

与"苏作"等同时流行的,还有一个词"苏意",如王彦泓《疑雨集》卷四《买妾词》就有"如今不作扬州纂,苏意新梳燕尾长"之咏,它本来只是用来概括苏州的时尚风气,并无褒贬。钱锺书在《中国诗与中国画》里说:"从某一地域的专称引申而为某一属性的通称,是语言里的惯常现象。如汉魏的'齐气'、六朝的'楚子'、宋的'胡言'、明的'苏意';'齐气'、'楚子'不限于'齐'人、'楚'人,苏州以外的人也常有'苏意'。汉族人并非不许或不会'胡说'、'胡闹'。"然而在有些人看来,"苏意"乃不正之风,《赖古堂尺牍新钞》二选《藏弆集》卷八录周文炜《与婿王荆良》一通,这样说:"今人无事不苏矣。东西相向而坐,名曰苏坐;主尊客上,客固辞者再,久之曰求苏坐。此语大可噱,三十年前无是也。坐而苏矣,语言举动安得不苏?若使宾客端端正正南向,主人端端正正北向,观瞻既正,礼仪自肃,毕竟也还说几句正经话,做几件正经事。吾与婿家沦浊水来作吴氓,当时时戒子弟勿学苏意,便是治家一半好消息。此风略一传染,便不可医治,慎之慎之。"更有人用"苏意"来作嘲讽,薛冈《天爵堂文集笔馀》卷一说:"苏意,非美谈,前无此语。丙申岁,有甫官于杭者,答窄袜浅鞋人,枷号示众,难于书封,即书'苏意犯人',人以为笑柄。转相传播,今遂一概希奇鲜见动称苏意,而极力效法,北人尤甚。"无论"东西相向而坐",还是"窄袜浅鞋",只要是苏州风气,便一概称为"苏意",这让文震孟十分感慨:"当世语苏人则薄之,至用相排调一切轻薄浮靡之习,咸笑指为苏意。"因此就写了一本《姑苏名贤小记》,他在小序中说:"欲使四方之士,知吾苏之为苏意者如此也。"

一个"苏"字,真有着特殊的含义,四川方言有所谓"苏气",指的就是一种姿态和装扮,至今还在流传。如李劼人小说《死水微澜》写道:"与一般乡下新娘子,只要见了生人,便死死把头埋着,一万个不开口的,比并起来,自然她就苏气多了。"沙汀小说《淘金记》也写道:"直到寡妇那么苏气地收拾好了,老板娘这才小声而热情地完成了她的任务。"明清苏州时尚遗留下来的口语痕迹还有很多,"苏气"就是一个例子。

二〇一一年十月十二日

邃谷先生

邃谷，本指幽深的山谷，如朱熹咏白鹿洞诗曰："邃谷新华馆，风烟再吐吞。"方象瑛咏七盘关诗曰："层崖邃谷路转通，拾级忽见云霞空。"来新夏先生取以名斋，却并非这个意思。少年时，天津家中楼梯下有约八平方米的空间，可放一榻一架一桌，他就在那里读写、歇宿，因为狭窄黝暗，宛如幽谷，白天也要开灯，但那是真正属于自己的小天地，可以随心所欲，便题名"邃谷楼"，还用文言写了一篇《邃谷楼记》。这样的小天地，实在也是当时不少都市洋房少年的向往，但早年的美好情愫，往往随岁月流逝而消磨殆尽，新夏先生却难以忘怀，将这个斋名一直沿用至今，屈指算来，已七十多年了。

新夏先生，浙江萧山人。萧山长河来氏乃绵延近千载的名门望族，自南宋嘉泰初来廷绍卒葬湘湖方家坞后，来氏一脉就占籍萧山，著名于史的，明有来宗道、来斯行、来端蒙、来周、来集之等，清有来蕃、来起峻、来鸿缙、来裕恂等，可谓簪缨世家，风雅门第。来裕恂字雨生，号匏园，乃新夏先生祖父，早年入诂经精舍，列曲园老人门墙，又留学日本，回国后由蔡元培介绍加入光复会。辛亥后，从事教育而外，潜心学术，寄情诗词，著有《萧山县志》、《汉文典》、《中国文学史》、《匏园诗集》正续编等。一九二三年新夏先生出生,鲍园公有《六月十一日接家书,知初八日添孙,喜而赋此》,诗曰:"家音传到笑颜温,却喜今朝已抱孙。私幸平安方报竹,居然弧矢早悬门。读书种子应传砚,乐宴嘉宾合举樽。麟趾原来遗泽远,姬宗王化我思存。"颈联"读书种子"云云,正是鲍园公对长孙寄托的厚望,故新夏先生幼年即由祖父启蒙,先生说:"我七岁以前,一直随侍于祖父左右,生活上备受宠爱。但祖父对我的教育却很是认真,非常严格地对我进行传统文化的蒙学教育,以三、百、千、千的顺序去读,去背诵,还为我讲解《幼学琼林》和《龙文鞭影》等蒙学书,为我一生从事学术活动奠定了入门基础。"(《我的学术自述》)鲍园公对长孙每一点进步,都感到由衷的高兴。一九四四年,先生有绘画在北平展出,鲍园公作《六月初三日接长子大雄家书,云长孙新夏于暑假其间在旧京出其绘事图画展览》四首,第一首咏道:"顾陆张吴王李卫,前人六法我孙通。艺林运笔参今古,画苑题名动外中。跳上龙门倍声价,买回骏骨奋英雄。从兹绘事成家学,鲍老闻之豁两瞳。"可见得老人的喜悦之情。一九四五年抗战胜利,百废待兴,老人想到的还是长孙,作《勉孙新夏二十韵》,中有"物换星移民庶富,烟铭日出水澄清。闲修功课忙能用,暇裕经纶治可行。所愿如偿诸愿慰,不鸣则已一鸣惊"诸句,时先生即将大学毕业,而国家正当用人之际,老人自然充满期待。当长孙在学术上崭露头角,老人又作《读孙新夏〈四库开元释教录提要〉书后》八首,末一首曰:"据比五端著细编,鲍园披阅正欢然,读书得间非攻击,我赞吾孙史学专。"对鲍园公来说,无论绘事、史学,还是其他,只要长孙学有专长,总是欣慰的,新夏先生不但没有辜负老人的期望,而且在学术上作出如此建树,在学术界产生如此影响,著书满家,门庭广大,且耄耋高寿仍笔耕不辍,鲍园公或许也是没有想到的。

四十年代初,新夏先生考入北平辅仁大学,受业于陈垣、余嘉锡、张星烺、柴德赓、朱师辙、启功、赵光贤诸先生,他的第一篇论文《汉唐改元释例》,就是在陈垣先生指导下完成的。新夏先生晚年写过几篇文章,追怀前辈先生,记述了他们的学术贡献,他们传道、授业、解惑的孜孜不倦、循循善诱,他们诚信可敬的师道和律己自好的尊严。更重要的是,他们谨严缜密的学风和各具一格的治学方法,给新夏先生很大的影响。如陈垣先生曾编《中西回史日历》、《二十史朔闰表》、《释氏疑年录》等工具书,自以认为编这样的书,琐碎繁复,很有点吃力不讨好,但确乎给学者治学的便利,故有"兹事甚细,智者不为,不为终不能得其用"(《中西回史日历序》)之论,新夏先生由此大受启发,就以二十余年光阴作《近三百年人物年谱知见录》,再费十年增订,煌煌一册,其目的也是嘉惠学者,开方便之门。再如余嘉锡先生,讲授目录学,新夏先生在他的指导下研究《书目答问》,具体方法,一是精读,二是参阅相关著述,三是编制三套索引,由此而入门,想不到持续七十年,终成《书目答问汇补》这一巨著。这样一种师生之谊、薪火之传,诚然是难得的学林掌故。在先生的邃谷楼里,挂着一副对子:"旧学商量加邃密,新知探求转深沉。"这是朱熹《鹅湖寺和陆子寿》中的两句,只是将原句"新知培养转深沉"改了两个字,而"探求"正是先生一生提倡的学术精神,"储积山崇崇,探求海茫茫"(陆游《抄书》),这是没有止境的。

在广阔的史学领域里,新夏先生找到自己的研究方向,则是一九四九年九月初到华北大学历史研究室以后。当时研究室由范文澜先生主持,他对新夏先生等后学说,只有做到"坐冷板凳",才能"吃冷猪肉",这就需要有甘于寂寞的精神。事有凑巧,就在这时陆续运来了百余麻袋的北洋军阀档案,信札、公文、批件、电报、密报、照片等等,什么都有,真是杂乱的一堆,让他们去整理，稍一翻动，就尘土飞扬，正像当年鲁迅等人在教育部西花厅内整理大内档案一般，一天下来，"不仅外衣一层土，连眼镜片都被灰尘蒙得模糊不清，鼻孔下面一条黑杠"(《我和北洋军阀史研究》)。初步整理后，再进行分类上架。这个过程对新夏先生来说，得益匪浅，一方面切身体会到了档案资料和学术研究的密切关系，另一方面他阅读了丁文江、文公直、陶菊隐等人的旧著，开拓了视野，发现了前人的不足，增强了研究的信心，于是就将北洋军阀作为自己的研究方向。前后五十馀年，他从《北洋军阀史略》开始，先后增订、出版了《北洋军阀史稿》、《北洋军阀史》，并辑成三百馀万字五厚册的《北洋军阀》(《中国近代史资料丛刊》之一种)，由此而填补了北洋军阀史研究的空白，构建了研究和资料的系统，先生也就当之无愧地成为这一研究领域的泰斗。与此同时，新夏先生还研究林则徐，研究太平天国，研究秘密社会等专题，有《林则徐年谱》、《中国近代史述丛》、《近三百年人物年谱知见录》、《结网录》等问世。年谱是研究人物生平的重要资料，至清代作者尤盛，张之洞《书目答问》将年谱列入史部谱录类。晚近以来，人文学者都参考年谱作学术研究，先生说："常常见到人们为了论史、证史而需从浩繁史籍中搜集资料时，往往都是人自为政，穷年累月、孜孜不倦地去检读爬梳，不禁使我想到为什么不能由一部分人对大量的史籍分门别类地清查一下底数，然后把结果写成报告，再编制相应的工具书，给别人提供些不走重复道路的便利呢？"(《清人年谱的初步研究》)《近三百年人物年谱知见录》就是一部关于年谱的工具书，自然也是年谱一门的目录书，上海人民出版社初印于一九八三年。二十多年来，此书备受学界赞赏，被认为是拓宽年谱学术含量和实用空间的一部力作。但先生并未止步，又费数年寒暑再作增订，增订主要有五个方面，一是扩展内容，二是增录版本，三是重分卷次，四是增补订正,五是指引史料。即就扩展内容来说,初版收叙录七百七十八篇,新增八百零三篇,共计一千五百八十一篇;初版收谱主六百八十人,新增五百七十二人,共计一千二百五十二人;字数也由初版的五十馀万字,增加到一百一十馀万字,并附谱主、谱名、编者及谱主别名字号索引四种。去年岁末,增订本由中华书局刊行,一时哄传,被视为清史研究的一大成就。

新夏先生的另一个研究方向,就是方志学,起步于六十年代初,至七十年代末才真正开始。他和梁寒冰先生一起推动了全国性的修志工作。新夏先生先后培训了华北、西北、中南、东南四大区的修志人才,并主持编写了《方志学概论》,这是第一本方志学的专著,对全国新编地方志起了重要的指导作用,筚缕蓝褛,功莫大焉。先生在对方志学作比较和研究之后,又先后写出了《志域探步》、《中国地方志》、《中国地方志综览》等,由此建立了中国新编方志学的体系,他又成为这一研究领域的泰斗。他还审读过近百种志稿,担任了数十部志书的顾问,撰写了许多篇序文,对新编方志的实践,身体力行。与此同时,他不忘地方文献的整理,他主编的《天津风土丛书》就是一个事例,"它不仅可资掌故谈助,也可备编写方志的采择","可以起到保存地方文献,提供乡土资料和介绍天津历史风貌等作用"(《天津风土丛书总序》)。先生十分关心天津地方文化的整理和研究,鼓励和支持天津一批有志青年去做这方面的事,他们编印的刊物《天津记忆》,至今已出满百期,其中也有着先生的心血。值得一提的是,先生将收藏的新旧方志近千种捐献给故乡萧山,建立了"来新夏方志馆",不但供更多的读者阅读查检,也为故乡的方志研究铺筑一点基础,并且让自己的藏书有了一个好的去处。

八十年代初,新夏先生已年近花甲,他在此前二十年,命运多舛,一直被"控制使用",想不到时来运转,大受器用,先后出任南开大学的校务委员、图书馆馆长、出版社社长兼总编辑、图书馆学系主任、地方文献研究室主任等,由于工作重心转移,他的学术研究又开辟了新领域,那就是图书文献目录学。他在公务繁忙的十多年里,写了《中国古代图书事业史》、《中国近代图书事业史》、《书文化的传承》、《古典目录学》、《古典目录学浅说》、《古籍整理讲义》等,主编了《图书馆学情报学档案学简明词典》,整理了《阅世编》、《清嘉录》、《史记选注》等古籍。二〇〇五年中华书局印出的《清人笔记随录》,厚厚一册,实际早在五十年代就已入手,断断续续增辑而成,凡著录清人笔记约二百馀种,所谓披沙拣金,集腋为裘,终究有蔚然之观。戴逸先生在序中说:"他研究清人的笔记,大力考证其作者,详尽介绍其内容,精心甄别其版本,还有许多别具新见的评说议论,足以窥见作者的功力与识断。"各篇随录,行文平实,间有考论,能撷取每种笔记的重点和特色,要言不繁,具有相当的可看性。另外还附录《清人笔记中社会史料辑录》,乃取谢国桢《明代经济史料选编》体例,就只嫌其少了。在我想来,这又是先生有待继续增补、日臻完善的一部大书。今年,中华书局又印出先生的《书目答问汇补》两大本,凡一百二十馀万字,那是在韦力、李国庆两位的协助下完成的,采用十七家校本、校语而汇为一编,如编纂宗旨所述:"遴选传世校本,汇录诸家校语;增补书目,胪列版本,订正讹误,利于学人。"这是先生研究《书目答问》的总结,同时也登上了这个学术领域的巅峰。《清人笔记随录》和《书目答问汇补》两书的出版,既是先生对文献目录学的巨大贡献,也是近年古籍整理的重要收获,同时也让先生了了夙愿,毕竟这已魂牵梦绕了几十年。

先生晚年除继续研究自己的专业外,写了不少随笔,自九十年代至今,出版了《冷眼热心》、《路与书》、《依然集》、《遂谷谈往》、《枫林唱晚》、《一苇争流》、《来新夏书话》、《且去填词》、《出枥集》、《只眼看人》、《学不厌集》、《交融集》、《来新夏谈书》、《八〇后》、《邃谷师友》、《谈史说戏》、《访景寻情》等集子，这个书目是凑出来的，或许并不齐全，寒斋只庋藏了其中的大部。先生在读中学时，就写文史随笔在报刊发表，如《诗经的删诗问题》、《桐城派的义法》、《清末的谴责小说》、《邃谷楼读书笔记》等，由此开始而持续七十年而不辍，即使是八十年代初写的《结网集》，不少篇什仍可当作随笔来读。这是另一副笔墨，似乎随意写来，不拘章法，却浑然天成，那是以博大浑厚的学养为基础的。去年岁末，某报让我谈谈一年读过的十种书，我就提到《来新夏谈书》，这样说："今年恰逢来新夏先生米寿，印出一本《来新夏谈书》（南开大学出版社版），分藏书、读书两卷，虽是闲文，但也可窥见他的学术构架，史学、方志学、图书文献学交叉缠络，'植根于博，专务乎精'，形成治学的新视角和新方法。"（《岁暮读书回想》）从随笔固然可看他的学问，宁宗一先生则又看到了另一方面："他善于把握时代脉搏，而又对喧嚣的俗情世界、新潮的时髦保持着距离，绝不随波逐流；同时又敏感地警惕着生命的钝化、灵性的消亡、人性的物化和人文精神的沦丧。我想，这就是我心中一位文史大家以其学识的睿智反思历史和认知当代的学术品格。"如果说先生"衰年变法"，就是指这一方面而言。先生的才情确乎又是天然生成，那是谁也钦羡不得的。宗一先生说："由于来公的文史积淀丰富多样，几乎涵盖了中国文化的方方面面，而命笔时则又拥有多种笔墨，表现出多种气象：笔触有时细致，有时奔放，有时严峻，有时悠然，且反讽意味又溶在其中；至于文采色调，柔和浓烈兼有，议论则繁详简约并举，这都构成了他自成一家的风韵。"（《心灵史：文学与历史的契合点》）像近年写的《旧镇纪事》、《异国情愫》、《民族灾难》几篇，读后哪会想到出自八十老人的手笔,"庾信文章老更成",老杜之说固然矣,但还有几多人呢。

新夏先生长我三十五岁,对他的道德文章,风范气格,我是拳拳服膺。具体而言,他的治学精神,他的学问见识,他的待人处事,在我认识的前辈中是不多的。承先生不弃,视我为小友,凡点滴成绩,即广为揄扬,真是问心有愧。

前年五月,新夏先生翩翩作苏州之游,席间有人出了一个谜,"晓钟才到已非春",打一学人姓名,谜底自然是"来新夏",虽然贴切,却有一点伤春的惋叹。我更欣赏宋人姜特立的一首《初夏》,诗曰:"催成新夏荷浮翠,送尽馀春柳褪绵。正是清和好时节,嫩柯娇叶媚晴天。"张梦阳先生说他晚年的随笔,就像他的名字一般,并解释说:"为什么说来公的随笔像是新夏,而不说是早春,也不说成中秋呢?就是因为他文气健旺,生机勃发,靓丽光彩,犹如夏天青翠欲滴、枝繁叶茂的绿荫,给人以长者的呵护与智者的启悟,不像早春那样,虽然在原野上透发出一派新绿,但是终究未成大气象;也不似中秋那般,纵然月圆气朗,果实累累,然而究竟已近岁末,后劲不足了。来公是八十初度'老来旺',底气充足,心神清健,正处于夏天,而且是新来的夏天!"(《晚景能否来新夏》)又将十年过去,先生步履蹒跚了,自然也更多一点老态,但精神矍铄,风度依然,仍不知疲倦地伏案劳作。当我收到他的一本本新著,都带着他手泽的温郁,不由会想起文徵明的诗来,"白发不嫌春事去,绿阴自喜夏堂凉"(《新夏》),就真想北赴津门,到邃谷楼上拜晤先生,那北窗外正是一片苍翠的浓阴。

二〇一一年十月三十一日

最美的书

"书衣"或"书装"一词，明白地说清了书的内容和装帧的关系，怎样的书穿怎样的衣裳，就是书籍装帧家的贡献。自二〇〇三年开始，每年一次，在上海评选"中国最美的书"，然后送德国莱比锡评选"世界最美的书"，这是给装帧家的美誉，有的作者或主编人掠以为自己的荣耀，至少是"冬瓜缠入茄门里"了。

今年"中国最美的书"已经揭晓，凡二十种，有的留存印象，有的则未尝寓目，便托人找来几种，细细品味，确乎让人悦目赏心，于是聊作诠述，与同好一起分享这些美物。

《宝相庄严》（上海文化出版社版），袁银昌设计。此书内容是五百罗汉集释，全书通过折页的错位，形成一个完整的宝相花图案，主色调类乎寺院墙体，具有浓郁的佛门气息。封面采用烫压技术，以精装的方式维持了线装的风格。《恶之花》（作家出版社版），刘晓翔设计。全彩插图本，图文结合完美，展现了波德莱尔的诗性世界。其细微处尤为用心，如左右页码一横一竖，注释、图注等文字色彩柔和，封面采用压凹手法，书脊以一抹蓝色彰显主题。《贺友直自说自画》（上海人民美术出版社版），吕敬人、马云洁设计。全书由三个自传体连环画本组成，《贺友直画自己》和《生活记趣》左翻，页码置于内侧，充分展示图版空间；

《我自民间来》右翻，版面作横式，文字占一面，显得空旷疏朗。前后虽有轻重，但疏密有致，浑然一体。又采用平装方式，米色纸质，适宜阅读。《剪纸的故事》（人民美术出版社版），吕旻、杨婧设计。似是一本可供把玩的手工书，用纸讲究，多彩，趣味，活泼，与主题结合紧密。采用线订平装形式，可以摊平，也与书的主旨吻合。选用的纸质十分考究，具有很高的艺术性。《辨象：行走于建造与艺术之间》（广西师范大学出版社版），何君设计。此书将各种古典风格运用得恰到好处，封面具有皮革质感，正文和批注结合得天衣无缝，插图采用贴纸方式，间隔四处裁切正文页面，使得贴纸的增加并不突兀。另外，开本、厚薄、质地处理得当，具有舒适的手感。《设计进行时》（外文出版社版），王捷设计。十六开本，全书由中国人、外国人分谈设计两部分组成，前后分置合装，打破习惯思维模式，阅读体验并不舒适，却因此激发读者的好奇心。正文穿插彩页，中英文排列方向，字体大小，也富有变化，充分考虑以设计人为主要对象的需求。《一切始于设计：一个设计师的世博十日手记》（天津大学出版社版），王子源设计。此书主体为十日手记，封面采用日历，以这一象征手法，传神地表达出作品诞生的背景和过程，文字间隔和图版运用也都恰到好处。此外，张志伟的《7+2登山日记》、卢晓红的《诗建筑》、刘运来的《我们就这样听歌长大》、潘焰荣的《这季节》等，也各以自己的独特风格获此殊荣。

　　此次"中国最美的书"评选，苏州书籍装帧家周晨的《阳澄笔记》（江苏教育出版社版）也名列其中，这是他继《苏州水》、《绝版的周庄》、《泰州城脉》后的第四次入选。《阳澄笔记》是本关于相城的当代散文选集，风景、历史、民俗、人物，看看简朴单纯，内涵却很丰富，具有中国古典主义的特质。因此，周晨的设计，化解了古籍装帧的因素，如书末的笺纸，完全是传统的运用，而书脊的渔网,既具有线装的象征意义,又是与当地风情的结合,堪称神来之笔。周晨今年另有一本《水边的绘事微言》(江苏教育出版社版),沈民义版画,赵丽娜文字,书的硬面作压凹处理,正页图文相对,部分文字用色,与画面相呼应,整体印制精良,令人爱不释手,应该也是"中国最美的书",但因为已有《阳澄笔记》,自然是不能花开并蒂的。

正像姜德明先生所说:"有的时候读者欣赏和购买一本书,不全是因为书的内容,而是为了版本形式的优美而动心。"书衣翩翩,那是一道道绚烂的风景,爱书人是不该错过的。

二〇一一年十二月二十八日

论"姑苏版"

清康熙至乾隆年间,乃苏州年画的全盛时期,题材丰富,形式多样,以精致淡雅为尚。特别重要的是,由于受西方美术影响,大量出现运用远近透视、光影明暗等技法绘刻的作品,它们以装饰用途为主,开张较大,题材新颖,具有鲜明独特的时代特征。它们出现的时段,约起于康熙后期,终于乾隆后期,至嘉庆初仅见于画面局部,前后持续约百年;出现的品种,无可计数,遗留至今的数量,也比同时期的其他年画多得多。这一风格的年画,不但在年画史上空前绝后,在版画史上也绝无仅有,代表着这一时期苏州年画的主流。

由于这一风格的年画均藏于海外,尤以日本为多,最早也就引起日本学者的关注。一九三二年,东京美术研究所编了一本《支那古版画图录》(大冢巧艺社出版),书前有黑田源次的一篇《支那版画史概观》,将这种具有特殊风格的年画名为"姑苏版",并作了初步描述和研究。这也自然引起国内学者的注意,一九三五年,周作人在《画廊集序》中说:"中国康熙时的所谓'姑苏画'制作亦颇精工,本国似已无存,只在黑田氏编的《支那古板画图录》上见到若干,惟比浮世绘总差一筹耳。"同年,他在《隅田川两岸一览》中又说:"黑田源次编的《支那古板画图录》里的好些

'姑苏板'的图画那确是民间的了，其位置与日本的浮世绘正相等，我们看这些雍正乾隆时代的作品觉得比近来的自然要好一点，可是内容还是不高明。这大都是吉语的画，如五子登科之类，或是戏文，其描画风俗景色的绝少。这一点与浮世绘很不相同。我们可以说姑苏板是十竹斋的通俗化，但压根儿同是士大夫思想，穷则画五子登科，达则画岁寒三友，其雅俗之分只是楼上与楼下耳。"周作人是将它与浮士绘比较，就题材而言的。郑振铎作为版画史研究者，也较早知悉这一学术动向，他在《中国古代木刻画史略》中说："苏州桃花坞是一个出版年画的中心。许多专门镌印年画的铺子，都集中在那里，情况甚为热闹。桃花坞的年画，差不多销行天下，甚至流传到海外去。今所知的桃花坞作品，最早的年代是雍正十年，刻的是《苏州阊门图》。苏杭为天下繁华之地，把苏州景作为年画，是会诱引很多的欣赏者的。到了乾隆时代，便大盛起来。但很可能在这些时之前，早已在生产年画了。有乾隆年款的'姑苏版'年画不过五幅，即乾隆六年刻的《姑苏万年桥》，八年刻的《百子图》，十年刻的《姑苏万年桥》，又同年刻的《瓶花》和十二年刻的《岁朝图》。其他，虽不写年款，但观其风格也可以知道是同时代的出版品，像《山塘普济桥》、《西湖十景图》、《雪里送炭》、《八仙庆寿》等等。这里有一个特色，像是受到了西洋画的影响，有了透视的画法。从利玛窦以来，西洋画法就介绍到中国来，乾隆刻的铜版《战役图》等，恐怕也给他们以激动。像桃花坞印刷的《西洋剧场图》就完全是西洋画的木刻翻版了，在阴阳向背，有远近，有明暗，这些新法，未必能充分地融化在中国画里，因之，'新画法'究竟出现得不多，且只是'昙花一现'而已。"

虽然《支那古版画图录》早有输入，黑田源次的《支那版画史概观》也由傅芸子翻译，刊载于一九三八年的《东方文化月刊》第一卷第三、四期上,后又收入译者的《白川集》(东京文求堂一九四三年十二月初版),但就大多数内地年画学者而言,三十年前很少见到"姑苏版",故在归纳总结苏州年画时,有的略而不论,有的一笔带过。作为对苏州年画的系统研究和描述,忽略"姑苏版",显然是受时代局限的学术失误。

因此,本文重点介绍"姑苏版"时代的美术思潮,它形成的社会基础和人文环境,它的渊源,它的价值,以及它的典型作品。

一、美术的西风东渐

西方宗教传入中土,不晚于唐贞观初,即就有随之而来的西方美术,如许嵩《建康实录》卷十七记丹阳县有一乘寺,"寺门遍画凹凸花,代称张僧繇手迹。其花乃天竺遗法,朱及青绿所成,远望眼晕,如凹凸,就视即平,世咸异之,乃名凹凸寺"。这是西方美术影响传统建筑的较早记载。

但西方绘画由传教士不断带入并引起国人普遍注意,当在明万历以后。大略言之,万历七年,罗明坚(Michele Ruggieri)初到肇庆,带来"笔致精细的彩绘圣像画";九年,利玛窦(Matteo Ricci)将油画《圣路加的圣母子》带到肇庆,并向公众展示;二十六年,龙华民(Nicholas Longobardi)在韶州致书罗马教廷,求寄描绘基督生平的画像书《圣迹图》(有图一百五十三幅);二十八年,利玛窦将"天主像一幅,天主母像二幅"等进贡明神宗;三十四年,程大约《墨苑》刊行,其中翻刻天主教故事铜版画四幅,为利玛窦所赠,并每幅撰罗马字注音说明;天启七年,毕方济(Francesco Sambiasi)著《睡答》,后又著《画答》,合刊题曰《睡画二答》,从学理上介绍西画技法;崇祯八年,艾儒略(Giulio Aleni)著《天主降生言行纪略》,附图《出像经解》一卷,《道原精萃·像记》记道:"崇祯八年,艾司铎儒略传教中邦,撰主像经解,仿拿君原本,画五十六像,为时人所推许,无何不胫而走,架上已空。"崇祯十三年,汤若望(Jean Adam Schall Von Beli)转呈明思宗彩绘天主事迹册页等,并作中文解释,册页中耶稣返都像、耶稣方钉刑架像、耶稣立架像三幅,后被杨光先《不得已》收入,人物面貌已经汉化,武器也改为长矛、单刀、方天画戟等。

西方绘画与中国传统绘画大相径庭,远近透视,光影明暗,在平面上表现出物体的立体感,它的写实逼真,栩栩如生,让初见的国人感到新奇、惊异,甚至震撼。王士禛《池北偶谈》卷二十六"西洋画"条说:"西洋所制玻璃等器,多奇巧,曾见其所画人物,视之初不辨头目手足,以镜照之,即眉目宛然姣好。镜锐而长,如卓笔之形。又画楼台宫室,张图壁上,从十步外视之,重门洞开,层级可数,潭潭如王宫第宅,迫视之,但纵横数十百画,如碁局而已。"魏禧《跋伯兄泰西画记》说:"甲寅嘉平,伯兄出示泰西画,叹其神奇,甚欲得之。既读此记,则如见其平墀珊墙、高堂层阶、复室周轩曲巷,可出入游而居也;见其人马起立,人可呼而至,马可骑也。予抄置几案,则不复欲得此画矣。至于墙之阴阳,除之明光,外达墙而内烛牖,尤古人所谓难状之景。吾意画者私心自喜,当谓天下无复有能竭其目力以及此者,况能以文字情状之乎?惜夫不令泰西人见也。予性好宫室园亭之乐,而贫无由得,每欲使画工写仿古人名第宅,或直写吾意所欲作,故于此画最为流连。然中国人自古无有,是此以知泰西测量之学为不可及。伯子又述客言,泰西人作宫殿图,千门万户,不可方物,观者如身望见阿房、建章中。噫,安得使予见之而记之。"汪砢玉《珊瑚网》卷四十二《西士作曼倩采桃图》也说:"大西洋琍玛窦所携诸画像,俱蜡地,重着色,人物俨映冰壶间,是六法别传异派。今西士在漳南者,以此为生涯矣。尝见月上女图,佛光所摄处,摩登伽作横陈,光景殊幻绝。此采桃曼倩,亦颇神彩生动。余更有准提像,则纸上设色,不但妙相庄严,抑亦宝光焕发,虽吴道子运笔,谅莫能过,允宜冠亚墨利加也。"

利玛窦是最早向国人解释西方美术原理的,顾起元《客座赘语》卷六记他到南京后,"居正阳门西营中,自言其国以崇奉天主为道。天主者,制匠天地万物者也。所画天主,乃一小儿,一妇人抱之,曰天母。画以铜板为橙,而涂五采于上,其貌如生,身与臂下俨然隐起橙上,脸之凹凸处,正视与生人不殊"。人问画何以致此?利玛窦答道:"中国画,但画阳不画阴,故看之人面躯正平,无凹凸相。吾国画兼阴与阳写之,故面有高下而手臂皆轮圆耳。凡人之面,正迎阳则皆明而白;若侧立则向明一边者白,其不向明一边者,眼耳鼻口凹处皆有暗相。吾国之写像者,解此法用之,故能使画像与生人亡异也。"这是从光学上介绍光影明暗。利玛窦在《译几何原本引》里又首次介绍了几何透视原理:"其一察目视势,以远近正邪高下之差,照物状可画立圆、立方之度数于平版之上,可远测物度及真形。画小,使目视大;画近,使目视远;画圆,使目视球。画像有坳突,画室屋有明暗也。"

雍正七年,时任工部右侍郎的年希尧,撰写《视学精蕴》,介绍西方的透视投影法,称之为"定点引线之法"。十三年,他又补图五十馀幅,以《视学》为名刊印,进一步阐述了几何透视法、光影透视法形成写实画面的原因,他在《弁言》中说:"凡仰阳合覆、歪斜倒置、下观高视等线法,莫不由一点而生。迨细究一点之理,又非泰西所有,而中土所无者。凡目之视物,近者大,远者小,理有固然。即如五岳最大,自远视之,愈远愈小,然必小至一星之点而止。又如芥子最小,置之远处,蓦然视去,虽冥然无所见,而于目力极处,则一点之理仍存也。由此推之,万物能小如一点,一点亦能生万物。因其从一点而生,故名曰头点。从点而出者成线,从线而出者成物,虽物类有殊异,与点线有差别,名或不同，其理则一。再如物置面前远五尺者若干大，远一丈者若干大，则用点割之，谓之曰离点，而远近又有一定不易之理矣。试按此法，或绘成一室，位置各物，俨然所有，使观之者如历阶级，如入门户，如升堂奥，而不知其为画。或绘成一物，若悬中央，高凹平斜，面面可见，借光临物，随形成影，拱凹显然，观者靡不指为真物。岂非物假阴阳而拱凹，室从掩映而幽深，为泰西画法之精妙也哉，然亦难以枚举缕述而使之赅也。惟首知出乎点线而分远近，次知审乎阴阳而明体用，更知取诸天光以臻其妙，则此法自若离若合，或同或异，神明变化，亦略备于斯三者也。"

虽然这是中国学者首次系统介绍西画技法原理，但国人参以西画技法进行创作，晚明时就已成为文化自觉。首先是引起写真画家的重视，张庚《国朝画征录》说："写真有二派，一重墨骨，墨骨既成，然后傅彩，以取气色之老少，其精神早传于墨骨中矣，此闽中曾波臣之学也；一略用淡墨，钩出五官部位之大意，全用粉彩渲染，此江南画家之传法，而曾氏善矣。"曾波臣名鲸，姜绍书《无声诗史》卷四称其"写照如镜取影，妙得神情，其傅色淹润，点睛生动，虽在楮素，盼睐嚬笑，咄咄逼真，虽周昉之貌赵郎，不是过也。若轩冕之英，岩壑之俊，闺房之秀，方外之踪，一经传写，妍媸惟肖，然对面时，精心体会，人我都忘。每图一卷，烘染数十层，必匠心而后止"。他画吴梦旸（允兆）、王时敏（逊之）、施沛（沛然）、张卿子、严宗显（用晦）、赵赓、葛一龙（震甫）诸像，人物脸部、衣褶均有阴影。正如沈宗骞《芥舟学画编》卷四《传神》所说："今人于阴阳明晦之间太为着相，于是就日光所映有光处为白，背光处为黑，遂有西洋一派。"这"西洋一派"也就是波臣派，有谢彬、郭巩、徐易、沈韶、刘祥生、张琦、沈纪、徐璋诸人。陈师曾认为，"传神一派，至波臣乃出一新机轴也。其法重墨骨，而后傅彩加晕染，其受西画之影响可知"（《中国绘画史》第三编《近世史》)。至清初,西方画学传入渐盛,始有纯用西法写真的,如满洲人莽鹄立,"工写真,其法本于西洋,不先墨骨,纯以渲染皴擦而成,神情酷肖,见者无不指曰是所识某也"。又有丁氏父女,"丁瑜字怀瑾,钱唐人。父允恭,工写真,一遵西洋烘染法。怀瑾守其家学,专精人物,俯仰转侧之势极工"(张庚《国朝画征续录》)。在画史上,纯循西法而为写真者,仅见此寥寥数人而已。

光影明暗的道理,不但是客观规律的反映,并且符合中国古代哲学中的阴阳学说,故容易被传统绘画理论所接受。如丁皋《传真心领》卷上《阴阳虚实论》就说:"凡天下之事事物物,总不外乎阴阳。以光而论,明曰阳,暗曰阴。以宇舍论,外曰阳,内曰阴。以物而论,高曰阳,低曰阴。以培塿论,凸曰阳,凹曰阴。岂人之面独无然乎?惟其有阴有阳,故笔有虚有实。惟其有阴中之阳、阳中之阴,故笔有实中之虚、虚中之实。虚者从有至无,渲染是也。实者着迹见痕,实染是也。虚乃阳之表,实即阴之里也。故高低凸凹,全凭虚实阴阳。从虚而至实,因高而至低也。夫平是纯阳,无染法也。有高而有染,有低才有画也。盖平处虽低,而迎阳亦白也。凸处虽高,必有染衬,方见高也。"因此,明暗法的应用,由写真开始尝试,然后再实验于山水、花鸟、禽兽等其他题材。

至于透视法,传统绘画也未尝不讲究,但随着西方绘画的传播,国人更作深入而科学的思考。唐志契《绘事微言》卷下《苏松品格同异》就说:"苏州画论理,松江画论笔。理之所在,如高下大小适宜,向背安放不失,此法家准绳也。"沈宗骞《芥舟学画论》卷四《人物琐论》也说:"一幅中,人物树石近者宜大,远者宜小,画理固然。今人往往于近处形体大而笔痕粗重,于远处形体小而笔痕亦随而轻细,近处远处竟似大小两副笔墨,岂理也哉。夫事以笔墨为重,起手数笔,意思已定,通幅不得少杂。近处人物树石当大，而笔痕不应故粗，而意则同于远处；远处理宜小，但当少其笔数，亦同于近处，是画理之大要。"如焦秉贞《耕织图》在空间处理方面，与楼璹、邝璠诸作有明显不同，那就是在透视上，"其位置之自近而远，由大及小，不爽毫发，盖西洋法也"（张庚《国朝画征录》）。冷枚师承焦秉贞，他的《避暑山庄图》就是一幅采用借鉴西法而绘写的巨作，还有沈源、唐岱的《圆明园四十景图咏》，均在构图上采用传统的深邃高远之法，参照透视原理，处理层次远近、比例大小等关系，既有界画的传统，又有观念的需要，并不机械地照搬透视原理，但与郎世宁（Giuseppe Castiglione）等运用焦点透视法绘写的线法画又有不同，故而形成了一种中西合璧的新画风，然而这仅局限在宫廷之内，只是支流中的支流，并未形成气候。

宫墙之外，除写真酌用明暗法外，参用西法画其他题材的文人画家，嘉庆之前寥寥可数，浏览所及，仅见三人而已。一、曹重，字十经，号南垓，娄县人，朱昆田《笛渔小稿》卷二《饮心在斋分得花字》诗"乞画定须凹凸花"，句下自注："张僧繇画花，远视作凹凸状，近看却平，曹子十经颇得是诀。"二、张恕，字近仁，扬州人，李斗《扬州画舫录》卷二称其"工泰西画法，自近而远，由大及小，毫厘皆准法则，虽泰西人无能出其右"。三、崔锖，字象州，一字象九，三韩人，张庚《国朝画征录》称其"工人物士女，学焦秉贞法，传染净丽，风情婉约，虽未能方驾古人，而翩翩足隽一时矣"。

参用西法的绘画，与中国传统美学思想格格不入，与中国人的审美观念大异其趣，特别是当时"四王"盛行，代表着画坛的主流，甚至认为这是一种时弊，王时敏《西庐画跋》就说："近世攻画者如林，莫不人推白眉，自夸巨手，然多追逐时好，鲜知学古。""迩来画道衰熸，古法渐湮，人多自出新意，谬种流传，遂至裒诡不可救挽。"虽然当时不少人对西画的写实逼真表示惊奇和赞叹,但又认为是俗工之技,不入流品。张庚《国朝画征录》著录焦秉贞时说:"焦氏得其意而变通之,然非雅赏也,好古者所不取。"邹一桂《小山画谱》卷下"西洋画"条也说:"西洋人善勾股法,故其绘画于阴阳远近不差锱黍。所画人物、屋树皆有日影,其所用颜色与笔与中华绝异,布影由阔而狭,以三角量之。画宫室于墙壁,令人几欲走进。学者能参用一一,亦具醒法。但笔法全无,虽工亦匠,故不入画品。"即使像对西画赞赏有加的清高宗,也认为是"似则似矣逊古格,盛事可使方前低"(《命金廷标橅李公麟五马图法画爱乌罕四骏图因叠前韵作歌》)。典型的是常熟人吴历,他是天主教士,对西画有清晰的理解,在嘉定传道时,牧下教友赵仑用西法画了一幅圣母像,他看了大加赞赏:"汝所绘耶?善,多才多艺。"(《续口铎日钞》)但他自己所作,仍宗法宋元,"非但形模克肖,而简淡超逸处,深得古人用笔之意"(王时敏《题自画为吴渔山》),依旧保持着一副清湛的传统笔墨。可见中国固有的审美观念,仍然决定了传统绘画的精神风貌。

二、"姑苏版"的出现

就在这一美术思潮影响下,将西方绘画的透视、明暗技法,融入传统题材创作的现象,却异乎寻常地在苏州年画中出现了,它依然是传统的载体,依然是传统的题材,由于借鉴和运用西画技法,形成独具特色的画风,实在是中国版画史上的一枝奇葩,绝无仅有。

一九三二年,日本学者黑田源次率先提出"姑苏版"的概念,他在《支那版画史概观》中说:"所谓'姑苏版',又称'苏州版',即华南江苏首府苏州所印者,就中以苏州桃花坞——苏州城内近北之地,阊门内之一区域——所出为多。兹举一二例证,原《图录》所载《姑苏万年桥图》有'桃花坞张星聚发客'字样,《西厢记图》有'姑苏桃花坞仁和轩',又《姑苏万年桥》、《岁朝图》等,亦为刊于苏州桃花坞之一确证。此地今已荒废不堪,然往昔当为印画店之渊薮,流风遗韵,迄于近年,故老犹能道之。"接着,黑田原次又分析了"姑苏版"的时代、尺幅、印刷。而"姑苏版"的主要特征,即受西方美术影响,他说:"有画面上明记仿泰西洋笔法者,即可得其证。如《姑苏万年桥图》、《山塘普济桥图》均是。又有全摹西洋风景者,如《西洋剧场图》。何谓西洋笔法?第一即为远近视法之适用。本《图录》所收诸图,大都托远近观视之效于物体之大小而扩张之。第二为阴影法,《国朝院画录》云:'海西法善于绘影,刻析分寸以量度,阴阳向被背,就影之所著,即设色分浓淡明暗焉。'诸图之着阴影,或赖于设色之浓淡,或赖细线——就中尤多用细线者,此盖因木版画非以细线描之莫能之故,然当又受西洋铜版画之影响。此又本于当时之实际情形而然,盖当时舶载来自西洋之绘画,似以便于搬运之铜版画为主故也。此在日本情状亦然。第三所受西洋画之又一影响,乃使用西洋颜料,但其事不甚显明。"

日本学者泷本弘之在《近现代日本的中国民间版画研究史及诸问题》中说:"在黑田源次之前,也有人对中国民间版画这一领域很感兴趣,但若涉及研究层面,则无所作为。事实上,将中国民间版画这一收藏爱好者的把玩之物,上升到科学研究对象高度的第一人,就是黑田。与此同时,他还撰写了高水平的学术著作。"黑田源次对"姑苏版"的关注,并作初步的描述和研究,在学术上确有筚路蓝缕之功。因为"姑苏版"的产地、手法、题材、形式、时段等都相对明确,又经过年画学者的不断分析和界定,这个概念已成为美术史上的一个专有名词。

作为中国版画史上的异数,"姑苏版"出自苏州,绝不是偶然的。

首先,当时苏州是一个经济发达、文化繁荣的大都市。《利玛窦中国札记》(何高济等译)第四卷第四章说:"这是中国成语说的'上有天堂,下有苏杭'那两个城市中的一个。它是这个地区的最重要的城市之一,以它的繁华富饶,以它的人口众多和以使一个城市变得壮丽所需的一切事物而闻名。""经由澳门的大量葡萄牙商品以及其他国家的商品都经过这个河港。商人一年到头和国内其他贸易中心在这里进行大量的贸易,结果是在这个市场上样样东西都没有买不到的。"苏州也是天主教传入的最早地区之一。据《利玛窦中国札记》记载,万历二十七年,利玛窦因瞿汝夔(太素)的关系来到苏州,本想留下传教,但最后还是去了南京。此后,郭居静(Lazzaro Cattaneo)、毕方济、罗如望(Jean de Rocha)等西方传教士先后来苏州传道。张大纯《采风类记》卷四记道:"天主堂,向在东北隅贞字三图长庆巷,本朝顺治初,天学传教士潘国光、贾宜睦至苏首建。康熙十九年,传教士柏应理、毕嘉改建于通关坊王府基西,内有唐敕赐大秦景教流行中国碑文、明徐文定公光启赞暨本朝世祖章皇帝敕赐钦崇天道匾额、御制碑铭。康熙辛亥冬,今上赐御书'敬天'二字匾额。"宗教美术品是传道的重要途径和手段,向达《明清之际中国美术所受西洋之影响》就说,《利玛窦中国札记》和毕方济的《画答》"皆言及用西洋画及西洋雕版画以为在中国传教之辅助而收大成效之事"。《利玛窦中国札记》第二卷第五章记下了这样的情景:"当人们去访问神父时,官员和其他拥有学位的人、普通百姓乃至那些供奉偶像的人,人人都向圣坛上图画中的圣母像敬礼,习惯地弯腰下跪,在地上叩头。这样做时,有一种真正宗教情绪的气氛。他们始终对这幅画的精美称羡不止,那色彩,那极为自然的轮廓,那栩栩如生的人物姿态。不久就清楚,由于种种原因,最好把圣母像从圣坛上取下来,换上救世主基督的像。首先是使他们不会相信,像已经流传的谣言那样,我们是把一个女人当作神来崇拜的;其次,他们还可以更容易地接受成为圣体的耶稣的教义。"故当时无论教内教外,苏州人接触宗教绘画,虽不能说熟视无睹,但至少是习见为常,熟悉这一别开生面的绘画样式。

其二,当时苏州引领全国时尚,时尚是以高质量的物质和精神生活为条件的。苏州社会向以奢侈著称,张瀚《松窗梦语》卷七说,苏州地方"人情以放荡为快,世风以侈靡相高,虽逾制犯禁,不知忌也"。张大纯《吴中风俗论》也说:"吴俗之称于天下者三,曰赋税甲天下也,科第冠海内也,服食器用兼四方之珍奇而极一时之华侈也。""至于服食器用之侈,则非吴俗之旧也。闻之五六十年前,被服不过布素,宴好不过蔬肉,婚丧宾祭,务从俭约,尊卑上下,各有分限,未有如今日之杂然逾制者也。今之华靡相竞,其始不过一二有力者倡之,用以奉上官、娱宾客,而又四方之出于吴者,习见可乐也,遂从而乐之。因之滔滔不返,日甚一日耳。"自晚明炽盛起来这一奢侈风气,客观上起了促进经济发展、保持社会平衡的作用。顾公燮《消夏闲记摘抄》卷上说:"苏郡俗尚奢靡,文过其质,大抵皆典借侵亏,以与豪家角胜,至岁暮,索讨横门,水落石出,避之惟恐不深。其作俑在闾胥阛阓之间,东南城向俱俭朴,今则群相效尤矣。虽蒙圣朝以节俭教天下,大吏三令五申,此风终不可改,而亦正幸其不改也。自古习俗移人,贤者不免。山陕之人,富而若贫;江粤之人,贫而若富。即以吾苏而论,洋货、皮货、绸缎、衣饰、金玉、珠宝、参药诸铺,戏园、游船、酒肆、茶店,如山如林,不知几千万人。有千万人之奢华,即有千万人之生理。若欲变千万人之奢华而返于淳,必将使千万人之生理亦几于绝,此天地间损益流通,不可转移之局也。况此种暴殄浪费之徒,率皆骄盈矜夸,不知稼穑艰难,使必定以限制,不得逾越,势必尽归于嫖赌一途,是外虽不奢华,而其实比奢华尤甚。谚云:'救了田鸡饿杀蛇。'窃恐田鸡未能救,而蛇先饿死矣。故圣帝明王从未有以风俗之靡而定以限制者也。"苏州奢侈之风,体现在包括衣饰、饮食、陈设、游赏、观览、百工乃至言行举止诸多方面,影响波及各地,作为最新时代风尚,而被好事者纷纷仿效。苏州人有意识倡导和引领这种风尚,也就需要标新立异,追求和创造新样奇致,这就是工艺品制作的"苏意"所在。同样,接受并利用西画技法,改造传统的装饰性年画,也就在情理之中,那也是时尚意识的反映。

其三,当时与奢侈风气相联系的,就是假古董泛滥,袁学澜有《古董客》一首,讽刺了这一现象:"人心不古,古物尚存。真赝错杂,孰与讨论。觚哉不觚,宣尼深叹。今世所求,惟在好玩。石鼓掩草,禹鼎沈沙。球图玮宝,肉眼指瑕。世间耳目狃时俗,妄说欧阳集古录。读书不读羲皇前,寸眸早受方隅梏。百金汉瓦,千金唐碑。商彝秦鉴,模糊铭词。传信传疑谁得知,蠡测管窥徒自欺。君不见,箕子畴,周文易,三史六经真古迹。千秋俎豆发馨香,百代金丝振孔壁。益人神智叙彝伦,庸俗睹之翻弃掷。曹仓卷帙积尘埃,贾肆尊罍焕金碧。上下三千八百年,谁是真能嗜古客。"至于仿作名家书画,早在沈周时代已多传闻,晚明以后更为兴盛,俨然分工合作,以作坊式生产,古董行内称为"苏州片"。钱泳《履园丛话》卷十一说:"国初苏州专诸巷有钦姓者,父子兄弟,俱善作伪书画,近来所传之宋元人如宋徽宗、周文矩、李公麟、郭忠恕、董元、李成、郭熙、徐崇嗣、赵令穰、范宽、燕文贵、赵伯驹、赵孟坚、马和之、苏汉臣、刘松年、马远、夏珪、赵孟頫、钱选、苏大年、王冕、高克恭、黄公望、王蒙、倪瓒、吴镇诸家,小条短幅,巨册长卷,大半皆出其手,世谓之'钦家款'。余少时尚见一钦姓者,在虎丘卖书画,贫苦异常,此其苗裔也。从此遂开风气,作伪日多。"而托名苏州人的作品也很多,皆为青绿设色,且多手卷,又伪造流传有绪的题跋印款,如传为仇英的四卷《清明上河图》(台北故宫博物院藏三卷,辽宁省博物馆藏一卷)都是明末清初出品的"苏州片"。赵汝珍《古玩指南》第二章则分析了"苏州片"出世的另一个原因,说是有不少失意的士大夫,"家居无聊,只有以书画作排遣,既不能访名师、觅良友,只有摹仿古名书画,以资增进兴趣,但志在功名,不欲以此遗笑社会,故款题均照仿不变。且每于国体变更时,士大夫为全名节计,多隐居不仕,专以摹仿古名书画为事。明末清初之时,此事尤盛,在书画史上此时为作者多产时期,且公然集会结社,肆力摹造。今日肆厂上流行一种所谓'老苏州片子'者,即系明末遗民不欲事清而出此一途也"。故这种"老苏州片子"很可能就是启发"苏州片"的先声。"苏州片"也有高下文野之分,以适应不同的消费者。就"苏州片"画铺和年画铺来说,虽然一是笔绘,一是印版,但属同一行业,或有经常性合作。故当年画参用西画技法,或即由"苏州片"画铺起稿,从传世作品来看,"苏州片"的痕迹非常明显,特别是在市廛俗景的表现上。如乾隆五年《姑苏万年桥图》的起稿者钦震,或就是专诸巷钦氏的后人。

其四,苏州向有注重室内陈设的传统,文震亨《长物志》卷五"悬画月令"条说:"岁朝宜宋画福神及古名贤像,元宵前后宜看灯傀儡,正二月宜春游仕女、梅、杏、山茶、玉兰、桃、李之属,三月三日宜宋画真武像,清明前后宜牡丹、芍药,四月八日宜宋元人画佛及宋绣佛像,十四宜宋画纯阳像,端五宜真人玉符及宋元名笔、端阳景、龙舟、艾虎、五毒之类,六月宜宋元大楼阁、大幅山水、蒙密树石、大幅云山、采莲、避暑等图,七夕宜穿针乞巧、天孙织女、楼阁、芭蕉、仕女等图,八月宜古桂或天香书屋等图,九十月宜菊花、芙蓉、秋江、秋山、枫林等图,十一月宜雪景、蜡梅、水仙、醉杨妃等图,十二月宜钟馗迎福、驱魅嫁妹,腊月廿五宜玉帝、五色云车等图。至如移家则有葛仙移居等图,称寿则有院画寿星、王母等图,祈晴则有东君,祈雨则有古画风雨神龙、春雷起蛰等图,立春则有东皇太乙等图,皆随时悬挂,以见岁时节序。若大幅神图及杏花燕子、纸帐梅、过墙梅、松柏鹤鹿寿星之类,一落俗套,断不宜悬。至如宋元小景、枯木竹石四幅大景,又不当以时序论也。"其中有岁时节俗的需要,也有即景点缀,以虚应故事的。这一装潢风气,不但在寺观、酒馆、茶坊、商肆、客栈、戏园、浴室、画舫、妓院、会所等公共场合流行,并且影响了广大市民的室内陈设,特别是以手工业者为主体的新兴市民阶层,采用价廉物美的印版年画是合乎情理的选择。因此,"姑苏版"的大量出现,正顺应了这一市场需求。顾禄《桐桥倚棹录》卷十说:"山塘画铺,异于城内之桃花坞、北寺前等处,大幅小帧俱以笔描,非若桃坞、寺前之多用印板也,惟工笔、粗笔各有师承。山塘画铺以沙氏为最著,谓之'沙相',所绘则有天官、三星、人物故事,以及山水、花草、翎毛,而画美人为尤工耳。鬻者多外来游客与公馆行台,以及酒肆茶坊,盖价廉工省,买即悬之,乐其便也。"就早期情形来说,印版加笔绘的印制方法很是普遍,如康熙至嘉庆间,设于桃花坞的画铺如十友斋、张星号、陈仁柔、正茂号、挂正兴等字号,几乎都采用这一工艺,这也是"姑苏版"的基本特点。这种印制效果,最接近绘本,由于批量生产,它的成本较低,也就占有相当市场份额。

这是"姑苏版"之所以在苏州出现的社会基础和人文环境。

三、"姑苏版"的渊源

黑田源次在《支那版画史概观》中初步描述和研究了"姑苏版",并认为"姑苏版"是在西方铜版画影响下产生的,依据是画上的"细线"以及铜版画运载的便利。另一位日本学者冈正泰在《神户市立博物馆所藏苏州版画之特点》中举《山塘普济夜中秋夜月》为例,说是"作者用铜版画常用的线描表现月夜,满月映在桥下的水面上";又举《姑苏万年桥图》为例,"从桥墩下以斜线来表现的阴影和水面的线描中,也能看到西洋铜版画的强烈影响"。中国学者也有持这一说法的,如庞薰琹《中国历代装饰画研究》就认为,这一时期的苏州年画,出现"用木刻去摹仿西洋铜版画的作风";莫小也分析得更具体了,他在《乾隆年间姑苏版所见西画之影响》中说:"在细密线条的排列方面,姑苏版也受到了铜版画的启发。如建筑物的墙壁、地面都用非常规整的平行线、交叉线组织起大面,线条大都能根据物体表面组织的方向排列,从而使塑造的对象更加结实。""姑苏版"是否真是在西方铜版画影响下产生,这个问题还是颇可存疑的。

  铜版画发萌于十五世纪中叶,至十六世纪初已相当成熟,德国的丢勒和荷拜因就有不少名作,但早期传入中国的,大都是《圣经》等书籍插图。据伯德莱(Michel Beurdeley)《清宫洋画家》(耿昇译)第一章说:"一六九三年,白晋(Bouvet)神父奉康熙皇帝的钦命,远涉重洋前往欧洲,以向法国国王路易十四(Louis XIV)奉献在北京刊印的九卷本书,即中国著名《易经》一书的满文译本。为向康熙致谢,法国国王交给白晋神父一本豪华装的铜版画集。"插图或画集之类,包括程大约《墨苑》收入的四幅铜版天主教宣传画,尺幅都很小,又囿于当时的印刷水平,技法几乎无可考察,况且传播范围也相当有限,自然谈不上借鉴。至于尺幅较大的铜版画,乃宫中绘制,始于康熙五十二年,传教士马国贤(Matteo Ripa)主持雕印《御制避暑山庄三十六景诗图》,据《康熙朝满文朱批奏折全译》记载,仅印了四部。至乾隆二十九年,由郎世宁、王致诚(Jean-Denis Attiret)、艾启蒙(Ignatius Sichelbarth)、安德义(Joannes Damascenus Salusti)等绘制的《平定西域战功图》完成,在法国雕印,至三十九年竣事,共印二百套,每套十六幅。据乾隆四十四年四月内府造办处活计档记载,这套铜版画,颁发各省直督抚衙门及将军都统、各处行宫、阿哥、亲王、督抚、尚书、藏书家,共一百十五套。即使当时为民间闻见,也已在"姑苏版"即将趋向沉落之际。故明末清初最被国人熟悉的,乃是以西方宗教、世俗题材为主的油画、细密画、蛋彩画、粉彩画、水彩画、玻璃画、彩瓷画等。

据日本学者关卫《西方美术东渐史》说,日本在十六世纪末叶就已传入葡萄牙系统的铜版画,十七世纪中叶又传入荷兰系统的铜版画,并已有模仿性制作。如利玛窦送给程大约的四幅天主教故事铜版画,就是在日本雕印的。向达《明清之际中国美术所受西洋之影响》说:"一九二二年,伯希和作一文,论利玛窦时中国之西洋画和西洋雕版画,以为利子持赠程大约之原本,乃耶稣会尼各老修士(P. Jean Nicolao)之作品。尼各老意大利人,于一五九二年至日本,以画教日本少年,后服务于长崎耶稣会士所设之画院(Seminaire des peintures)。《墨苑》中圣母像下方所附拉丁字末行作 in Sem Japo 1597,Sem 即画院之缩写,而 Japo 即为日本之译音,一五九七年尼各老尚在日本。故此画当为一五九七年耶稣会士据尼各老所画雕成,利子得之,更以赠诸程氏耳。"可见铜版画传入日本早于中国,发展和普及的情形,也早于中国,对后来日本版画自然产生很大影响。但这并不等于说,"姑苏版"同样受到西方铜版画影响。

当时,西方美术品已进入中国人的日常生活,可以举两个例子。

一是绘本西画,主要是油画和玻璃画,刘銮《五石瓠》卷五列举"自宣德距崇祯,官私器用,妙绝等夷者",就有"欧罗巴画"一种,有的作为艺术品收藏,有的还用来陈设居室。曾衍东《小豆棚》卷十二《画版》说:"洋画以京师为最,一切古鼎彝器,无不确似。为山树楼阁,远近深邃,尺幅千里。一丘一壑,一枝一叶,一棍一皮,皆能突起于阴阳向背之间。闻其初来自西域,京师易之,所谓界尺活也。至人物,则以广南玻璃画为独步,面目须发,有跃跃欲飞之势。余有一律云:'一幅亚洋画得成,千盘万曲讶深闳。定神玩去疑身入,着手摸来似掌平。幻出楼阁蜃气结,描将人物黛眉生。壁间高挂终惶惑,错认邻家院落横。'"又卷十四《褚小楼》说褚氏寄居的杭州远亲家,"独检新奇可喜之物贮斋中,如半开花、迎鲜果以及西洋画、自走人、百步灯、千里镜,莫不列满几壁"。有的富贵人家还将大幅西洋画作室内装饰,如《红楼梦》第四十一回说刘老老醉入怡红院,"只见有个房门,于是进了房门,便见迎面一个女孩儿满面含笑迎出来。刘老老忙笑道:'姑娘们把我丢下了,叫我碰头碰到这里来。'说了,只觉那女孩儿不答。刘老老便赶来拉他的手,咕咚一声,便撞到板壁上,把头碰的生疼。细瞧了一瞧,原来是一幅画儿。刘老老自忖道:'原来画有这样凸出来的!'一面想,一面看,一面又用手摸去,却又一色平的,点头叹了两声"。

二是洋彩瓷器,也是人们接触西方美术的媒介。明末清初,西式瓷器传入,每多彩绘《圣经》故事,康熙以后更其流行。寂园叟《匋雅》卷上说:"洋瓷种类亦不一,康乾以来输入良多,大氐为粤海关监督所定制,精细绝伦。""其乾隆贡品,颇有华字年识,侔于料款,东西人皆争购之,尤以女神像之属,为极珍秘。"许之衡《饮流斋说瓷·说彩色第四》说:"雍乾之间,洋瓷逐渐流入,且有泰西人士如郎世宁辈供奉内廷,故雍乾两代,有以本国瓷皿摹仿洋瓷花彩者,是曰洋彩。画笔均以西洋界算法行之,尤以开光中绘泰西妇孺者为至精之品。"又说:"泰西流入之洋瓷,本不入考古家赏鉴,然清初流入之品,有极精者,如绘女神像、自由神之属,恢诡可喜。"中国最先仿烧洋瓷是广窑,但其大部是景德镇所造素器,再重加绘画。又梁同书《古铜瓷器考》记道:"从两广来者,世称洋瓷,亦以铜作骨,嵌瓷烧成。尝见炉瓶盏碟澡盘壶盒等器,虽甚绚彩华丽,而欠光润,仅可供闺阁之用,非士大夫文房清玩也。"刘子芬《竹园陶说》六《广窑》说:"海通之初,西商之来中国者,先至澳门,后则径趋广州。清代中叶,海舶云集,商务繁盛,欧土重华瓷,我国商人投其所好,乃于景德镇烧造白器,运至粤垣,另雇工匠仿照西洋画法,加以彩绘,于珠江南岸之河南开炉烘染,制成彩瓷,然后售之西商。盖其器购自景德镇,彩绘则粤之河南厂所加者也,故有河南彩及广彩等名称。此种瓷品始于乾隆,盛于嘉道。"伯德莱在《清宫洋画家》第十三章中说:"自一七三〇年起大量流向景德镇的瓷器订单,却并不是出自耶稣会士们,而是出自海外公司的商务负责人或买办,他们预订景德镇和广州的瓷器画家们仿制的欧洲版画。在这些订单中,所有内容的图案都出现于其中了,包括有关《圣经》和神话的内容,甚至还有色情内容,当然也有宗教内容,其中提到了所有的教派信仰。中国瓷器上的图案内容非常纷繁,如《耶稣诞生图》和《耶稣受难图》,我们还可以发现其多种不同的变种;同时还有《耶稣降架图》、《耶稣入墓图》、《耶稣复活图》和《耶稣升天图》。"乾隆朝时,洋彩盛极一时,朱琰《陶说》卷一《说今》记道:"陶器彩画盛于明,其大半取样于锦段,写生、仿古十之三四。今瓷画样十分之,即洋彩得四,写生得三,仿古二,锦段一也。"可见当时之好尚,乾隆官窑多作锦地,参入西方几何画法,穷妍极巧,错采镂金,别具风趣。

苏州既是时尚城市,对西洋美术品这一新鲜事物,不但普遍接受,并且还作为民间游艺展现的内容之一,主要形式有幻灯和西洋景,两者都在康熙初传入,苏州人称幻灯为"影戏",称西洋景为"洋画"。这是持续相当长时期的视觉艺术享受,直到摄影和电影出现以后,才逐渐消歇。

顾禄《桐桥倚棹录》卷十一《工作》说:"影戏、洋画,其法皆传自西洋欧逻巴诸国,今虎丘人皆能为之。灯影之戏,则用高方纸木匣,背后有门,腹贮油灯,燃炷七八茎,其火焰适对正面之孔,其孔与匣突出寸许,作六角式,须用摄光镜重叠为之,乃通灵耳。匣之正面近孔处,有耳缝寸许长,左右交通,另以木板长六七寸许、宽寸许,匀作三圈,中嵌玻璃,反绘戏文,俟腹中火焰正明,以木板倒入耳缝之中,从左移右,从右移左,挨次更换,其所绘戏文,适与六角孔相印,将影摄入粉壁,匣愈远而光愈大。惟室中须尽灭灯火,其影始得分明也。洋画,亦有纸木匣,尖头平底,中安升箩,底洋法界画宫殿故事画张,上置四方高盖,内以摆锡镜,倒悬匣顶,外开圆孔,蒙以显微镜,一目窥之,能化小为大,障浅为深。"又引彭希郑诗两首,《影戏》曰:"疑有疑无睇粉墙,重重人影露微茫。英雄儿女知多少,留住寰中戏一场。"《洋画》曰:"世间只说佛来西,何物烟云障眼低。毕竟人情皆厌故,又从纸上判华夷。"幻灯和西洋景展示的图像,既有引进的西方风景、建筑、人物、故事等,也有传统题材,故曰"又从纸上判华夷"。乾隆五十八年,沈复游历广州,他在《浮生六记》卷四《浪游记快》中说:"十三洋行在幽兰门之西,结构与洋画同。"可知他的观察经验,乃从西洋景而来。袁学澜《吴郡岁华纪丽》卷六记在玄妙观里纳凉,有种种娱乐,其中"若西洋镜、西洋画,皆足以娱目也"。应该说明的是,西洋景中的景片,就是运用透视原理的制作,留存至今者不多,阿英编《红楼梦版画集》收入苏州年画铺印制的一套《红楼梦》,乃傅惜华旧藏。

因此说,"姑苏版"之受西方美术影响,乃有多个途径,其中受铜版画影响反倒可能是最浅表和薄少的。

至于"姑苏版"的排线,其实早在明代版画插图中就已出现,表现手法相当娴熟,主要是在铺地、屋面、墙脊上的运用,也见于墙壁、驳岸、花坛、台阶、阑干、窗棂、须弥座等处。如表现铺地的插图,见万历间汪氏玩虎轩刻本《琵琶记》、起凤馆刻本《北西厢记》、刘云龙刻本《昆仑奴》、汪氏大雅堂刻本《大雅堂杂剧》、真诚堂刻本《列女传》、叶敬池刻本《醒世恒言》、舒载阳刻本《新刻钟伯敬先生批评封神演义》、宝珠堂刻本《丹桂记》等;表现屋面的插图,见弘治间莫旦刻本《石湖志》,万历间顾正谊刻本《笔花楼新声》、博古堂刻本《元曲选》、周氏刻本《吴歈萃雅》、集雅斋刻本《六言唐诗画谱》,天启间吴兴闵氏刻本《西厢五本》和《琵琶记》,崇祯间汪成甫等刻本《吴骚合编》、人瑞堂刻本《新镌绣像通俗演义隋炀帝艳史》、洪国良等刻本《新刻批评绣像金瓶梅》等;表现墙脊的插图,见万历间黄氏刻本《状元图考》、泊如斋刻本《闺范》、香雪居刻本《新校注古本西厢记》、容与堂刻本《李卓吾批评金印记》、夏缘宗刻本《新刻合并西厢记》等。明代版画中的排线处理非常普遍,可谓俯拾即得,以上只是举例而已。集诸种排线法于一卷,表现最充分,体现最完美的,乃是《环翠堂园景图》。此图横一千四百八十六厘米,纵二十四厘米,为吴县钱贡绘,歙县虬村黄应组刻,万历间汪氏环翠堂刊印。卷中玄通院、高士里、玄庄、独立泉、大夫第、沧洲趣、湖心亭、君子林、环翠堂大厅、无如书舍、兰亭遗胜、冲天泉、经藏、东壁等段,排线法普遍用之于亭台楼阁、山道市街、凉亭店铺、驳岸踏步、粉墙篱笆等处,线条精细,刀法明快,图像繁富绵密,具有精丽工巧的独特风格。

由此可见,"姑苏版"上的排线,乃是根据物像光影明暗的需要,采用明代版画插图技法,并改一色墨版而为浓淡墨版印刷,也就更接近铜版画的效果了。

四、"姑苏版"的价值

"姑苏版"的价值,大致可从四个方面来考察。

(一)"姑苏版"是早期年画的海外遗珍

年画主要有祭祀和装饰两大用途,祭祀性年画大部分被焚化,另一部分也因为更新替旧而弃置,正像冯梦龙辑《山歌》中《门神》一首唱的那样:"结识私情像门神,恋新弃旧忒忘情。"到头来,"遇着介个残冬腊月,一刻也弗容我留停。你拿个冷水来泼我个身上,我还道是你取笑;拿个笤帚来支我,我也只弗做声。扯破子我个衣裳,只是忍耐,撅破子我个面孔,方才道是你认真。我吃你刮又刮得介测赖,铲又铲得介尽情。屈来!我吃你介场擦刮了去介,你做人忒弗长情"。这首苏州民歌以拟人化的手法,描写了年画除旧布新的情形。装饰性年画的命运,也同样遭遇。正因为前人对此弃若敝屣,民间向无收藏,早期年画很少留存下来。

海外的情形却不然,特别是在日本,公私收藏较为丰富。日本学者泷本弘之在《近现代日本的中国民间版画研究史及诸问题》中说:"自江户时代以来,中国民间版画就经由长崎等港口流入日本。现今保存于大英博物馆的二十馀幅花鸟画(肯贝尔收藏品),是十七世纪来日的肯贝尔(Kempfer,一六五一~一七一六)在长崎收集到的。藤悬静也(一八八八~一九五八)等人早就发现,其中数幅的图案和印刷效果,同稍早刊行的《芥子园画传》第二集、第三集极为相似。但是,这些作品却未能在中国保存下来。在日本,明治时期之前传来的作品大多被作为'唐物'珍藏,装裱之后保存起来。这些作品被称为'姑苏版'、'苏州版画'(黑田源次名之)。"黑田源次在《支那版画史概观》中则具体分析了这个原因,他说:"'苏州版'何故多在日本发现?何故中国现存反少？此似甚不合理之事，实则易解。即此种版画在中国本土，本系缺乏耐久性之普通玩品，日本则反之，其珍为中华文物，一也。德川时代（一六〇三～一八六七）与长崎贸易关系最深者为苏州，苏州土产品舶载而东者颇多，二也。且中国本土经长发贼之乱，江苏文物，悉委焦土，三也。且此种印刷物多为岁首点缀新年之用，以识吉祥，与今中国各地仍盛行之年画无异，此必当时为供长崎华馆侨民之需，岁岁舶载而来者。而此种区区民众的印刷物，大陆士夫，多所不齿。在我异邦却引起好事者之兴趣，于其爱护手中，保其生命，传至今者，遂有如此之多，洵不得不谓一甚有兴味之现象。"

　　日本早期中国民间版画的收藏者，有大阪的冈田伊三次郎，京都的秃氏佑祥、东京的木村庄八、板仓舆三郎、石井柏亭等。冈田伊三次郎的收藏，种类繁多，数量庞大。泷本弘之在《近现代日本的中国民间版画研究史及诸问题》中说："据藤悬静也推测，冈田收藏的中国版画有五百幅左右，而平冢运一则认为有千幅以上之多。这些版画中，有一部分下落不明，但大部分分散在日本各地被妥善收藏着。"其中包括相当数量的"姑苏版"。一九三一年十一月，帝国美术馆下属美术研究所举办"冈田伊三次郎收集支那古版画展"，他的收藏方为世人所知。翌年刊行的《支那古版画图录》，收图版六十一页，总计一百零二幅，以"姑苏版"为主，黑田源次的《支那版画史概观》就置于图版之前。

　　这本《支那古版画图录》首次系统介绍了"姑苏版"，也引起国人的注意，发现它们弥补了早期年画缺失的遗憾，乃是极其珍贵的文化遗产。郑振铎在《中国古代木刻画史略》中就说："年画是实用的东西，是人民作为新年饰壁之用的。一旦黏贴上去之后，经过一年半载，往往是损坏了，即不损坏，第二年也要换贴上新的，故极少能够保存下来。古代的年画几乎全部已经失传。

但近代的作品,还有些被刷印之肆或好事之家保存着而为我们所见到。而明末以来,番舶商船尝有携带这些年画到日本去的,日本人则视作艺术品而保存着。今日所知的明末及清初的好些年画,多藏于日本。黑田源次曾经研究过冈田伊三次郎所藏'姑苏版'年画,而写作了一篇《支那版画史概观》,其特别着重于'姑苏版'。东京美术研究所出版的《支那古版画图录》所载六十一页图版,其中有四十一页图版是'姑苏版'的年画。现在可考知的最早的年画要算是这一部分的作品了。"

日本的"姑苏版"收藏,今主要集中在海社美术馆、神户市立博物馆、町田市立国际版画美术馆等处。其中,海社美术馆藏中国版画约一千幅,包括昭和前期著名的"冈田伊三次郎藏品",即以"姑苏版"为主,一九九二年骎骎堂出版的《苏州版画——中国年画的源流》中,就介绍了这些藏品。

日本而外,其他国家也有收藏"姑苏版"的。黑田源次在《支那版画史概观》中说:"余于英德法各国曾遇中国版画颇多,屡有旧友晤言之概。最感兴味者,此等版画完全属于余所谓之'姑苏版',此外一无所存。又欧洲所存之品,亦皆当年所传,即东方趣味流行之 Rococo 时代。(译者注:Rococo 式乃十七世纪欧洲流行富有东方趣味的纤巧浮华之家庭装饰法。其时代亦称 Rococo 时代。)由此言之,现今保存中国版画者,当知不止于日本,其存于欧洲者亦不鲜。"

如牛津大学的 Douce Chinese Collection 就收藏了一批"姑苏版",向达在《记牛津所藏的中文书》中说:"前面提到苏州桃花坞张星聚所刻翻雕或仿西洋风的版画,日本黑田源次所印《版画集》中曾收有一套,矜为孤本。雍乾间中国民间所刻版画带西洋情调者,以前所知,仅止于此。最近我在牛津的 Douce Chinese Collection 又看到好几幅版画,都是黑田氏书中所未收的。其中两幅是西湖景,一幅是苏州景,两幅是翻雕西洋画。西湖景中一是断桥残雪,上端题词云:'断桥雪,和靖梅,天然点尽西湖;缀胜景名标,无复着画图,补羡占花魁。'又一幅是雷峰奇迹,上端题字作'雷峰奇迹,白状元西湖认母,姑苏桃花坞张星聚戏写';左下角刊'姑苏桃花坞张星聚发客'一行。这两幅和苏州景,阴影黑白分明,其为采西洋法无疑。翻雕西洋画的两幅,上端西洋字亦照样翻刻,可惜不易辨认,难以考知原本。今将翻雕的西洋画制版一幅,以示一斑,其上虽无张星聚字样,而刻工形式与雷峰奇迹诸幅大致相同,其为出自一家,可以无疑。"

大英博物馆也收藏了一批苏州早期年画,薄松年在《苏州年画的兴衰和收藏》中说:"1991年我去英国作短期考察,承伦敦大英博物馆东方部主任龙安妮女士热情接待,使我有机会饱览库藏的中国古典版画,其中有数十幅套色版画引起了我的注意。内容有民间熟知的故事,如李白斗酒、吴王姑苏台、曹植七步成诗、潘安掷果等;也有戏曲小说传说,如昭君出塞、杨贵妃游花园、孙悟空大闹五庄观、盘丝洞、百花公主点将、崔护人面桃花等;还有各种人物仕女及花卉、翎毛、鞍马、花篮、博古等,如《腊转春回》。更值得注意的是有一对门神和一幅钟馗。人物故事画的形象及章法与明代小说插图有一定联系,花鸟画则与画谱有相似之处,但皆带有明显的吉祥色彩。可确定这批彩色版画是供年节贴用的画幅。它的印制相当考究,套色技术较接近明清之际的十竹斋、芥子园画谱,色调典雅明净。其中一幅古装仕女手拿一朵兰花据案而坐,面对鹦鹉,案上置有花瓶、盆景,旁有一婴儿执扇扑蝶,此幅以不同深浅层次的水墨套印,追求高雅的格调。花卉画的套色较为丰富明丽,雕印手法也多种多样,有的瓜果不印墨线而纯以大片套色表现,如国画中的没骨法。更有的花卉运用了拱花技术,使花朵突出纸面,显出层层的立体效果,非常别致。仕女画皆为竖幅,其他则是横幅或接近方形的构图,画幅都不太大,似乎是装饰屏壁或隔扇上的画幅。一些花鸟画上有题诗和署名'丁亮先'的款识,这是目前所知较早的桃花坞画家的名款。对这些作品的收藏,大英博物馆有完整的档案材料,可知系英人卡姆培夫尔于1693年(清康熙三十一年)从日本江户搜集带回英国,其印制年代至少在康熙中期以前,这是我所见到的最早的一批苏州木版套色年画。"

薄松年提到的卡姆培夫尔,即荷兰东印度公司商馆医生恩格尔贝特·肯贝尔(Engelbert Kempfer),德国人,他于一六九〇年秋派驻日本长崎,开始搜集苏州年画,一六九二年秋返回德国时带到欧洲,后为大英博物馆所得,世称"肯贝尔藏品"。今日本海社美术馆藏丁亮先一套花鸟图,与"肯贝尔藏品"完全相同,可以认定由同一画版刷印。"肯贝尔藏品"虽然早于"姑苏版",但与"姑苏版"有密切的渊源关系,丁亮先的《西湖十景图》,就是典型的"姑苏版"作品。由"肯贝尔藏品"可知苏州早期年画包括"姑苏版"辗转至欧洲的大致途径。

另外,伦敦大学亚非学院亚洲研究中心图书馆藏有《雪山行旅图》、《和气致祥》等,法国国家图书馆也藏有《二女弹琴敲锣》、《母子图》、《榴开百子》、《关公像》、《九里山大战楚霸王》、《百年喜遇岁朝春》等,均为苏州早期年画精品。如《百年喜遇岁朝春》,以江南水乡集镇为画面空间,以岁朝遇立春为时序节令,画官员迎春、敬春牛、接佛、听曲、下棋、看书、喝酒、玩纸牌、梳妆、乘船出游、送帖、送客、作揖、敲锣、打鼓、吹唢呐、踢毽子、打架、拉客诸般情景,人物凡一百六十九个,套色层次丰富,刻工细致,形象清晰,具有浓郁的节日生活气息。

(二)"姑苏版"是传统年画的技法创新

"姑苏版"是在西方美术影响下产生的,它吸取远近透视、光影明暗等西画技法，画铺或作者主观上并不忌讳这种借鉴，有的甚至明白标明"法泰西笔法"、"仿泰西笔法"、"仿泰西笔意"、"仿大西洋笔法"等字样，以作标榜时尚、追求奢华的号召。

但"姑苏版"依然具有民族传统文化的风格和特质。在刻版刷印上，它上承明代版画优秀传统，凭借世代相传的木刻技艺，按照固有工艺进行生产。在表现题材上，仍以人文景观、风俗活动、美人婴戏为主，间有道德伦理、传说故事、戏文小说的内容，与传统绘画题材一脉相承。在表达感情上，仍是一派吉庆祥和、欢乐喜怡，保持着传统年画的特质。另外，不少"姑苏版"作品上还有题诗或题词，虽然比较俚俗，但也是在文人画影响下的摹仿，既不同于同时代的其他地方年画，也不同于后世苏州年画，特别注重年画的装饰性用途和观赏性效果。因此，"姑苏版"虽然表现技法有所创新，但依然具有民族文化传统的风格和特点，属于中国传统版画制作的一脉。

同样受西方美术影响，中国其他地方却出现了传统年画题材而以西画方法绘制的作品，可举两个例子。

一是油画木美人，广东新会博物馆藏。一对两件，分别为两位古装高髻仕女立像，绘制在两寸多厚木板上，形象四周均已凿空，约作于明后期，后置于新会县河村瓦岗天后宫。乾隆四十三年，曾衍东亲见之，他在《小豆棚》卷十二《画版》里记道："辛丑游粤，在新会袁春舫业师署，闻库中有西洋美人画一对，甚异。师令胥吏持入廨观之，日已昏，设炬置桌。俄而持二版至，各长四五尺，盖随人画形而刓之者，皆系以械。其一衣绯，色剥落，约二十许，丰颐隆准，高鈿云髻，一手持物如烛台形，一手自理衣带，如大家娃。其一衣黄，修容堕马半面惊顾之状，两手捧物不能辨，丰神凛然，面上有爪痕，年较稚。灯光寻丈之外，望之若生，流波凝眸，若接若离，可惊可怖。"木美人的造型，眼深鼻高，嘴角上翘，两唇饱满，具有高加索地区的人种特征。画面古朴厚重，纯以西方古典油画技法描绘，与民族风格迥然不同。有学者认为，这对木美人是天后宫的门神，即由西洋女子充任的宫娥门神。

二是油画财神像，澳门余氏藏。民间崇信的财神很多，江苏、浙江、福建、广东等地都信奉赵公明，称为"正财神"。《三教源流搜神大全》卷三说他"驱雷役电，唤雨呼风，除瘟翦疟，保病禳灾，元帅之功莫大焉。至如讼冤伸抑，公能使之解释公平；买卖求财，公能使之宜利和合。但有公平之事，可以对神祷，无不如意"。他本是道教护法的四大元帅之一，自《封神演义》风行后，遂成为财神，麾下有招宝天尊、纳珍天尊、招财使者、利市仙官。赵公明的民间造像，一般为黑面浓须，顶盔披甲，或身穿红袍，右手执鞭，左手持宝，有的骑黑虎，有的作端坐状。这幅财神像，疑作于明末清初，画上主体是卸去戎装的武将像，头戴金盔，身着红色官袍，手执缚龙索，神情庄严肃穆。他身后左右是两位童子，或就是招财使者、利市仙官。画面上，除赵公明金盔有明暗对比，以及金属质感，基本以色线勾勒人物和设色，尚具传统人物画的特点。这一画风与澳门圣母雪地殿小教堂遗存的明末圣经故事人物壁画同出一辙。

由此可见，吸取外来文化，融入本土艺术，表现出仍然是具有中国品质和气派的传统风貌，"姑苏版"的价值也就显而易见了。

"姑苏版"，除题材因循传统，技法借鉴西画外，在开张、色彩上也有重要的特点。

"姑苏版"作品的开张，不少纵向超过一米，横向超过半米。如此画幅，在刻版、印刷上有很大难度，一般用两块以上画版拼接，如乾隆八年的《百子图》，乾隆十二年的《岁朝图》、《四妃图》

等,就有明显的拼接痕迹,但大部分大幅"姑苏版"拼接得天衣无缝,构图之巧妙,印制之精湛,让人叹为观止。今存"姑苏版"不少是大幅通景屏条,大都为两屏条,如雍正十二年的《姑苏阊门图》、乾隆二十二年的《西湖十景图》以及乾隆间的《池亭游戏图》、《阿房宫图》、《栈道积雪·蜀峰雪景》等。有的今仅存一幅,如署"钱塘丁应宗"之《西湖十景图》、乾隆中叶之《西湖胜景图》等,由内容来看,当有与此相对的另一幅。甚至还有四屏条,特别是与春夏秋冬四季内容有关的题材,往往采用四屏通景的形式。另外,还有上下左右四幅拼接的组合图,如《十二月采茶歌》等。不管是通景屏条,还是组成图,由于它每幅构图都比较完整,成为独立的画面,也就可以根据不同环境的需要,选择独幅陈列或多幅陈列。

"姑苏版"作品的色彩,早期追求绘本效果,有的采用浓淡墨版的多层叠印工艺,再加以彩绘,如日本海社美术馆藏《岁朝图》两幅,画面相同,一幅以浓淡墨版印成,另一幅在浓淡墨版一幅上着色,非常接近绘本山水。有的则采用多色叠印工艺,再加以彩绘,色彩和层次更加丰富。乾隆后期的"姑苏版",在人物服饰上,往往使用德国生产的化工颜料"柏林蓝"(Berlin Blue),以蓝色的浓淡代替线条来表现阴影部分,与天然靛蓝相比,色泽更为鲜艳。如《天赐麟儿图》、《三童折桂图》、《三娘教子图》、《张敞画眉图》、《双美舟游图》、《五亭桥双美图》等,均印于二百多年前,"柏林蓝"的色泽没有明显变化。采用化工颜料,当时不仅"柏林蓝"一种,另有化学铅粉,即碳酸铅(又名铅白),由于铅质未尽和空气的氧化作用,着色画面会逐渐变黑,如《双美秋欢图》中两女子的面部,就是一个例子。

(三)"姑苏版"是空前绝后的版画奇葩

"姑苏版"在年画史上昙花一现,萌生蘖长,仅有近百年。今存最早纪年作品是雍正十二年的《姑苏阊门图》；非纪年作品,有线版彩绘《下棋美人图》,图中女子梳松鬓扁髻,这种发型在康熙时代最为流行；又,"肯贝尔藏品"均为康熙二十九年前的作品,其作者丁应宗后来所作《西湖十景图》,当在康熙末、雍正初。根据上述"姑苏版"表现技法的娴熟和印张尺幅的硕大,再结合西法绘画的成熟,可以推断它的肇始当不晚于康熙后期,以乾隆后期为断,嘉庆以后就看不到全幅采用西法的了。

"姑苏版"的消亡,与参用西法绘画的消亡几乎同时。向达在《明清之际中国美术所受西洋之影响》中分析了西法绘画消亡的原因,他说:"至乾隆末叶,西教之禁愈严,西洋文明因而大受打击,美术之不能发荣滋长,固其所也。然当时所谓西洋美术其本身亦有不能发展之大原因三","一曰当时中国美术界对于西洋美术之不满也";"一曰当时西人对于中国之西洋教士所参合中西之新画,亦备致不满也";"一曰当时供奉画院之西洋画家于其所自画者亦不满意也"。"由以上所阐陈之三端观之,可见明清之际,所谓参合中西之新画,其本身实呈一极怪特之形势,中国人既鄙为伧俗,西洋人复訾为妄诞,而画家本人亦不胜其强勉悔恨之忱,则其不能于画坛中成新风气,而卒致殇亡,盖不待著龟而后知矣。"

"姑苏版"作为这一美术思潮下的产物,自然摆脱不了消亡的命运,黑田源次在《支那版画史概观》中说:"盖自明末利玛窦传道南京,西欧文化乃于此发见丰饶之田地。如世所盛传徐氏一族之改宗,即其明征。厥尔传道之盛衰几经变迁,而对欧洲文物之兴味承受康熙廓然大公的气象之馀波,沿及乾隆初期,乃至其中期以后,一则承平日久,一则社会制度已成固形化,一则好古趣味复古,自然遂归于平淡欤。就'苏州版'言之,亦乾隆初期言仿泰西笔法而不讳之公明态度,中期以后,渐成保守。"最终传统战胜了新潮,苏州年画仍复归它的故道。

也有学者认为,"姑苏版"的消亡乃是技术原因,薄松年《中国年画史》第二章就说:"桃花坞年画绘刻都很精丽,较早的如雍正、乾隆年间刻的《苏州阊门图》、《苏州万年桥》等细致地画出苏州商业繁荣区域的热闹富庶景象,绘制上明显地吸收铜版画和外国透视画法,几乎与院画家徐扬的《姑苏繁华图》(又名《盛世滋生图》)相媲美。但因过多地使用排线,影响年画的明快效果,因而其后逐渐更多地向洗练明快的阳刻套色发展。"其所持论,既脱离当时美术思潮,又认为排线妨碍明快,且不管排线是否源自铜版画,总之是依据后世年画来考察"姑苏版",显然不在情理之中。

不管如何,"姑苏版"的生存时段只有近百年,真所谓空前绝后。因此,"姑苏版"又另有其价值,它作为一个独特而又完整的文化现象,见证了西方美术在中国的传播和影响的过程,国人如何认识和理解,又如何吸取其技法,而西法画风又如何影响民间,如何炽盛起来,如何衰落消歇。在美术史上,能够清晰、全面、完整地记录、反映这个过程的,也惟有"姑苏版"。这就为中西文化交流史、版画史研究提供了实证,如戴逸《简明清史》说的"西洋的画法对清代的影响是不大的";如王伯敏《中国美术通史》说的西画技法"只在宫墙内开花,没有在当时整个中国画坛上结果。不久即归消沉,其影响甚微"等论断,也就不攻自破了。

(四)"姑苏版"是了解当时苏州情状的图像依据

"姑苏版"中有部分作品的题材是"苏州景",既为苏州画坊出品,"苏州景"的描绘相对有它客观真实的部分,也就成为今人了解当时苏州情状的图像依据。

明清时期,苏州既是全国的经济文化中心,又山川明丽、市廛繁华、园亭精雅、风气奢靡,正像《红楼梦》第一回说的那样,

"最是红尘中一二等富贵风流之地",自然为天下人所向往。"姑苏版"就将"苏州景"从一个新视角、用一种新形式反映出来。

苏州题材的传统绘画,流传至今的,最早为元人所作,如黄公望的《天池石壁图》、倪瓒的《虞山林壑图》、王蒙的《具区林屋图》等,都为山水巨制,气势宏大,却并非写实之作。入明以后更多,如沈周画结草庵、竹堂寺,文徵明画拙政园、横塘、石湖,钱毂画虎丘,王翚画艺圃、沧浪亭等等,都是聊取大意而已。即使像张宏的《阊关舟阻图》、袁尚统的《晓关舟挤图》,虽然具体了,也无非描绘阊门、盘门水城门舟楫拥堵的景象,画法上仍然是写意的。但有两个卷子值得注意,一是署名仇英的《清明上河图》,画的虽不是苏州,却是有苏州的影子,那是在张择端原作基础上的创新之作,街道和建筑更为规整和密集,虹桥由木筑改为石砌,裱画店、银楼、香店等都是明代中叶以后出现的新兴行业,但总体来说,还是显得平远疏朗,市井风情并不十分浓郁;二是署名谢时臣的《金阊佳丽图》,构图别出心裁,笔致绵密,场景热烈,画上河道密布萦回,屋宇鳞次栉比,百业兴旺,千人接踵,由阊门至虎丘的每座桥梁,都用小字一一注明,这就与后来出现的"姑苏版"有相同地方。也正因为如此,《金阊佳丽图》很有可能是明末清初的"苏州片",只是托名谢时臣而已。

因为"姑苏版"的消费对象以广大市民为主体,不但作为家庭饰壁之用,且见于寺观、酒馆、茶坊、商肆、客栈、戏园、浴室、画舫、妓院、会所等处。它销售的地域范围,不仅在苏州城乡,也贩易各地。因此,"姑苏版"就需要通俗、普及、时新的题材,需要热闹、趣味、耐看的效果。正由于这种需要,"姑苏版"在街市、山水、名胜等题材的整体构图上,往往采用独特的视角,城垣、街市、河道、屋舍、人物都相对集中在一区,画面异常饱满,有的还用小字来标明城门、寺观、古迹、桥梁、牌坊、店肆等,以作识别。

这一做法，完全是从明代地理书的版刻插图而来，如天顺六年《黄山图经》、嘉靖十六年《大岳志略》、万历三十八年《新镌海内奇观》、万历四十七年《武夷志略》等，都是用这种方法来注图，这在传统山水画中绝然不见，年画史上也是最早见于"姑苏版"。特别是远景的标注，无非是使图像方位正确，可让读者处身设地细细观赏。这也说明，"姑苏版"并不专为出口日本诸国而制作。

"姑苏版"的苏州题材，今见有阊门、齐门、胥门万年桥、山塘普济桥、虎丘、石湖等，同一题材，有的不止一幅。那些地方正是明清时期最脍炙人口的去处，家喻户晓。正因为有了图注，也就不能随便来画，画面内容相对真实。如四幅万年桥图，三幅分别印制于乾隆五年、六年、九年，还有一幅桃花坞陈仁柔发行的《苏州景新造万年桥图》，疑在乾隆中叶出品，它们都以万年桥为画面中心，但附近建筑样式、店肆名号各有不同，这就反映了万年桥落成后周边情形的变迁。再如《姑苏石湖仿西湖胜景图》有两幅，画面大致相同，将上方山、石湖、行春桥，与寒山寺相连，又与阊门渡僧桥、吊桥一带相连，虽然在空间布局上并不合理，但也是当时苏州情状的记录。石湖中有湖心亭，乃两江总督尹继善建于乾隆二十二年，故此图必印制于此年以后。画上行春桥与月盛（越城）桥相连，又有吞月桥与之垂直，与莫旦《石湖志》卷首插图相合，可知此时吞月桥尚在，今人认为越城桥即吞月桥，乃是大误。又阊门吊桥两侧店铺栉比，有"松萝茶室"、"正茂夏布""义茂手巾"、"陈天祥皮货"、"席行"、"南伞行"、"糖栈"等，可补徐扬《盛世滋生图》描绘行业之阙漏。而吊桥下河中有灯船、龙船、游船、摆渡船、官府站船等，来来往往，可想见阊门地处要冲，往来舳舻昼夜不息的景象。细节处理，耐人寻味，吊桥上，一对差役挥鞭驱赶行人，紧跟着前后两对骑马擎旗的军士，官轿并不出现，街旁百姓正在伫望。这种场面，表现的正是市民的心态和情绪,像《盛世滋生图》这样的院画,是不会去描绘的。更有意思的是,城墙上有两只大犬、一只小犬在戏嬉,也正是此画的趣味所在。

另外,乾隆九年《姑苏万年桥图》和乾隆中叶《苏州景新造万年桥图》还描绘了苏州的赛会场景。关于赛会的图像,今存者大都是晚清所作,如《万寿山过会图》、《妙峰山走会图》、绵竹年画《迎春图》以及《点石斋画报》等,早先图像甚为罕见,故又具有风俗史上的重要意义。

"姑苏版"的价值自然不止这些,只是举其大端而已。

五、"姑苏版"的典型

"姑苏版"的典型作品,拟分风景名胜、岁时风情、美人婴戏、戏文小说四类,分别举例,略作介绍。

(一) 风景名胜

《姑苏阊门图》[图01]

图为通景对屏两幅,左幅上端题诗三首,诗曰:"万商云集在金阊,航海梯山来四方。栋宇翚飞连甲第,居人稠密类蜂房。""绣阁朱甍杂绮罗,花棚柳市拥笙歌。高骢画舫频来往,栉比如鳞贸易多。""不异当年宋汴京,吴中名胜冠寰瀛。金城永固民安堵,物阜时康颂太平。"款署"甲寅秋七月,宝绘轩主人并题",甲寅乃雍正十二年。右幅上端题隶字"三百六十行"。阊门经康熙元年江宁巡抚韩世琦改筑后,呈现城楼巍峨、雉堞环列、女墙萦绕、城濠宽阔的壮观景象。雍正七年,浙江总督李卫暨署江苏巡抚张坦麟修缮倾圮,翌年又由江苏巡抚尹继善补修。图上阊门,正是几度修葺后的写实图像。水陆两门参差并列,内城门城楼两层,高耸宏伟,外城门上官厅武器库如堡垒,城砖叠砌,与城墙连为一体。虹桥跨外城河,俗称吊桥,明崇祯间重修,牛若麟《重修虹桥记》称"桥之崇广视旧，可并举四舆，并乘五马，并行偶语五十肩，而坠矴提栈力倍蓰坚固，卫以重栏，可恣凭眺"。下桥径直向西乃上塘街，由此可往枫桥。转弯向南即南濠街，直达胥门，时有"金阊门，银胥门"之说，故南濠街亦成阛阓之地。徐锡麟《熙朝新语》卷十六说，南濠街"明时尚系近城旷地，烟户甚稀，至国朝生齿日繁，人物殷富，闾阎且千，鳞比栉次矣"。南濠街对岸是沿城大街（今南新路），城内一路东向逶迤，即阊门大街（今西中市、东中市），楼屋鳞次，远处北寺塔，影影绰绰。凡城内渺远建筑，均用小字标注，有"宝林寺"、"神仙庙"、"皋桥"、"桃花桥"、"骆驼桥"、"石灰桥"、"过军桥"、"都亭桥"、"北寺"、"天妃宫"、"教场"、"齐门"等。此图以阊门外繁华景象为描绘主体，近景为街市，店肆林立，上可辨识的市招，吊桥堍、上塘街有"五香乳腐，进京小菜"、"京苏杂货"、"洋广□□物件"、"分茂号红绿锦笺"、"川广地道生熟药材"、"猫食"、"兑换银钱"、"顾二房"等。南濠街及与上塘街交汇处，有"当"、"出兑金银珠宝行"、"人参"、"药材"、"川广药材行"、"茶食"、"孙春阳"、"宝源号"、"兑换银钱"、"天宝斋重金钮扣"、"杭粉礠朱颜料行"、"大同号蒲城□烟发客"、"三鲜鸡汁大面"、"花素云白烟袋"、"茶室"、"□□□□徽州雨伞"、"□□青蓝缥扣"、"太原号加染春色"等，沿河大街有"雨伞"、"杂货"、"酒坊"、"陈秀文"、"德顺号"、"金茂号"、"染坊"、"真青大红"、"酱园"、"皮货"、"太和行"等。街市上，芸芸众生，有挑担者，肩负者，捧物者，骑马者，相面者，吸烟者，琴师，僧人，摊贩，蹲坐玩耍的儿童，倚栏俯视的女子；隔岸瓮城外，有踽踽独行者，有扶老携幼者，还有绳妓在表演，聚人围观。北码头附近，樯帆林立，舟楫蚁聚。近市外城河上，有官船、航船、货船、渔船，川流不息，衔尾相接。描绘了阊门外的商贾辐辏、货物骈阗、百业兴旺。此图也留下苏州城市变迁的痕迹，阊门瓮城东南西三面有门,出南门即沿城大街,图上有行人出入,但乾隆十年编绘的《姑苏城图》上,南门已闲置,由沿城大街(《姑苏城图》标作南童子门、南城脚下)进城,须从西门而入,与乾隆二十四年徐扬所绘《盛世滋生图》上的情形完全相同。应该说明的是,这副对屏,两幅的尺寸略有差异,因为边缘已经过不同程度的裁切处理。

《姑苏万年桥图》[图 02]

图上诗堂有"恭颂万年桥一首",诗曰:"宋代长虹称洛阳,圣朝新建庆无疆。士民鳞集谁题柱,商贾摩肩少泛航。震泽回澜当锁钥,胥江免渡赖舆梁。贤侯政绩超千古,杜预勋名得益彰。"款署"庚申冬十一月之朔,平江钦震稿"。庚申为乾隆五年。钦震,生平无考,署款钤圆形朱文印"东坞",或其号也。故老相传,狮子山山势狰狞,不利郡城,故胥门向无水门,桥也建而毁去。袁宏道《岞崿》说:"形家言此山与胥门相直,甚不利于郡城,诸门皆有水关浮梁,而胥独无,以此。闻往时有违众作桥者,桥成,郡中士大夫废放略尽,遂相率毁桥。"清初,胥门已是四方百货之所聚积,商贾贩夫之所经由,轮蹄络绎,往来问渡者,日以万计。乾隆五年,江苏巡抚徐士林、苏州知府汪德馨力排众议而建桥,择址于胥门外三摆渡处,延石为埭,架木远接,作三孔两埭梁式,横跨胥江。徐士林《万年桥记》说:"遂于夏四月朔二日鸠工,乾隆五年仲冬朔长至日前之二日龙口合,又二日而行人通,桥乃成。"可见桥落成于是年冬至,但此图署"十一月之朔",距桥之落成尚差两天,故图上既有实景,也有作者的想象。桥东西两块各立石坊,东石坊外额曰"万年桥",西石坊内额曰"三吴第一桥"。东石坊有柱联,联曰:"水面忽添新锁钥,波心仍照旧舆梁。"《盛世滋生图》上也有万年桥,视角与此图相反,自西望东,联额相同,惟东石坊内额作"万年桥",与西石坊并不对称,姑且存疑。图上桥东堍有碑石一方,耸立街侧。左近为胥门,城楼悬匾,额曰"姑胥拥翠",乃康熙初顾嗣立题。城内横街,当是百花洲,过内城河之桥即今吉庆街。但据乾隆十年《姑苏城图》标注,此桥即来远桥,实际位置应偏北,与城门并不对直。图上市廛景象,乃作者想象,百花洲有酒店、布店、烟店、杂货店、饭店等,沿内濠西岸作前店铺后住家格局,来远桥西堍有楼,山墙上有字"欧如玉,粜籴粮食菜豆麻□"。城外及桥堍,也多店铺,有"万仙馆"、"精□馄饨"、"茶室"等市招。对岸有"太湖山西钉铁"、"冶坊"、"酒坊"、"同春号酱园"等。街市上商贩甚多,形形色色,百花洲里绳妓正在表演,有人敲锣,招徕看客,城门口有执鞭门卒,万年桥上则有官员一行人等迤逦而来,稍作停留,另有官员上前,与之作揖,或正是巡抚徐士林和知府汪德馨在视察新桥。胥江上正在进行龙船竞渡,飞驶如箭。《清嘉录》卷五记端午风俗说:"龙船,闾胥两门、南北两濠及枫桥西路水滨皆有之,各占一色。"男女耆稚,倾城出游,"河中画楫比如鱼鳞,亦无行舟之路,欢呼笑语之声,遐迩振动。土人供买耍货食物,所在成市,凡十日而罢,俗呼'划龙船市'"。图上所绘,正是作者想象中的胥门端午景象。

《姑苏万年桥图》[图03]

图上诗堂题诗两首,诗曰:"姑苏城外钱成堆,商贾肩摩云集来。最是南濠繁盛地,万年桥上似登台。""虹跨胥江真大观,讴歌载道万民欢。康衢鼓腹承平日,赋税先输乐考盘。"款署"甲子春三月既望,桃溪主人画并题于墨香斋中"。甲子乃乾隆九年。此图与乾隆五年《姑苏万年桥图》的构图基本相似,但改作甚大,相对真实地记录了万年桥落成四年后的景象。前图置于桥堍街侧的碑石,已移入东南隅新建的亭子。桥西堍也新添建筑,汪德馨《万年桥记》说:"今则郑培基独出己资,以建杰阁,勒石于壁,以记义捐之数与诸人之姓名。"或即是嵌碑之阁。来远桥稍作北移,不再对直城门,但其位置还应在更北。至于列肆招牌,来远桥两侧有"八鲜老行"、"栈房"、"玩花庵"、"客寓"等,城门口至百花洲有"望月楼茶室"、"钱庄"、"菜□麻油"、"野味"、"卜易谈□"、"浴池"、"冶坊"等,城外及桥堍有"酒坊"、"芝兰茶室"等,对岸有"同春号酱园",惟此与前图相同,可见这家字号乃是写实,建桥前后,未曾变化。胥江上依然在竞赛龙船,船上装饰更为新奇,一艘上有红衣舵手,即《清嘉录》卷五所谓"舵为刀式,执之者谓之挡舵"。街市上有挑担者,骆驼担卖馄饨者,卖饴糖者,卖卜算命者,诸多营生。比较前图,图上的人物活动改以赛会为主体。王稺登《吴社编》说:"凡神所栖舍,具威仪箫鼓杂戏迎之,曰会。优伶伎乐、粉墨绮缟、角抵鱼龙之属,缤纷陆离,靡不毕陈,香风花霭,迤逦日夕,翱翔去来,云屯雾散,此则会之大略也。会有松花会、猛将会、关王会、观音会。"至清代此风仍盛,以清明、中元、十月朔三节会为主,《清嘉录》卷三记山塘清明节会说:"每会至坛,箫鼓悠扬,旌旗璀璨,卤簿台阁,斗丽争妍。民之病愈而许愿服役者,亦多与执事。或男女缧绁装重囚,随神至坛,撒枷去杻,以为神赦。选小儿女之端好者,结束鲜华,赤脚踮立人肩,或置马背,号为'巡风'。会过门之家,香蜡以迎。"在此图中,一路走会在万年桥上,自西而东,前有"回避"、"肃静"虎头牌,执事众人随之,接着是黄衣老爷坐肩舆而来,后有全副仪仗;另一路走会在百花洲,自北而南,前有皂役擎"清道"旗,又"回避"、"肃静"虎头牌,随后是打伞的,执刀的,使棒的,最后是红衣老爷坐四轮小车之上,有人前引后推。

《苏州景新造万年桥图》[图 04]

图上题诗三首:"津梁新建起嵩呼,野老欣瞻傅杖扶。赖得郡侯多政绩,勋名永久驻姑苏。""修虹绵亘跨胥江,独擅三吴未有双。四叟讴吟歌圣德,万民安堵尽敦庞。""□□杂沓半肩摩,三渡停桡不用呼。脉接西山钟瑞气,万年垂于宜吴都。"下有"里言三绝"四字,款署"桃坞秀涛子并题"。左下有牌记"桃花坞陈仁柔发行"。此图印制年代不详,万年桥两堍各有碑亭,东堍碑亭在桥东北隅,西堍碑亭在桥西南隅,乾隆九年《姑苏万年桥图》的西堍碑亭位置却在东南隅,其间当经过改筑,与乾隆二十四年《盛世滋生图》上所画相同,由此可考此图的大致时代。此幅与前两幅万年桥图视角不同,乃从胥门内东北向西南俯瞰,可望见城外远山。近处百花洲有药材店、布店、烟店、小酒馆等,城外沿河墙上有广告"升春号,酱园、酒坊、乳腐发客","□盛号","江长房,木冶各省、食锅火盆、各路浴锅、盐板广锅"等,城外大街(今阊胥路)也是坊肆栉比,悉不能一一分辨其行业。大街再西,不远就阡陌纵横了,间有寺庙、树丛,乃写实景象。街市上也正在赛会,队列迤逦。王穉登《吴社编》说:"入会之人,裙襦衫帻,衣裳楚楚,红殷翠鲜,香熏粉傅,鬓上则簪白鹭羽翦、彩花雪丝,红艳翩翩可观。"万年桥由西迤东一队,以扮演乐部为主,"乐部则柘枝鼓、得胜乐、军中乐、太平乐、清平调、单合笙、双合笙、歇拍鼓、十样锦、海东青。按乐者,锦衣少年,复有垂髫幼稚,金铙长笛,鼓吹竞奏,马上临风,云凝雾结"。百花洲由北迤南一队,则以扮演杂剧为主,"杂剧则《虎牢关》、《曲江池》、《楚霸王》、《单刀会》、《游赤壁》、《刘知远》、《水晶宫》、《劝农丞》、《采桑娘》、《三顾草庐》、《八仙庆寿》",间有皂隶卫兵、舍人掾吏、健儿旗手、苍头执盖、舆夫牧竖之属,前有"三军用命"旗帜,后有马队,络绎前行。河船中、街楼上、道路边,尽是看会之人。由此可见乾隆时代苏州风俗的繁盛。

《山塘普济桥中秋夜月图》[图05]

图上端题"山塘普济桥中秋夜月",款署"仿泰西笔法。桃坞秀涛子"。普济桥跨山塘河,明弘治七年里人周氏等募建,本名无考,清康熙四十九年因于桥南建普济堂而得名。图上三孔拱桥即普济桥,山塘街上单孔拱桥为引善桥,俗呼"打柴浜桥"。普济桥北对直街面,有花树店、酒店等。东为报恩寺,本为怡贤亲王祠。《桐桥倚棹录》卷三记道:"报恩寺,在普济桥东。《府志》云:'国朝雍正十一年郡人请为怡贤亲王立祠,敕改建寺,命赐紫僧超源住持,名怡贤寺。乾隆十六年诏赐今额。'按土人又呼为'王宫'。"图上有殿宇三进,中有"天王殿"额,寺西为花园。寺后一带建筑,有小字标注,乃虎丘仰苏楼、关帝殿一带,实际与报恩寺相去尚远,为构图需要而移近。西北远处有城楼,标曰"齐门"。苏州中秋有"走月亮"之俗,《吴郡岁华纪丽》卷八说:"中秋夜,妇女盛妆出游,携榼胜地,联袂踏歌。里门夜开,比邻同巷,互相往来,有终年不相过问,而此夕款门赏月,陈设月饼、菱芡,延坐烹茶,欢然笑语。或有随喜尼庵,看焚香斗,香烟氤氲,杂以人影。街衢似水,凉沐金波,虽静巷幽坊,亦行踪不绝。逮鸡声唱晓,犹婆娑忘寐,谓之走月亮。"时已圆月当空,街上店铺洞开,行人纷纷,山塘河里灯船画舫往来,蔡云《吴歈百绝》一首咏道:"七里山塘七里船,船船笙笛夜喧天。十千那彀一船费,月未上弦直到圆。"小注:"中秋前后十馀日泛舟山塘,笙歌竟夜不绝。"图上正是这样的景象。

《金阊古迹图》[图06]

图上端题"金阊古迹",款署"桃坞秀涛子"。此图视角独特,乃从齐门城外向阊门一带遥望,在苏州题材绘画中绝无仅有。近景是齐门外,以戏台为中心,台后有旗杆,杆上旗帜飘扬,上有"太平清乐"四字,台柱联曰:"响遏行云,一曲升平千圣乐;掀翻白雪,五音□叶万民欢。"台上"高华班"正在演剧。台前北侧和对直均有看台,南侧有堤岸,隔岸有水榭,皆有观众。台前停轿数乘,站立数十人,或嬉戏打闹,或翘首伫望,边上茶棚毗连,食摊林立,卖烟的、卖糕的、卖汤的,提篮卖橄榄或白兰花的,满街皆是。沿河一带,有檀香庵,有河房,有木桥,有各式船只,船上有人正从跳板上岸,似听得锣鼓琴笛,急急奔来。中景以宽阔的城北运河和城墙为主,河上舟楫繁忙,有货船、客船、龙船、渔船、渡船等,还有大海龟一只,由一小船引牵而下。城墙上有行人,有走马,有倚堞望城外风景者。隔岸有"□王庙",建筑宏伟。远景为阊门一带,街市纵横,红楼栉比。运河一绕阊门而南去,一向西而往枫桥,隐没在山峦间。此图有小字图注,近景有"齐门戏台",远景有"水关桥"、"阊门"、"隘口"、"窝铺"、"吊桥"、"渡僧桥"、"文昌宫"、"虎丘大路"、"上津桥"等,有的掩映在远树之中。

《西湖十景图》[图 07]

图上端题"西湖十景图",款署"写于吴门嘉树轩,钱塘丁应宗"。大英博物馆"肯贝尔藏品"的作者是同一人,分署"姑苏丁亮先"、"亮先氏"、"应宗"等。故丁应宗即丁亮先,乃康熙、雍正间居住在苏州的钱塘人。此图以孤山之南的圣祖南巡行宫为中心,绘有"断桥残雪"、"平湖秋月"、"苏堤春晓"、"双峰插云"、"曲院风荷"等景点,并有放鹤亭、灵鹫塔、飞来峰、岳坟等,有的用小字作标注。整个画面布局,并非实景,而是根据构图需要作了调整。雍正五年,浙江巡抚李卫奏请改圣祖南巡行宫为佛寺,钦名圣因寺。《大清一统志》卷二百十七记道:"圣因寺在钱塘县孤山南,即江浙臣民所建圣祖仁皇帝行宫,雍正五年改寺,恭奉圣祖神御龙碑、御书圣因寺额及'泽永湖山'、'慈云遍覆'扁额。乾隆十六年,皇上南巡,臣民就寺址中界为二,复建行宫。"故此图当印制于雍正五年之前。整体画面完整,构图匀妥,但因题"西湖十景",此幅仅画五景,故当另有左面一幅与之相副。

《西湖十景图》[图 08]

此图可以中轴线裁为两幅,作通景对屏,与《姑苏阊门图》相同。左右各有题诗,左题"西湖十景图"两绝,诗曰:"六桥罗绮媚晴霞,彩袖风偏一向斜。四百亭台何处胜,香车未到莫飞花。""云合云开楼上下,月升月落榻东西。侧身枕畔低回看,身与雷峰塔顶齐。"前一首原作乃明人龚士骧《西湖曲》,后一首原作乃明人宋珏《西湖杂咏》,一字未易。右题"西湖十景"一律,诗曰:"垂杨漠漠荇田田,何处春风十四弦。放鹤僧归天竺雨,听莺人过六桥烟。诗寻萝薜谁边寺,酒载桃花第几船。游子天涯魂易断,非关春树有啼鹃。"此诗原作乃明人何璧《西湖寻曹能始》,也一字未易。左右款相同,均署"乙丑春三月书于墨香斋中"。乙丑为乾隆十年,尚未复建行宫,然图中圣因寺前的坊额有"行宫"两字,疑为乾隆十六年后重印时改版。全图十景俱全,历历在目,刀法纤细入微,光影明暗处理也极自然。

(二)岁时风情

《大庆丰年图》[图09]

图上端题"大庆丰年",又题诗曰:"绿树迎春绿,寒枝历岁寒。愿将柏叶酒,永奉万年欢。刘德自题。"原诗系唐人武平一《奉和元日赐群臣柏叶》中的一首,后两句本为"愿持柏叶寿,长奉万年欢"。图上构想了一个大宅院里的新年情景,以花墙分隔为几区。门外一区,树枝上悬纱灯,系红花,还挂有翠鸟灯彩,一行男女,或捧花篮,或提鱼篮,或敲锣,或吹唢呐,正迤逦而入中庭。中庭一区,中为甬道,一边有长廊、门厅,皆张灯结彩;一边搭起天棚,棚中有数丛硕大艳丽的牡丹,开得正盛,此当是窨花(唐花),明清时期这一培育技术已十分成熟。棚柱有联曰:"寿献金茎露,堂开玉树春。"甬道上有擎灯笼而前行者,灯笼有字"五谷丰登,与民同乐"、"太平万年"等。门厅前正在演傩戏,聚人围观,另有数位武将、衙役装束者,当是等待上场的优人,其中有一背向者,还拿着面具。内庭一区,敞厅和楼厅参差前后,也张灯结彩。敞厅中央坐着主人,桌上放着酒菜,还有差役、侍女多人。楼厅下聚集家中妇女儿童数人,正听盲女弹唱;楼上则有怀抱婴孩的女子、嬉戏笑语的儿童,正倚栏而望。这时,从另一区内走来两位侍女,捧着食盘向敞厅走去。

《岁朝图》[图10]

图上题诗一首曰:"梅雪争春斗渐开,炮声催转岁朝来。红炉团坐麟儿嬉,老翁携杖步琼台。"款署"姑苏桃花坞蔡卫源画于梅花书屋"。图左下壁上有"岁朝图"三字。岁朝,即农历正月初一。图上画的是雪后情景,气氛清洌。前景建筑纵横布列,临水而筑,有石拱桥贯通,前池中有小船,船上有两女子,一在撑篙,一在跐足折梅。岸上也是一女子攀树折梅,一红衣孩儿在树下张望。对岸也有一红衣孩儿,正在点燃爆竹。桥后有方池,池后有住家,三开间,中间厅堂内有红泥火炉,有孩儿戏嬉于侧。住家后有花园,有竹丛,有梅花,有亭子筑于假山之上,一老者正扶杖而行。远景则是雪山连绵,间有屋宇点缀于树林之中。图上景象与题诗吻合,设色古雅,比较同题材"姑苏版"年画,更讲求传统意趣。

《岁朝图》[图11]

图上题诗一首曰:"斗柄阳回大地春,红花绿萼两争新。年年岁岁多如意,客至欢呼酒一樽。"款署"丁卯桃坞主人戏写",丁卯为乾隆十二年。款下有"啸竹峰"三字,疑为坊肆字号。全图分近、中、远三景。近景有池塘,小船上前后两孩儿,一摇橹,一折梅,舱中置瓮,瓮中有梅一丛;岸右有船厅,厅前三孩儿,一擂鼓,一敲汤锣,一吹唢呐;前有四面厅,厅内屏板悬画,左右有联,桌上有清供,厅前两女子,搀一孩儿,旁有一孩儿在戏钹。中景为庭院,方亭内外,数孩儿正在游戏;池边两女子,一捧梅瓶,一在折梅;廊榭数楹,室内屏板悬墨竹图,画桌上有盂盎数器,女子、孩儿各有所事。远景以大河间隔,有板桥、道路,再远处群山起伏,皆为白雪覆盖。

《四妃图》[图12]

图上题"四妃图",又诗曰:"重须沽酒更装钱,要敌寒威壁垒坚。乍见阴森水是国,还疑晃朗月为天。"款署"桃坞主人戏写",款下也有"啸竹峰"三字。此图虽题"四妃",实际描绘的是元宵欢乐场景。主景为两组花厅庭院,均张灯结彩,间有阑干、花墙、杂树等。人物活动也分两组,一组为前景,孩儿数人,或放风筝,或擎鲤鱼灯,或提花灯,或摇货郎鼓;一组为中景,孩儿数人,或燃爆竹,或敲汤锣,或骑竹马。远景则是山峦蜿蜒起伏,有湖泊间隔,长堤有桥,有人踽踽独行。所谓"四妃",乃四位女子,分两组,均在照看孩儿嬉戏。

《岁朝楼阁图》[图13]

图作新年景象,以亭台楼阁分隔画面,人物活动分若干组,乃一组组戏曲折子戏场景,均出袁于令传奇《西楼记》,分别有小字标注,有"赏灯"、"讲妓"、"歌谱"、"楼会"、"打西楼"(即"打妓")、"拆书"、"赠马"等。上述折子戏只是《西楼记》中的一部分,并且集中在剧情的前部,故疑此图是通景条屏之一,全套或许有四幅。《西楼记》作于万历三十八年前后,陈继儒《题西楼记》说:"近出《西楼记》,凡上衮名流、冶儿游女,以至京都戚里、旗亭邮驿之间,往往抄写传诵,演唱多遍。想望西楼中美少年,何许风流眉目,而不知出于金阊。"祁彪佳《远山堂曲品》将它列入"逸品",评道:"写情之至,亦极情之变,若出之无意,实亦有意所不能到。传青楼者多矣,自《西楼》一出,而《绣襦》、《霞笺》皆拜下风,令昭以此噪名海内,有以也。"这幅年画印于乾隆间,可知当时《西楼记》仍盛行不衰,故事为人稔熟。此图以戏文组合成新年主题,构思别出心裁。

《百子图》[图14]

图上题"百子图",诗曰:"麟趾祯祥瑞气和,乃生男子祝三多。衍庆螽斯寻弄璋,世称百子颂欢呼。"款署"癸亥新秋,法泰西笔意于兰桂堂中,古吴筠如"。癸亥为乾隆八年。右下画外有牌记"姑苏桃花坞张星号发客"。画面描写元宵景象,以墙为界,分上下两组。下部一组以敞厅庭院为背景,男女孩儿正在"闹元宵"。或擎荷花灯、鲤鱼灯,拉兔子灯;或张伞盖,骑竹马,执"三军司命"旗,绕厅堂结队游衍;或击鼓,吹唢呐,敲汤锣,碰铜钹,至有攀登于树上者。上部一组是厅堂对直假山方亭,一群孩儿在山上嬉戏,厅中众孩儿正倚槛张望。此图用三版拼接,上版题"百子图"并诗,上中两版以树杪、云片过渡,不够自然,中下两版之衔接,也明显不合理。

《渔家同乐图》[图15]

图上近岸三渔船毗连,一船上诸渔人围坐船头,正饮酒作乐,船尾有渔妇正在哺乳;另一船上,船头上渔妇怀抱孩儿,舱上有两孩儿嬉戏。岸上,一妇人一孩儿,似在为卖鱼鲜讨价还价。港内还有两渔人,正在用鱼罩捕捞。此图描绘了渔家生活,正如周权《渔翁》诗曰:"转棹收缗日未西,短篷斜阁断沙低。卖鱼买酒归来晚,风飐芦花雪满溪。"值得注意的是,图上船身、石桥、鱼罩、鱼筐、鱼网,以及人物服饰等,都采用细密的排线法来处理。

《渔樵耕读图》[图16]

图上题"渔樵耕读",为传统绘画题材,也是乾隆朝常见的版画内容,清高宗就有《题木镂渔樵耕读图》,诗曰:"太古山川尘外陬,武陵一例有人留。弄竿初不计鱼乐,荷担惟应与鹿游。力穑略同无越畔,穷经何异服先畴。四民执业各勤务,刻镂伤农语信不。"此图置景于湖边水村,一港深入。渔船数只沿岸停泊,船上妇孺各有所事,岸上数渔人正在行令聚酒,一人已醉,被搀扶着回船。远处桥上,有樵夫挑柴而过,似从山中归来。近岸有瓦屋,屋内有妇人在纺纱,场上又有妇人在浆布。远处农田里,有人耕作,谷场上簸扬已毕,有人正挑稻草上肩。而在一茅屋里,又有妇人教童子读书。一图之中,渔樵耕读俱全,场面开阔,色泽丰富,中央一树梅花,以凹刻"白地法"为之,尤为精神,似与水光相辉映。

(三) 美人婴戏

《和合图》[图17]

图上题"和合图",诗曰:"三凤呈祥瑞,家庭喜气多。画时随意取,和合笑呼呼。"款署"金闾张在璿并题"。和合者,乃和睦同心之意,引申为祥和吉利。周去非《岭外代答》卷十"茅卜"条有"其卦甚吉,百事欢欣和合";杨显之《酷寒亭》第三折也有"谢天地买卖和合";甚至有将好日子称"和合日"的,《警世通言》卷十六《小夫人金钱赠年少》中李媒婆说:"明日是个和合日,我同你先到张宅讲定财礼,随到王招宣一说便成。"和合图是年画的常见题材,方薰《太平欢乐图》于卖欢乐图一幅按道:"浙江当岁除,家户买五色画纸,黏于壁间。其画有太平有象图、眉寿福禄图及和合、如意诸图,总名之曰欢乐图。"此图风调古朴,富有装帧趣味,梅瓣图形中有三孩儿,浓眉大眼,剃婆焦,系红肚兜,中一孩儿双手举起荷花盒子,以示"和合"之意。梅瓣图形外有喜鹊、桃花,寓意吉祥。

《螳螂三童图》[图18]

图上为卷轴式诗堂,诗曰:"雏麟多佳质,幼处芝兰室。提戈取金印,能辨长安日。"款署"桃花坞中□方主人"。图作圆形,即所谓"月光式",这是在晚明出现的版刻插图新形式,在规整的长方形中,如圆镜取影,规所以正圆,矩所以正方,使得整幅画面方圆融合,具有很强的装饰性。"月光式"版刻插图最早由苏州书坊创制,"月光式"年画也最早在苏州流行。此图中有三孩儿,在青砖地上嬉戏,中一孩儿以线提螳螂,边上有石桌,上置陶罐、香炉,背景有芭蕉、红栏、湖石,色彩和谐。螳螂之前足呈镰刀状,郭璞注《方言》称"有斧虫也",与题诗"提戈取金印"之意相合。

《麒麟送子图》[图19]

此乃年画传统题材,一孩儿骑麒麟之上,簪冠系红缨,项间挂金锁,手执长竿灯笼。麒麟乃传说中的祥瑞之兽,《礼记·礼运》说:"山出器车,河出马图,凤凰麒麟,皆在郊椒。"又说:"麟凤龟龙,谓之四灵。"麒麟的形状似鹿,独角而牛尾,全身鳞甲。相传太平盛世或圣人出世,它才会显现。王充《论衡·指瑞》说:"孔子生于周之末世,麒麟见于鲁之西泽。"王嘉《拾遗记》卷三也说:"夫子未生时,有麟吐玉书于阙里人家,文云:'水精之子,系衰周而素王。'故二龙绕室,五星降庭。征在贤明,知为神异,乃以绣绂系麟角,信宿而去。"由此而附会麒麟送子的传说,杜甫《徐卿二子歌》咏道:"君不见徐卿二子生绝奇,感应吉梦相追随。孔子释氏亲抱送,并是天上麒麟儿。"在新年里,民间以纸扎麒麟祈子,蔚然成风,如《点石斋画报》记道:"邗江风俗,每至新正有一种乡民,三五成群,以五色纸扎成麒麟一头,麇其身,牛其尾,马其蹄,象形维肖,栩栩然,毛虫之长也。导以锣声鞳鞳然,鼓声鏊鏊然,麟则摆尾摇头,或推或挽,由竹篱茅舍间直至大街小巷,挨门歌唱,吉语喧传,谓之'送麒麟',盖取麒麟送子之义也。"麒麟送子的俗信,由此可知。

《送子观音图》[图20]

民间信奉送子观音,由来已久,陆增祥《八琼室金石补正》卷二十记北齐王三娘造像记,就有"天保元年正月十八日,清信女王三娘为子敬造送子观音像一区,愿我子孙长□,离苦解脱"诸语,故送子观音是世俗观音造像的主要形式。元人贺六待诏工画观音,有种种变相,王毓贤《绘事备考》卷七就著录他画的送子观音像六幅。图中观音梳流苏髻,着彩绣云肩,披窄幅帛巾,飘飘欲仙。怀抱一孩儿,左拈桂枝,右捧笙管,寓"生贵子"之意;旁立一孩儿,高举花篮,篮中有佛手柑、石榴、桃子,寓多福多寿多子之意。苏州人很相信送子观音,如在《白雪遗音》卷四《玉蜻蜓》一则《访庵》里,生问:"何为送子观音?"旦答:"那些积善人家,暮年无子,到此烧香许愿,抱了一个回去,后来产下麟儿,前来还愿,最是灵验。"

《鱼篮观音图》[图 21][图 22]

鱼篮观音为观音变相,徐应秋《玉芝堂谈荟》卷十六说:"凡《法苑珠林》、《宣验》、《冥祥》等记,观世音显迹,六朝至众,其相或沙门,或菩萨,或道流,无作妇人者,惟宋寿涯禅师咏鱼篮观音有'清冷露湿金栏坏,茜裙不把珠璎盖'之句,然亦其变相耳。后世讹为女像,又讹为妙庄王女,尤为可笑。"故胡应麟《少室山房笔丛》正集卷二十四说:"今世女子多崇事鱼篮观音,盖前代已有此像矣。"两幅图上的鱼篮观音,均梳鹅胆心髻,其中一位上着对襟短襦,下系间裙,更与民间渔妇形象接近。鹅胆心髻是明清时期的流行髻式,髻顶作长形,不用花饰,以素雅为美。范濂《云间据目钞》卷二说:"自后翻出挑尖顶髻、鹅胆心髻,渐见长圆,并去前饰,皆尚雅装。"

《采莲母子图》[图 23]

此图富有家庭生活气息,临池水阁中,梳流苏髻、着印花背子的母亲,正在将数枝莲花插入瓶中,一红衣孩儿采了莲花跑来,正递给母亲,而爬在榻上的小孩儿牙牙学语,红衣孩儿转过头去,好像与小孩儿说些什么。阁后池中,莲花开得正盛。因"莲"与"连"字谐音,在民间艺术品中,凡莲花与孩儿组合,每寓"连生贵子"之意。母亲所梳之流苏髻,流行于宋代,由同心髻演变而来,《格致镜原》卷十一引《谢氏诗源》说:"轻云鬓发甚长,每梳头立于榻上,犹拂地。已绾结,左右馀发各粗一指,结束作同心,带垂于两肩,以珠翠饰之,谓之流苏髻,于是富家女子多以青丝效其制。"顾闳中《韩熙载夜宴图》、宋佚名《半闲秋兴图》都绘有这种髻式。至明末,凡高髻都有向低矮、扁小发展的趋向,清初叶梦珠《阅世编》卷八说:"年来髻式不一,或纸胎纱表,或铜丝为质,装成花朵,以天鹅绒为表,样各不同。总之,高不过二三分,大几及尺,装珠贴翡,必选极精,不以多为贵矣。康熙二十五六年后,又尚扁小,高不过一二分,径不过二寸许耳。"可知梳苏髻不是清初时尚,或作者有意摹古。

《三元及第图》[图24]

临河屋内,梳流苏髻、着彩绣云肩的母亲手持书卷,一总角孩儿拿着弓箭,地上叠放着三只果子,当是试射的标的,寓有"连中三元"之意,科举时代称解试(后称乡试)、省试(后称会试)、殿试(后称廷试)第一为解元、会元、状元,合称三元。赵升《朝野类要》卷二说:"解试、省试并为魁者,谓之双元;若又为殿魁者,谓之三元。"墙上悬有立轴,绘有松、鹤、灵芝诸物,桌上花瓶中插牡丹、桂花,均为祥瑞之物。窗户甚大,构成背景,河流、驳岸、石桥、杨柳等组成水乡景象。窗式为和合窗,起于半墙之上,分上下两扇,上扇用摘钩支撑,下扇可以取下,与后世苏州民居常见的和合窗不同,记录了乾隆年间同类窗式的特点。

《百子图》[图25]

百子图乃传统婴戏题材,反映了希冀子孙众多的观念。迟在战国时期,这种观念已经形成,《庄子·天地》的"华封三祝"就记述了封人"使圣人多男子",后人以为祝颂之辞。至宋代,百子图的绘画题材已经成熟,辛弃疾《鹧鸪天》词就有"恰如翠幰高堂上,来看红衫百子图"之咏。百子者,有的确有其数,如宋佚名

《百子嬉春图》等，但更多的是象征，凡将若干孩儿集于一图，场面热闹，不论人数多寡，都称百子图。此幅以西洋建筑为百子嬉乐场景，由下而上布排画面，具有由近而远的透视效果。近景有打十番、竹马、舞龙、点爆竹、斗蟋蟀、擎灯等；中景摹仿状元游街，另有采莲、吃西瓜、状元筹、扮麒麟送子故事；远景则有放风筝、荡秋千等。整个画面，气氛热烈，绘写精细，耐人寻味。

《天仙送子图》[图26]

图上云端站立仙女两人，均梳牡丹头，前者着蓝衣云肩，执如意，拈桂花；后者着绿衣云肩，持障扇，上有"天仙送子"四字。一孩儿乘坐凤凰，簪冠系红球，着锦绣袍服，手托小盂。牡丹头是明清之际的流行髻式，董含《三冈识略》卷六说："余为诸生时，见妇人梳发高三寸许，号为新样。年来渐高至六七寸，蓬松光润，谓之牡丹头，皆用假发衬垫，其重至不可举首。"李渔《风筝误·艰配》也说："小姐梳完了，这是近来新兴的牡丹头，好看，好看。"由此可见苏州年画的时尚意识。此图经套版后再作填绘，用蓝色的浓淡表现阴影，用墨色的浓淡表现裙子褶皱，这一技法常见于乾隆后期的"姑苏版"。

《状元游街图》[图27]

"状元游街"之风起自唐代，当发榜以后，选出两名年轻英俊的新科进士，充作"两街探花使"或"探花郎"，骑马遍游长安的大街名园。孟郊《登科后》所谓"春风得意马蹄疾，一日看尽长安花"，正是他扬眉吐气、大喜若狂的真实写照。旧小说里也经常提到这个故实，《石点头》第七卷《感恩鬼三古传题旨》说昆山卫泾中状元后，"发榜之后，大宴琼林，六街三市，争看新进士游街，喧阗道路，挨挤不上"。画面上，一孩儿装扮成进士，骑马上，戴硬幞头，插杏花，着圆领团花袍服，面露喜色，意气风发；后随一童子，剃婆焦，打着伞盖；身后一女子，梳牡丹头，戴金锁，上着蓝衣云肩,下系长裙,怀抱手拈桂花的小孩儿,母子俩目送进士迤逦而去。

《五子登科图》[图28]《连中三元图》[图29]

两幅是开张、题材、风格完全相同的组图,人物衣饰华丽,色彩鲜艳,印绘十分精细。《五子登科图》以橘树为中心,母亲怀抱一孩儿倚树而立,一孩儿在树上采摘,一孩儿举着红缨盔帽,一孩儿似在看那盔帽,又一孩儿一手牵着母亲的衣襟,一手拿着采下的橘子。"五子登科"典出《宋史·窦仪传》,谓窦禹钧五个儿子仪、俨、侃、偁、僖相继及第,冯道赠诗美之云:"灵椿一株老,丹桂五枝芳。"《连中三元图》以桂树为中心,树上悬系着三个石榴,红衣孩儿已射中两个,正在射第三个,母亲倚在湖石上正凝神观看,还有两孩儿,一扛系缨画戟的孩儿正与另一孩儿说话。"连中三元"是科举考试的最高荣誉,后来作为一句成语,沈受先《三元记·格天》有"玉帝敕旨,谪下文曲星君与冯商为子,连中三元,官封五世"诸语;《白雪遗音》卷三《小郎儿·冬》也唱道:"龙门高跳(鳌鱼头儿哟),连中三元(哥哥)。"两幅中的橘树、桂树,树叶均作金黄色,惟《连中三元图》中系石榴的一枝树叶为绿色,有不合情理之处。

《麟儿图》[图30][图31]

凡天资颖异的孩子,被称为麒麟儿,释觉范《赠汪十四》曰:"石麒麟儿天上物,英姿秀彻气超忽。"王洋《贺生孙诗》曰:"掌中送此麒麟儿,不是如来须孔子。"又简称麟儿,汪廷讷《狮吼记·训姬》说:"那陈季常呵,风流潇洒,愿他早诞麟儿。"这两幅年画尺寸相同,内容相副,但因铺地线条不能衔接,疑不是一套,各自或有与之相副的一幅或多幅,组成通景屏条。且看这两幅,一幅画中屏门版上悬楹联半副,上书"麟儿集庆新年瑞",上款位置书"姑苏信德号",当是画铺字号。此幅为新年景象,大户人家厅堂上,母亲坐在桌边,一浅衣孩儿正在点燃爆竹,一黑衣孩儿双手掩耳,倚偎在母亲身边,另一红衣孩儿则逃到后间,也双手掩耳,孩儿们尽管有点害怕,但眼睛仍盯着即将燃响的爆竹。有意思的是,后间有两只狮子狗正在地上打闹,可以想见当爆竹响起,它们就会惊窜而去。另一幅构图,与《采莲母子图》基本相同,惟榻边有花架,上置兰花一盆,又灯架上高悬圆灯一盏,榻前有红漆面圆鼓凳两只,榻后有窗,从窗内望去,后园里,绿荫周匝,朱阑环绕,更显得庭院深深。这两幅都装有西式画框,乃海外回流之物。

《美人画松图》[图32]

作书房场景,一女子梳流苏髻,插金凤簪、金镶玉步摇,着蓝衣云肩,穿红裙,正伏案拈笔画岩上松树;一侍女也梳流苏髻,着红背子、绿马甲,捧茶盏而上;画桌上有书籍、笔筒、砚台,瓶中插着梅花。此图以线刻技法表现衣褶,再以笔绘表现阴影,技法娴熟。据《中国木版年画集成·日本藏品卷》图注,日本另有收藏家存有相同的一幅,惟存中间一部分,上下部分均已遗失,"此例可以证实,从中国运到日本的版画并不是单张,而是有数张"。

《双桂轩抚琴图》[图33]

室内墙上辟圆形月洞,上悬"双桂轩"匾额,两边楹联曰:"杏雨松风竹叶,茶烟琴韵书声。"一女子正在抚琴,另有女子及孩儿在听琴。抚琴女子梳鹅心胆髻,披云肩霞帔,挂金锁。听琴女子年稍长,一身素色,着马甲,系罩裙。孩儿剃婆焦,挂金锁,着红衣,手捧铃铛。人物衣装、琴砖、几架、圆鼓凳,线刻极为精细,具有绸、布、砖、木的不同质感。月洞乃传统建筑中的墙上空宕,不置窗扉,以清水细砖镶边,李渔《闲情偶寄》卷四称之为"无心画"、"尺幅窗"。透过月洞,可见湖石、花树、翠鸟。匾额有"双桂轩"三字,另有一幅"姑苏版"《泰西五马图》,署款"壬子孟秋戏笔于双桂轩中,松斋",双桂轩或为画铺字号。

《美人读书图》[图34]

女子梳牡丹头,上插金花钿,着红绸背子,正站在窗前倚桌读书,另一隅放着花架盆梅,她听得蜜蜂的嗡嗡声,回首向盆梅一瞥。六角形窗户的竹帘已被卷起,窗外一枝山茶红艳艳的,开得正盛。桌上有一瓶插花和一函书籍,女子读的那卷正是从函套中抽出来的。那正是早春景象,杜甫《敝庐遣兴奉寄严公》诗曰:"风轻粉蝶喜,花暖蜜蜂喧。"李贺《南园》诗曰:"春水初生乳燕飞,黄蜂小尾扑花归。"虽说是早春,但暖风吹来,已让人有些慵懒了。

《猫鼠美人图》[图35]

以门户为限,描绘女子姿态神情的题材,为苏州早期年画所常见。画面上的女子,梳流苏髻,披云肩,手执羽扇,正掀开竹帘,正低头看着门槛上,猫儿正衔着一只老鼠。门幔、竹帘、门扉以及女子装束,以线刻反映出各自不同的质地。门扉框档为木质,上半部用金属花式窗格,下半部用大理石相嵌,为传统长窗样式中未见,乃是汲取西方设计因素的想象窗式。

《双美宠狗图》[图36]

这幅也以门户为限,两位梳牡丹头、衣装华丽的女子立于廊内,隔阑是一湖碧水,远处有西洋风格的建筑。一边是拉开的落地长窗,花结嵌玻璃两方,分别置墨竹、花鸟各一幅,中夹堂板和裙板上均有纹饰,裙板边缘有"锦元"两字,当是画铺字号;另一边是用如意帘钩钩挂起布幔,布幔以"卐"字为底纹,上印蓝色团花。一女子从小几的花盆里采了朵玫瑰花,正在嗅闻,一对蝴蝶翩翩而来;另一女子正瞧着爬在小凳上的狮子狗。庞薰琹在《中国历代装饰画研究》中提到这幅画,说是"穿时装,玩洋狗,大概当时认为是时髦的事"。追求时尚新奇,确乎是当时苏州的社会风气。

《春宵闺怨图》[图37]

雕花架子床的床沿上，坐着一位正在解衣宽带的女子，梳一窝丝，灰绿背子已经解开，露出淡红的襕裙，红裤下露出一对小小弓鞋，也是红色的。帐幔上的夔龙、花结纹样，帐子上的仙鹤、石榴、牡丹纹样，被褥上的几何花式纹样，特别是床前挡尘的床贴，黑丝绒上绣花，几近逼真。桌上放着香炉、卷轴、绢宫扇，扇上画的牡丹花枝，格外令人注目。一窝丝髻式，流行于明清时期，挽髻时直接盘成圆圈，形成小窝，给人以鬓发蓬松之感，十分妩媚，如《金瓶梅词话》就多次提到，第二十八回写潘金莲，"看见妇人，黑油般头发，手挽着梳还拖着地儿，红丝绳儿扎着，一窝丝攒上戴着银丝鬏髻，还垫出一丝香云"。又五十九回写郑爱儿，"不戴鬏髻，头上挽着一窝丝，杭州攒梳的，黑鬖鬖光油油的，乌云霞着四鬓，云鬟堆纵，犹若轻烟密雾"。图作如此题材，女子梳一窝丝最为适宜。

《美人观画图》[图38]《富贵美人图》[图39]《绣鞋美人图》[图40]

三幅都是乾隆后期作品，尺幅都不大，也都以颜色的变化来表现衣褶的明暗。《美人观画图》画一女子坐在榻上，回首俯看展开在榻上的画卷，榻边花架上有一盆兰花，女子身着蓝色绉纱镶边背子，上面的白色纹样异常精美，所着弓鞋及手中绢宫扇上的牡丹，都是鲜艳的红色，惹人眼目。《富贵美人图》也画一女子坐在榻上，傍有一缸金鱼，高足花架上吊着一篮牡丹，女子身着淡绿对襟短襦，外加紫色半臂，短襦上的纹样，绢宫扇上的花卉，榻上铺垫的图案，都有很好的表现。《绣鞋美人图》画一女子倚着长桌坐在青花陶瓷墩上绣鞋，边上也有高足花架，吊着一篮菊花。女子身着蓝色绉纱背子，用浓淡蓝色套印，使背子上的团花纹样十分清晰。以上三幅，属于"姑苏版"后期佳作。

(四) 戏文故事

《十友斋全本西厢记》[图41]

此为对屏两幅。左图题诗曰："一部西厢总关情,尽将描出在丹青。莫言摩诘诗中画,今日图中更有文。"署款"桃花坞十友斋题"。另有小字题曰："郎才女貌,人情共悦。适逢其时,天作之合。"署款"主人题"。右图题诗曰："佳人才子本同心,偶尔相逢胶漆深。总之一段奇缘事,笔底全凭传出神。"后有小字"仿泰西笔法"。另有小字"全本西厢记,丁卯初夏新镌"。丁卯是乾隆十二年。全图以围墙分隔出若干场景,介绍场景故事的文字大都置于粉壁。如崔莺莺焚香拜月一段,题曰:"春色撩人眠不得,月明花下一炉香。"孙飞虎兵屯寺门一段,题曰:"半万贼兵,卷浮云片时扫尽,张君瑞合当致敬。"在一幅之内,以建筑空间的分割,组成彼此联系的画面,属于连环图画的一种形式,最早出现于苏州年画,代表作品是丁亮先的《十二月采茶歌》,今藏大英博物馆,属"肯贝尔藏品"。

《墨浪子全本西厢记》[图42]

此为对屏两幅,今日本海社美术馆藏两种印本,仅印刷差别而已。左图题诗曰:"西厢佳剧古传今,作俑元稹撰会真。屡继骚人续锦绣,丹青摹写博斯文。"款署"墨浪子并题"。右图题诗曰:"郎才女貌并青年,志定姻缘无怪燃。偏是文章多弄巧,更加演写在人间。"款署"题于唐解元桃坞"。与《十友斋全本西厢记》相同,也将全图分隔出若干场景,都用词曲来介绍人物故事,如张生赶考一段,旁注:"西洛才子张珙,春兰应试登程。观山玩水赴神京,骏马雕鞍斯称。右调《西江月》"。如莺莺焚香一段,旁注:"想才郎焚香逗遛,小红娘知心怎剖。那张生详机来候,仗色胆跳墙头,仗色胆跳墙头。右调《园林好》。"再如普救寺相遇一段,旁注:"佛殿奇逢,莺莺张珙春心动。两意和同,合受相思梦。

右调《点绛唇》。"用词曲来注图,为乾隆间戏文故事类年画所常用,如正茂号的《安史之乱图》,也用这种形式来作诠释和评点。

《粉红襕后本》[图43]

图上题诗曰:"奸媒弄巧尖便宜,湛湛青天莫可欺。拆散鸳鸯终会合,观场世羡应天飞。"款署"痴樵子识"。首句"尖便宜"的"尖",即"僭",乃苏州方言,意谓"占便宜"。《粉红襕》传奇,《今乐考证》等著录,久佚。作者薛旦,字既扬,号訢然子,长洲人,顺治、康熙间在世,自言欲步徐文长、沈君庸后,艳思绮语,往往见于词曲。据云此剧演李惠兰故事,又有三十回本小说《新刻雅调唱口粉红襕全传》存世,因未寓目,具体情节不详。此图以围墙分隔若干场景,点景文字印于粉壁,可作为考索剧目内容的依据。

《茉莉花歌》[图44]

图上题"茉莉花歌,新编时调十二首",茉莉花歌是流行于江南的民歌形式。此图从建筑空间上划分出十二区,各以人物构成故事,配歌十二首,如貂蝉拜月,歌曰:"茉莉花开明月下,照见花心呀照见花心。花有心来郎薄情,为□□细诉衷情呀呀细诉衷情。"如《玉簪记》故事,歌曰:"茉莉花开无人见,冷落云房呀呀冷落云房。必正偷书陈妙常,恨潘郎为偷诗漏泄春光呀呀漏泄春光。"如今明清民歌整理颇有成绩,但尚未关注年画一类载体。

《临潼斗宝》[图45]

图上题"临潼斗宝",款署"金陵赵陞写"。画外右下有牌记"姑苏曹华章发客"。"临潼斗宝"乃传说故事,不见史载。说是春秋时秦穆公设谋,邀请十七国诸侯至临潼赴会,各出传国之宝比斗,楚人伍子胥在会上举鼎示威,制服秦穆公。故事约起于宋元间,元人许衡在《小学大义》中就说:"又如楚平王在临潼斗宝,用那贤人赢了诸国。"清初有传奇《临潼会》,至乾隆间,其故事已深入人心,图上画的正是伍子胥举鼎情景。

《文姬归汉》[图46]

图上题"文姬归汉",款署"写于姑苏桃坞中,墨浪子"。"文姬归汉"既是绘画常见题材,又是戏曲传统剧目,元人金仁杰有杂剧《蔡琰归汉》,明人陈与郊有杂剧《文姬入塞》,近世有程砚秋编演的京剧《文姬归汉》。大意说三国时蔡邕之女文姬,因兵乱被掳入匈奴,与左贤王成亲,生有两子,十二年后,曹操遣使以金璧将她赎回,文姬与两子诀别,哭拜昭君墓后,随使者归国。图中既画迎接文姬的曹操一行,又画马车上的文姬和前拥后呼的使者,以及前来送行的匈奴王,还画远处玉门关下,其子依依不舍,挥泪目送的情景。

《千里送京娘》[图47]

此乃传统剧目,京娘事,宋元时即有话本,《警世恒言》卷二十一《赵太祖千里送京娘》或据其本。元人彭伯城有杂剧《四不知月夜京娘怨》,又有宋元间戏文《京娘怨燕子传书》,均佚。《缀白裘》收录《送京》、《访普》两折,《纳书楹曲谱》收录《送京》一折。近世京剧有《飞龙传》,秦腔有《董家桥》,京剧、川剧、汉剧、徽剧、楚剧、滇剧、江淮剧、粤剧、豫剧、秦腔、桂剧、同州梆子、评剧等都有《送京娘》。一幅画京娘路遭遇山贼,赵匡胤拔刀相救场面,屏风上有诗曰:"打虎但闻名,英雄千古称。开钱如云散,方知抛易发。还逢赤松子,天路共相邀。"另一幅画赵匡胤千里迢迢送京娘回家。两图均用线刻技法表现衣饰等阴影,当为乾隆间作品。

《灵台同乐》[图48]

图上题"灵岩同乐",又诗曰:"台沼有神功,经营不日中。君王多乐事,适与万民同。"款署"松间居士题"。灵台乃周文王建,《诗·大雅·灵台》曰:"经始灵台,经之营之,庶民攻之,不日成之。"《孟子·梁惠王章句上》说:"文王以民力为台为沼,而民欢乐之,谓其台曰灵台,谓其沼曰灵沼,乐其有麋鹿鱼鳖。古之人与民偕乐,故能乐也。"此图取意于此。画亭台池沼,白鹤翔舞,双鹿奔走,文王与臣民共作雍游,一片和洽安乐景象。由于采用焦点透视法描绘建筑群,尤有纵深之感。

《雪中送炭》[图49]

图上题"雪中送炭",又词曰:"密霰乱飞窗隙,肜云寒勒梅梢。恍疑天阙漏琼瑶,一空青山白了。压竹栖鸟不定,打松舞鹤分飘。有人乘兴泛兰桡,饮酒拥炉歌浩。"下署"右调《西江月》,偶题于一草亭,桃坞主人"。"雪中送炭"为成语,出范成大《大雪送炭与芥隐》中的"不是雪中须送炭,聊装风景要诗来"。图分近中远三段,近景画雪中送炭故事,一男子肩扛炭筐走在桥中,后一老汉挑着米粮诸物走上桥来,小童转身相告,家人开门迎候,近岸有渔船一只,渔妇在舱里,甲板上放着鱼篮;中景画林逋倚梅树而立,前后有三位折梅童子,池中船上有一对白鹤,反映了林逋"梅妻鹤子"的精神境界,上题小字"和靖爱梅图,归鹤轩";远景则是连绵山峦、云海缭绕。

《聚宝盆》[图50]

聚宝盆是传说中的宝器,附会于沈万三故事。何孟春《馀冬序录摘钞》卷四说:"旧传沈万三家有聚宝盆事。云在沈氏,贮少物,物经宿辄满,百物皆然,他人试之不验。事闻太祖,取入试,不验,遂还沈氏。"俞樾《茶香室丛钞》卷二十说:"国朝宋长白《柳亭诗话》云:金陵水西门有猪龙为患,相传明祖以沈仲荣聚宝盆镇之,乃止。注云:仲荣名富,行三,人因呼沈万三。张三丰授以炉火术,有'八百火牛耕夜月'之句,其富敌国,盆即鼎器也。按沈万山聚宝盆,至今妇竖艳称之,读此乃知其有自也。"图中聚宝盆置于庭院中,回回财神围绕,他们乘坐骆驼、大象、麒麟、狮子之上,还有一株巨大的摇钱树,钱龙盘绕在上,源源不断地吐出金银财宝,诸多妇女儿童正目睹这一情景。另一个庭院里,聚集多人,正在计算元宝的数量。图中还有福禄寿三星、刘海金蟾等,组合成喜庆场面。

"姑苏版"是年画史上的奇迹,它的丰厚和博大,精微和淡雅,可谓出类拔萃,空前绝后。作为清初苏州年画的主流,它的出现,并不是偶然的,与苏州的文化传统、社会情状、人文环境等有密切的关系。研究"姑苏版"是一个关于版画史和苏州文化史的重要课题,我只是作了初步的涉猎,那是远远不够的,至多只能算是作了一个稍具统系的粗浅表述。如果有诸多学者一起来探索和商榷,进一步扩大学术视野,更多地了解分藏于世界各国的"姑苏版"遗存,更多地了解后"姑苏版"时代的图像资源,对"姑苏版"的研究,将会更加全面和深入。

二〇一一年十二月二十五日

[图 01-1] 姑苏阊门图 108.8厘米×56厘米
浓淡墨版彩绘 日本海社美术馆藏

［图01-2］ 姑苏阊门图 107.7厘米×54.7厘米
浓淡墨版彩绘 日本海社美术馆藏

[图02] 姑苏万年桥图 92.3厘米×53.5厘米
浓淡墨版彩绘 日本神户市立博物馆藏

[图03] 姑苏万年桥图　94.2厘米×51.2厘米
　　　　浓淡墨版彩绘　日本私藏

[图04] 苏州景新造万年桥图 100.5厘米×53.6厘米 浓淡墨版彩绘 日本町田市立国际版画美术馆藏

[图05] 山塘普济桥中秋夜月图　103.9厘米×55.7厘米
浓淡墨版彩绘　日本神户市立博物馆藏

［图06］ 金阊古迹图　100厘米×52.2厘米
浓淡墨版彩绘　日本海社美术馆藏

［图07］ 西湖十景图 105.7厘米×56.5厘米
浓淡墨版彩绘 日本海杜美术馆藏

［图08］ 西湖十景图　93.5厘米×104厘米
浓淡墨版彩绘　日本町州市立国际版画美术馆藏

[图09] 大庆丰年图 105.3厘米×56.3厘米
浓淡墨版 日本海社美术馆藏

[图10] 岁朝图　97.8厘米×53.9厘米
浓淡墨版彩绘　日本海社美术馆藏

［图11］　岁朝图　98.3厘米×53.2厘米
浓淡墨版彩绘　日本海社美术馆藏

[图12] 四妃图 93.3厘米×52.8厘米
浓淡墨版彩绘 日本海社美术馆藏

［图13］ 岁朝楼阁图　78.7厘米×48.2厘米
浓淡墨版彩绘　日本海杜美术馆藏

[图14] 百子图 102.1厘米×56.4厘米
浓淡墨版彩绘 日本海社美术馆藏

［图15］ 渔家同乐图　93.4厘米×51.7厘米
线版彩绘　日本海社美术馆藏

[图16] 渔樵耕读图　106.5厘米×57厘米
浓淡墨版彩绘　日本神户市立博物馆藏

[图17] 和合图 44.6厘米×24.2厘米
套版彩绘 日本海社美术馆藏

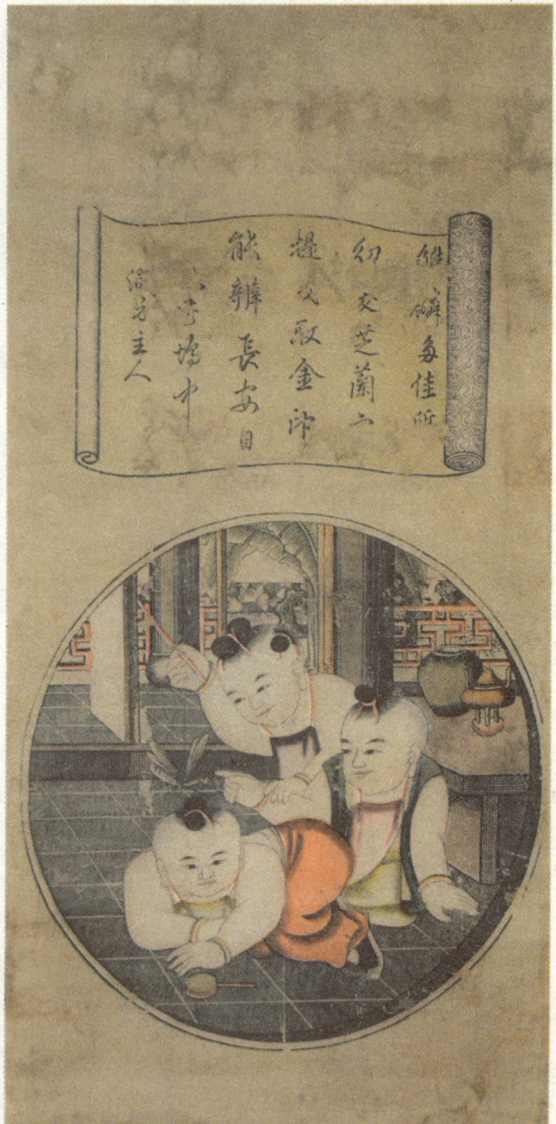

[图18] 螳螂三童图　57.9厘米×29.1厘米
浓淡墨版彩绘　日本神户市立博物馆藏

[图19] 麒麟送子图　48.9厘米×27.6厘米
线版彩绘　日本海社美术馆藏

［图20］ 送子观音图　60.1厘米×45厘米
线版彩绘　日本私藏

［图21］ 鱼篮观音图　73厘米×53厘米
线版彩绘　日本私藏

[图22] 鱼篮观音图 59.1厘米×50厘米
线版彩绘 日本私藏

[图 23] 采莲母子图　90 厘米×50.2 厘米
线版彩绘　日本私藏

[图24] 三元及第图 89.6厘米×51.2厘米
线版彩绘 日本海社美术馆藏

[图 25] 百子图 103.5厘米×57.5厘米
套版彩绘 日本私藏

［图26］ 天仙送子图　101.8厘米×55.8厘米
套版彩绘　日本神户市立博物馆藏

[图27] 状元游街图 68.5厘米×54厘米
套版彩绘 日本私藏

［图 28］ 五子登科图 109.4厘米×61.2厘米
套版彩绘 日本海社美术馆藏

［图29］ 三元连中图 109.4厘米×61.2厘米
套版彩绘 日本海社美术馆藏

[图30] 麟儿图 109厘米×59厘米
套版彩绘 国内私藏

[图31] 麟儿图　109厘米×59厘米
套版彩绘　国内私藏

[图32] 美人画松图 尺寸不详
线版彩绘 日本私藏

[图33] 双桂轩抚琴图　96.4厘米×53厘米
线版彩绘　日本大和文华馆藏

［图34］ 美人读书图　90.6厘米×52.5厘米
线版彩绘　日本秋田市立红炼瓦乡土馆藏

[图35] 猫鼠美人图 尺寸不详 线版彩绘 日本私藏

[图36] 双美宠狗图 49.2厘米×28.6厘米
套版彩绘 日本海社美术馆藏

[图37] 春宵闺怨图 83.8厘米×56.9厘米
套版彩绘 日本私藏

[图38] 美人观画图　26.6厘米×22.3厘米
套版彩绘　日本私藏

[图39] 富贵美人图　37.5厘米×23.7厘米
套版彩绘　日本私藏

［图40］ 绣鞋美人图 41.1厘米×25.8厘米
套版彩绘 日本海社美术馆藏

[图41-1] 十友斋全本西厢记　98.9厘米×43.7厘米
浓淡墨版彩绘　日本海社美术馆藏

[图41-2] 十友斋全本西厢记　97.7厘米×53.6厘米
　　　　　浓淡墨版彩绘　日本私藏

[图42-1] 墨浪子全本西厢记 91.2厘米×52.7厘米
浓淡墨版彩绘 日本海社美术馆藏

[图42-2] 墨浪子全本西厢记　91.2厘米×52.7厘米
浓淡墨版彩绘　日本海社美术馆藏

[图43] 粉红褴后本　91.2厘米×51.1厘米
浓淡墨版彩绘　日本海社美术馆藏

[图44] 茉莉花歌　90.8厘米×51.6厘米
浓淡墨版彩绘　日本大和文华馆藏

[图45] 临潼斗宝　104.8厘米×58.2厘米
浓淡墨版彩绘　日本私藏

[图46] 文姬归汉 97.2厘米×55厘米
线版彩绘 日本私藏

[图47-1] 千里送京娘　106.7厘米×55.3厘米
线版彩绘　日本海社美术馆藏

[图47-2] 千里送京娘 106.5厘米×55.2厘米
线版彩绘 日本海社美术馆藏

[图48] 灵台同乐　105.7厘米×55.3厘米
浓淡墨版彩绘　日本海社美术馆藏

[图49] 雪中送炭 99.2厘米×52.7厘米
浓淡墨版彩绘 日本海社美术馆藏

[图50] 聚宝盆 105.5厘米×55.7厘米
浓淡墨版彩绘 日本秋田市立红炼瓦乡土馆藏

后记

　　收掇旧作,结集印书,本来不是讨好的事。一是以往之作,过后看看,总有不满意的地方,想要动动手脚,却并不容易去做;二是文章是一篇篇写来的,分着来看,也无所谓,如果放在一本书里,相近内容就多了,甚至引用材料,也有不少重复,书既印成,总要让人看的,就会让看的人感到不耐烦。我在编这本小书时,就考虑这两点,既是旧作,不改为妙,淤塞处就疏通疏通,引文再查核一下,还有就是将内容相近的抽掉几篇。

　　至于文章的编排,因为都是拉杂写来,篇幅长短不一,内容芜杂零碎,何况也只有二十来篇,实在很难分辑归类,故仍按以前几本的做法,以写作时间的先后为序。鲁迅在《且介亭杂文序言》中说:"凡有文章,倘若分类,都有类可归,如果编年,那就只按作成的年月,不管文体,各种都夹在一处,于是成了'杂'。分类有益于揣摩文章,编年有利于明白时势,倘要知人论世,是非看编年的文集不可的,现在新作的古人年谱的流行,即证明着已经有许多人省悟了此中的消息。"鲁迅这几句话,自然有它特定的意思,但就事论事,周氏兄弟的集子,大都是这样编法。我的东施效颦,不敢望两位先生项背,因为对自己的文章,心知肚明,既没有编年的资格,更没有编年的价值,再说只是这几年里的一部分,即使按时间来编排,也不能算是编年。如果一定要说点私心的话,那就是让读者不要看得厌气了,一席四冷盆六热炒,尝尝这个,再尝尝那个,换换不同的口味,尽管这个厨师并不合格。

岁月如流,又是一年尽头了,天阴阴的,听得见寒风吹过的声音。回首过去,青春如梦,中年蹉跎,没有什么值得感慨,往昔心中的波澜早已平息,如今剩下的,至多只是池塘里微微的涟漪。知堂说:"年纪一年年的增多,有如走路一站站的过去,所见既多,对于从前的意见自然多少要加以修改。这是得呢失呢,我不能说。不过,走着路专为贪看人物风景,不复去访求奇遇,所以或者比较地看得平静仔细一点也未可知。然而这又怎么能够自信呢?"(《中年》)自信固然难以做到,就这样一路上看看人物风景,确实也很不错。

二〇一二年十二月二十四日